D1726625

ПРЕДИСЛОВИЕ

Частые звонки междугородней. Снимаю трубку.

— С вами говорят из Новосибирска, старший научный сотрудник... — следует фамилия, которую не улавливаю.

— Слушая вас.

— Скажите, это ваша статья в «Неделе» о тибетском враче Бадмаеве?

— Да.

— Вы пишете об архиве Бадмаева. Где он находится?

— А почему это вас интересует? — спрашиваю.

— Это интересует не только меня, но и Академию наук.

— Академия наук в Москве. Мне они не звонили.

— Вам позвонят, обязательно... Но скажите, у кого этот архив? Нас интересует, кто распоряжается им.

— По завещанию — я. После смерти бабушки и матери.

— А практически?

— Что «практически»? Он уже почти век лежит без движения. Почему? Прочтите Советскую энциклопедию 20-х годов. Статью о Петре Александровиче Бадмаеве, и вам станет ясно.

— Это известно. Но сейчас другое время...

Разговор этот происходил в 1988 году.

Почти 70 лет имя П. А. Бадмаева, некогда знаменитого врача, как и его труды, было предано забвению. И лишь в конце 1980-х годов внимание ученых привлек случайно сохранившийся уникальный архив Петра Александровича.

Ознакомление с архивом ряда видных ученых АН СССР и положило начало признанию заслуг талантливого врача-практика и выдающегося диагноста П. А. Бадмаева. Именно он, монгол из Забайкалья, получивший в Санкт-Петербурге два высших образования, открыл для европейской России врачебную науку Тибета.

Врачебная деятельность П. А. Бадмаева началась в 1873 году и окончилась с его смертью в 1920, умер он дома, в Петербурге, где и проходила его деятельность, на северной окраине города, у Поклонной Горы, на Ярославском, 85. Детские годы я провел в этом доме. Вся округа была полна легенд о Бадмаеве, который лечил царскую семью. В 1925 году в Ленинграде вышла книжонка «За кулисами царизма» с подзаголовком «Архив тибетского врача Бадмаева». В ней, конечно, была малая часть архива, но письма к царю были. И главное — большая статья журналиста В. П. Семенникова; этот достойный представитель журналистики тех лет употребляет по отношению к выдающемуся ученому такие эпитеты, как «шарлатан», «видный персонаж клики Распутина» и т. п.

Но тот же Семенников вынужден был признать, что все предсказания о развитии событий на востоке, сделанные П. А. Бадмаевым в его труде «О русской политике на азиатском востоке», подтвердились, и журналист в недоумении говорит о «природном уме» П. Бадмаева, о том, что он был образованным человеком...

Книга эта порядком навредила дочери П. А. Бадмаева Аиде Петровне Бадмаевой, — ее исключили из консерватории. И в ответ на ее вопрос: «За что?» — спросили: «Как ваша фамилия?» — «Бадмаева...» — «Так чего ж вы спрашиваете!»

Жена Петра Александровича — Елизавета Федоровна Бадмаева продолжала дело мужа с 1920 по 1937 год. Затем была арестована. Однако в 1940 году дело пересмотрели, и бабушка была освобождена — ей было около семидесяти. В 50—60-е годы дочь Бадмаева, Аида Петровна, став врачом, много сделала для того, чтобы свести рецептуру отца в единую систему. Она же написала воспоминания о своем отце, которые здесь приведены. В конце 80-х годов их отрывки были опубликованы в журнале «Новый мир». К сожалению, Аида Петровна не дожила до этого времени.

С 1987 года появился ряд публикаций, посвященных тибетской медицине: в газете «Вечерний Ленинград» было опубликовано сообщение с заседания «Научного общества истории медицины», затем очерк в «Неделе» — «Бадмаевы. Легенды и быль», серии статей в «Известиях» о научном наследии П. А. Бадмаева и др. С этого момента началось признание П. А. Бадмаева. В 1988 году я получил следующее письмо.

«Глубокоуважаемый Борис Сергеевич!

Позвольте поблагодарить Вас за бережное отношение к трудам Вашего деда Петра Александровича Бадмаева и за выраженное Вами пожелание сделать эти труды доступными для научного мира.

Как следует из доклада проф. Погожева И. Б. и Кушнеренко Э. Ю., в архиве содержатся не только переводы текстов индо-тибетской медицины, но и самостоятельные разработки П. А. Бадмаева по приложению эколого-физиологических положений «Жуд-Ши» к умеренно суровому климату Прибалтики.

С моей точки зрения, знакомство с этими работами будет весьма интересным для современных исследователей в области экологической физиологии, курортологии и, возможно, для других специалистов.

Я надеюсь, что наше дальнейшее сотрудничество с Вами приведет к успешному завершению работ по изданию трудов П. А. Бадмаева и будет содействовать восстановлению его доброго имени.

С уважением, В. А. Матюхин,
академик АМН СССР,
Институт радиационной медицины».

В 1991 году по Постановлению Президиума АН СССР был издан однотомник трудов Петра Бадмаева «Основы врачебной науки Тибета Жуд-Ши». Но будем последовательны.

Тибетской медициной занимался и лечил старший брат Петра Сультим — Александр Бадмаев; племянник деда Н. Н. Бадмаев, его сын Андрей Бадмаев. Но научное наследие, учение о врачебной науке Тибета оставил нам лишь Петр Александрович Бадмаев.

Не все труды П. А. Бадмаева опубликованы. Не опубликованы теоретические работы о лечении опухолей (перевод III части Жуд-Ши), публицистические, исторические — «Россия и Китай», «Мудрость в русском народе».

Началась февральская революция. К деду, в его белокаменную дачу с восточной башенкой на Поклонной, пожаловали комиссары Временного правительства. Он их выгнал, за что был причислен к «царским прислужникам», вызван на допрос...

Обо всем этом сказано в записках его дочери, моей матери.

Сейчас тибетская медицина сделалась модной. В большом количестве стали появляться «специалисты» — шаманы, экстрасенсы, также объявлявшие себя приверженцами тибетской медицины. Кстати, и это было предусмотрено П. А. Бадмаевым, отрицавшим в своих трудах всякое колдовство как метод лечения. Он говорил: «Шаманы могут по-своему лечить, но их влияние рано или поздно будет иметь отрицательные последствия на ваш организм — преждевременное старение, дурное состояние духа и т. д.»

Ныне врачебная наука Тибета признана всеми авторитетными учеными мира; большой интерес к ней проявляют, прежде всего, сами страждущие. В тибетской медицине, как и во всякой науке, существуют разные направления, но классической считается школа Петра Бадмаева.

Часть I
ДЕД

«БЕЛОМУ ЦАРЮ СЛУЖИТЬ ХОЧЕТ...»

Мой дед по рождению монгол, в ранней молодости пас овец в Агинской степи Забайкалья и учился укрощать диких степных кобылиц. Жамсаран Бадмаев был самым младшим, седьмым, сыном Засогола Батмы, скотовода средней руки, имевшего до сотни кобылиц и столько же овец, — богачами же считались те, кто имел тысячные табуны. Жили в шестистенной юрте и кочевали по Агинской степи весьма независимо, кланяясь лишь русскому исправнику и угощали его водкой и бурятскими позами. Следуя учению Будды, в семье никто не пил водку, но держали штоф-другой для гостей и начальства.

Задолго до рождения Жамсарана его старшего брата Сультима в шестилетнем возрасте эмчи-ламы, то есть ламы-целители, отобрали в числе немногих детей Аги для обучения в Дацане тибетской медицине. Это считалось большой честью. Эмчи-лама пользовался огромным авторитетом среди своих земляков. В ученики отбирали весьма придирчиво — исследуя слух, зрение, обоняние, осязание будущего ученика, а еще стремились определить душевные качества ребенка, которые также весьма важны для эмчи-ламы. Происходило это в мирные, далекие времена середины прошлого века, не знавшего ни атомных бомб, ни чернобылей.

К тому времени, когда Жамсаран стал подростком, его старший брат Сультим был врачом Степной думы — выборного органа бурят, подчинявшегося, однако, губернским властям. Степные думы были созданы при Сперанском, а при Плеве эти думы — распущены. Семья Батмы была известна в Аге; еще большую известность ей принес Сультим, о котором уже шла молва как о знаменитом докторе. Но глава семьи Засогол Батма был честолюбив. Он мечтал, чтобы хотя бы один из его сыновей поехал в Иркутск и поступил в русскую классическую гимназию. Стать чиновником, получить власть!.. Недаром же семья Батмы в одиннадцатом колене считалась потомком Чингизхана по женской линии. (В Бурятии вообще принято знать своих далеких предков.)

И отец обратился за советом к старшему сыну, вопрошая, кого же из братьев послать в гимназию, — это было связано с немалыми расходами, приглашением репетиторов, покупкой вещей, необходимых для городской жизни. В степной Аге дешевыми были лишь мясо, молоко, шерсть и кожа. Все остальное ввозилось и потому стоило дорого.

Когда отец обратился к Сультиму с вопросом, кого послать, тот, не колеблясь, отвечал:

— Жамсарана!

— Умней остальных? — хмуро спросил отец.

— Быстрый ум имеет. И знает, что хочет.

— Чего же? — полюбопытствовал отец.

— Белому царю служить хочет... Близко к нему быть хочет, — ответствовал Сультим, и присутствующие буряты тотчас зацокали языками, одни — в знак восхищения дерзким мечтам, другие — в знак осуждения нескромности. Царю! Для нас губернатор — недосягаемая вершина, которую никто еще не видал, — наезжали лишь чиновники по особым поручениям...

Властный Батма с минуту раздумывал, потом сказал:

— Пошлем Жамсарана. Мать! Готовь сына в дальнюю дорогу!

Далекий путь в Иркутск проходил через всю высокогорную Бурятию, которую называют малым Тибетом. Здесь климат суров и сух. Агинский аймак — совершенно безлесый. Вдали наконец сверкнуло синее море — Байкал. Десятилетия спустя Жамсаран напишет о своей родине так:

«Монголы издревле населяли прибайкальские страны, с которыми связаны лучшие воспоминания этого народа. Уголок этот, соприкасающийся на юге и западе с бесплодными степями, на севере с безжизненными тундрами, с необозримыми лесами на востоке, отличается необыкновенной красотой групп своих гор, долин, ущелий и равнин, богатством минералов флоры и фауны, дает начало величайшим рекам Северного и Восточного океанов: между горами его таится чудесное озеро Байкал — святилище монголов».

И еще не раз и не два проедет он по этому пути.

Вскоре изменилась судьба и самого Сультима Бадмаева. В начале 50-х годов XIX века в Забайкалье пришла беда — эпидемия тифозной горячки. Среди населения начался мор. Губернские власти были в растерянности. Генерал-губернатор Восточной Сибири граф Муравьев-Амурский, будучи наслышан о врачебной науке Тибета, приказал найти наиболее видного ее представителя. Призванные на совет старейшие буряты сошлись на Сультиме. Генерал-губернатор повелел привести Сультима к нему. И между ними, как повествует семейное предание, произошел такой диалог. (Разговор велся через переводчика, так как Сультим очень слабо знал русский язык.)

— Берешься ли ты прекратить эпидемию и что тебе для этого нужно? — спросил губернатор.

— Роту солдат надо, — отвечал Сультим.

— Солдат? Не лекарства? — удивился губернатор.

— Лекарства — моя, солдаты — ваши. Порядок держать, кордон ставить. Ни одна собака через кордон. Страх держать!

Сультим с помощниками быстро приостановил эпидемию. Сам он входил в тифозные бараки, окурив себя тлеющими палочками туго скатанной сушеной травы, дым которой предохраняет от любой инфекции.

Граф Муравьев-Амурский, вызвал к себе Сультима и спросил, какой награды он желал бы за услугу, оказанную правительству. Опять-таки согласно семейной легенде, Сультим скрестил руки на груди, касаясь пальцами плеч, и через переводчика отвечал издалека в том смысле, что если русские власти признают в нем врача, то справедливо бы наделить его такими же правами, которые имеет русский военный врач.

— Ты просишь офицерское звание? Наши военные врачи — офицеры. Прошли курс императорской Медико-хирургической академии, — отвечал губернатор и, подумав, спросил: — Где и чему обучался ты?

Сильтим сказал, что изучил тибетский язык только для того, чтобы познать мудрейшую книгу «Жуд-Ши», в которой сосредоточены великие истины тибетской медицины, а также перенял опыт от старейших эмчи-лам. Кроме того, он долгие годы, начиная с младенческих лет, слушал пульс больных, одержимых разными болезнями, и здоровых людей всех возрастов и теперь может по пульсу определить любую болезнь.

— По пульсу? Любую болезнь?! — удивился губернатор.

— У пульса очень много оттенков, сотни... У каждой болезни свой пульс.

Все это было сказано с достоинством, внушающим уважение. Губернатор сказал:

— Я верю тебе. Но исполнить твое желание не в моей власти — офицерское звание, а с ним и личное дворянство дает лишь Государь император. Я подробно напишу в Петербург о твоем искусстве и там, быть может, заинтересуются... А пока я сделаю то, что в моих возможностях.

В 1853 году Сультим Бадмаев был избран в члены-сотрудники Сибирского отделения русского императорского Географического общества. Губернатор написал в Петербург о необычном целителе. Пока письмо шло в столицу, пока там раздумывали, как поступить, прошло три года. Известно, что в 1857 году Сультим был приглашен в Петербург и зачислен лекарским помощником в Николаевский военный госпиталь на Суворовском проспекте. Очевидно, в этом скромном качестве лекарского помощника Сультим сумел проявить себя, ибо, спустя три года, появился уже более значительный документ, который я цитирую по позднее изданной «Справке о положении врачебной науки Тибета в России». В ней говорится:

«По высочайшему повелению Медицинский департамент Военного министерства 3 октября 1860 года за № 10182 предлагает ламе Бадмаеву лечить больных, одержимых бугорчаткой во всех степенях развития, и испытывать свои средства над больными, одержимых раком, в Николаевском военном госпитале под наблюдением врачей».

Далее в Справке предупреждение:

«Ламе Бадмаеву было объявлено, что если он своими опытами не докажет на деле, что его средства действительно приносят пользу при лечении разных болезней, то правительство затруднится разрешить ему практику даже в его стране».

В конце сообщается об итогах:

«Результаты врачевания Бадмаева удовлетворяются тем, что по высочайшему повелению медицинский департамент Военного министерства 16 января 1862 года за № 496 уведомил Бадмаева, что он награжден чином с правом носить военный мундир и в служебном отношении пользоваться правами, присвоенными военным врачам».

В моем архиве имеется старая фотография, на которой Сультим в мундире с эполетами.

В 1860 году Сультим открыл в Петербурге аптеку тибетских лекарственных трав и занялся частной практикой. Он очень скоро обрел клиентуру. Конечно, за несколько лет жизни в Петербурге он научился говорить по-русски, но письма так и не одолел. Уже в зрелом возрасте он крестился и принял имя Александр, отчество же давали по существовавшей традиции царствующего императора, — и он стал Александром Александровичем.

Медицинский департамент позаботился о доставке Бадмаеву лекарственных трав из Бурятии и Тибета.

КРЕСТНИК ИМПЕРАТОРА

Перенесемся в то, далекое время! И вижу я Жамсарана Бадмаева молодым, гимназистом Иркутской мужской гимназии. Он старше своих ровесников — детей сибирских дворян и купцов. У юноши прекрасная память и он все схватывает на лету и заканчивает гимназию с Золотой медалью. И возвращается в свою Агу с аттестатом зрелости. Здесь застает его письмо старшего брата Сультима из Петербурга. Сультим просит родителей отпустить Жамсарана в столицу — ему нужен помощник. Но мама просит своего любимца побыть дома хоть годик. Жамсаран рвется в Петербург, к брату и к славе...

— В Степной Думе нужен писарь. Тебя, окончившего гимназию, возьмут, — говорит отец.

Писарь в Степной Думе, то ли это?

— Будешь служить, стараться, может и первый чин дадут, — продолжает родитель.

Первый чин, это коллежский регистратор... Немного для молодого человека, мечтавшего служить самому царю. У него, Жамсарана, свой путь и этот путь лежит в столицу Российской империи. Он любит мать, ему близка родная Ага и жизнь в шестистенной юрте, но он чувствует свое предназначение. И верит в свою звезду. И эта звезда через десятилетие засияет ярко и будет сиять все ярче и ярче, пока темная туча не опустится надо всей Россией и державный царь не отречется от престола...

Но до этого еще далеко. А пока долгий путь, который может продлиться два-три месяца. Точной даты приезда Жамсарана в Петербург нет, как нет и точной даты его рождения. В 1919 году, заключенный большевиками в тюрьму на Шпалерной, он в своем жестком письме председателю Петербургской ЧК Медведю, укажет свой возраст — 109 лет. Но возраст этот не соотносится с другими датами. В конце 60-х годов он был уже в Петербурге, жил у брата Сультима, на Песках, и учился у него искусству врачебной науки Тибета. В этот период он принимает кардинальное решение в своей жизни. Позднее он так напишет об этом:

«Я был буддистом-ламаитом, глубоко верующим и убежденным, знал шаманизм и шаманов, веру моих предков и с глубоким почитанием относился к суеверию. Я оставил буддизм, не презирая и не унижая их взгляды, но только потому, что в мой разум, мои чувства проникло учение Христа Спасителя с такой ясностью, что это учение Христа Спасителя озарило все мое существо». (П. Бадмаев. «Мудрость в русском народе»).

Суждение такого рода свидетельствует, что он принял православие не в ранней юности... Но точной даты нет. Предполагаю, что это было во второй половине 60-х годов. Петербург 60-х! Общественный подъем, начавшийся в конце 50-х, стал спадать. Уже было два покушения на Императора Александра II, Освободителя. Нигилисты, разночинцы, да и дворянская молодежь, поддавшись моде, зачитываются романом Н.Чернышевского «Что делать?». А Лев Толстой, отдав в столице дань кутежам и спорам с демократами, удалился с молодой женой в свою Ясную Поляну и пишет «Войну и мир».

Но модные увлечения не интересуют Жамсарана. Он целеустремлен. Сейчас у него три важнейших цели: принять православие, поступить на восточный факультет Университета и стать вольнослушателем в Медико-хирургической академии. И ежедневная помощь брату в приеме больных.

Следовало избрать храм, где креститься. И учась на врача, пока у брата, Жамсаран пошел в храм Св. Пантелеймона Целителя. Отстоял службу, пошел к настоятелю и сказал о своем желании.

— ...Бадмаев? А вы не родственник ли владельца аптеки лечебных восточных трав на Суворовском проспекте? — спросил старик-настоятель.

— Брат младший... Нас у отца семь братьев. Он самый старший, я самый младший.

— Сколько же лет вам?

— Больше двадцати.

— А ему?

— За пятьдесят. Матери моей семьдесят.

Настоятель подробно наставил его, как надо готовиться к обряду крещения, какие молитвы следует знать наизусть, спросил, есть ли у него восприемник.

— Нет. Сперва хотел получить согласие.

— С восприемником подождите искать: возможно, одна особа пожелает стать вашим крестным отцом, — таинственно произнес настоятель.

После того как Жамсаран вернулся домой, они с братом принялись гадать, что же это за особа.

— Возможно, генерал или сенатор, — сказал старший брат, — у русских это принято, и государь поощряет.

Лишь через месяц, когда Жамсаран заучил все молитвы, прочел не раз Евангелие, а Нагорную проповедь знал уже наизусть, настоятель привез его в Аничков дворец, предупредив, что крестного отца надо называть «Ваше Высочество». Дежурный адъютант провел настоятеля и Жамсарана в большую приемную. Вскоре туда вошел молодой человек богатырского сложения, чуть не на голову выше Жамсарана, хотя Бадмаев был высокого роста по сравнению со многими своими соплеменниками. Это и был его будущий крестный.

— ...Слышал, что у вас, бурят, принято изучать свою родословную. И до какого колена? — улыбаясь, спросил наследник российского престола.

— До девятого. Но я учил до одиннадцатого, Ваше Высочество.

— Кто же был в одиннадцатом колене вашего рода?

— Чингизхан. У него была любимая дочь Батма, что значит «лотос».

— Вот как! Значит, русский великий князь станет крестным отцом потомка Чингизхана. Ну что ж, это был великий завоеватель, и, в сущности, именно он создал систему командования в войсках. И России он не нанес вреда. Вот Батый, внук...

— Но это другая ветвь чингисидов, — сказал Бадмаев.

— Какое имя вы хотите принять?

— Имя великого императора Петра! Он мой кумир, — вдохновенно ответил Бадмаев.

— Что ж, когда назначим обряд крещения? — обратился великий князь к настоятелю.

Свершилось. И Петр Бадмаев постарался оправдать оказанную ему честь.

В 1871 году Петр Бадмаев поступил на восточный факультет Петербургского университета, а в 1875 — закончил его тоже с отличием, вышел кандидатом по китайско-монголо-маньчжурскому разряду. Одновременно он был зачислен вольнослушателем в Медикохирургическую академию с правом сдачи экзаменов. Учение в двух высших учебных заведениях было возможно потому, что посещение лекций было добровольным.

Врачебный диплом Петра Бадмаева остался в академии. По тогдашним правилам выпускник академии должен был дать клятву, что будет лечить больных лишь известными европейской науке средствами. Петр Бадмаев решил посвятить себя врачебной науке Тибета. Вначале он помогает брату в приготовлении лекарств и таким образом изучает состав их, присутствует на приеме больных, знакомится с методикой диагностики и расспроса больных, чему тибетская медицина придает большое значение. Иных больных тибетский врач расспрашивает об их самочувствии по часу и более.

Для изучения европейской медицины имелись учебники, факультеты, клиники. С тибетской было сложней. У Петра Бадмаева был лишь один учебник — древняя рукопись «Жуд-Ши», которую следовало еще расшифровывать, чтоб понять. И один учитель — старший брат Александр Александрович. Но и он умер рано, в 1873 году, прожив в Петербурге шестнадцать лет. Петр, еще студент, остался один в огромном чужом городе. Правда, покойный брат оставил ему аптеку, своих пациентов и немногочисленных друзей, расположение которых смог завоевать.

Вот что пишет Петр Бадмаев об этом периоде своей жизни:

«Мне пришлось изучать врачебную науку Тибета под руководством своего брата, известного знатока этой науки, который учился у бурятских, монгольских и тибетских лам. После смерти своего брата я продолжил это изучение под руководством первых врачей в бурятских степях и Тибете и пополнял эти знания сведениями, сообщавшимися мне лучшими знатоками этой науки. Последние почти ежегодно в продолжение двадцати с лишком лет приезжали в Петербург и каждый раз проживали у меня не менее полугода, давая мне свои указания и советы.

Занятия в С.-Петербургском университете на факультете восточных языков и главным образом в Медико-хирургической академии дали мне возможность достигнуть некоторых результатов при первом переводе «Жуд-Ши»... Тибетская медицинская литература чрезвычайно обширна и касается вопросов жизни отдельного человека, семьи, общества и государства. Многие сочинения не доступны по своей редкости и невозможности попасть в отдаленный западный Тибет не только частным лицам, но даже богатым монголо-бурятским и буддийским монастырям. Но благодаря знакомству на Востоке мне удалось получить редкостные книги, лекарства и другие предметы, необходимые для полного изучения тибетской медицины».

После университета Петру Бадмаеву предложили должность чиновника 8-го класса в Азиатском департаменте МИД Российской империи. Он принял должность, она была связана с поездками в Китай, Монголию, Тибет — и это отвечало его планам Прибыв в Петербург молодым, со знание русского языка, Петр легче, чем брат, адаптировался в незнакомой для него среде. Он имел живой ум, был очень энергичен, общителен. В 1877 году он женился на молодой девице-дворянке Надежде Васильевой. Вскоре семья стала расти. По учению врачебной науки Тибета, первыми условиями здоровья детей являются чистый воздух и вода, незагрязненная почва и тепло-свет. Петербург уже в то время был достаточно задымленный город. Но Петр Александрович нашел и сухое и теплое место на северной окраине города — Поклонной горе. Там он откупил участок земли и со временем построил двухэтажный каменный дом с восточной башенкой.

ИОАНН КРОНШТАДТСКИЙ ИСПОВЕДУЕТ

В конце 70-х годов Петр Александрович, будучи глубоко верующим, прослышал о чудесах исцеления, творимых священником собора Св. Андрея Первозванного в Кронштадте, отцом Иоанном Сергиевым, названным в народе Кронштадтским. Об этом писали в газетах, об исцелении своей родственницы от заикания Бадмаеву рассказал такой строгий к отбору фактов авторитет, как председатель Петербургского Окружного суда Анатолий Федорович Кони, действительный статский советник. Знаменитый профессор С. Боткин считал о. Иоанна своим коллегой. То было время начинающейся мировой славы русского священника, подростком пришедшего в столицу из далекой северной деревни Суры.

Но и о. Иоанн Кронштадтский слышал о тибетском враче Бадмаеве, крестнике наследника, цесаревича Александра. Нет сведений о том, где состоялось знакомство Петра Александровича с отцом Иоанном, возможно даже в Аничковом Дворце. Перед своим отъездом на восток, Бадмаев хотел получить благословение святителя. И отправился в Кронштадт. Это было уже после трагедии 1 марта 1881 года, когда группой молодых людей, именующих себя народовольцами, после восьмого покушения был злодейски убит Александр II, Освободитель.

Вся страна погрузилась в траур, на трон взошел наследник Александр III. Петр Александрович был потрясен убийством царя, который все делал для блага своего народа. «Безбожники! Атеисты!...» — повторял он. Позднее он не раз упоминает это слово «атеисты» в своих письмах Николаю II.

В Кронштадт Бадмаев приехал вечером и ночевал в гостинице для приезжающих.

Рано, с рассветом он был уже в храме. Пройдя в правый придел, о. Иоанн начал исповедовать прихожан. Священник сделал жест рукой. Вокруг него образовался полукруг, и он сам стал приглашать к исповеди. Иным говорил: «Не готовился к причастию и канонов не читал... Ступай!» Исповедовав нескольких прихожан пожилого возраста, он жестом подозвал Бадмаева.

— Причащаться, доктор?

— Готовился, отец Иоанн... И вопросы к вам есть!

— Говорите.

— Азиатский департамент посылает меня на восток — в Монголию, Тибет. Надолго, на год, может. Поручение исполню, но и свое дело есть: найти и получить главное руководство по моей науке — «Жуд-Ши». Оно веками держалось в тайне, а надо переводить на русский.

— Благое дело. Благословляю!

— Еще. Жену, дочь в младенческом возрасте оставляю.

— Езжайте спокойно. Убийство царя-освободителя было последним злодейством на ближайшие годы. Царствование императора Александра будет спокойным, без войн и террора. Вы едете в центр буддизма, но и там есть умные, а главное, преданные России люди. Ищите! — ответил отец Иоанн и, заметив удивленный взгляд Бадмаева, добавил: — Или не прав я?

— Правы, правы!

Бадмаев ехал в страны Востока выполнять дипломатические поручения, а также налаживать связи и устанавливать резидентуру, которая работала бы в интересах России; об этом он не собирался говорить даже на исповеди, но святитель все видел. Последовала исповедь кающегося, разрешительная молитва, и отец Иоанн накрыл склоненную голову Бадмаева епитрахилью; тот приложился к кресту и Евангелию. Уже когда Бадмаев выпрямился, чтобы отойти, святитель тихо сказал ему: «К крестному не ходите сейчас, соболезнующих и так много... Он сам призовет вас позже».

И Петр Александрович почувствовал, как к глазам его подступают слезы, хотя он не был сентиментальным. Отец Иоанн заглянул ему прямо в душу...

Бадмаев легко отстоял службу, молясь, и благодаря Бога за беседу с отцом Иоанном, ответившим на все тайные вопросы его души.

Еще в 1860 году император Александр II, будучи наслышан о чудесах тибетской медицины, повелел перевести «Жуд-Ши» на русский язык. В Санкт-Петербургском университете была создана группа ученых —

знатоков Востока — во главе с профессором К. Ф. Голстунским. Достали список, взялись переводить, но дело застопорилось. В прямом переводе на русский язык это была поэма о природе, со строфами вроде: «Солнце светит, река играет... И звезды горят в вышине...»

Профессор К. Ф. Голстунский верно определил: «Жуд-Ши» зашифрована под поэму, а ключа к ней нет. Надо достать подлинник и найти близкого к Далай-Ламе человека, который знает ключ к шифру. Кто-то же знает! Покойный брат Сультим знал лишь составы и дозировку лекарств. У Петра Бадмаева был также еще один замысел — разведать политическое положение в Монголии, Китае... Русские смотрят на Запад и кормят хлебом своим Европу. Надо внимательней приглядеться к Востоку! Что там? И какую вести политику в этих странах? Вон Англия захватила Индию, эксплуатирует ее богатства и уже, вероятно, поглядывает на Тибет с его сокровищами... Не захват, но добрая дружба и единение с Востоком нужны России.

НА КРАЮ ПРОПАСТИ

Петр Александрович около двух лет путешествовал по востоку. Монголия. Китай. Тибет. По семейной легенде в Тибете он подвергался смертельной опасности — быть оставленным там навсегда: в краю гор путники иногда случайно падают в пропасть. Петр Бадмаев был очень настойчив в своих поисках древних рукописей Жуд-Ши и других, открывающих тайны тибетской медицины. И это весьма насторожило тибетцев: ведь не случайно тексты учения Жуд-Ши были зашифрованы. Их хранили в тайне.

Но доктора хранила его фамилия, родословная. Потомок самого Добо Мергена, прадеда Чингизхана! Погубить такого человека — большой грех. Буддизм вообще против всякого насилия. Но люди есть люди, и в Буддийских монастырях так же, как и в католических, все могло случиться в интересах веры... К тому же Петр не скрывал, что принял православие и потому не может принимать участие в буддийских молениях. И в Тибете, в Лхасе в тысячекомнатном дворце Потала, резиденции Далай-ламы XIII, куда Петр Бадмаев вошел вместе с паломниками, когда паломники ушли, Бадмаеву велено было остаться. И Далай-лама сказал:

— Сын Батмы! Ты принял другую веру. Зачем ты пришел к нам, в мою столицу? Буддисты со всего мира едут сюда, чтобы укрепить свою веру. А ты?

— Я учился у своего старшего брата, эмчи-ламы, врачебной науке Тибета. Пришел учиться у ваших эмчи-лам, Ваше святейшество. А еще: я — монгол, человек востока и мне не безразлично, что произойдет здесь. Англичане захватили соседнюю Индию, Кашмир... И мне будет больно, если они придут сюда, — отвечал Бадмаев, кланяясь.

— Если и так, чем ты можешь помочь?

— Я — ничем. Русский царь всем. Слово русского царя — сильное слово: за ним стоит миллионная армия и могучий флот.

— Но захочет ли Белый царь помогать нам, далекому от него народу?

— Белый царь хочет мира и справедливости на земле. После моего возвращения в столицу Империи, я надеюсь на аудиенцию Его Величества. И передам Ему тревоги Вашего Святейшества.

— И передай: если получу приглашение, я приеду в Петербург, — сказал Далай-лама.

...На прощание «Живой бог» подарил Петру Бадмаеву большую золотую медаль с изображением Будды. Она хранилась у моей бабушки до 1937 года.

А Далай-лама по приглашению Александра III побывал в Петербурге и имел беседу с его Величеством. Англичане ввели войска в Тибет лишь после смерти царя-миротворца. После того, как Александр III ознакомился с запиской Бадмаева, он пригласил его и имел с ним продолжительную беседу.

Путешествие обогатило Петра Бадмаева; у него завязались связи со знатоками врачебной науки Тибета. Он пригласил их к себе в Петербург. Кроме того, он встречался с русскими послами в странах востока, консулами. Особенно много дало ему знакомство с нашим представителем в Угре, коллежским советником Шишмаревым, который уже тридцать лет занимал свой пост. От него Бадмаев больше узнал о ситуации в Китае, чем от русского посла в Пекине. Посол был чиновник, мечтавший о карьере товарища министра Иностранных дел, а Шишмарев был знаток востока.

Петр Александрович всегда ценил знатоков, специалистов, знающих свое дело. Он отбирал наиболее талантливых молодых людей из местных и направлял их на созданные им курсы переводчиков в Кяхте. Туда же он направил окончившего Читинскую гимназию бурята Цыбикова, ставшего впоследствии знаменитым исследователем востока. Цыбиков собирался по примеру своего земляка Бадмаева, поступать на медицинский факультет. А Петр Александрович посоветовал ему поступать на восточный факультет — он знал, что в российских посольствах нет специалистов по востоку.

Цыбиков прислушался к совету знаменитого земляка. Получил от Бадмаева 100 рублей, поехал на курсы. И через год поступил на восточный факультет С.-Петербургского университета.

Вернувшись в Петербург, Петр Александрович быстро завоевал славу целителя. Каким образом? Одним лишь чудесным свойством тибетских лекарств? Рекламой? Нет, он категорически возражал против какой-либо рекламы, особенно в печати. И даже писал об этом...

Одно из положений врачебной науки Тибета содержит требование, чтобы больной неукоснительно доверял своему врачу, верил в него. Уже сама глубокая вера во врача, в его советы и лекарства способствует его исцелению. Но как добиться того, чтобы пришедший на прием пациент вдруг тотчас поверил в доктора? На востоке, беседуя со знатоками ВНТ, близких к Далай-ламе, Петр Александрович учился у них диагностике, т. е. умению быстро и точно ставить диагноз больному.

Поставить верный диагноз — это очень много, это, пожалуй, одно из главных условий успешного лечения. Для этого, во-первых, служит пульсовая диагностика. Ставить диагноз по пульсу, который имеет свыше двухсот оттенков. Но это не все. Цвет кожи, пигментация, выражение глаз, дыхание, голос, да, и — голос. Суммировав все это, Бадмаев открыл в себе способность ставить диагноз еще до того, как вошедший к нему пациент начнет излагать свои жалобы.

«Доктор! У меня... — начинал пациент, но Петр Александрович останавливал его: «Подождите! Вначале я скажу, чем страдаете... Ошибусь — поправите.

Больно здесь, верхушка печени, так? Не все, еще скажу...»

Пораженный тем, что доктор точно определил его болезнь, больной начинал верить в доктора и тем достигалось первое требование ВНТ. Больной помогал самому себе. Конечно, действовали и лекарства в первую очередь. Но психологический эффект был велик, равносилен чуду. И в Петербургской газете «Копейка» появилась едкая заметка о Докторе Б. (полностью назвать фамилию Бадмаева не решились), что Б. посылает к больным своих слуг, которые тайком выведывают у слуг пациента, чем тот болен, и затем доктор удивляет его. В таком духе. Глупость заметки очевидна. К П. А. Бадмаеву валом повалил народ.

«ТИБЕТ — КЛЮЧ КО ВСЕМУ АЗИАТСКОМУ ВОСТОКУ»

В 1893 году Петр Александрович подал Александру III «Записку о задачах русской политики на азиатском востоке». Это исследование мы приводим в разделе «Письма П. А. Бадмаева Императорам Александру III и Николаю II». Автор записки, в частности, предлагал переориентировать русскую политику с запада на восток. И Александр III благожелательно наложил такую резолюцию: «Все это так ново, необыкновенно и фантастично, что с трудом верится в возможность успеха».

Однако же именно за этот труд дал Петру Александровичу генеральский чин — действительного статского советника.

Трудные поездки на Дальний Восток нужны были Петру Александровичу для установления связей со знаменитыми эмчи-ламами, знатоками врачебной науки Тибета, получения древнейших рукописей учения Жуд-Ши. Но знакомясь со странами востока уже как посланник Российского Министерства Иностранных Дел, выполняющий специальные поручения, Бадмаев оценивал политику этих стран с позиции интересов России, которой был горячим патриотом. Питательной средой его идей были преданность России и трону.

П. А. Бадмаев первый воочию увидел и написал об

опасности проникновения в Тибет англичан из Индии и в связи с этим сделал прямой вывод: «Тибет надо присоединить к России...» Это было написано в 1893 году, а в 1896 г., уже в царствование Николая II, министр финансов Сергей Юльевич Витте писал царю, уже как бы от себя:

«По своему географическому положению Тибет представляет, с точки зрения интересов России, весьма важное политическое значение. Значение это особенно усилилось в последнее время — ввиду настойчивых стремлений англичан проникнуть в эту страну и подчинить ее своему политическому и экономическому влиянию. Россия, по моему убеждению, должна сделать все от нее зависящее, чтобы противодействовать установлению в Тибете английского влияния».

Оставим на совести Витте слова «по моему убеждению», эти мысли взяты им из записки Бадмаева и бесед с ним. Между Витте и Бадмаевым были дружеские отношения до 1905 года. С приближением революции, ставший премьером Витте, стал «леветь», уговаривать Николая II дать конституцию, в то время, как Бадмаев оставался до конца жизни сторонником абсолютной монархии. Здесь бывшие друзья разошлись. Витте уговорил Государя даровать конституцию 17 октября 1905 года. Но эта конституция привела лишь к новому еще более жестокому витку революции — восстание в Москве, на Пресне, в декабре того же года.

Витте круто повернул, предложил усилить репрессии, расстрелы. Но Николай II не любил хамелеонов, и Витте был отставлен.

Но вернемся к Записке Бадмаева, поданной Александру III. Что же так удивило Императора в Записке? Автор предсказывает, как разовьются на востоке события в ближайшее десятилетие и предлагает меры, которые должна предпринять Россия. В отношении Китая:

«Китайцы озлоблены против манчжурского дома (т. е. против правящей Манчжурской династии — *Б. Г.*) за то, что он не имеет силы удержать проникновение с моря и позволяет англичанам отравлять их опиумом. Вообще манчжурская династия дискредитирована в глазах китайцев, монголов и тибетцев. Только при помощи жестких мер и совершенно посторонних и случайных обстоятельств она удерживает свою власть...» И далее: «Дни ее сочтены и на монголо-тибето-китайском востоке предстоит наступление анархии; пользуясь ею, европейцы бросятся туда, захватят несметные богатства... которые в их руках послужат страшным орудием против России».

Предложения Бадмаева состоят **в мирном присоединении к России** — Монголии, Тибета и Китая. Внутренняя логика идеи такова: в этих странах властители слабы, а влияние Белого царя сильно; не возьмет Россия, возьмут англичане, запад и повернут подвластные им народы против нас.

Петр Александрович считал, что усиление влияния России на востоке должно идти через торговлю и с этой целью организовал в Чите торговый дом «Бадмаев и К°», а также создал газету «Жизнь на восточной окраине», выходившую на русском и монгольском языках.

Казалось бы, зачем все это Петру Бадмаеву, имевшему генеральский чин, устойчивую клиентуру, поместье? Он заботился об интересах России! Страны, которая приняла его, инородца, подняла на самые верхи общества; сбылась его мечта — стать близким к царю и давать ему советы...

Все, что предсказывал Петр Бадмаев, сбылось: в Китае произошло так называемое боксерское восстание и вскоре манчжурская династия была сметена. Но того, кто мог своей властной и миролюбивой политикой осуществить идеи Бадмаева, уже не было. Александр III скончался в Ливадии в 1894 году, ему было всего 49 лет. Были слухи об отравлении царя одним из подкупленных врагами России врачей. Но это лишь версия...

Еще раз подчеркну, что в трактате Бадмаева четко проводится мысль о том, что присоединение восточных стран должно произойти только мирным путем. Исторически так, в общем, и происходило расширение русских земель. Об этом писал и Лев Толстой. Были исключения, как, например, завоевание Сибири Ермаком. Но, скажем, в Ташкент русские вошли без единого выстрела. Украина, Грузия, Армения, даже хан Бухарский с эмиратом сами выразили желание присоединиться к России. Стать под высокую руку Белого царя, получить от него защиту: Украина — от турок и поляков; Грузия и Армения — от турок же...

Читая письма Бадмаева царю, видишь, как упускались многие шансы проведения успешной политики на востоке. Так, в письме Николаю II от 22 февраля 1895 года, Петр Бадмаев задолго предсказал опасность войны с Японией — в то время японцы воевали с Китаем и одерживали победы:

«Всем известно, что китайский двор не давал никакого повода Японии объявить войну, как расписывают японцы... воображающие себя в будущем в роли англичан на Тихом океане.

Япония нашла именно теперь удобным для себя объявить войну Китаю, овладеть берегами и, сделавшись соседом России, явиться в будущем заинтересованным государством по всем вопросам монголо-тибето-китайского Востока в составе с европейцами и американцами».

Так и произошло! Только заручившись поддержкой Америки и Англии, Япония решилась коварно, без объявления войны напасть на Россию в 1904 году. И в Англии стал выходить журнал: «Борьба Японии за свободу»

Вот так! Агрессор Япония борется за свою свободу!

В Порт-Артуре, внезапным нападением были потоплены русские крейсера; была и трагедия Цусимы, но Мукденский бой мы не проиграли, хотя наши войска отступили. И японцы больше не предпринимали атак! И вдруг с чего-то американцы стали посредничать в деле заключения Россией мира с Японией. Это объясняется тем, что Америка знала об истинном положении Японии, — японский народ голодал, экономика была на грани краха. А в России даже цены на продукты не поднялись.

Николай не хотел мира с Японией: Россия могла продолжать войну, но внутреннее положение России, усилившийся терроризм, забастовки требовали мира. И поскольку последние годы делами востока занимался Сергей Юльевич Витте, его Николай и отправил в Портсмут для ведения переговоров с японской делегацией. Неукротимый Бадмаев, знал о настроениях Витте (Председатель комитета министров не желал победы России в этой войне, на этот счет есть его письмо генералу Куропаткину. Довод: скорая победа России приведет к реакции, а нам нужны реформы). Петр Бадмаев, испросив аудиенцию у Государя, сказал ему:

— Сергей Юльевич, несомненно, умный человек, но слаб, уступчив, Ваше Величество.

На что Николай ответил:

— Витте я посылаю как умного человека, а твердость оставляю за собой, Петр Александрович.

И, кстати, Николай сдержал свое слово. Не «победитель» Япония, а «побежденная» Россия продиктовала условия мира в Портсмуте. Даже участвующие в переговорах американцы были удивлены, когда японская делегация, посовещавшись, скорбно приняла условия мира. Узнав об условиях мира, адмирал Того в слезах воскликнул: «За что я сражался?!»

Накануне переговоров мятущийся Витте просил у царя выплаты хотя бы небольшой контрибуции японцам. И подбил президента Америки просить о том же Николая II, ибо, в случае отказа русских от выплаты контрибуции, японцы-де могут занять наш Дальний Восток.

Николай отказался выполнить это требование. Ничего уже японцы не могли. А три десятилетия спустя, русский генерал Г. К. Жуков в Монголии уничтожил стотысячную армию японцев на Халкин-Голе.

Отношения между государствами, это в конечном счете отношения людей друг с другом. В начале века Америка поддерживала Японию против России. Когда же Гитлер напал на Россию, Япония, хотя и была в Союзе с Гитлером, однако после Халкин Гола, не решилась напасть на Советский Союз с востока. Зато она хорошо «отблагодарила» Америку, нанеся ей, коварно без объявления войны удар в районе Пёрл-Харбора.

Затем были Хиросима и Нагасаки... Все в мире уравновешивается...

Служба Бадмаева не была связана с ежедневным хождением в департамент, он являлся консультантом по Востоку и таким образом сочетал службу с врачебной практикой, которая с годами становилась все более и более популярной. Об этом свидетельствует энциклопедия Брокгауза и Ефрона, вышедшая на русском языке в 1891 году. В четвертом томе на странице 674 о Бадмаевых там дана такая справка:

«Бадмаевы — два брата, буряты, Александр Александрович Бадмаев был лектором калмыцкого языка С.-Петербургского университета в 60-х годах; Петр Александрович Бадмаев — младший брат и воспитанник предыдущего — родился в 1849 году [1]. Учился некоторое

---

[1] Год рождения указан неверно *(Б. Г.)*.

время в Медико-хирургической академии и получил право врачебной практики. Лечит все болезни каким-то особыми, им самим изготовленными порошками, а также травами; несмотря на насмешки врачей, к Бадмаеву стекается огромное количество больных».

В 1893 году П. А. Бадмаев вышел в отставку в чине действительного статского советника.

СВИДЕТЕЛЬСТВА ОЧЕВИДЦЕВ

Приток больных рос. Из города ездить на Поклонную далеко и неудобно больным. Поэтому Петр Александрович снял в аренду третий этаж дома шестнадцать по Литейному проспекту. Это несколько комнат с высокими потолками с лепными украшениями: по углам — младенцы-ангелочки с крылышками. Это понравилось доктору — нужно, чтобы взгляд на чем-то отдыхал. В комнате ожидания он поставил удобные деревянные стулья, столик с петербургскими газетами и журналами. Для приема он выбрал две смежные комнаты — большую и поменьше. В центре большой, уставленной по стенам сконструированными по его указанию стеллажами, в которых хранились лекарства для выдачи пациентам, стояли его письменный стол, кресло. Здесь он встречал больного, зоркими глазами оглядывал его, всматриваясь в выражение лица, цвет кожи, вслушивался в его голос, не столько в то, что он говорит — это было не так важно, — важно услышать голос, для опытного доктора уже тональность голоса говорила о многом, способствуя постановке точного диагноза. Главное — диагноз, знать, от чего лечить.

Прием длился по восемь, по десять часов. Но доктор не должен быть усталым, иначе он не воспримет больного. И каждые три часа Петр Александрович прерывал прием, шел в соседнюю смежную комнату, садился в вольтеровское кресло и засыпал на пять — семь минут, потом сам просыпался и был снова бодр и восприимчив. Он строго следовал указаниям врачебной науки Тибета. И эти буквы — ВНТ — приказал выгравировать на ложках и вилках обеденного сервиза.

Известность принесла ему связи в высших сферах, к нему за помощью обращаются министры, сенаторы.

Дружеские отношения у него устанавливаются с С. Ю. Витте — будущим премьер-министром России. Они вместе побывали в Китае. С Витте Петр Александрович делится своими мыслями о врачебной науке Тибета. Из письма П. А. Бадмаева Витте от 13 февраля 1893 года:

«Его императорское величество, августейший мой крестный отец (Александр III. — *Б. Г.*) благосклонно отнесся к моим занятиям по медицине, и я имел счастье неоднократно докладывать о моем намерении ознакомить образованный мир с тибетской медициной; но обширность литератур тибетской и европейской медицины, с которыми я обязан был ознакомиться, чрезвычайная важность предмета, когда речь идет о здоровье отдельного человека, семьи, общества и государства, — все это не позволяло спешить с печатанием моих трудов.

Я приготовил уже к печатанию руководство тибетской практической медицины и хирургии в переводе на русский язык с комментариями и намерен скоро издать его. (Речь идет о книге «Жуд-Ши» — *Б. Г.*)

Со времени выхода первого подлинника этого классического руководства, — около 3000 лет, — и со времени выхода предлагаемого мной в переводе руководства, — с лишком 1000 лет, — никогда тибетская медицина не отступала от своего разумного направления. В распоряжении этой медицины находятся средства, употребляемые с успехом для страждущего человечества, выдержавшие без изменения критику 1000 лет и критические отношения миллионов больных.

В самом Петербурге с начала моей практики, с 1875 года, по август месяц 1892 года я лицом к лицу стоял против 227 тысяч 506 посетителей, обращавшихся ко мне за медицинской помощью. А с 1886 года по август месяц 1892 года, с тех пор как стал вести отчет в письмах, получил из 79 губерний и областей 6 тысяч 489 писем; с 1886 года при 179 различных лекарствах употреблено 1 миллион 816 тысяч 630 порошков.

Всеми силами стараюсь избегать покровительства печати и вообще покровительственной системы, несмотря на мое близкое знакомство со многими представителями власти, науки, литературы и печати...

В настоящее время как в обществе, так и главным образом во врачебном сословии слышен ропот, что я умышленно, для личных целей, не желаю поделиться средствами тибетской медицины, которой я обязан своими успехами. Очевидно, наступило время к печатанию моих трудов...»

1893 год — последний год службы Бадмаева в министерстве иностранных дел. Он оставляет службу и принимает почетный без жалованья пост члена приюта герцога Ольденбургского.

Позднее, в 900-е годы, Петр Александрович пишет письма уже Николаю II. Эти письма были опубликованы в 1925 году в книжке «За кулисами царизма. — Архив тибетского врача Бадмаева».

К сожалению, в книжке не опубликована переписка с министром внутренних дел Плеве, с которым у Петра Александровича возник конфликт. Этих писем нет и в семейном архиве, но косвенная ссылка на них имеется в сохранившемся документе. Этот документ интересен потому, что автор его — секретарь Бадмаева — Евгений Иванович Вишневский рассказывает о том, как переводился «Жуд-Ши» на русский язык. Письмо это Е. И. Вишневский написал незадолго до смерти, в 50-е годы нашего века по просьбе своего сына полковника медицинской службы Петра Евгеньевича Вишневского — старшего внука П. А. Бадмаева. Выйдя в отставку, Петр Евгеньевич еще в 60-е годы хотел написать историю деда, но преждевременная смерть помешала ему. А его отец — Е. И. Вишневский — был вначале секретарем Бадмаева, а затем стал его зятем, женившись на старшей дочери Петра Александровича Надежде.

Письмо Е. И. Вишневского от 27 декабря 1955 года.

«Моя работа у Петра Александровича Бадмаева в качестве помощника, секретаря заключалась в том, что я участвовал в переводе на русский язык древних тибетских рукописей по медицине. Работа эта проводилась по утрам до отъезда Петра Александровича в город на прием больных. Собирались мы в комнате с круглым столом, рядом со столовой. Туда приносили коробки, в которые уложены были рукописи. Длина рукописи (очевидно, листа. — Б. Г.) около метра, а ширина около 20 см. Текст рукописи изложен был строчками, шедшими не слева направо, как это делается теперь, а сверху вниз столбиками поперек листа. Коробки с листами рукописи привезены были из какого-то дацана (буддийского храма. — Б. Г.) старым ламой в желтом халате.

Самая работа протекала так: на круглый стол ставили коробку с листами рукописи и приводили старика ламу. Его сопровождал молодой лама. Старика усаживали в кресло за столом, а молодой лама становился за кресло старика. У молодого ламы в руках был синий шелковый платок, которым он в необходимых случаях утирал нос старика. Меня заинтересовало, почему старик сам не вытирает свой нос, а держит для этого человека. Петр Александрович объяснил мне, что старик признан святым при жизни. Он не хочет лишним движением руки причинять вред живым существам, бесконечное количество которых имеется в воздухе. После такого разъяснения я успокоился (один из заветов буддийского учения состоит в следующем: не делай зла никому, даже камню. — *Б. Г.*). Вынутый из коробки лист клали перед ламой. Он читал написанное и тут же переводил его с тибетского на бурятский язык. Петр Александрович, не садясь за стол, на ходу переводил слова ламы на русский язык. Трушлевич (тоже секретарь П. А. Бадмаева. — *Б. Г.*) и я сидели за столом в разных точках, друг против друга. Мы записывали то, что говорил Петр Александрович. Когда же заседание оканчивалось, я с Трушлевичем сравнивали свои тексты, делали необходимые поправки, излагали записанные фразы и согласовывали затем свою работу с Петром Александровичем. Работа наша длилась много дней. Результаты ее были затем изданы в виде книги под названием «Жуд-Ши». Книга эта у меня не сохранилась. Если ее нет у тебя, то найти ее можно в библиотеке».

Письмо от 29 июля 1955 года.

«...Через несколько месяцев я получил от Петра Александровича приглашение приезжать на Поклонную гору по воскресеньям в качестве гостя. Тогда из города на Поклонной горе собиралось много знакомых Петра Александровича. Среди них были люди с известными именами. Называть их фамилии в письме я считаю неудобным...

Слушая происходившие при мне разговоры гостей на Поклонной горе, я узнал, что у Петра Александровича обострились тогда отношения с министром внутренних дел Плеве В. К. на почве бурятского дела. Заключалось оно в том, что забайкальская администрация или, вернее, читинская администрация по директивам из Петербурга стала заставлять бурят прекратить кочевой образ жизни и переходить к оседлому занятию земледелием. Буряты противились. Стали выбирать уполномоченных их в Пекин и Петербург. В Пекине они хлопотали о разрешении переселиться из забайкальских степей в Монголию. В Петербурге жаловались на читинских администраторов. Петр Александрович принимал своих земляков и учил, как действовать. Это злило министра Плеве. Он приказал передать Бадмаеву, что если он не перестанет мутить бурят, то сам очутится в Архангельске. Петр Александрович, получив это предупреждение, сейчас же послал Плеве письмо, в котором между прочим заявил: «...Что же касается Архангельска, то я поеду туда только вместе с Вами». Тогда же брат Петра Александровича по имени Дамдин был выслан из Аги, где он жил, в другую местность. Через некоторое время положение улучшилось. Бурят оставили в покое и дали им возможность жить, как они хотят, быть может, потому, что Плеве перестал быть министром. Адресованное министру Плеве В. К. Письмо я лично читал перед его отсылкой.

...Велись разговоры об образовании акционерного общества для перестройки железной дороги через Ургу и Калган до Пекина. Главное финансирование этого предприятия брал на себя бакинский нефтяной король Манташев. Почему предприятие это не было осуществлено, я не знаю. Интересно, во всяком случае, что более 50 лет тому назад Петр Александрович выработал проект сооружения железной дороги, которая строится только теперь.

Что касается поездки Петра Александровича в Пекин, то она произошла до моего знакомства с Петром Александровичем. Ездил он в Пекин по заданию правительства. Цель поездки и результаты ее мне не известны».

Копия верна. (Подпись): Н. Вишневский — младший сын Евгения Ивановича».

Первое издание книги «Жуд-Ши» на русском языке вышло в 1898 году. Он не просто перевел «Жуд-Ши», а развил эту теорию и применил ее в своей практике. Примерно треть книги — 80 страниц — занимает труд самого Петра Александровича. Он дает свою трактовку учения, а также исторические сведения о врачебной науке Тибета. В сущности, эта книга о том, как жить долго-долго, оставаясь здоровым человеком и ощущая все радости жизни. Наука эта зародилась тысячи лет назад в Индии.

Из введения в «Жуд-Ши» П. А. Бадмаева:

«Прежде чем говорить о Цо-жед-шонне как авторе «Жуд-Ши», считаем нужным объяснить само название «Жуд-Ши» и кажущуюся легендарность первой книги этого сочинения. «Жуд-Ши» в переводе означает: «Сердце Нектара, восьмиветвистые четыре основы специальной терапии».

Название «Сердце нектара» указывает, что в «Жуд-Ши» изложены основные взгляды врачебной науки. Восьмиветвистым это сочинение называется потому, что излагает учение о восьми предметах: 1. об организме взрослого человека, 2. о женщинах, 3. о детском организме, 4. о нервно-истеричных субъектах, 5. о язвах и ранах, 6. об отравлениях и ядах, 7. о старческом организме, 8. о поддержании и укреплении старости.

Ламы предполагают, что «Жуд-Ши» проповедовал сам Будда Сакья-Муни...»

Легендарный автор «Жуд-ши» Цо-жед-шонн, по преданию, был сыном Бамбасарга — царя индийского города Саравасти — и купеческой дочери, жившей с ним в морганатическом браке. Цо-жед-шонн в юности изъездил Восток и всюду изучал внутренние болезни и хирургию и даже научился приемам, необходимым для вскрытия черепа... Затем он вернулся на родину, стал лечить людей и прослыл великим целителем. Все свои наблюдения, опыт и мудрость он вложил в «Жуд-Ши». Врачи последующих поколений продолжили и развили это учение, а около 685 года нашей эры ученье с помощью переводчика Березаноя проникло в Тибет и еще более тысячи лет оно хранилось втайне тибетскими ламами. Во второй половине XIX века оно вошло в Европу.

Тибетская медицина — это искусство лечить исключительно природными средствами: травами, минералами, плодами растений, их соединением в известных, точно взвешенных пропорциях, желудочные болезни — лечить главным образом диетотерапией и уметь точно ставить диагноз.

Тибетские лекарства почти совершенно исключают применение сильнодействующих средств, допуская их лишь в крайних случаях. Хирургия тоже допустима

31

лишь в крайнем случае. Но, скажем, опухоли предпочитает лечить без применения скальпеля, и это обстоятельство служило поводом для нападок со стороны европейских докторов и на Петра Александровича, и на тибетскую медицину в целом. Их довод: ВНТ усыпляет бдительность больного и мешает вовремя удалить опухоль.

По словам моей бабушки Елизаветы Федоровны Бадмаевой, дед лечил рак, притом успешно. Но большинство хранившихся после смерти деда историй болезни было конфисковано в 1937 году и пропало бесследно. И фактов, подтверждающих излечение больных со злокачественными опухолями, нет. Поэтому мама моя, хирург, в ответ на рассказы бабушки обычно говорила: «Ну, значит, это был не рак. Против рака пока что средств нет».

НАШИ БОЛЕЗНИ — НАШИ СТРАСТИ

Для тибетских средств нет противопоказаний. Они безвредны и служат преимущественно стимулом к тому, чтобы организм сам поборол болезнь. Отсюда один из главных постулатов врачебной науки Тибета — лечить не болезнь, а больного, то есть организм в целом.

Этому я был свидетель. Моя мама, работая в районной поликлинике, никогда не применяла тибетских лекарств. Особенно после событий 1937 года. Но однажды к ней пришла больная с застарелой экземой на руках. Эту экзему лечили всевозможными мазями, лечили и при помощи хирургического вмешательства. Никаких результатов. И, как рассказывала мама, она пожалела больную женщину и дала ей бадмаевский шижет — порошки, принимаемые внутрь. Это лекарство устанавливает правильный обмен веществ в нашем организме. И оно за две недели сняло застарелую экзему.

Европейская медицина рекомендует делать прививки от инфекционных болезней: дифтерии, кори, скарлатины и т. д. Тибетская медицина считает, что здоровый организм вообще не подвержен инфекции.

Вот как разбирает все эти вопросы сам П. А. Бадмаев в рукописи, датированной 11 февраля 1910 года, Санкт-Петербург:

«Рассматривая человека, как огромную колонию простейших существ, связанных одним общим волевым импульсом, тибетский врач говорит, что, если мы добьемся правильного обмена веществ в одной малой, вполне самостоятельной части (клетке), мы уже добились оздоровления и всего организма. Следовательно, основа и главный метод лечения тибетской медицины заключаются в том, что, дав каждой части в отдельности силу и возможность борьбы с анормальными условиями, вызывающими расстройство, она тем самым оздоравливает весь организм.

Средства же к борьбе с болезнями тибетский врач находит во всем, что его окружает. Он говорит, что четыре стихии (воздух, вода, огонь, земля) дают нам лекарства. Поэтому, видя в минералах изотерическое соединение воды и земли, в растениях — воздуха, воды и земли, в животных — воздуха, воды, земли и огня, тибетский врач берет из этих трех царств: животного, минерального, растительного — материалы борьбы с болезнями.

Чтобы быть добрым — надо быть здоровым. Чтобы не презирать меньших себя — надо помнить, что и ты сам создан так же, как и они. Чтобы помогать совершенствоваться — надо уметь лечить духовные и физические страдания, ибо, чтобы постигнуть высшее, надо опереться на твердую и надежную опору, то есть на свое вполне духовно и физически здоровое тело, — говорит тибетский врач.

Врачебная наука Тибета распадается на два больших отдела: наука о здоровом человеке и наука о больном человеке.

Первая — воспитательно-образовательного и предупреждающего расстройства питания в организме характера.

Наука же о больном человеке характера исключительно врачующего.

К числу воспитательных наук, без сомнения, относится этика врачебного сословия Тибета.

Конечно, образованному миру небезынтересно будет ближе ознакомиться с этим кодексом нравственности. Обществу дано полное право требовать от представителей врачебной науки Тибета выполнения всего того, что в этом кодексе написано. С другой стороны, в этих этических произведениях ясно указывается, как общество должно относиться к врачебной науке и к представителям ее.

Спросят, конечно, какая же связь между нравственностью и болезнями, то есть расстройством питания организма?

На это врачебная наука Тибета отвечает, что все наши поступки — физические, умственные... [нрзб] и нравственные, — не согласные с законами природы, вызывают расстройства питания, то есть борьбы в организме.

О физическом переутомлении имеет понятие всякий, в последнее время очень много говорят об умственном переутомлении, и для всякого станет понятным, когда скажем о переутомлении нравственном.

Чрезмерные физические утомления бесспорно нарушают питание в тканях организма до болезненного его состояния, также влияет на организм и умственное переутомление, нравственное же переутомление причиняет еще большее расстройство питания.

В культурных странах мы постоянно встречаемся с весьма серьезным расстройством питания в разных сферах организма обоего пола вследствие нравственного переутомления. Большинство общества прибегает к врачебному сословию в моменты страдания физического, умственного и нравственного, вызванного им же самим вследствие надругания над законами своей природы.

Между тем врачебная наука как вера неразрывно должна быть связана с человеком с самого момента его воспроизведения.

Какая наука, как не врачебная, может давать совет молодым людям обоего пола при браке разумно относиться друг к другу, чтобы сохранить здоровье и избежать физического, умственного и нравственного переутомления? Эта же наука только и может дать совет разумный любящим родителям о воспроизведении потомства.

Для нас совершенно ясна та причина, которая препятствовала представителям врачебной науки занять свое место в общественной жизни.

Наука как великая истина не признает насилия и воспитывает своих представителей относиться ко всему окружающему осторожно и скромно. Хорошие, нравственные и знающие люди незаметны в общественной жизни, они не стараются выдвигаться, ибо исполняют только свой долг. С глубокой древности выдающиеся представители врачебной науки имели на народы гуманизирующее влияние.

Таковы были знаменитые врачи Индии, Тибета, Египта — александрийского периода, Греции, Рима и современной Европы, но зато общество и до сих пор еще не понимает и не вникает в этот великий смысл врачебной науки, вследствие своей... [нрзб]...

Выбирайте себе лучшую воду и охраняйте ее, пользуйтесь ею в изобилии как для возмещения живой воды в вас находящейся, так и для поддержания необходимой чистоты.

Пользуйтесь в изобилии атмосферным воздухом, не портите его и помните, что живой воздух, находящийся в вас, нуждается в обновлении — в атмосферном воздухе.

Врачебная наука говорит: будь правдив и не делай никому зла, даже мысленно, — не утруждай все пять чувств, но и не оставляй их в бездействии, — всегда и везде будь осторожен, — избегай всего, что невольно вызывает чувство страха, — не проводи бессонных ночей, в крайности необходимо немного заснуть на другой день, но непременно натощак, — не спи днем, этим могут пользоваться только истощенные, испытавшие горе старики и лица, чрезвычайно трусливые. Далее, не следует злоупотреблять половыми отношениями, в особенности же избегать последних, когда зрелость субъекта не выразилась еще естественным образом, наконец, следует избегать и чрезмерного физического труда».

Врачебная наука Тибета очень серьезно занимается исследованием женского организма. Именно в женщине, в ее организме, считает ВНТ, скрыта великая тайна духовного и телесного возрождения будущего человечества. Высоко призвание женщины как матери-руководительницы, которая, получив образование, равное с мужчиной, и сохранив ей присущие нравственность и чистоту, может дать миру Мир и Благоденствие.

Когда речь пойдет о судьбе мира, власть станут брать женщины, — предсказывает Бадмаев.

ДОКТОР ВСТУПАЕТ В БОРЬБУ

Медики Петербурга отнеслись к выходу «Жуд-Ши» по-разному. С ростом популярности у Бадмаева появляются завистники из числа практикующих врачей и аптекарей. Однако были и сторонники из числа видных ученых.

В газете «Медицина» № 1 за 1889 год декан медицинского факультета Юрьевского университета профессор, впоследствии академик С. М. Васильев в статье «О системе врачебной науки Тибета П. А. Бадмаева» писал:

«Г-ну П. Бадмаеву пришла удачная мысль дать в русском переводе сборник тибетской медицины «Жуд-Ши», с которой европейские врачи вообще очень мало знакомы. В самом деле, одни из них смотрят на тибетскую медицину как чуть ли не на медицину знахарей и т. п., другие ставят ее в ряд так называемой народной медицины. Действительно же... тибетская медицина, по-видимому, возникнув из одного и того же источника с европейской, то есть греческой и даже египетской, рано отделилась под влиянием последних и продолжала совершенно самостоятельно развиваться сначала в Индии, а потом и на тибетском плато.

О холере тибетцы знали не только в то время, когда узнали европейцы, но еще за много лет раньше, точно так же и о брюшном тифе, крупозном воспалении легких, чуме и т. д. Тибетские врачи... о так называемых наших токсинах подозревали еще в то время, когда в Европе не допускали мысли о заразном характере вышеприведенных болезней. Не менее достойна удивления та мысль, что эти яды, по учению тибетской медицины, проникая в организм, теряют свою ядовитость, если физиологические процессы нормальны, а ткани органов вполне целы; если же целость и нормальность органов были нарушены, хотя бы временно в момент соприкосновения с заразным ядом, то заражение делается безусловным. Вот где по тибетской медицине скрывается случайность, на которую жалуется человечество вследствие низкой культуры».

Из предисловия к «Жуд-Ши»: «Выработанная двадцать столетий тому назад система скромных тружеников врачебной науки может быть названа в настоящее время «терра инкогнита» для европейского мира.

Она и сейчас мало известна у нас. Но интерес к ней в среде ученых возник. Академик АМН В. Н. Казначеев, ссылаясь на учение академика В. И. Вернадского о взаимоотношениях между косным веществом и живым в различных регионах земли, считает, что от продуктов питания зависит его динамика — длительность цикла жизни. (Весь животный мир может рассматриваться как потребляющие органы, а растительный мир — как энергоструктурные, производящие. Человеческие существа здесь не исключение).

С изменением экологических условий для человека появилась угроза разрыва трофических нитей, которые отражали его древнее генетическое родство с биосферой... Для высокоразвитых стран эта опасность еще больше! С разрушением этнографических укладов, традиций, даже некоторых культовых обрядов и обычаев теряются и таящиеся в них рациональные элементы. И самое важное, что гигантский опыт, накопленный человечеством в этом отношении, теряется безвозвратно. Такая потеря, пишет Казначеев, равносильна исчезновению растительного и животного мира. И современная медицина ничем тут не может помочь, она не восполняет потери этих связей. Синтетические препараты, снимая те или иные компоненты заболеваний, приносят в конечном счете больше вреда, чем пользы, — считает академик Казначеев и тут же указывает, что науки, которая бы изучала эти закономерности, нет! Но! «Перспектива создания такой науки имеется на основе изучения сравнительной эволюционной экологии человека и наследия древней индо-тибетской и бурят-монгольской отечественной медицины».

В зрелые годы, когда Бадмаев достиг известности, он задумывает создать на Поклонной бурятскую школу с программой классической гимназии, ибо знает, что не так-то легко ребятишкам Бурятии попасть в единственную в Иркутске гимназию. Обычно, приняв решение, он тотчас приступал к его исполнению. Он пишет в Агу родным, чтобы они прислали в Петербург своих детей и детей своих знакомых — тех, кто пожелает учиться. Все содержание и обучение в Петербурге он берет на себя.

Формально разрешение было получено, и вскоре школа начала функционировать. Из Аги, Читы, Забайкалья в Петербург потянулись бурятские дети. Среди них оказались, как потом выяснилось, будущий нарком здравоохранения Бурятии и будущий хамбала лама Гобоев — глава буддийской общины в СССР и на всем буддийском востоке. Создав школу, Петр Александрович обратился в министерство просвещения с просьбой, чтоб его школе предоставили статус государственной гимназии, а учителям ее шли чины и выслуга лет. «Гимназию буду содержать я! Мне важно другое: что государство одобряет мою идею...» — говорил он. Но бюрократы существовали и в то время, и в статусе было отказано.

Кроме того, он учредил на восточном факультете университета, который кончал, две стипендии для инородцев. Когда в 70-е годы я был в Бурятии, на родине деда, кандидат исторических наук Жигжитжаб Доржиев подарил мне свою книжку, изданную Дальневосточным научным центром Академии наук СССР, — «Научное наследие Г. Ц. Цыбикова». (Цыбиков — бурят, знаменитый исследователь Тибета, профессор, писатель.) Автор книги сделал такую надпись: «Борису Сергеевичу — высокоуважаемому внуку агинского мудрого предка, который обучил Г. Цыбикова. Ж. Доржиев».

Одновременно Бадмаев думает о развитии тибетской медицины как науки. Но создать такую школу в Петербурге сложно — учителя, эмчи-ламы, живут в Бурятии. И П. А. Бадмаев обращается в департамент духовных дел иностранных вероисповеданий (в том числе буддизма) с ходатайством об открытии пяти медицинских семилетних школ при дацанах для бурятского населения Восточной Сибири. Департамент духовных дел разрешил открыть две медицинские школы для бурятского населения и одну для калмыков. Кроме того, у него на Поклонной постоянно стажируются врачи Медико-хирургической академии.

Дорога, дорога на Восток — вот предмет его мечты и раздумий! Прямых указаний, что дед явился одним из инициаторов строительства великой Транссибирской железнодорожной магистрали, нет. Но имеется его письмо министру финансов Витте. Письмо датировано 26 декабря 1896 года. Помимо всего, в нем есть такие строчки, обращенные к Витте:

«Дорогой Сергей Юльевич! Вспомните начало нашего знакомства. Вы только умом обнимали Восток, хотя мало были знакомы с ним. Вы по воле в бозе почившего государя Александра III энергично настояли на проведении Сибирской железной дороги, изыскав для этого средства. Вы шире взглянули на это дело, когда узнали важное значение Китая для этой дороги, если она будет соединена с внутренними провинциями собственно Китая. Вы, вероятно, вспомните ту записку, которую я подал государю-императору в самый разгар войны Японии с Китаем. Я просил четыре вещи, первое в том, чтобы Россия принудила Японию заключить мир; второе, чтоб никаким образом Россия не допустила Японии захвата на материке; третье, в отдельной записке, чтобы Россия удалила японского посланника Нисси, как вредного человека, а четвертое, с чем вы не согласились, полного преобразования Приамурского края, преобразования Азиатского департамента и факультета восточных языков».

Фраза «Вы шире взглянули на это дело, когда узнали важное значение Китая для этой дороги» говорит сама за себя; это, очевидно, деликатное напоминание. Видимо, все-таки Витте узнал о значении дороги от Петра Александровича, ратовавшего за расширение торговли с Китаем. Проблема транспортировки мяса, скота, молочных продуктов была острой и для степной Аги, где мясо было дешево, а ввозимый хлеб дорог.

В царствование императора Николая II, Петр Александрович не раз обращался к нему с письмами; обыкновенно письма эти содержали какие-либо проекты, предложения или критику политики Николая... При этом Бадмаев иногда обращался к царю на «ты». И сам тон писем временами был достаточно суровым. Объяснить это можно лишь тем, что Петр Александрович знал Николая еще мальчиком, — отсюда и некая вольность в обращении... Хотя имя Государя было для него свято. И все же...

А вот запись из дневника Николая II от 24 февраля 1895 года:

«Бадмаев, бурят, крестник Папа, был у меня, много занимательного рассказывал он о своей поездке по Монголии».

Запись от 26 марта того же года: «После завтрака имел продолжительный разговор с Бадмаевым о делах Монголии, куда он едет. Много занимательного и увлекательного в том, что он говорит». (см. Дневник императора Николая II, 1890—1906 гг. М., Полистар, 1991 г.)

В начале 900-х годов у Петра Александровича обостряются отношения с медицинским советом при управлении главного врачебного инспектора — была такая должность в министерстве внутренних дел. Он подает в совет записку с просьбой признать за тибетской медициной право государственности. Но в совете у него немало врагов. И в ответ на свою просьбу он получает следующее постановление: «Совет нашел, что закрепить право государственности за тибетской медициной, представляющей собой не что иное, как сплетение зачаточной архаической науки с невежеством и суеверием, нельзя, а потому... ходатайство г. Бадмаева не подлежит удовлетворению».

Петр Александрович, человек по натуре эмоциональный, вспыльчивый, не мог согласиться с таким постановлением и ответил публицистической брошюрой «Ответ на неосновательные нападки членов медицинского совета на врачебную науку Тибета», издав ее большим тиражом. В ней он приводит ряд конкретных историй болезни своих пациентов — тех, кого европейские коллеги признали безнадежными, отказавшись от лечения. Прежде всего он указывает на то, что те больные были неверно диагностированы. «У меня излечились десятки тысяч больных с болезнью «боро». Эти больные приходили ко мне с разными диагнозами европейских врачей: кто определил катар желудка, другой язву желудка, камни в печени... туберкулез. Все эти больные совершенно излечились при употреблении шижет-дугба номер 179 совместно с другими лекарствами сообразно сложениям... Итак, способ исследования болезни, определения болезни и лечение ее по системе врачебной науки Тибета стоит на строго научной основе».

В свою очередь, Бадмаев спрашивает своих оппонентов: «Чем объяснить, что в Петербурге, в центре цивилизации России, где ученые европейские врачи держат так высоко знамя своей науки, тибетская медицина привлекла к себе взоры страждущих и стала центром всеобщего внимания? Почему трудящийся рабочий люд, имея даровое лечение... наполняет приемную врачебной науки Тибета, ежедневно, сотнями, ожидая семь рабочих часов в месяц на ожидание — почему? Почему богатые также ожидают своей очереди и платят 5—10, 25 р., тогда как они, сидя дома, могли бы пригласить к себе любую знаменитость, — почему?..»

Прервем цитату, здесь необходимо разъяснение относительно платы за лечение. Указанные суммы довольно значительны по тем временам. Но Петру Александровичу самому лекарства обходились дорого: большинство составных частей лекарств — травы, плоды деревьев — приходилось транспортировать из Бурятии, а некоторые из Монголии и Тибета. Кроме того, с бедных слоев населения, тех же рабочих, о которых он упоминает, и крестьян, он брал всего 1 рубль, а с богатых гораздо больше. Оплата зависела от продолжительности курса лечения. По свидетельству моей бабушки, дед иногда, увидев бедно одетого человека, пришедшего к нему на прием, говорил ему: «Спрячьте деньги, потом, потом...» И лекарства давал бесплатно. А миллионер Манташев за визит к доктору оставлял в конверте не менее 25 рублей золотом.

Но продолжим цитату. В негодовании Петсан (так звали деда домашние) продолжает задавать вопросы:

«Почему газетные нападки самого злонамеренного свойства против врачебной науки Тибета... не охлаждают рвения лечиться по системе этой науки? Потому, что люди разных слоев общества, измученные болезнью, находят себе быструю помощь во врачебной науке Тибета. Сначала в силу необходимости, а потом из любви к ней они стали знакомиться с сущностью и с силой этой науки, которая, как всякая истина, оказалась ясной и доступной для понимания.

Врачебная наука Тибета при помощи анализа и синтеза еще тысячу лет тому назад завоевала себе славу; она учит сохранять здоровье, предупреждать заболевания, помогать себе и ближним при заболевании, учит понимать красоту здоровой жизни при разумном труде».

В предисловии к брошюре автор язвительно замечает:

«Отвечаю членам мед. совета лишь во имя науки и идеи.

Считаю долгом передать свое поистине святое наследие миру. Забочусь о тех несчастных страждущих, которые благодаря только тибетской медицине получают и должны получать в будущем красоту — здоровье.

Мне лично — представителю этой науки — ничего не нужно...»

УГОТОВАННАЯ СУДЬБА

В 1900 году Петр Александрович расстался со своим секретарем Е. И. Вишневским, который стал его зятем и вместе с молодой женой уехал служить в провинцию — в город Луцк.

Должность секретаря оказалась вакантной, и доктор дал объявление в газету о том, что ему требуется секретарь, желательно имеющий фельдшерское образование.

...Годом раньше в Петербург из Тифлиса приехали две подруги, окончившие гимназию, — Лиза Юзбашева и Виргиния Арцруни. Лиза Юзбашева была старшей дочерью в многодетной семье армянина штабс-капитана Федора Ивановича Юзбашева, служившего в кавказском корпусе русской армии. Мать, Наталия Егоровна, была грузинкой. Сама Лиза являла образец пронзительной кавказской красоты. Семья Юзбашевых жила на скромное офицерское жалованье. И Лиза, сознавая, что сама должна подумать о своем будущем, решила ехать в Петербург и договорилась о том с подругой. Лизу тянуло к медицине, и она поступила на фельдшерские курсы, Виргиния — в консерваторию по классу вокала. Позднее ушла в революцию, вступила в партию эсеров. Лиза же увлеклась толстовством и даже писала письма Льву Николаевичу. Она снимала комнату на Фурштатской, близ Литейного, и жила репетиторством и перепиской частных бумаг.

Лиза Юзбашева прочла в газете объявление Бадмаева — в 1900 году это имя было уже достаточно известно в Петербурге — и в тот же день отправила письмо, сообщив о себе короткие сведения и адрес. Она мало надеялась на успех — у нее не было рекомендаций. Однажды, вернувшись домой с урока, Лиза была встречена взволнованной квартирной хозяйкой, которая сообщила, что девицу Юзбашеву спрашивал какой-то важный генерал, приезжавший в карете. Узнав, что ее нет дома, пожелал взглянуть на комнату, в которой она живет. У себя на бюваре Лиза нашла визитную карточку: «Петр Александрович Бадмаев. Доктор тибетской медицины. Действительный статский советник. Поклонная, 1» — и записку с предложением приехать в назначенный час.

Позже она рассказывала, как войдя в его кабинет, увидела невысокого, без единой седины человека —

волосы ежиком, — который стоял около большого письменного стола; он хоть и стоял, но всей своей позой, острым взглядом узких монгольских глаз выражал движение, стремительность. У него была небольшая борода и усы. Внешне ему нельзя было дать больше сорока, хотя ему было более семидесяти. Полвека спустя моя бабушка, Елизавета Федоровна Бадмаева с улыбкой вспоминала, что и Тифлисе, и в Петербурге вокруг нее кружились молодые люди. Она отвергала все предложения. Сейчас же, войдя в кабинет и увидев Бадмаева, она сказала себе: «Тот самый».

...Он коротким жестом предложил Лизе сесть, взглянул на часы и сказал: «Первый экзамен на точность выдерж».

Он говорил с легким восточным акцентом и не все слова договаривал до конца, обрывая на полуслове. На нем был светло-коричневый, тонкой шерсти сюртук, темные брюки и мягкие туфли. Неслышно прохаживался по мягкому персидскому ковру. «Как у вас память? — первое что спросил он и добавил, — мои слова — ваша память. Я могу забыть, вы — нет».

Затем спросил, сколько мадемуазель Юзбашева желает получать жалованья. Лиза молчала. Тогда последовал вопрос: «Какой вы имеете доход от переписки и репетиторства?» «Пятнадцать, иногда двадцать рублей», — ответила Лиза. «Хорш. Для начала положим пятьдесят. Согласны?» — «Да». — «Тогда завтра к двум часам дня на Литейный, шестнадцать. Работы много».

Как Петр Александрович рассказывал потом сам, на свое объявление он получил несколько десятков предложений. Он сам объездил претендентов и остановился на Лизе Юзбашевой, не видя ее, потому что ему понравился порядок в ее комнате и особенно на письменном столе. Трудолюбивая по натуре, Лиза проявила большое усердие к новой должности. К медицине ее тянуло с гимназических лет, ей нравился доктор. Все было так необычно и вначале казалось загадочным.

...Очередной пациент входил в кабинет. Петр Александрович сажал его против себя, иногда подходил к нему близко и стоя вел с ним разговор. Обыкновенно доктор разрешал больному сказать две-три общих фразы: «Здравствуйте, доктор! Лечусь давно у разных докторов и вот решил обратиться к вам. У меня...» Но на этой фразе Бадмаев останавливал его: «Вы скажете потом. Если я ошибусь... Вначале я».

Он нащупывал пульс, но не двумя, как обычно пальцами, а всеми четырьмя, пятый, большой, держал сверху. Всматривался в зрачки.

— Скажите, у вас здесь болит? — спрашивал вдруг и указывал на определенное место, например печень.

— Да, да, доктор! — отвечал изумленный больной.

Затем доктор спрашивал пациента, не испытывает ли он по утрам горечь во рту или легкие головокружения, — судя по диагнозу. И тот, продолжая изумляться, подтверждал, что да, испытывает именно такие ощущения. Естественно, больной начинал верить в чародея-доктора.

...Спустя год, вычитывая корректурные листы второго издания книги «Жуд-Ши», Елизавета Федоровна поняла истоки прозрения доктора.

«Голос больного, тон его голоса, вообще речь, звуки и шум, производимые больным при дыхании, при движении... дают возможность узнать как причину, так и сущность болезни. По голосу человека легко узнать его душевное настроение», — писал Петр Александрович.

Неожиданным откровением было то, что врачебная наука Тибета считает, что как благосостояние человеческого организма, так и расстройство его находятся в зависимости от трех основных причин, которые, в свою очередь, зависят от степени физического и умственного развития человека: 1) от неумения пользоваться своими страстями; 2) от отсутствия истинной доброты и 3) от незнакомства с врачебной наукой, в частности, от незнания вообще.

От первой причины — от неумения пользоваться своими страстями, — возникают расстройства питания органов, тканей и частиц, поддерживающих равновесие жизненной, живой теплоты в организме.

От второй причины — отсутствия истинной доброты — возникают расстройства питания кровеносной системы с сердцем и печенью по главе.

От третьей причины и, в частности, от незнания условий нашей жизни возникают все расстройства питания и простудно-катаральные болезни.

Как мы видим, врачебная наука Тибета связывает нравственное здоровье со здоровьем физическим: 1) ложь и клеветничество суть продукты потери воли, вследствие расстройства восприятия, уподобления, всасывания, усвоения, удаления-очищения-расходования воздуха центральной нервной системы; 2) воровство, убийство, зависть, гордость, честолюбие, сребролюбие — продукты потери воли вследствие расстройства восприятия, уподобления, всасывания, усвоения, удаления-очищения-расходования воздуха и жизненных процессов желчи; 3) чрезмерная наклонность к яду, пьянству и беспутству — продукты потери воли вследствие расстройства восприятия, уподобления, всасывания, усвоения, удаления-очищения-расходования воздуха и расстройства жизненных процессов слизисто-серозной и млечно-лимфатической системы. Все другие анормальные явления в области мысли, речи и действий по врачебной науке Тибета также объяснимы расстройством жизненных процессов».

Само учение «Жуд-Ши» так поэтически описывает наш организм: «Сердце — царь органов, опора жизни, опора возраста, то есть от состояния сердца зависит продолжительность жизни и состояние духа.

Пять маленьких отростков легких, которые его держат, как мать держит на руках своего ребенка. Белая часть грудобрюшной преграды подобна белой занавеси. Печень подобна горе с острыми вершинами. Селезенка имеет толстые края, тонкую середину. Правая и левая почки подобны силачам со сложенными назад руками. Желудок подобен котлу для варки пищи и имеет вид редьки с четырьмя складками. Желчный пузырь подобен мешочку с золотом, привешенному к печени. Толстые кишки похожи на змею с тремя сгибами. Начало и конец тонких кишок указывают на начала и концы многочисленных оросительных канавок. Прямая кишка служит продолжением толстых кишок. Белая и темные жировые ткани брюшной полости помещаются между и впереди органов брюшной полости. Мочевой пузырь подобен мешку, отверстие которого обращено вниз. Съемный пузырь подобен железке и казнохранилищу.

Серьезные повреждения всех вышеуказанных органов ведут к смерти».

В 1903 году Петр Александрович поручил Елизавете Федоровне заведовать аптекой на Поклонной, следить за точным выполнением технологии изготовления лекарств. С утра она приезжала на Поклонную и находилась там до двух часов, а затем вместе с доктором ехала на прием на Литейный, 16. Там в комнатах ожидания сидело уже человек сорок и больше. В кабинете доктора в стеллаже с сотнями небольших деревянных выдвигающихся ящичков хранились лекарства различных наименований, всего более двухсот номеров. Они имели, кроме номера, свои названия, например, шижет, ледрэ, гобырь и т. д. Обладая хорошей памятью, Елизавета Федоровна скоро научилась ориентироваться в лекарствах. Наиболее часто применяемым был шижет — лекарство, устанавливающее правильный обмен веществ в организме. Его дозировал, то есть составлял рецепт, сам Петр Александрович.

Иногда Петр Александрович говорил пациенту: «К сожалению, для вас у меня сейчас нет лекарств... Может быть, в будущем...» И потом Елизавете Федоровне: «Поздно! Не остановить: опухоль уже охватила жизненно важные центры. Жить осталось месяц. Сказать ему это нельзя, но и обманывать не могу... Если б годом раньше!»

Впоследствии Елизавета Федоровна стала гражданской женой Петра Александровича Бадмаева. В 1907 году у них родилась дочь Аида. Вторая часть повествования — записки Аиды Петровны Гусевой-Бадмаевой, в которых она подробно описывает положение своей матери в доме Бадмаева. Елизавета Федоровна была младше него более чем на сорок лет, но пронесла любовь к нему через всю жизнь и в горький для него час не оставила его, пошла за ним в тюрьму. Ее настоятельным хлопотам Петр Александрович был обязан своим освобождением из Чесменской тюрьмы в 1920 году.

Я — сын Аиды Петровны — родился уже после смерти деда. Родился в доме на Ярославском проспекте в Ленинграде, где он умер. Это всего в восьмистах метрах от Поклонной горы. Под горой, в сиреневом саду с прудом стоял бревенчатый пятикомнатный особняк под железной крышей, над прудом росли черемуха, ивы. И мои первые десять лет жизни, вплоть до 1937 года, прошли в доме бабушки, Елизаветы Федоровны. Мы с бабушкой часто ездили на Шуваловское кладбище, где был похоронен дед. И случалось, заставали там в могильной ограде совершенно посторонних людей, бывших его пациентов; они приносили цветы на его могилу. В 30-е годы в округе Удельная — Озерки, пригородах Ленинграда, была жива память о нем, и даже остановка на Поклонной называлась «Дача Бадмаева» — так объявляла кондукторша.

В школе, во дворе ребята, мои ровесники, и взрослые часто расспрашивали меня о деде. И самый роковой вопрос был: «А верно, что он лечил царя, царский лекарь был?..» — вопрос достаточно острый для тех лет. Я, в свою очередь, задавал этот вопрос бабушке. Та сдержанно отвечала, что дедушка не был лейб-медиком, не имел такого звания. Но как известного врача его приглашали во дворец на консультацию. Однако в 1912 году Петра Александровича перестали приглашать в связи с его отрицательным отношением к Распутину и попыткой разоблачить всесильного старца.

Взрослея, я узнавал подробности посещения дворца дедом. Во дворце он бывал в начале 900-х годов. Обыкновенно накануне Бадмаеву на Поклонную по телефону, который уже появился в Петербурге, звонил министр двора Фредерикс и объявлял высочайшее желание, чтоб доктор посетил одну из заболевших дочерей, Настю или Марию... Для этого случая Петр Александрович надевал фрак, брал с собой небольшой чемоданчик с лекарствами и ехал во дворец.

Возвращался и рассказывал, как был принят. Обычно его встречала императрица, она и присутствовала при осмотре заболевшей дочери, задавала вопросы как всякая мать: «Верно ли, доктор, что это ангина, не дифтерит? Я так боюсь...» Для Петра Александровича важно было увидеть цвет воспаленного горла. И убедившись, что нет опасного зеленоватого оттенка на гландах, говорил: «Обыкновен петербург ангина. Пить ледрэ...» и оставлял лекарства. «Могу ли я допускать к больной моих девочек?» — следовал вопрос. «Можете, — отвечал дед, — но для полной безопасности покурите в комнате вот этой травкой. Я с ней входил в чумные бараки», — советовал доктор и оставлял несколько тоненьких, толщиной со спицу, папиросок, сделанных из скатанных листьев тибетской травы. Этими папиросками в детстве, бывало, дымила бабушка, входя ко мне в детскую: она делала несколько взмахов, папироса медленно тлела, шел неедкий, скорей приятный запах. Не знаю, от этого ли, но в жизни я никогда не болел гриппом, никакой из его ежегодных форм, и вообще я не подвержен инфекции. Простужаться, да, случалось.

Но продолжу рассказ, слышанный от бабушки. Однажды в конце визита доктора во дворец, появился император Николай II. Учтиво улыбаясь, Николай начал разговор с вопроса:

— Петр Александрович, я читал вашу записку, касающуюся нашей политики на Востоке... Какую опасность вы видите там? Я не уловил...

Готовый к такому вопросу, дед начал излагать свои мысли.

— Бог с ними! У нас своих дел полно, — сказал император.

— Ваше величество! Но для нас есть две опасности! — настаивал дед, ему хотелось высказать мысль, возникающую при поездках на Восток. — Первая исходит от англичан, которые уже являются господами в Кашмире, и все действия их на Востоке и их попытки пройти к Тибету показывают, что не они боятся нас, а мы должны бояться их...

Основная мысль его рассуждений состояла в том, что Тибет — ключ к Азии со стороны Индии. И англичане ясно осознают, что, завладев Тибетом, они через Куконор, Алашань и Монголию будут иметь влияние с одной стороны на наш Туркестан, а с другой — на Манчжурию... И будут возбуждать против нас весь буддийский мир. И действительно сделаются хозяевами над монголо-тибето-китайским востоком.

Император молча выслушал и спросил о второй опасности.

— Япония, ваше величество! Да, это маленькая страна и отделена от нас водой... Но Япония уже не та, что полвека назад. И она ведет себя вызывающе. Японцы достаточно умны, чтоб бравировать...

Это не просто пересказ того, что я слышал от бабушки. В сохранившемся письме Николаю II после русско-японской войны в 1907 году действительный статский советник П. А. Бадмаев прямо упрекнул императора за провал русской политики на Востоке.

«Ваше Величество!

При дворе богодыхана соглашение министра финансов с Лиханчугом о железнодорожной линии было понятно в неблагоприятном для России смысле. Японцы и европейцы, воспользовавшись этим, успели убедить китайских вельмож, что такая агрессивная политика России угрожает Китаю. Японцы, заручившись благожелательством европейцев, Америки и Китая, объявили нам войну, для того, чтобы доказать всем, а главное — многомиллионному Китаю, могущество Японии, и в то же время показать слабость России.

Этого они вполне достигли. Японцы вели войну с Россией, а захватили вассальное Китаю государство — Корею и китайскую провинцию Южную Маньчжурию, занятую нами, а также перехватили половину нашего Сахалина...

Современные деятели обязаны мудро исправить нашу ошибку на Востоке, умело начать переговоры с властями Китая и изменить существующее условие, возникшее на Маньчжурской ж.д. после Портсмутского го договора.

Всевозможные столкновения по делам Маньчжурской ж.д. с китайскими властями будут раздуты японцами и дадут повод к серьезным неожиданностям... Наши богатейшие окраины до сих пор в опасности, пока японцы не будут окончательно разбиты нами на материке».

Петр Александрович не раз обращался к царю с жалобой на читинскую русскую администрацию (особенно при министре Плеве), собирающую дань с бурят в виде взяток. И во время очередного визита Бадмаева во дворец между царем и дедом, как передают, произошел такой диалог:

— Петр Александрович, Вы пишете, жалуетесь на притеснения, чинимые будто бы бурятам. Но вот передо мной стоит бурят — известный врач и действительный статский советник, — улыбаясь, сказал Николай.

— Ваше величество, я один, один!.. Силой случая... Я другое хочу сказать. Русский чиновник в Сибири, особенно в Забайкалье, дискредитирует императорскую власть и этим подрывает доверие к трону... Известный вам Сперанский, будучи послан в Сибирь губернатором, привлек к суду шестьсот чиновников за лихоимство... И укрепил доверие к власти!

— Дайте мне Сперанского, и я пошлю его в Сибирь губернатором, — тихо, уже без улыбки отвечал император. И Петр Александрович понял скользнувшую в словах царя горечь: в России уже не было государственных людей масштаба Сперанского. Среди безликого окружения государя возвышалась лишь одна фигура — Столыпина, но и он был обречен, знал это и потому завещал похоронить его там, где убьют. А те, кто могли бы формироваться как государственные мужи, находились в плену рокового заблуждения, что надо служить не Отечеству, а ниспроверганию его. И в этом русле, к несчастью, шла большая часть интеллигенции во главе — страшно сказать — со Львом Толстым, призывавшим отказываться служить в армии, вообще состоять на государственной службе... «А служить в банке, быть предводителем, — так стыдно...» — восклицает Федор Протасов в драме Л. Толстого «Живой труп». В той же пьесе, террористы — герои, те самые, которые при покушении на Столыпина убили около 30 невинных посетителей премьера и ранили его сына и дочь. Да, Николаю II было не просто управлять страной, когда против него стояли такие силы: от великого Толстого до популярных Горького и Короленко и Ленина, мечущего из Швейцарии свои ниспровергающие самодержавную Россию памфлеты, статьи...

Читатель простит нас за это небольшое отступление, заметим, кстати, что Петр Александрович был в восторге от «Войны и мира», но последний роман Л. Толстого «Воскресение» считал пасквилем на Россию, и едко смеялся над теорией непротивления злу насилием.

Продолжим прерванный диалог между царем и Бадмаевым.

— Говорят, ваша наука полна таинственности, это верно? — спросил император.

— Ее окружали таинственностью те, кто хотел скрыть ее от людей. Даже в «Жуд-Ши» это было. Но я, переводя эту книгу, постарался освободить ее от суеверия, шаманизма. Наука с этим не уживается.

— Вы не верите в предсказания?

— Болезнь можно предсказать. Существует предрасположение...

— А судьбу?

— Я не умею, Ваше величество.

— Тогда предскажите, чем я заболею и когда, — снова улыбаясь, сказал император.

— Я попрошу руку вашего величества... Нет, не ладонь, мне нужен пульс.

Нащупав пульс на руке Николая, дед долго, минуты две, слушал его биение. Потом сказал:

— Пока что я не вижу никаких симптомов заболевания или признаков, предшествующих ему. У вас пульс здорового человека. Вероятно, вы много работаете физически на воздухе?

— Верно! Пилю дрова. Не менее двух часов в день. Люблю!

Еще одно письмо, посланное царю в 1907 году:

«...Революция идет своим чередом, несмотря на репрессивные меры, захватывая глубже и глубже все население... Многие государственные люди думали, что граф Сперанский был сторонником конституции... Петр Великий и граф Сперанский бесспорно были сторонниками абсолютной монархии.

Сперанский прибыл в Сибирь в 1819 году, сейчас же предал суду 600 чиновников за лихоимство — этим он избавил инородческое население от чиновничества, которое дискредитировало императорскую власть и возбуждало население против трона. Он сразу понял благодетельное значение децентрализованной власти...»

Петр Александрович был противником централизованной власти и считал, что она должна распространяться лишь на армию, флот и внешнюю политику государства. Он упорно повторяет эти мысли в письмах к царю.

Уже вышло второе издание «Жуд-Ши», вышел полемический «Ответ на неосновательные нападки...» и ряд других работ, но Бадмаева продолжают упрекать в том, что он не делает достоянием общей гласности самое важное — рецептуру своих лекарств. В ответ на эти упреки он выдвигает идею создания народных аптек:

«Лекарственные средства ВНТ имеют огромное значение для больного только в том случае, если они приготовлены в высшей степени тщательно и точно, как предполагает эта наука. Последнее может быть достигнуто только в том случае, если составление и приготовление лекарств будет находиться в руках учреждения, которое прежде всего будет заботиться об интересах больных. Таким учреждением может считаться только учреждение, находящееся под контролем серьезного общества.

Я нахожу нужным эксплуатировать эти лекарственные вещества в пользу народного образования, и названье аптеки будет «Народная аптека П. А. Бадмаева». При этом лекарственные вещества, выходящие из этой аптеки, должны получать привилегию как в Российской империи, так и за границей, на западе и на востоке. Это необходимо потому: 1. Навсегда обеспечить капитал для народного образования. 2. Будет иметь возможность тщательно приготовлять лекарственные вещества; необходимо оградить эти лекарства от различных злоупотреблений.

Оглашение средств тибетской медицины заинтересует всех врачей и фармацевтов, и эти лекарственные вещества должны поступать в аптеки, а приготовленные там, расходиться по клиникам, госпиталям и больницам. Доходы этой аптеки в пользу народного образования могут возрасти до многих миллионов рублей; П. А. Бадмаев желает, чтоб 50% этого дохода шло на народное образование; 30% для поддержания аптеки, для изучения ВНТ и 20% в пользу П. А. Бадмаева и его потомства по его указанию во все времена существования аптек».

К сожалению, идею создания народных аптек не удалось осуществить — помешала Первая мировая война.

ГОД 1914. ВОЙНА

В 1910 году был полувековой юбилей открытия в Петербурге аптеки тибетских лекарственных трав. На Поклонной был устроен торжественный прием. Был отслужен молебен. Петр Александрович издал «Справку о положении врачебной науки Тибета в России».

«С 1860 года по 1873 год руководил этой аптекой А. А. Бадмаев, а с 1873 года руководит П. А. Бадмаев. С 1873 года было всего 573856 посещений и отпущено 8140276 порошков», — сообщает автор и подкрепляет это ссылкой на документы. Затем пишет: «Если в руках только двух представителей Бадмаевых врачебная наука Тибета приобрела огромную аудиторию и амбулаторию в России, то, бесспорно, при наличности большого количества трудоспособных дипломированных врачей в короткий период времени эта наука сделается общим достоянием России, у которой должна будет позаимствовать ее вся Европа.

Письма из туберкулезных курортов Швейцарии не оставляют никакого сомнения, что и западноевропейские больные уже прислушиваются к результатам лечения по методе врачебной науки Тибета. По общему закону, страждущее человечество всегда чутко относится ко всему тому, что может облегчить его страдания».

В первые дни объявления германской войны в доме Бадмаевых царило патриотическое настроение. Оба сына Петра Александровича — Петр и Николай — идут добровольцами на фронт. Несмотря на требования жены, Надежды Васильевны, устроить детей-офицеров адъютантами при штабе, отец уклоняется от этой просьбы. («Никаких протекций: как все, так и они, а там что Бог даст», — говорит он.) О судьбе сыновей говорится в записках моей матери. На Поклонной организуется госпиталь.

Наступают последние годы самодержавия. Но Петр Александрович об этом не подозревал. Или не хотел об этом думать.

А. Блок в своей книге «Последние дни императорской власти» дает такую характеристику П. А. Бадмаеву: «Бадмаев — умный и хитрый азиат, у которого в голове политический хаос, а на языке шуточки и который занимался, кроме тибетской медицины, бурятской школой и бетонными трубами, — дружил с Распутиным и Курловым... при помощи бадмаевского кружка получил пост министра внутренних дел Протопопов».

Эта характеристика Блока не выдерживает критики. «Умный и хитрый» — ладно, это его мнение. Но почему «в голове политический хаос»? Дед был монархист и не скрывал этого, даже под направленными на него стволами.

«Бурятская школа»? Так это хорошо, что дед заботился о своих земляках. И в эту школу принимали не только бурят. Бетонные трубы? Да, он впервые ввел в России железобетон. И бетонные трубы считаются одними из самых надежных. Что касается Протопопова и Курлова, то они были пациентами тибетского доктора. И вряд ли П. А. Бадмаев, зная о тяжелой наследственной болезни Протопопова, мог рекомендовать его министром внутренних дел.

Протопопова рекомендовал в письме Николаю II английский король Георг после того, как Протопопов возглавил делегацию думских деятелей во время их поездки в Англию. Кроме того, он был товарищем Председателя Думы. И не было у П. А. Бадмаева дружбы с Распутиным. Просто дед хотел выяснить, что же собой представляет Распутин, раз он так близок к трону. И когда выяснил, написал откровенное письмо царю, предлагая положить конец пребыванию «старца» во дворце.

Дед скрывал у себя на Поклонной иеромонаха Илидора, высланного из Петербурга за обличение Распутина. 9 октября, узнав о болезни наследника, Бадмаев послал во Дворец письмо императрице или Фредериксу:

«Ужас обуял меня, когда прочитал сегодня вечером бюллетень о состоянии здоровья государя-наследника.

Со слезами умоляю вас давать эти лекарства государю-наследнику в продолжение трех дней. Я убежден, что после трех чашек отвара, принятых внутрь, и одной чашки отвара для компресса снаружи улучшится состояние государя-наследника и изменится температура. А Европа не имеет никаких средств против ушиба наружного и внутреннего, кроме льда, йода, массажа, особенно в острых случаях с высокой температурой... Если вам удастся уговорить начать принимать мои лекарства, то никаких других лекарств не принимать, как вовнутрь, так и наружу, не исключая льда.

Кушать только овсянку на бульоне и молоке. Если окажутся запоры, то давать мое желудочное, которое прилагаю. Что в этих лекарствах никаких ядов нет, вы можете легко убедиться, выпив подряд три чашки отвара, а мое желудочное, вы знаете, худо действовать не может.

Посылаю вам три конверта с порошками: I кипяченое дабсен-тан, от ушиба. Давать каждые четыре часа; в промежутках бульон, овсянку или молоко; II желудочное. Принимать за час до еды, час спустя после кипяченого, если окажутся запоры; III габырь-нирнга, при высокой температуре с моего ведома».

ПОСЛЕДНЕЕ ПРЕДОСТЕРЕЖЕНИЕ
И ПОСЛЕДНИЙ СОВЕТ

Меньше чем за год до революции 27 апреля 1916 года Петр Александрович написал царю весьма жесткое письмо, привожу выдержки: «Всякий образованный человек понимает, но не хочет видеть воочию, что беспорядки во всем мире производились только тунеядцами и атеистами. Только христиане чистого евангельского учения неспособны к тунеядству и беспорядкам. Но это не исключает того, что в монастырях и между священниками есть также тунеядцы, несмотря на то, что они носят имя священнослужителей и считается, что на них благодать Божия.

Вашему величеству хорошо известно, что около трона и около дворов великих князей масса атеистов и тунеядцев, которые проникли во все министерства и во все учебные заведения, не исключая военных.

Вы, ваше величество, сами отлично видите это, но зато через розовые очки докладывают Вашему величеству совершенно противоположное.

Атеисты и сторонники народного самоуправления мечтают взять все в свои руки. Поэтому клевета, ложь, разбрасывание прокламаций подходит к подножью трона. Только дальновидные и мудрые могут избавиться от стрел, направленных клеветниками и лжецами под благовидным покровом культурности, просвещения и справедливости...»

Здесь уже прямое предостережение! Ситуацию вокруг двора, императорской семьи Петр Александрович видел. И его пациент, министр двора барон Фредерикс, наверняка, передал это письмо царю. Но государь не внял, как и последнему предостережению, сделанному в. к. Елизаветой в конце 1916 года. Старшая, родная сестра императрицы Александры Федоровны прямо сказала сестре: «Помни об участи Людовика XVI и Марии-Антуанетты!», за что царица приказала ей удалиться.

Петр Александрович Бадмаев совершенно справедливо упрекал Николая II в излишней мягкости. Вот что пишет А. Вырубова и это подтверждают другие источники: «Государь заявил мне, что он знает из верного источника, что английский посол Бьюкенен принимает деятельное участие в интригах против Их Величеств и что у него в посольстве чуть ли не заседания с великими князьями по этому случаю. Он добавил, что Он намерен послать телеграмму королю Георгу с просьбой воспретить английскому послу вмешиваться во внутреннюю политику России, усматривая в этом желание Англии устроить у нас революцию и тем ослабить страну ко времени мирных переговоров. Просить об отозвании Бьюкенена Государь находит неудобным: «это слишком резко», как выразился Его Величество».

А ведь дело происходило во время мировой войны! И у Бьюкенена собирались не только великие князья, но и думские заговорщики — Родзянко, Гучков, Милюков.

Великий Князь Александр Михайлович говорит:

«Император Александр III выбросил бы такого дипломата за пределы России, даже не возвратив ему вверительных грамот». (287)

Петр Александрович знал восток и потому сумел предсказать развитие событий на востоке. Запад он знал хуже. Правда, в его письмах императорам Александру III и Николаю II говорится о коварных замыслах Англии, и вообще запада по отношению к востоку.

События более грозные, как мировая война, оказались вне его поля зрения. Он очень много работал как врач, вел приемы на Литейном с двух часов дня, а с утра делал обход в клинике стационарных больных, продолжал работать над переводом-расшифровкой «Жуд-Ши» и здесь же принимал пациентов. Он вставал в шесть утра и лишь его организм мог выдержать восемнадцатичасовой рабочий день, ибо он отходил ко сну после полуночи.

Я пишу о деде прежде всего как о выдающемся ученом — теоретике и практике врачебной науки Тибета. Но он был еще и человеком большой государственной мысли.

В «Объяснительной записке о проекте трансмонгольской железной дороги» он пишет:

«Несомненно, что новая железнодорожная линия пробудит самосознание инородцев всего этого края и создаст естественно новые статьи товарообмена соединяемых областей: непосредственная связь с Америкой даст возможность снабжения Туркестана американскими сельскохозяйственными орудиями, в частности машинами для обработки хлопка; в свою очередь Туркестан получит новый громадный рынок для плодов и фруктов, занимающих после хлопка главную статью добывающей промышленности края».

10 июля 1916 года в «Памятной записке» по поводу создания русско-армянского акционерного общества

«с целью проведения необходимых путей сообщения разработки естественных богатств страны, содействия развитию сельского хозяйства, торговли и промышленности с первоначальным капиталом в 10 000 000 рублей» он пишет: «Настоящая великая война воочию доказала крайнюю трудность, если не сказать невозможность, самостоятельного существования малых народностей, так как даже небольшие самостоятельные государства, как Сербия и Болгария, погибли при первых ударах столкнувшихся между собой великих держав. Поэтому для отдельных народностей, уже проживающих в пределах Российской империи, является наиболее целесообразным и полное слияние с империей при условиях сохранения своей национальной самобытности. Ставя свои интересы вполне солидарными с интересами империи, отдельные народности должны делать приобретения полностью тех же прав, какими пользуется коренное население, сохраняя свое национальное самоопределение в области религиозной, культурной и экономической.

Применяя настоящее общее положение к армянскому народу, как уже населяющему Российскую империю... необходимо прежде всего сжиться с существующим государственным строем, получить политические права, равные с русскими подданными... и путем развития экономического благосостояния получить полную свободу осуществлять свои национальные особенности».

8 февраля 1917 года, за двадцать один день до падения династии Романовых, Петр Александрович отсылает Николаю письмо, найденное после революции в царском архиве; в письме П. А. Бадмаев указывает на огромное значение для России незамерзающего мурманского порта, предлагает проложить трехсоткилометровую ветку для соединения мурманской железной дороги с великой Транссибирской дорогой, а также увеличить пропускную способность мурманской дороги созданием второй колеи. Он пишет: Порт Романов (как тогда он именовался) должен сыграть мировую роль для нашего Отечества — большую, чем берега Финского и Рижского заливов, Немецкого моря и даже Черного моря и Дарданелл. Порт Романов будет не только конечным портом для всей России... но даже конечной точкой для всего азиатского Востока. На берега Франции, Англии и на другие берега

Европы доставка эта будет также производиться легче и быстрей, минуя огромные океанские пространства и минуя закрытые Балтийское и Черное моря». (Вспомним, какую значительную роль сыграл мурманский порт в Отечественную войну! Предвидение — поразительное.)

Симптоматично окончание письма, подтверждающее разрыв Бадмаева с двором: очень сожалею и удручен, что последние годы я не имел счастья видеть Ваше Величество, чтобы знать, в какой мере изменились взгляды Вашего Величества на все происходящее».

В роковой для Романовых день — 2 марта 1917 года, узнав об отречении императора Николая II от престола, Петр Александрович с минуту сидел, опустив голову, потом сказал: «Поздно! Идет война. При переходе через бурные реки лошадей не меняют: снесет и лошадь, и седока. Но, видно, такова Божья воля...»

Часть II
ДОЧЬ

...17 октября 1907 года в конце приема Петру Александровичу вручили телеграмму, заключающую в себя два слова: «Взошла звезда». Прочитав это, он вышел в соседнюю комнату, опустился на колени перед иконой, на глазах его выступили слезы; он перекрестился и несколько мгновений оставался так с закрытыми глазами. И вновь вернулся в кабинет и продолжал прием больных.

В этот день он закончил работать раньше обычного. Написал на бумаге слова: «Счастлив. Молюсь здоровье обоих», написал адрес и просил секретаря отправить на городской телеграф по московскому адресу. Затем принял от горничной легкое пальто, спустился с третьего этажа семиэтажного дома на Литейном и сел в ожидающий его экипаж, который тотчас двинулся в сторону Литейного моста. Здесь, в карете, один, он позволил себе расслабиться и, закрыв глаза, откинулся на мягкую спинку сиденья.

Но сегодня заснуть не мог. Он думал о судьбе новорожденной дочери. Ей уготована тяжкая участь — считаться незаконнорожденной. И он бессилен. Он уже заранее консультировался с правоведами. Есть варианты, но они либо незаконны, либо неприемлемы. Какой-то выход он несомненно найдет. Цепь будет разорвана!

Здесь я заканчиваю описание того, что известно мне, и передаю слово моей матери, Аиде Петровне, предоставляя место ее запискам. Текст буду сопровождать небольшими комментариями, дополняя вскользь сказанное тем, что мне известно из семейных преданий или чему свидетелем был сам.

59

Аида Петровна была врач-хирург, скончалась в 1975 году. К глубокому сожалению, она немного не дожила до того времени, когда имя ее отца было признано научной медицинской общественностью; о П. А. Бадмаеве, о его выдающихся заслугах перед наукой появились статьи в центральной печати. В признании П. А. Бадмаева есть заслуга и его дочери: в 50—60-е годы она свела разрозненные в разных источниках рецепты отца в единую книгу — рукопись; в своей работе она дает названия тех или иных ингредиентов, входящих в состав лекарства, на трех языках — русском, тибетском, латинском. Работа эта получила высокую оценку комиссии Академии наук СССР, изучавшей архивы П. А. Бадмаева.

Итак записки младшей дочери Петра Александровича Бадмаева — Аиды Петровны Гусевой, врача-хирурга, майора медицинской службы в период Отечественной войны, кавалера ордена Отечественной войны I степени, медалей «За оборону Ленинграда», «За победу над Германией» и других. Записки датированы 1957—1960 годами и охватывают период 1907—1926 годы.

ДНИ ДЕТСТВА

«Родилась я в Москве 17 октября 1907 года, где в то время находилась моя мать и сопровождающая ее акушерка, близкая к дому отца моего. В хмурый октябрьский день в восемь утра появилась на свет удивительно некрасивая девочка с черными прямыми волосами, раскосыми глазами и расплющенным носом.

Взглянув на меня, мать обрадовалась и расстроилась. По сходству с отцом — монголом — сомневаться в моем происхождении было невозможно.

В десять утра пришла в дом моя няня, крестная мать, воспитательница, добрый гений моего детства да и всей моей жизни, умершая в глубокой старости на моих руках, — Акулина Яковлевна Бундина. Я буду назвать ее, как звала, Кулюшей. До конца дней она сохранила светлый ум, необыкновенную доброту, красоту души. По рассказам мамы, ее рекомендовали из богатого аристократического дома, где дочери уже выросли, ее не отпускали, предлагая остаться жить, но ее русская душа не уживалась с боннами и гувернантками.

Мать моя, женщина скромная, угнетенная своим положением гражданской жены, встретила Кулюшу настороженно. «Куда мне такую важную особу? Мне бы что-нибудь попроще», — советовалась мать с акушеркой. Но внушающий уважение вид, солидность, необычная моложавость (в то время ей было около шестидесяти лет) покорили мать, и они договорились, что на время Кулюша останется со мной, ребенком на искусственном питании. Через две недели мама вернулась в Петербург. Я была целиком на попечении Кулюши. Тем, что вернулась в Петербург одна, мама, вероятно, хотела пресечь слухи о появлении еще одной дочери у отца моего. В раннем детстве меня скрывали.

Через два месяца, как было условлено, Кулюша повезла меня в Петербург к моей матери. Она оставила в Москве свою дочь Маню пятнадцати лет, все вещи, повезла меня с твердым намерением вернуться в Москву. Но суждено было иначе. Позже Кулюша рассказала мне, что, устроив все, что было нужно в нашей небольшой квартирке на Песках, она собралась в обратный путь, но жалость к смешной маленькой девочке, признававшей только ее да еще находившейся в необычном положении незаконной, скрываемой от всех, удержала ее. Она колебалась и уже собралась было в обратный путь, но пришел мой отец. Его властная просьба, не оставлять меня, решила ее и мою участь.

Все мои первые воспоминания связаны с Кулюшей, которую я до пяти лет звала мамой. (Потом появилась гувернантка, мадемуазель, начавшая строгую муштровку, она запретила называть Кулюшу мамой.) Но и позже Кулюше иногда приходилось выдавать меня за родную дочь.

Сейчас это кажется странным, но приехавшая из Тифлиса моя родная бабушка, Наталия Егоровна, не знала о моем существовании — от нее тоже скрылась тайна моего рождения. Она считала меня жиличкиной дочерью, а Кулюшу называла жиличкой. Раз утром после ухода матери на прием Наталия Егоровна обнаружила меня хозяйничающей за туалетным столиком в маминой спальне. Бабушка, взяв меня за руку, вывела из комнаты и, приведя к Кулюше, строго сказала: «Возьмите, милая, вашу девочку, и пусть она не бегает по комнатам в отсутствие Лизочки».

Кулюша извинилась и приказала мне сидеть подле нее. Вечером бабушка пожаловалась маме, что «дочка твоей жилички ходит без спроса в твою комнату».

Мама промолчала, горько вздохнув и боясь все же признаться в нашем родстве. Но на второй или на третий день бабушка догадалась об этом сама и, плача, просила у меня прощения.

Жили мы тихо и уединенно. Мама все дни проводила с отцом на приеме больных. К отцу обращались многие неизлечимые больные не только в России, но и за границей, он имел обширную переписку. Этому, очевидно, способствовала статья, помещенная о нем в энциклопедии Брокгауза и Ефрона. Приемы его были общедоступны, но из-за очередей была предварительная запись. Отца я помню с ранних лет, хотя до 1917 года мы вместе не жили. Он жил с семьей на Поклонной горе, а квартира мамы, где жила и я с Кулюшей, помещалась на четвертом этаже, а приемный кабинет отца — на третьем.

Из семьи отца моего нас посетила его старшая дочь Надежда Петровна. Она пришла и прямо сказала моей матери: «Покажите мне мою сестренку». И мама и я были очень дружны с Надюшей, как мы звали ее; эти дружеские отношения сохранились до сегодняшнего дня. Но остальные члены семьи отца относились к моей матери очень настороженно — ведь она была почти ровесницей Надюши.

Мной очень интересовалась жена Петра Александровича Надежда Васильевна и летом, когда мы жили на даче, приезжала меня смотреть, чтоб узнать похожа ли я на отца. Но Кулюша, видимо, имея инструкцию, помню, загородила меня собой и спросила приехавшую барыню, кого нужно ей.

«Чья это девочка?» — грозно спросила барыня. «Это моя дочь», — судорожно, совсем необычным, важным голосом сказала Кулюша.

Я испуганно держалась за Кулюшино платье, но все же выглядывала из-за ее спины своими раскосыми, выдававшими меня глазками.

«Кто здесь живет и кто вы такие?» — продолжала допрашивать барыня. «Живу здесь я, купеческая вдова Бундина с дочерью, а до большего вам, сударыня, дела нет. Ступайте с Богом!» — проговорила Кулюша и, крикнув горничную, приказала ей взять меня, а сама стала настойчиво наступать на барыню. Та отступила к калитке, гневно размахивая зонтиком. Села в стоявшую у дома карету и уехала. «Ну, слава богу, пронесло», — вздохнула Кулюша. Но с этого дня меня не пускали в сад одну.

Мой отец, глава многочисленного семейства, сам уже дед, очевидно, не хотел громкого бракоразводного процесса с консисторией и адвокатами и т. д. Он был очень религиозен и не желал идти в открытый скандал. Мама же, работавшая вначале его секретарем, полюбила этого необычного человека, работавшего по двенадцать — четырнадцать часов в сутки, вспыльчивого и доброго. Узнав его, не могла не полюбить. И это была единственная любовь ее жизни, продолжавшаяся до смерти отца. И после... Память о нем была для нее священной.

До встречи с отцом мама жила скромно, зарабатывая на жизнь уроками. Немного ей помогал старший брат... Моя бабушка горевала, что мама многим богатым женихам отказала; мама позже, смеясь, рассказывала, что, когда впервые приехала на Поклонную и увидела Петра Александровича, она сказала себе: «Тот самый».

По всеобщему мнению, отец был добрый человек, помогал бедным. Конечно, он был богат, но не все богатые делали это. И свое богатство он нажил колоссальным трудом. Он мало спал и, когда кто-нибудь жаловался на бессонницу, говорил: «Счастливый! Если б я мог вовсе не спать? Сколько бы я еще успел сделать!» Бывали у него вспышки гнева, он повышал голос, но никакой брани не помню, кроме трех слов, «дурак», «болван», «осел», употребляемых в крайних случаях. Он располагал к себе людей и в первую очередь больных, своих пациентов. Доктор он был замечательный... Окружающие люди любили его. Работал, не требуя тишины в доме. Ни вина, ни табака для него не существовало. Он содержал несколько стипендиатов из числа бурят, монголов, учившихся в Петербурге на деньги отца.

На Поклонной же помещалась аптека, где происходило приготовление лекарств, там же хранились большие, постоянно пополняемые запасы лекарственных трав, присылаемых из Бурятии, Тибета.

Уже в наше время мама много мне рассказывала

о своей жизни и работе на Поклонной до моего рождения. Отчетливо помню рассказ ее, как во время революции 1905 года группа бежавших студентов-революционеров обратилась к отцу с просьбой спрятать их от преследований полиции. И вот Петр Александрович одевает этих студентов в форму аптечных работников, которые в огромных медных ступах толкут лекарства. И сажает к ступам. Приезжает полиция. «Все знаки, ваше превосходительство, что виновники беспорядка скрылись в вашей усадьбе», — говорит старший. «Идите, смотрите», — отвечает отец. Полицейские обошли усадьбу на Поклонной и никого не нашли. Вскоре Петр Александрович помог и деньгами, и студентов благополучно переправили за границу через Финляндию. Он поступал как христианин.

Петр Александрович, или Петсан, как называла его мама, был человек мыслящий. По рассказам мамы, он критиковал и министров, а при имени императора лишь разводил руки. Но не осуждал. Не потому, что боялся, он был очень смелый человек, как показали дальнейшие события, но царь для него был нечто святое. Как ни странно, но в этом отношении отец и Кулюша были похожи: она боготворила царя.

КУЛЮША

Акулина Яковлевна прожила долгую жизнь и умерла на девяностом году перед Отечественной войной. Она жила у нас в доме. В ней как-то интересно сочетались старина и современность. О царе она и, верно, жалела, но весьма и весьма интересовалась, что творилось вокруг. Помню, приникнет к нашему радиоприемнику Си-235 и слушает...

Каждое лето в гости к Акулине Яковлевне из Нижнего Новгорода приезжали дочь Маня с зятем и две внучки, девочки постарше меня. Дочь Маня всякий раз уговаривала мать переехать жить в Нижний. Но Акулина Яковлевна так любила маму, что не решалась оставить наш дом...

Записки эти веду непоследовательно, выстроить их нет времени: работа, полторы ставки, внуки... Я — бабушка, сама даже не верю этому. Но я почувствовала необходимость вести записи после смерти моей мамы. Как теперь я ощущаю ее отсутствие! Мама была удивительный человек, фанатично преданный отцу и его делу — врачебной науке Тибета... Она не раз рассказывала странный случай, происшедший с ней.

За несколько месяцев до родов моя мать выехала за границу. По дороге из Швейцарии в Париж она подошла к кассе, прося дать билет первого класса. Кассир просунул в окошко билет, сказав по-французски, что дает третий класс. Мама вернула ему билет, требуя первого класса. Начался спор. Кассир сказал: «Мадам, езжайте в третьем классе... Уверяю вас, не раскаетесь». Мама махнула рукой и взяла то, что дали. И это спасло ее жизнь.

Судьба? Странная случайность?.. Ночью на горном перевале произошло крушение поезда, и все вагоны первого класса были разбиты падением с кручи. Уцелели лишь два вагона третьего класса. Мама рассказывала, какой ужас ей пришлось пережить, видя внизу в ущелье огненное, кровавое месиво.

Второй, уже забавный случай. Возвращаясь в Россию, она приехала в Берлин заболевшая, беременная, одна, не зная немецкого языка. В гостиницу она устроилась, но утром никак не могла объяснить, что ей нужна чашка кипятку, чтоб принять лекарство — шижет, который принимала всю жизнь. Горничная несет чай, но шижет нужно пить только с кипятком. Мать лежала и плакала. Вдруг у раскрытого окна (был сентябрь 1907 года) спустилась люлька с маляром, красившим фасад гостиницы. К маме обратился рабочий и снова по-немецки. Мама, плача, махнула рукой и по-русски ответила, что не знает немецкого языка. И вдруг раздался редкий русский голос: «Госпожа! Красить можно?» Нечего говорить, как мама обрадовалась: все затруднения тотчас кончились с помощью неожиданного переводчика, оказавшегося русским.

Впоследствии мать часто вспоминала этот случай и в трудные минуты жизни говорила мне: «Подожди, Аидочка, еще будет «красить можно?» — придет неожиданность, и по странной случайности это иногда свершалось...

Забегая вперед расскажу один случай со мной. Начало Отечественной войны. Конец августа 1941 года. Критические дни для Ленинграда. В первые недели войны я работала в медкомиссии военкомата, потом, когда основная масса прошла, всех хирургов отозвали на фронт. В горвоенкомате я получила назначение в медсанбат под Красным селом. Вышла в коридор, перечитываю назначение, знаю, что там сейчас идут самые кровавые бои. Но у меня одна мысль: как предупредить четырнадцатилетнего сына, он на другом конце города и главное, как соединиться с ним и быть с ним вместе, если наступит страшный час и немцы войдут в город — такие слухи ходили... Кругом снуют военные. Я докуриваю папиросу и сознаю: я мобилизована, надо ехать под Красное село, выполнять приказ. А если?..

Вдруг двери кабинета, из которого я только что вышла с назначением, открываются, и выскакивает подполковник, видит меня, хватается за голову: «Вы еще здесь, военврач! Как удачно, что вы не ушли! Давайте назад свое назначение! Организуется госпиталь в Политехническом институте — там ни одного хирурга... поедете туда, там нужней, сегодня поступит первая партия раненых».

Политехнический институт недалеко от моего дома. Вот и «красить можно?».

Переносясь мыслью в конец августа 1941 года, вспоминаю, что моя мама пришла домой уже в форме со шпалой в петлице и вещмешком, в нем был паек. Рассказала, что уже находится в Политехническом институте — там развернут госпиталь. Она была очень встревожена, я не мог этого не заметить и спросил, в чем дело.

— Немцы у стен города... Положение очень серьезное, — отвечала она. — Ты надолго не уходи из дома, — продолжала мама, — если немцы ворвутся в город, мы должны быть вместе... Если армия уйдет, мы не останемся под фашистами.

Уже уходя, она сказала:

— Вчера у меня беседа с нашим особистом. Он обещал мне в случае чего дать машину, чтоб я съездила за тобой... Поэтому я говорю: надолго не отлучайся. Все может произойти...

Слово «особист» насторожило меня.

— Мама, а что, он тебя вызывал? — спросил я.

— Нет, я сама пошла к нему в связи с моим новым назначением — начальником крупного хирургического отделения. Это руководящая должность, и я сочла нужным рассказать ему все, в том числе и про моего отца... Чтоб меня потом не упрекнули. Мол, скрыла...

В чем могли упрекнуть маму, мне не нужно было объяснять, это я знал с детства.

«Со временем отношения жены отца Надежды Васильевны и моей матери нормализовались, и я даже получила приглашение бывать на Поклонной. Но мама не спешила везти меня туда.

Любовь моей матери к Петру Александровичу принесла ей немало страданий. Несмотря на свой преклонный возраст, титаническую работу, он был человек увлекающийся. Позже я узнала, что, когда мне было два года, у него появилась еще одна женщина. Были тяжелые разговоры о разлуке... И мама решила отступить и уехать из Петербурга. Сборы были закончены, Кулюша, жалея меня и мать, собралась также в далекий путь с нами. Решили ехать в Париж. На вокзал уже были отправлены вещи. Кажется, за час до отъезда на вокзал приехал отец и сказал матери: «Я не могу без вас и Аиды, не уезжайте. Все образуется».

Мы остались. Моих родителей угнетало мое положение незаконнорожденной. Стали искать выход. По тогдашним законам Петр Александрович имел право удочерить меня (не имея развода с первой женой) и дать свою фамилию. Но тогда по закону мама утрачивала свои материнские права надо мной.

Наконец выход подсказало газетное объявление о том, что «бедный, но благородный человек предлагает брак». Адвокат моего отца договорился о денежном вознаграждении господина Алферова — такова была фамилия этого человека. Теперь все это может вызывать лишь улыбки и недоумение, но так было!

От г-на Алферова требовалось, чтоб он обвенчался с моей матерью, дав, таким образом, ей и мне свою фамилию, но тотчас после венчания выдал матери отдельный вид на жительство, а также письменно отрекся от «дочери» Аиды. И уехал из Петербурга и более никогда не предпринимал попыток повидать свою «жену» и меня. Он принял условия.

И вот днем мама с Виргинией и свидетелями поехала в церковь, венчание состоялось. Из церкви мать уехала домой и более никогда не видела этого человека. Кулюлша говорила, что это был «интересный господин», он приходил к нам на квартиру, очевидно, мать моя произвела на него впечатление, так по крайней мере судила Кулюша. Он просил, чтоб ему хотя бы показали «его» дочь. Ему было отказано в этом, и он исчез. Так до Октябрьской революции. Когда были отменены церковные браки, отец, кажется, зарегистрировал в районном Совете свой брак с моей матерью и удочерил меня. И мама и я после революции носили фамилию Бадмаева. Фамилия это принесла маме и мне немало осложнений в жизни, но об этом потом.

Мама любила людей. У нас в доме бывали гости, часто пели, играли на рояле. Среди знакомых были артисты, писатели. У мамы был хороший голос. Но отец на этих вечерах не присутствовал. У мамы, как у каждой красивой молодой женщины, были поклонники, о которых она со смехом поведывала Петсану, — она рассказывала на следующий день, как прошел вечер. Она бывал в театрах без Петсана. Если он был не на приеме, то диктовал переводы с тибетского или писал проекты улучшения нашей политики на Востоке.

У нас часто бывала еще тифлисская мамина подруга Виргиния Арцруни-Титова. Виргиния считалась революционеркой и открыто говорила о неизбежности падения монархии.

«Как, Лизочка, вы с вашим высоким понятием о справедливости можете терпеть деспотизм?» — бывало, гневно говорила Виргиния. Она была вся в бриллиантах, а в сумочке носила дамский браунинг. Ее муж, Николай Иванович Титов, был очень милый и далекий от революции человек. «Вот посмотрите, Лизочка, мой шпион уже на часах!» — смеясь, говорила Виргиния и подводила маму к окну; у подъезда стоял кто-то в штатском. «В таком случае надо послать ему зонт, идет дождь», — смеялась мама.

Ее ничем не омраченная дружба с Виргинией продолжалась шестьдесят лет, до последнего дня жизни мамы. Виргиния сидела около мамы до последнего вздоха. Впервые я видела Виргинию так безутешно рыдающей. Дружба ее со мной по сей день — это как бы продолжение дружбы с мамой...

Отца я помню с самого раннего детства, хотя я не знала, что это мой отец. Мы жили отдельно. Наконец в восемь лет меня повезли на Поклонную знакомить с моими старшими сестрами по отцу. В этот день мать моя с утра была не в духе, делала ненужные замечания гувернантке и, видимо, волновалась, оглядывая меня разодетую и причесанную с двумя косичками. И вот мы в зале. Ко мне подходит важная барыня в черных шелках с массой кружев у шеи — та, что приезжала смотреть на меня.

«Так вот какая она славная девочка! — сказала Надежда Васильевна и, приподняв мой подбородок, потрепала по щеке. Я сделала реверанс. «Милая девочка, — повторила она по-французски, обращаясь к моей матери, — и очень похожа на папу».

На Поклонной меня познакомили с моими старшими сестрами по отцу — Татьяной и Марией, а также с внуками Петра Александровича, почти моими ровесниками, Петей и Колей — детьми самой старшей дочери отца, Надюши. С ними у меня возникла дружба.

Один из племянников отца посадил меня на колени и сказал: «А ведь ты моя родственница». Я сердилась, не понимая этого, и думаю, что эта его реплика адресованная ребенку, звучала насмешкой. Ведь про отца я знала, что он умер. А Петр Александрович — мой крестный. Правда, он очень хорошо относился ко мне. Я была его последней дочерью... И узнала об этом при трагических обстоятельствах.

Ранние воспоминания о Кулюше. Она в детской обедает, я играю на полу, жду, когда она выйдет (у нас своя игра). Кулюша, нарезав на тарелке суповое мясо, выходит из комнаты. Я быстро семеню к столу, карабкаюсь на стул и торопливо начинаю есть мясо, оставляю немного на тарелке и также торопливо возвращаюсь к своей игре. Объясняется это просто. До трехлетнего возраста отец решил произвести эксперимент, и меня держали исключительно на молочной и растительной пище. Но... Кулюша рассудила по-своему: «Ребенок будет плохо расти, нечего мудрить», — и давала мне таким образом мясо, формально не нарушая запрета. Она же «исправила» мой расплющенный нос: каждый раз, умывая меня, она обжимала мой нос двумя пальцами и добилась своей цели...

Будучи очень религиозной, Кулюша начала рано водить меня в церковь. Одна из любимых прогулок была в Александро-Невскую лавру. Туда мы ездили на паровике или конке. Причащала меня часто, но несмотря на глубокую веру, подносила меня к чаше первой, энергично расталкивая всех желающих, — боялась заразы.

Однажды в Петербург привезли чудотворную икону Почаевской Божьей матери. И Кулюша повезла меня. Помню невероятную давку у церкви, меня оттеснили от Кулюши и удивляюсь, как не раздавили. Я оказалась на руках у городового, который поднял меня над толпой, поставил на клирос, откуда испуганная Кулюша, позабыв об иконе, вывела меня другим ходом.

Благодаря моему не совсем обычному положению, я часто бывала в обществе взрослых, была свидетельницей многих разговоров, происшествий, не подлежащих детскому мышлению. Как помню отца — Петра Александровича — так я привыкла называть его с раннего детства, очень энергичным, быстрым, добрым, но уже совершенно седым, с коротко остриженными волосами ежиком, седой бородой, короткими усами, живыми черными глазами. Когда отец смеялся, а смеялся он, что называется, от души — блестели его ровные зубы, как у молодого. Точный возраст отца моего вероятно неизвестен вовсе, по некоторым данным я родилась, когда ему было семьдесят четыре года. С утра в шесть часов он вставал и делал прогулку вокруг леса — километров пять — иногда верхом, ездил он прекрасно. Потом занимался в аптеке, диктовал — и с двух часов ехал в город на прием. Принимал до позднего вечера, по словам матери, прием затягивался иногда до десяти — одиннадцати часов вечера. Он очень любил детей, внуков своих, был необычайно ласков и ко мне — но, вероятно, мне не была понятна отцовская ласка, т. к. со слов Кулюши у меня не было «папы» — «он умер» говорили мне.

Росла я спокойной девочкой, сурово вымуштрованной бонной. Мать я видела редко. Жаловаться на суровость не приходило в голову. День был расписан по часам. Читать, играть в куклы, которых у меня было много, разрешалось лишь в определенное время. Гуляли также по часам. Бегать не разрешалось. Нужно было идти потихоньку, не глядя по сторонам. Гуляли в Летнем саду, играли в серсо, иногда в мяч — в саду разрешалось. Сестра моей гувернантки служила у двух мальчиков. И иногда мы гуляли вместе. Я шла посередине разодетая с двумя мальчиками в матросских костюмах. И вели благоразумные разговоры по-французски.

Читать я научилась очень рано. Ярко помню, как мне хотелось читать, а как научилась — навек полюбила книги. Они были моими неизменными друзьями, единомышленниками.

Пропускаю мелкие подробности моей жизни. До десяти лет было много ярких впечатлений. Театр! Первый раз в театре днем слушала «Фауста», и эта волшебная музыка легла в памяти на долгие годы.

Рояль. Меня начали учить рано, с пяти лет. Играть не любила, но знала, что все равно заставят. Около восьми лет я стала плохо видеть вдаль, и мне приходилось вставать, чтоб разбирать ноты. Заговорили об очках, но отец категорически отверг, сказав: «Пусть стоя разбирает, очков не дам, с возрастом пройдет». Так и случилось: очки мне потребовались лишь в старости».

Примерно это время — 1912-1914 годы — канун Первой мировой войны, вспоминает внук П. А. Бадмаева Николай Евгеньевич Вишневский — один из сыновей старшей дочери Бадмаева — Надежды Петровны, которая вышла замуж за секретаря своего отца Евгения Ивановича Вишневского, юриста. От этого брака родились два мальчика погодки — Петр и Николай (старший, Петр Евгеньевич Вишневский, полковник медицинской службы, участник войны и обороны Ленинграда — умер в 1969 году).

Очевидно, Петр Александрович счел неудобным держать зятя секретарем, и Евгений Иванович с семьей поехал служить в провинцию, откуда обычно начинали свою карьеру молодые чиновники. В последнюю нашу встречу, в 1987 году, Николай Евгеньевич вспоминал:

— Каждый раз, встречая меня с братом, дед целовал нас в голову, причем по монгольскому обычаю нужно было прикоснуться не губами, а зубами... И мы подставляли свои макушки, чувствуя каждый раз прикосновение зубов деда. Зубы у деда были ровные, чистые, без единой пломбы, ни одного гнилого — на восьмом десятке лет! Вообще он был чрезвычайно силен физически. Останавливал коня на скаку. С нами, внуками, был очень нежен... Просил читать ему вслух Пушкина, Майкова.

По четвергам на Поклонной был день открытых дверей... Собиралась в основном военная молодежь — друзья нашего дяди Петра, офицера. Вначале играли в городки, в теннис... Потом всех звали к обеду. За стол садилось человек двадцать... Лакеев не было. Были две хорошенькие горничные. Обед всегда был вкусный, обильный, но без вина. Сам хозяин обыкновенно отсутствовал — принимал больных. Иногда появлялся к концу обеда, шутил, смеялся, сверкая своими белыми зубами.

— А кроме военной молодежи, кто еще бывал?

— Князь Ухтомский, генерал Курлов, думский деятель Протопопов... — они же были его пациентами. Говорили, что Распутин приезжал лечиться, но его ни разу не видел. Вся атмосфера на Поклонной была очень доброжелательной. Правда, бабка наша, Надежда Васильевна, бывала сурова, но это не влияло на общее настроение. По учению врачебной науки Тибета, окружающее нас пространство — тоже лекарство. Вот он и стремился создать атмосферу всеобщей доброжелательности.

Из рассказа бабушки, Елизаветы Федоровны, о конфликте деда с министром Протопоповым.

К Бадмаеву, на Поклонную, приехал его пациент, член Государственной думы и впоследствии министр внутренних дел империи Александр Дмитриевич Протопопов. Протопопов обратил на себя внимание после своей поездки в Англию в составе делегации думцев в начале Первой мировой войны (1915 год). Он был на виду.

Петра Александровича он интересовал как больной. К тому же Протопопов рассказывал ему кулуарные думские новости. А дед имел возможность высказать свои заветные мысли о переориентации русской политики на Востоке. О расширении сфер русского влияния в Китае, Тибете, о строительстве дорог, свои тревоги о судьбах агинских бурят. Гость выслушивал все это, а потом говорил:

— Ах, Петр Александрович, не в своем веке вы

родились! Вам бы жить веков этак шесть назад, во времена вашего, если я не ошибаюсь, пращура Чингисхана...

— Вы даже читаете мой труд?..

— Как же, как же! Только родство это для России невыгодное: слишком много ваш предок кровушки русской пролил.

— Кровь проливал не только монгол. Тверь шла против Москвы. А кто разорил и умертвил Новгород? Наш Батый туда не дошел... Болота помешали! И кто больше русской крови пролил — мой предок или Иван IV — это еще вопрос!

Такого рода беседы и велись. Говорили и о Распутине. Петр Александрович интересовался, что там, в Зимнем? Что государь? Вы имеете влияние на него? Я, как известно вам, отлучен...

Протопопов отвечал:

— Один человек имеет влияние там. Вы его знаете. Положим, Распутин груб, неотесан, пожалуй, и глуп, судя по тому, как он бездумно ведет себя, давая повод для огласки скандалов. Но он своим чудачеством, кувырканьем благотворно действует на больного наследника — это факт! А пока это так — Распутин в силе. От гемофилии, кажется, даже и у вас нет лекарств.

— Можно! Медленно, трудно — и никаких вмешательств. Отдать его мне на лечение.

— Но это же нереально!..

— Скажите, что реально?! Что можно сделать для России?

Протопопов тяжко вздыхал. У него были свои заботы и главная из них — болезнь и вследствие ее — режим, исключавший почти все удовольствия здорового человека.

Столкновение произошло, как считала бабушка, когда Протопопов был назначен министром. Он справедливо полагал, что теперь не должен ехать к доктору, а доктор приедет к нему. Но не дождался его визита. Очередная порция порошков подошла к концу. И Протопопову волей-неволей пришлось ехать на Поклонную — он не хотел показываться в новом ранге на Литейном в качестве больного вне очереди. Лишние разговоры, любопытство...

Протопопов прошел в кабинет Петра Александровича и оставался там некоторое время. Бабушка не присутствовала при их разговоре. Но неожиданно услышала громкий крик Петсана (так звали домашние Петра Александровича): «Вон! Вон из моего дома!..» И из дверей кабинета поспешно вышел Александр Дмитриевич, бледный. «Увидев меня, — говорила бабушка, — Протопопов быстро подошел ко мне и сказал: «Уймите вашего безумного старика, иначе я его вышлю из города!» — и пошел к лестнице.

— Дурак, болван, осел! — крикнул ему вслед Петр Александрович».

Бабушка говорила, что так и не могла узнать, из-за чего же произошел скандал. Петр Александрович лишь повторял: «Министр! Не знает, что делать, — какой он министр?! Честнее — в отставку... Карьеристы проклятые... Только власть иметь!»

На вопросы бабушки, что все-таки произошло, дед замахал руками и повторил трижды: «Пропасть, пропасть ведет!...»

Протопопов был связан с доктором как пациент. Сохранились его телеграммы деду с просьбой срочно прислать гобырь — тибетское средство. Очевидно, поэтому, когда Петр Александрович отошел от гнева и попросил бабушку съездить к Протопоповым, извиниться за непозволительную врачу, он подчеркнул — врачу, горячность и объявить, что он снова может бывать. У Протопопова была очень трудно поддающаяся лечению наследственная болезнь.

«...Лето 1914 года. Мы на Удельной, в небольшом домике на Ярославской улице. Мы — это Кулюша, мама и я.

День объявления войны был жаркий. Я спросила маму, что такое война. «Война — это ужас», — последовал ответ. С этот дня я уже не говорила по-немецки. Помню надписи в магазинах: «Просят не говорить по-немецки». Этот язык я знала так же, как и французский, и свободно болтала. Сыновья старшей дочери отца Надюши — Петя и Коля — стали чаще бывать в имении отца на Поклонной. С ними я играла. Старший сын отца, Николай, пианист, был на фронте (Петр — тоже). Как-то зайдя в зал, где стоял огромный концертный рояль со стеклянной крышкой, я села играть свои гаммы. Отворилась дверь, заглянула одна из дочерей отца — Мария, скорчила недовольную мину, сказала: «Как неприятно! Николая нет, а кто-то играет на рояле?!» — и хлопнув дверью, скрылась.

Воспитательница моя поспешно увела меня из зала. Помню разговоры о войне. В доме постоянно ждали газет с известиями. В госпиталь, на Поклонную привезли тяжело раненного Николая — в голову и в кисти обеих рук. Ему хотели ампутировать пальцы еще в полевом госпитале, но он, придя в сознание, упросил отправить его в Петроград к отцу. Отец спас ему пальцы... Помню его выздоравливающим у любимого рояля. Он уже мог играть часами. Он мне нравился, от него я не видела ничего дурного.

На Поклонной горе, кроме основного здания с лесенкой-башней в восточном стиле, имелась еще больница-санаторий и отдельно аптека. В первом этаже ее помещалась толкацкая — там сушили и толкли травы; лабораторная — где взвешивались и смешивались отдельные компоненты в единый порошок. Каждый порошок заворачивался в тонкую рисовую бумагу, затем порошки партиями отправлялись на Литейный. В кабинете отца в иконостасе стоял образ целителя Пантелеймона, там всегда горела лампада. По праздникам в дом на поклонной приходил священник и совершал молебен.

Из лиц, приближенных к отцу, хорошо помню Павла Григорьевича Курлова и его жену — модную даму. Он подолгу жил в гостях у отца. Кроме того, что он был пациент, у них с отцом были приятельские отношения. Позднее, в эмиграции, П. Г. Курлов издал свои мемуары. Дико и противно было читать неумные высказывания Курлова об отце, забыл он отцовский хлеб-соль и подтвердил пословицу: «Не поил, не кормил и врага не нажил».

Дети росли под наблюдением нянек, бонн, не очень культурных, грубых и жестоких, которые применяли собственные метода воспитания, как-то — ремень, подзатыльники. Вероятно, родители не имели понятия об этом.

Помню такую сцену. Все сидим за столом — обед. Женя, живой хорошенький мальчик, что-то шалил, и Юлия, бонна, хлопнув его по рукам, замахнулась на него чем-то, в это время вошел мой отец — их дед. Бонна так и оставалась с поднятой рукой. Молчание было грозным. Отец, ничего не сказав, вышел.

75

На другой день эта Юлия, придя в комнаты к нам, сказала мне, «попросите мамашу похлопотать у его превосходительства». Конечно, я не поняла, какое я имею отношение, но обещала попросить маму заступиться.

Доброты П. А. Был необычайной. Помню такой случай.

Умер бедный чиновник, жена которого лечилась у П. А. Умер он, оставив жене своей грошовую пенсию и десять человек детей — старшему из них было 15 лет. Отец предложил кров, работу. Задумано — сделано, и в течение 2-х дней вся семья была водворена в отдельной небольшой квартирке на Поклонной Горе, не говоря о том, что питание все дети получали из санаторской кухни. Работа этой вдовы была конторской, да и то периодически, т. к. следить за шестью детьми — это тяжелейшая работа.

Окружавшие люди любили его.

Иногда в перерыве приема, он уходил в соседнюю комнату. Мать делала ему массаж головы, он засыпал, буквально на 10—15 минут, после чего снова бодро продолжал работу, прием.

Я обладала в детстве и юности очень хорошей памятью — мне часто поручали «запоминать» фамилии, номера телефонов и даже помню стихи, которые отец просил выучить наизусть и читать — когда приходили взрослые, это было уже после революции. Помню до сих пор начало. Оно было напечатано в газете — автора не знаю:

Ровно год тому назад
Получил Романов мат
И слетел с престола птицей
Со своей императрицей.
А царенка Милюков
Превознес до облаков:
«Вся, мол, вольная Рассея
Обожает Алексея
И желает, чтобы он —
Осчастливил русский трон.
Шлют поручных к Николаю:
«Дай Алеху — не желаю
Почему? Потому — что
Добра ему хочу...»

Дальше не помню, но фигурирует в. князь Ник. Ник., которому также предложили трон, на что он ответил — не желаю, «сам с усами, лезьте миленькие сами». Я торжественно читала эти стихи взрослым: П. А. Слушал, низко опустив голову. Рухнули его идеалы...

О РАСПУТИНЕ

Мать мне рассказывала, что знакомство отца с Распутиным произошло по ее вине.

О нем много говорили, и мама как-то сказала отцу: «Пригласите его — интересно, что же это за „могучий человек"». Через кого, не помню, состоялось это знакомство, но Распутин приезжал несколько раз к отцу. Помню что в разговоре о нем П. А. сказал — «хитрый мужик». Отношение к Распутину матери наследника началось с того момента, когда во время сильнейшего кровотечения (гемофилия) мальчик ослаб совсем, окружавшие врачи были бессильны помочь — был позван Распутин. Войдя в комнату к наследнику, он всех заставил уйти, оставшись один с мальчиком, сказал, погладив его по голове, что ты болеешь — хочешь я тебя насмешу? И он несколько раз перекувырнулся через голову. Мальчик рассмеялся — кровотечение прекратилось — мистически настроенные приближенные рассмотрели это как «чудо».

Этим он заслужил благодарность императрицы.

Видела его однажды в городской квартире отца, он проходил по коридору, я испугалась этого огромного мужика. Запомнилось: черная борода, простая рубаха навыпуск и бегающие глазки. «Зачем он здесь?» — спросила я у сестры. Ответа не помню.

В день убийства приехал кто-то из военной молодежи, бывшей в доме, и сообщил об убийстве Распутина — в этот день было много разговоров, что это «начало конца». Среди бумаг случайно сохранилась записка Распутина к отцу. Помню каракули на клочке бумаги, слова: «Милой дорогой, зделась не откожи...» Кому, что — не знаю, Вот все, что сохранила память. Были еще и много других лиц — память о которых не сохранила ничего существенного.

Еще вспоминается эпизод о «чуде». Это было во время войны. Рассказ «очевидцев» о том, как на передовых позициях поздним вечером на небе появилось изображение Божьей матери с младенцем, указывающей рукой путь русским войскам.

Сколько было толков и разговоров у взрослых по этому поводу. Изображение это было в доме у отца, написанное масляными красками.

Я забыла упомянуть, что отец был очень религиозным человеком. В кабинете его стоял в иконостасе образ святого целителя Пантелеймаона, где всегда горела лампада. Этот образ, хранился матерью до 1937 года. В праздники, в дом на Поклонной приходили священники и служили молебны.

Мать рассказывала о следующем эпизоде во время приема.

К отцу привели больную, по-видимому истеричку, или, как назвали тогда, «бесноватую». Ее вели под руки несколько человек. Она кричала, плевалась... Увидев ее, П. А. взял крепко за руку, рывком бросил на колени перед образом св. Пантелеймона и громко крикнул больной «молись». Больная затихла на коленях, после чего встала, подошла к отцу и начала тихо плакать. Припадки у нее прекратились без каких-либо лекарств.

Среди посещавших П. А. лиц помню еще юродивого Митеньку. Он не говорил, а только мычал и разъяснял жестами. Сопровождавший его мужчина объяснял, как бы переводил на понятный язык, его мысли. Хорошо его помню, т. к. мать несколько раз подводила меня к нему — он гладил меня по голове и улыбался. Говорили, что он «предсказал» и революцию, т. е. незадолго перед свержением самодержавия (12 марта), он будучи в гостях у отца плача показывал, как «маму» и «папу» (царя и царицу) убьют.

Раз я помню он был после революции у нас, посидел недолго и говорили, что его надо «спрятать».

При дворе отец, насколько мне известно, бывал очень редко. Был долгий период, когда он вовсе не бывал там. Однажды при мне он возвратился из дворца во фраке (это было необычно для него) и рассказывал домашним об оказанном ему приеме. Было это уже во время Первой мировой войны, так как он говорил, что видел дочерей царя, которые вернулись из лазарета, где работали сестрами, и от них пахло карболкой. Отец шутил, что закрывался от них. Еще помню посещение кем-то из царской фамилии имения отца на Поклонной горе. Шли приготовления, все были особенно нарядно одеты, ковровая дорожка шла от ступеней крыльца до самых ворот... Непосредственно царскую чету отец не лечил — там был свой лейб-медик Боткин.

Постоянная и обширная переписка отца с Тибетом, Китаем была вызвана тем, что отцу присылали оттуда литературу и лекарственные травы. Зная Восток, он, как человек мыслящий, энергичный, выдвигал разные проекты, преследуя интересы и своих соплеменников, и России в целом. Неверно, что он преследовал личные корыстные цели, что приписывали ему в 20-е годы. Да, по убеждению он был монархистом — это так. И отрицать это бессмысленно. Более того, он был сторонником абсолютной, не конституционной монархии. Мне трудно судить верно о событиях политического характера, к которым так или иначе был причастен отец; уже одно то, что он был знаком с такими одиозными фигурами, как Протопопов, о чем-то говорит. Но то были деятели того времени и его пациенты. Одно твердо можно сказать: он был предан России и доказал это. Имея неоднократную возможность покинуть ее в тяжелые годы гражданской войны, он остался в России и испил горькую чашу крушения своих иллюзий, надежд. Как человек недюжинного ума и таланта, он, мне кажется, понял многое. И если б жил, пришел бы сам к новой жизни».

Думаю, что последнюю фразу — о том, что Петр Александрович пришел бы к новой советской жизни, мама моя — его дочь, написала с учетом той обстановки, какая была в 50-е годы, когда велись эти записи. Во-первых, дед был очень религиозен и, без сомнения восстал бы против преследования церкви большевиками. Во-вторых, он был генерал, «Ваше превосходительство» и, когда комендант тюрьмы, в которую дед был посажен большевиками, обратился к нему на «ты» — дал ему пощечину, за что едва не был зарублен. Хорошо, что как раз пришли навестить заключенного Елизавета Федоровна и Надюша. Бабушка загородила собой мужа, а Надюша бросилась в ноги коменданту. Тот уже замахнулся саблей, но смилостивился, ограничившись суровым карцером, каменным мешком, где дед мог только стоять по колени в воде. Хотя он был верующим, смирения в нем не было.

Такие, как он, не меняют своих убеждений ради политической конъюнктуры, не перестраиваются на старости лет. Судя по всем его философским трудам, он был настроен консервативно, и в письмах царю явно проскальзывают упреки венценосцу в отсутствии твердости и необходимой жесткости в борьбе с «левыми», террористами и проч. Дочь П. А. справедливо замечает, что отец ее был «сторонник абсолютной монархии. И в России дела шли хорошо, пока все не погубили многопартийная Дума, конституция, и измена...»

Но и прежде: когда монарх становился либеральным, в него же и начинали стрелять, как в несчастного Александра II. И при нем появилось революционное разночинство, народники, в которых как бес сидел: только бы им стрелять и скрываться. Шли великие *Idio-* реформы, а они готовили бомбы... Они низвергали *ты!* великого Пушкина и молились на бездарный роман Чернышевского и спешили убить царя-Освободителя, опасаясь, что он новыми своими Указами совсем выбьет почву у них из-под ног. И преуспели.

Александр III — вот тип правителя, нужный России. Он был наречен народом Миротворцем, но Европа трепетала при его имени.

Продолжим дневник Аиды Петровны.

НА ЯХТЕ «ПОЛЯРНАЯ ЗВЕЗДА»

«Как много пережито за эти годы! Из девочки, гулявшей по Летнему саду с мадемуазелью, я стала самостоятельным человеком, выполняющим и серьезные поручения. Когда мама отрывалась от приема больных, она поручала мне аптеку, то есть выдавать лекарства по повторным рецептам: записать, какие лекарства следует приготовить и какие больные придут повторно для беседы. Но все это было позднее...

Ближе к осени 1917 года на Поклонную прибыл комиссар Временного правительства с охраной. Разговор его с отцом был недолог — отец попросту выставил пришельцев. Очевидно, комиссар не имел полномочий на арест его, но отношения с Временным правительством были испорчены. П. А. Бадмаева сопричислили к группе неугодных и неудобных лиц и решили выслать из России.

Мать ехала с ним и колебалась, брать меня или оставить с Кулюшей. Она решила спросить меня, оставив за мной последнее слово. Несмотря на сильную привязанность к Кулюше, моей второй матери, я все-таки попросила маму взять меня с собой. После долгих и горьких слез меня буквально оторвали от Кулюши и повезли на вокзал. Шел дождь, было холодно. Я продолжала тихонько плакать, прижимая к себе любимую куклу Лизу. На платформе Финляндского вокзала стоял состав. Нас посадили в последний вагон. У дверей встал караул. Мы устроились в одном из купе. Я стала бегать по коридору, присматриваться к спутникам. Как выяснилось, в нашем вагоне ехали Вырубова, Эльвенгрен, Глинка-Янчевский, Манасевич-Мануйлов.

Поезд тронулся. Провожающие все плакали — разлука предполагалась навсегда. Мама была все время хмурой, встревоженной. Петр Александрович, напротив, шутил, успокаивал всех. Началась игра в шахматы. Взрослые зазывают меня в купе, угощают конфетами — словом, развлекались мной.

Затем — граница, и поезд пошел по Финляндии. На станции Рахиньяки поезд был остановлен революционными войсками. Окружившим вагон матросам и солдатам сказали, что едут «царские приближенные». Понятна реакция возмущенной толпы...

Как все меняется! Помню, ранним летом 1914 года мы с Кулюшей шли по Невскому. Вдруг шедшие остановились, образовалась толпа. Пронеслось: «Царь, царь едет!» Кулюша подняла меня на руки, и я увидела проезжающих в открытом ландо императора и императрицу. Их приветствовали...

Наш вагон окружили. Солдаты приготовились стрелять прямо в окна. Началась паника. Сопровождающая вагон охрана исчезла, мы были брошены на суд народа. Вырубова рыдала, мама с потемневшим лицом металась между мной и Петром Александровичем. Кто-то молился...

Вдруг отец направился к дверям вагона. Он решил выйти к толпе. Помню чей-то крик: «Остановите его!.. Нас растерзают...» Мама попыталась удержать его, но Петр Александрович оттолкнул всех, распахнул дверь вагона, сорвал пломбу (вагон был запломбирован), и предстал перед толпой. И тотчас стал говорить. Странно, но толпа смолкла. Не могу передать содержание его речи, хотя мама послала меня вернуть отца, я стояла рядом с ним, дергала за рукав и шептала: «Пойдемте, мама зовет вас, Петр Александрович!» Не знаю. Что подействовало — его речь или мой вид, но вскоре я увидела улыбающиеся лица. Вагон наш отцепили от состава и оставили под охраной.

Мы должны были ехать через Швецию в Англию, но судьба решила иначе. Ночью нас под охраной отправили в Гельсингфорс на легковых машинах. Никаких грубостей допущено не было, но рядом с отцом сидел матрос с саблей наголо. И ночью же нас доставили на бывшую царскую яхту «Полярная звезда» для решения нашей участи. Всем задержанным предложили сдать оружие — не обыскивали; Петр Александрович и другие сдали револьверы, но Эльвенгрен заявил, что у него нет. Его обыскали и нашли два револьвера. Помню, позднее отец резко выговаривал Эльвенгрену — его поступок лишил доверия всех.

Во время допроса возник курьез из-за меня. Меня спросили: имя, фамилия и с кем и куда я еду, кто мои родители? Я ответила, что зовут меня Аида Алферова, и, помня предупреждение говорить правду, сказала, что Петр Александрович мой крестный, но теперь мне велено называть его папой. Потом мои родители объяснили, в чем дело.

После допроса нас отвели в трюм. Помню сквозь сон голос мамы, просившей матроса отправить меня в Петроград, так как ждали смертного приговора — шло бурное заседание трибунала. Мне захотелось подняться наверх. Я прошла мимо часового на палубу. Смотрела на море. Потом зашла в каюту, там сидели несколько матросов, о чем-то спорили. Мое появление вызвало улыбки. Готовый для исполнения приговор был отменен для всех арестованных. Потекли дни в заключении. Жили в трюме, по команде садились за стол: утренний чай, обед, ужин. Кормили хорошо, еда мне нравилась, отсутствием аппетита не страдала и ела все без разбора. Но в трюме было много черных тараканов, которых я очень боялась. И вот однажды на обед подали мою любимую запеканку из макарон. Съев половину, я, к ужасу, обнаружила запеченного таракана. Я промолчала, но перестала есть. Старик Глинка-Янчевский (бывший редактор газеты «Земщина») спросил: «Отчего ты не ешь, деточка?» «Не хочу, сыта», — отвечала я. Ведь меня воспитали так, что я не должна была замечать таких вещей. «Ну так я доем, если не хочешь», — сказал Глинка-Янчевский. Я растерялась, не зная, как вести себя, а он тем временем доел запеканку.

Комиссар хорошо относился ко мне, он показал мне яхту. Наверху было роскошное помещение — зал, где лежали пушистые ковры, стояли зеркала, большой рояль. Мне разрешили поиграть на нем.

Между тем к отцу в трюм стали ходить больные из числа матросов, а у него были с собой лекарства. И он лечил. Однажды я чуть не навлекла на нас большую беду. Решила вести дневник и попросила служащую, которая выполняла обязанности завстоловой и уходившую ежедневно на берег, купить мне тетради и карандаши, так как все письменные принадлежности у нас были отобраны.

На следующий день взрослых стали вызывать на допрос. Петр Александрович был хмур и молчалив. Ждал репрессии. Моя просьба о карандашах была истолкована как тайный приказ взрослых, чтоб наладить через меня отправку писем. Меня несколько раз строго спрашивали: кто поручил? В конце концов поверили в непричастность взрослых. Шли дни в ожидании каких-то перемен. И вот приказ из Центра: всех сопровождающих освободить и отправить на родину, остальных — в Свеаборгскую крепость. Запомнилась ночь нашей отправки с корабля. Мать горько плакала, расставаясь с Петром Александровичем. Она выразила желание отправиться с ним, но ей не разрешили, да и отец советовал ей ехать в Петроград, хлопотать об освобождении его. Слез было много, ведь не известно было, просто ли это переезд в крепость или вновь стоит вопрос о жизни заключенных.

Мужчины хмурились, крепились...

Это было в конце сентября 1917 года. Отправкой командовал молодой комиссар, меньшевик Миша Островский, вооруженный саблей и маузером. Он командовал срывающимся голосом. В последний момент у отца пропала шляпа, и мама дала ему бархатный берет, который он и одел.

«Мистер Бадмаев, я приказываю вам снять дамский берет — это не маскарад!» — кричит юноша. «Но у меня другого нет», — отвечает отец. «Я приказываю!» — кричит Миша, хватаясь за кобуру. Но отца было этим не напугать. Ему ли, который выходил к разъяренной толпе, убояться этого юношу? Комиссар понял, что не прав, и махнул рукой, и мы все двинулись из трюма на палубу. Снова слезы, прощание, и в темную сентябрьскую ночь я стояла на палубе, чувствуя себя забытой, среди горя и слез старших. Но вот ко мне подошел отец, перекрестил, поцеловал, сказал, чтоб я была умницей, и стал спускаться по трапу в катер. Была черная и бурная ночь. Катер отъехал. Маму и меня перевезли на берег. Мы устроились в ближайшей гостинице «Фениа».

После трюмной тесноты и холода меня поразило яркое освещение, нарядный номер. Еще большее впечатление произвел на меня зал ресторана, куда мы спустились ужинать, — это был мой первый в жизни ужин в ресторане. Играл румынский оркестр. Все сидящие в зале были возбуждены, то было нервное возбуждение, которое я сперва приняла за веселость.

Вскоре мама заторопилась в Петроград, чтобы начать хлопоты.

Дома Кулюша встретила меня радостно и со слезами: оказалось, что в газетах сообщили о нашей гибели, описывались подробности нашего расстрела и о том, что тела наши бросили в море.

Мама развила бурную деятельность за освобождение отца, ходила к министрам Временного правительства, но долго не рискнула задерживаться в Петрограде, боясь за жизнь и здоровье Петра Александровича, и, взяв меня с собой, вернулась в Гельсингфорс, чтобы быть ближе к нему. Маме разрешили свидания и передачи почти ежедневно. Жили мы в той же гостинице, недалеко был базар, куда я бегала покупать мясо для бурятского супа. Часто я ездила с мамой в Свеаборгскую крепость. Она представляла собой низкое каменного здание с небольшим двором. Каждый раз, когда мы подходили, звонил колокол, выходил дежурный офицер, и нас пропускали. Камеры были очень маленькие, одиночные, сырые, темные, с маленьким окном наверху. Стоял топчан, табуретка — и все. Здесь же, в соседних камерах, находились знакомые, высланные вместе с отцом.

В двенадцать часов дня, собрав деньги и посуду, я с разрешения дежурного офицера шла в расположенную поблизости чайную, покупала кофе, булочки и возвращалась. И опять звонил колокол, и я шествовала со своими кувшинами и разносила кофе по камерам.

Так мы прожили около месяца. И наконец пришел приказ об освобождении. Всем было разрешено вернуться на родину. Приказ об освобождении пришел уже от Петроградского Совета рабочих и солдатских депутатов где-то в середине ноября, то есть после Октябрьской революции. За отца хлопотали его пациенты — матросы с «Полярной звезды». Они его полюбили.

Вернувшись в Петроград, Петр Александрович вновь был арестован. Мама поехала принимать больных одна. Она объявила ожидавшим многочисленным больным об аресте отца. Трое вооруженных матросов тотчас подошли к маме с вопросами: кто арестовал, куда увезли? Среди больных началось волнение. Трое направились, кажется в тюрьму Кресты, и часа через два отец вернулся в сопровождении их. Настроение у него было веселое, и он бодро начал прием больных.

Так было два или три раза. Центральная власть еще не утвердилась. Одна группа арестовывала, другая освобождала. Появлялись и группы вооруженных анархистов... Это были тяжелые сцены. В памяти сохранилось: отец, раскрыв руки, говорит бесстрашно: «Стреляйте!», стоя буквально перед стволами винтовок, наведенных на него. Но руки, державшие оружие, опускались под его взглядом.

Не помню, к какому времени, но очевидно к 1918 году, относится один странный эпизод. Во время приема к Петру Александровичу обратились с просьбой поехать посмотреть тяжелобольного; по-видимому, была названа фамилия, знакомая отцу. К концу приема был подан автомобиль. И в часу десятом вечера Петр Александрович с мамой поехали к больному. Их привезли в роскошный особняк. Незнакомые лица, вооруженная охрана... Отцу предложили одному проследовать к больному. Мама осталась ждать. Прошел час, второй... Никто не выходил. Мама начала беспокоиться. Кругом было тихо и не слышно ничьих голосов. Время шло. Мама, почувствовав что-то неладное, была в растерянности.

Наконец вышел знаменитый Мамонт Дальский, актер и анархист, и, обращаясь к матери, сказал: «Я не могу сломать упрямство старика... Заставьте вы его послушать нас, иначе живым он отсюда не уйдет!»

Мама, содрогаясь, вспоминает этот эпизод. Отца отпустили ночью живым. Мама, буквально помертвевшая от ужаса, привезла его домой в третьем часу ночи.

Как я узнала позднее, от отца требовали крупную денежную компенсацию — выкуп.

К этому грозному времени относится знакомство нашей семьи с большевиками Марией Тимофеевной и ее мужем Иваном Дмитриевичем Ивановыми. Началось оно так. К отцу на машине приехал ныне здравствующий И. Д. Иванов [1] и сопровождающая его охрана. Отца попросили поехать осмотреть больную туберкулезом. Петра Александровича предупредили, что больная — председатель ревтребунала и известная деятельница революции. На это П. А. ответил: «Мне все равно кто больная, едем, раз моя помощь вам потребовалась». Как всегда, с отцом поехала мама. Отец осмотрел больную, сказал: «Скоро будете на ногах», оставил ей лекарство и уехал.

Как потом лично мне в 30-е годы рассказывала Мария Тимофеевна, в революцию окружавшие товарищи по работе и друзья не советовали ей пить «неизвестные лекарства», опасаясь отравления, но Мария Тимофеевна, видно, хорошо разбиралась в людях. Она угадала в П. А. порядочного человека, к тому же достаточно смелого, ибо в случае неуспешного лечения всю вину свалили бы на отца.

Через две недели Мария Тимофеевна была на ногах, а вскоре приступила к работе. Она ответила добром на добро и способствовала его освобождению в 1920 году. После его смерти продолжала периодически лечиться у матери, сохранив до конца дней своих чудесное редкое отношение ко мне. Ума и доброты она была необычной. О ней, о ее муже Иване Дмитриевиче, депутате Совета рабочих, солдатских и крестьянских депутатов Выборгской стороны, можно было бы написать целую книгу, но это не в моих силах.

---

[1] Запись относится к 1957—1958 годам. В 1959 году И. Д. Иванов умер. Жена его, М. Т. Иванова, скончалась в 1956 году *(Б. Г.)*.

В 20-е годы Ивановы переехали в Москву. Бывая в Москве, мама останавливалась в их квартире на улице Грановского. В 1938 году они переехали на Суворовский бульвар. В 1940 году мама возвращалась из лагеря в Каракалпакии... помню, я встретила маму и привезла к Ивановым. Мария Тимофеевна вышла навстречу, раскрыла объятия. «Наконец-то, дорогая Елизавета Федоровна!.. Я знала, что все уляжется...»

Их дружба, постоянная переписка продолжались до конца жизни моей матери. «Аида, помните, что у Вас есть вторая мать и второй дом», — писала мне Мария Тимофеевна, узнав о смерти моей матери. Такие слова остаются на всю жизнь.

До самой смерти своей Мария Тимофеевна сохранила ясный ум, мудрость, тонко разбиралась в оттенках современных событий. Она хорошо знала и любила В. И. Ленина и М. И. Калинина, с которым ее муж, Иван Дмитриевич, вместе работал на Путиловском заводе — их станки были рядом. Бывая в Москве, я слушала рассказы Марии Тимофеевны о ее молодости, о ее работе в революционном подполье. Семье Ивановых я обязана высшим образованием — в те далекие годы мне с моей анкетой поступить в вуз было трудно. Она прислала свою рекомендацию, это оказалось достаточным».

Я тоже помню чету Ивановых. В 30-е годы мама брала меня с собой в Москву, и я помню огромную, в десять комнат, квартиру на улице Грановского. В этой квартире, кроме Ивановых, жил Отто Юльевич Шмидт с семьей, а также его сестра Нора Юльевна, которая очень дружила с моей матерью. После челюскинской эпопеи Шмидт был знаменит, и я, мальчиком, сторожил в коридоре, чтоб увидеть большого человека с бородой. Ивановы встречали нас очень тепло. За столом царила хозяйка, а муж, Иван Дмитриевич, сидел и слушал, наклонив голову; в те времена он был директором какого-то крупного завода.

Уже будучи взрослым, после войны я бывал у Ивановых в их новой квартире на Суворовском бульваре, в доме Полярника. Мария Тимофеевна была неизменно радушнейшей хозяйкой, и я никак не мог представить ее в роли грозной председательницы ревтребунала, выносившей смертные приговоры белогвардейцам.

НОВАЯ ВЛАСТЬ

Из дневника Аиды Петровны:

«Отец как будто примирился с новой властью, но характер давал себя знать. Был еще один памятный случай... Отец с мамой ездили с Удельной в город на прием на поезде — экипажа уже не было. Они доезжали до Финляндского, а потом до Литейного, брали извозчика... и возвращались вечером таким же путем. Мы ехали втроем — я, мама и отец. В вагоне разная публика — матросы, солдаты... Зашел разговор о положении в России. В то время в Петрограде был голод. Отец не выдержал и вмешался в разговор. «Ну и чего вы добились своей революцией?» — спросил он солдата. Тот стал доказывать и начался спор. Вдруг к отцу подходит матрос с маузером: «А, тут контра завелась! В Чека его!..» И на первой остановке, Ланской, отца вывели из вагона. Мы с мамой пошли за ним вслед. Мама плакала и говорила отцу: «Ах, Петр Александрович, вы никогда не думаете о своих близких!.. Пощадили б хоть Аиду!»

И когда все вышли на платформу, отец вдруг низко поклонился окружавшим его людям и сказал: «Простите старика! По глупости... Погорячился!»

Матросы рассмеялись, посоветовали отцу попридержать язык впредь, если он не хочет неприятностей, и отступили.

Отец, увидев плачущую мать, спросил про меня. «Ах, не все ли вам равно, где Аида, что с нами?» — с упреком сказала мама. Это, кажется, был единственный случай, когда она осудила его действия.

И главным для отца всегда оставалась тибетская медицина. Все свои силы и знания отдавал врачебной и научной деятельности и всю свою жизнь боролся за признание ВНТ.

«Вполне сознаю, — писал он, — что эта наука сделается достоянием образованного мира только тогда, когда даровитые специалисты-европейцы начнут изучать ее».

Мне известно, что Петр Александрович получил официальное уведомление властей о том, что по желанию он может принять японское подданство — за него ходатайствовал японский посол — и с семьей выехать в Японию. Отец категорически отказался покинуть Россию. Он любил русские песни, музыку Чайковского и в редкие свободные минуты просил своего сына, Николая, сыграть ему увертюру к опере «Пиковая дама».

«Возвращаюсь к тем бурным годам. Отцу оставили его приемную и кабинет на Литейном, а имение на Поклонной перешло в ведение военных властей. Там должна была стоять батарея. И мы все запасы лекарственных трав перевезли с Поклонной в дом с кустами сирени и жасмина вокруг. В нем жила Кулюша. Часть лекарств перевезли на Литейный. В этот период произошло событие, очень тяжело пережитое мной.

Кулюша поехала с тележкой на Поклонную добрать какие-то вещи. И там сцепилась с солдатами, она была боевая, могла отбрить. Началось с пустяка, мол, попортили вещи. Слово за слово... Кулюшу арестовали и отправили в тюрьму. К нам на Ярославский прибежала соседка и рассказала, как Кулюшу повели солдаты. Я ревела во весь голос. Привязанность к Кулюше была, пожалуй, сильней, чем к матери. Плача, я поехала разыскивать маму в город. Отец в это время тоже находился в тюрьме.

Эти дни были страшные для меня. С Кулюшей я всегда чувствовала себя под надежной защитой, ощущала ее любовь и заботу; мама была целиком поглощена хлопотами об отце или же вела прием больных за него... После ареста Кулюши мама буквально металась, хлопоча за двоих, и наконец вновь обратилась к Марии Тимофеевне. И я пошла вместе с мамой. Мария Тимофеевна обещала разобраться, но не все зависело от нее. Как первый этап, мне разрешили свидание с Кулюшей. Несла я узелок с бельем и сэкономленные сухие корки хлеба. Час свидания, когда Кулюша подошла в платке к решетке и дрогнувшим голосом сказала мне: «Ну здравствуй, девонька, не плачь...» — голос этот звучит и сейчас в памяти. Я не могла говорить, задыхалась от слез. Скоро свидание кончилось, и я уныло побрела домой.

Кулюшу освободили через две недели с предупреждением «не распускать язык». Вернулась она похудевшая, молчаливая и какая-то притихшая, а я сияла: теперь все было не страшно.

Годы революции, гражданской войны. И вспоминаются не только мрачные картины. Моя жизнь была трудной, но наполненной, осознанной деятельностью: мы с моей ровесницей Ольгой, нашей родственницей, приехавшей с Кавказа, брали топор, пилу, ходили заготовлять дрова, то есть разбирали дома, покинутые владельцами, и я научилась пилить — жизнь заставила. Мама занималась тибетской медициной, а Кулюша вела все хозяйство, доставала продукты, меняя их на вещи».

Здесь я прерву записки матери, чтобы привести полный текст заявления деда в ЧК из тюрьмы, — оно и поныне хранится в личном деле П. А. Бадмаева вместе с другими документами, изъятыми на Литейном, 4.

ПРЕДСЕДАТЕЛЮ ЧК тов. МЕДВЕДЬ

Отделение 3-е, камера 21, Шпалерная ул., дом № 25
Петра Александровича Бадмаева, врача тибето-монгольской медицины, кандидата Петроградского университета, окончившего Медико-хирургической академии курс, старика 109 лет

ЗАЯВЛЕНИЕ

Я по своей профессии интернационал. Я лечил лиц всех наций, всех классов и лиц крайних партий — террористов и монархистов.

Масса пролетарий у меня лечились, а также богатый и знатный классы. До момента последнего моего ареста у меня лечились матросы, красноармейцы, комиссары, а также все классы населения Петербурга.

Сын мой, как командир конной разведки Красной Армии, будучи на разведке за Глазовом, был ранен осколками бомб белогвардейцев в левую руку выше локтя, и убита была под ним лошадь. Поправившись от ран, сын вновь вернулся в свою часть и участвовал при взятии красными войсками гор. Перми, и за отличие сын мой был награжден. Я же, отец его, 109 лет старик, потому только, что имею большое имя, популярное в народе, — сижу в заключении без всякой вины и причины уже два месяца. Я могу Вам сказать, тов. Медведь, что члены вашей ЧК, допрашивавшие меня, если сложить года четырех их всех, то и в этом случае сложенные года окажутся менее, чем мои 109 лет. Я всю жизнь свою трудился не менее 14 часов в сутки в продолжение 90 лет исключительно для блага всего человечества и для оказания им помощи в тяжких заболеваниях и страданиях.

Неужели в Вашем уме, Вашей совести не промелькнула мысль, что гр. Бадмаев, какое бы громкое и популярное имя ни имел бы, не может повредить Вашему коммунистическому строю, тем более он активной, агитаторской политикой никогда не занимался и теперь не занимается.

Мой ум, мои чувства и мои мысли не озлоблены против существующего ныне строя, несмотря на то, что я окончательно разорен, ограблен, о чем хорошо знает обо всем этом военный комиссар, который посылал следователя для установления такового факта, и несмотря на все это, я арестованный сижу совершенно безвинно.

Если Вы спросите, почему я не озлоблен, то я отвечу Вам, что перевороты иначе не совершаются.

На основании вышеизложенного во имя коммунистической справедливости прошу Вас освободить меня и вернуть к моей трудовой жизни.

Петр Бадмаев

1919 года, 10 августа

На заявлении размашистая резолюция от 12 августа (долго не размышляли): «Отправлен в Чесменскую богадельню». Дед взывал к коммунистической справедливости — он ее получил.

В ТЮРЬМЕ, В ТИФОЗНОМ БАРАКЕ

«Наступили самые суровые дни моего детства, зима 1919/20 года была очень трудной, голод давал себя чувствовать... Петр Александрович на этот раз действительно находился в заключении, сначала в городской тюрьме, а с ноября был переведен в Чесменский лагерь; этот лагерь находился на другом конце города в пяти километрах от Нарвских ворот. Трамвай доходил лишь до ворот, оттуда пешком по шоссе. Можно было доезжать туда пешком — летучкой, курсировавшей от города, но затем идти полем по кочкам и через канавы — путь тоже нелегкий. Особенно для мамы. Вагоны подавали нерегулярно, правда, почти пустые, холодные, иногда без стекол. Однажды я так замерзла, что меня оттирали в конторе начальника вокзала, одета была довольно легко: бархатная шубка, из которой я уже выросла, и кожаные сапожки. А морозы доходили до − 25°.

Ездить приходилось через день. Передачи были разрешены в любое время. К отцу пускали даже больных на консультацию. Ездили день — мама, день — я. В свой день я ехала снаряженная Кулюшей, а с Удельной начинала свой трудный поход: на поезде до города, трамваем до Нарвских ворот, а там пешком до лагеря. Мне везло — попутные подводы часто брали меня. Была я здоровой, выносливой девочкой, но все же от тяжести поклажи немели руки, их я и отморозила в ту зиму.

Охрана меня знала в лицо и прямо пускала к Петру Александровичу. Он лежал в лазарете, с ним вместе в палате находились Ф. Ф. Безобразов, Д. С. Хрулев, Величковский. С семьей Бебзобразовых мы подружились: мама с его женой, а я с дочками, моими ровесницами, — они тоже навещали своего отца. Безобразов был освобожден одновременно с моим отцом. Семья же вскоре получила визу и выехала за границу.

...Итак, в палате было пять коек, помещение большое, тепло. В ту зиму свирепствовал тиф. И вот случилось самое страшное. Отец, будучи очень вспыльчивым, погорячился и резко поговорил с комендантом лагеря, за что был переведен в карцер. Помню отчаяние мамы, слезы, которые редко можно было видеть. Бросилась она хлопотать, снова и снова боясь за его жизнь.

Пробыв в карцере двое суток, отец заболел, обнаружился тиф. Его положили в тифозный барак. Мама добилась разрешения оставаться при нем в палате, мне тоже. Настали страшные дни. Спали мы с матерью на соломенном матрасе в длинном, пустом, холодном коридоре, превращенном в палату;

там стояли на случай пустые железные койки. Освещения не было. Одно из жутких впечатлений было ночью, когда мимо нашей койки выносили умерших. Я спрашивала мать: «Кого это несут, куда?..» Мама закрывала меня своей шубой и твердила: «Спи, спи, я с тобой...»

Я была голодной, но никогда ничего не просила. Мама, чувствуя мое состояние, пошла к санитарке, обслуживающей палаты, разносившей еду, и странным неуверенным голосом попросила: «Дайте, пожалуйста, девочке что-нибудь поесть». И та дала хлеба.

Периодически мама уезжала в город хлопотать за отца, а я оставалась и ухаживала за больным. Иногда спала у него в ногах на койке. Многие удивлялись, как это мама не боялась за меня, двенадцатилетнюю девочку, что я заражусь тифом. Меня эта мысль мучила позднее. Но потом я поняла: мама фанатично верила в тибетскую медицину. Но одно из ее положений гласит, что здоровый организм не подвержен инфекции, то есть он перебарывает ее. Лишь ослабший или больной организм подвержен инфекции. В этом ВНТ видит закономерность. Так или иначе, но ни мама, ни я не заразились. Прошел кризис, температура стала спадать, П. А. начал медленно поправляться. П. А. начал шутить со мной, разговаривать... И вскоре вернулся в свою палату».

Прерву на короткое время записки матери. Она не упоминает о переписке между Елизаветой Федоровной и Петром Александровичем, а она сохранилась. Это пять записок бабушки, написанных красными чернилами, посланных, как видно, с дочерью или через охрану; от деда сохранилась единственная записка.

«Дорогой мой, так как ты поправляешься, то я на радостях посылаю тебе 3 яичка, $^{1}/_{2}$ фунта сахара и 5 булочек. Спасибо, спасибо тебе, что ты поправляешься. Мое настроение стало лучше, а то мучалась я очень, что ты больной, один там без меня.

Посылаю суп из телятины, фунт мяса.

Целуем, целуем я и Аида.

Пятница, 1920.

Твоя *Елизавета*».

«Дорогая Елизавета Федоровна!

Сегодня не приходите. Сообщу, когда нужно. Вчера Ольга Федоровна была (родная сестра бабушки. Далее несколько слов неясно, почерк сильно отличается от прежнего). ...Я давно был прав... (неясные слова). Вчера поздно был допрос. Сегодня рано (неясно далее). Не нужно быть неблагодарным. Ты знаешь, что я тебя люблю и Аиду ужасно и никому в обиду не дам.

Твой любящий *П. Бадмаев*».

«В обиду не дам» — это написано из тюрьмы.

«Дорогой друг! Христос воскрес. Целуем, поздравляем. Просим Бога о здоровии, остальное, знаю, что все будет. Сегодня мало посылаю: жареное мясо и крупу.

Ваша *Е. Ф.*

13 апреля 1920».

И последняя записка: «Дорогой Петр Александрович!

Сейчас я опять из Удельной позвонила Марии Тимофеевне Ивановой, она думала, что Вы уже дома. Сам Иванов читал бумагу, подписанную Председателем Всероссийской ЧК Калининым (очевидная неточность, речь, видимо, идет о ВЦИКе, Председателем которого был Калинин. — *Б. Г.*) об освобождении Вашем. Сегодня или завтра Вам должны объявить обязательно. Я спросила у Ивановой об участи подобно Вам арестованных, как например, Безобразовых и Величковского, она мне ответила, что одновременно вместе с Вами будет освобождено еще 20 человек, думаю, что в числе их будут и Мария Сергеевна и Федор Федорович — будут освобождены, рада буду за них очень.

Вчера ужасно небрежно послала Вам передачу, забыла вложить платки и «хадак» сегодня посылаю их. Посылаю кусочек масла и кусочек мяса и жду Вас и целую.

Грею комнату.

Привет Марии Сергеевне и Федор Федоровичу.

Елизавета».

«Разговоры, которые велись среди заключенных, сводились к одному: когда и по какому поводу будет амнистия, когда выпустят, каково положение на фронтах и т. д. Отец к тому времени понял то, чего не поняли еще остальные люди старого мира, — он высказывал мысль о необратимости произошедшего процесса и спорил с соседями по палате, так что маме потом приходилось улаживать конфликт, о котором я шепотом рассказывала ей. В то время отец обдумывал письмо В. И. Ленину, которое и было написано им и через маму отправлено в Москву.

Так проходила эта суровая зима. Весеннее солнце согревало, и все немножко стали веселей. И вот, наконец, пришел приказ из Кремля об освобождении Петра Александровича. Связано ли это было с письмом к Ленину или нет — мне не известно. Хотя мы с мамой попеременно ездили к нему через день, освобождение его было неожиданным».

...Здесь я ненадолго прерву воспоминания мамы. Я приведу рассказ деда со слов бабушки о том, как его освободили, и о пути его из Чесменского лагеря домой на Удельную. Хотя рассказ этот услышан бабушкой от деда, но я слышал его уже в пересказе, поэтому передам своими словами.

Утром его пригласил к себе комендант и объявил, что получено распоряжение Москвы об его освобождении.

— Надолго? — прищурясь, спросил дед.

— Доктор, это полностью зависит от вас, — сказал комендант.

Дед по обыкновению ответил шуточкой:

— Я сам себя сажаю в тюрьму? Какой раз?.. Не знал!

Комендант хотел по мирному расстаться со знаменитым строптивым заключенным и добродушно сказал:

— Лечите людей, доктор, никто вас не тронет, но не занимайтесь вы политикой! Зачем вам это?

— Какая «политика»? После вашей революции я отошел от всего. И до революции я занимался своей медициной, писал научные книги... Писал и царю, но о чем? Вы хоть читали?

— Доктор, да вы же генералом были! «Ваше превосходительство»! Уже за одно это с вас следовало спросить...

— Статский генерал. В молодости служил по министерству иностранных дел, шли чины... Я служил России!

95

— Царской России.

— Другой не было.

— Положим, была и другая, оставим это. Но вы и после революции вели контрреволюционную пропаганду и агитацию.

— Неправда!

— Доктор, я знакомился с вашим делом... Не хотелось напоминать, но... Вот, пожалуйста. — Комендант раскрыл папку и полистал ее. — Вот! В вагоне поезда на участке пути между Финляндским вокзалом и станцией Удельная вели контрреволюционную пропаганду, есть свидетели.

— Какая «пропаганда»?! Я ехал с приема с женой и дочерью... Два солдата и матрос говорили о революции. Я спросил: «Что же дала вам устроенная вами революция?»

— Вот это и есть контрреволюционная пропаганда и агитация! В чистом виде.

— Это ваша свобода?

— Да, это свобода от контрреволюции, доктор. Идет гражданская война! Вот кончится, тогда... Но и тогда против революции говорить не позволим!

Теперь уже дед не хотел обострять разговор перед своим освобождением. Страсти накалены...

— Ну хорш, — сказал он. — Ваше дело. Я старый человек. Позволяете мне лечить — и на том спасибо. Будет надобность во мне — прошу, приму без очереди.

— Без очереди, доктор, вы царских министров принимали... А мы люди простые, постоим и в очереди, придет нужда.

— Не думаю. Не очень-то любят власть предержащие в очередях стоять. Все властители похожи друг на друга: встань ты, я сяду. Ты попользовался, теперь дайте и мне.

— Доктор, вот вы опять начинаете! Хотите назад обратно вернуться? — уже с раздражением сказал комендант.

— Молчу-молчу!.. Но это еще Лев Толстой сказал о революционерах.

— И с графа мы б спросили кое за что, будь он жив!..

Дед хотел едко ответить начальнику, но сдержался.

В канцелярии тюрьмы ему выдали документы, делопроизводитель записал в тюремный журнал: «Согласно распоряжению за номером, за подписью...

гр-нин Бадмаев П. А. отпущен по месту жительства: Петроград, Удельная, Ярославский, 85». И двери тюрьмы растворились еще раз, выпустили деда. Выйдя из ворот Чесменки, он перекрестился, вдохнул свежий утренний апрельский воздух и зашагал в сторону Нарвской заставы, где ходил трамвай. До него было километров пять. В руках он нес небольшой саквояж с пледом, сменой белья и другими необходимыми в тюремной жизни вещами. Вскоре его догнала лошадь с подводой. Петр Александрович не стал просить его подвезти, а лишь взглянул на мужика-возницу. И тот остановил лошадь.

— К Нарвской, что ли? — крикнул возница.

— Туда, к трамваю.

— Садись, дед, вижу, откуда идешь. Что ж мы, не православные?

— Ну спасибо, подвези ради Бога.

Бадмаев уселся в телегу, подложив сена, мужик прокричал вековое: «Но-о! Пшла-а!» — и телега тронулась.

Трамваи не ходили, и от Нарвской заставы дед пошел пешком, озадаченный, как он все же преодолеет эти двадцать километров. Еще с саквояжем. Но пройдя с версту, он услышал гудение трамвая. Откуда-то выскочил одинокий вагон. Дед поднял руку. Вагон остановился.

— Куда, дед? В парк еду, — высунулся вагоновожатый.

— Довезите, пожалуйста, до Выборгской... Врач я. А сам заболел... — сказал Петр Александрович.

Помедлив, вожатый сказал:

— Садитесь, доктор. Вы не с Поклонной?

— С Поклонной.

Он ехал один в пустом вагоне, без остановок. Город был пустынен. Кое-где жались очереди у хлебных магазинов. Во всем Петрограде оставалось всего несколько сот тысяч жителей, жизнь в городе замирала. Шел трудный 1920 год. Он ехал по местам, знакомым ему с юности — Садовой, Литейному... Этот проспект со старинными пушками у бывшего артиллерийского училища был ему особенно дорог: на нем в доме номер шестнадцать находился его кабинет.

Он достал и перечел (читал он без очков) последнюю открытку жены и подумал, как быстро сбылись ее надежды на освобождение его. Когда-то он услышал от нее фразу: «Любовь — это забота». Тогда он не придал значения ей, но теперь, оставленный влиятельными друзьями, часть коих бежала за границу, другим революция вынесла свой приговор; дети от первого брака, кроме Петра, рассеялись кто куда, и теперь он ощущал поддержку и заботу лишь одного человека — Елизаветы Федоровны. «Любовь — это забота — по-видимому, это так», — подумал он, пряча перечитанную открытку. Ему хотелось сойти на Литейном, подняться к себе в кабинет на третьем этаже, вдохнуть родные запахи тибетских лекарственных трав, что в порошках лежали по номерам в многочисленных ячейках-ящичках огромного шкафа. Но он знал, что прием обычно начинался позже, в три часа. Сойти... А как потом добраться до дома?

...Трамвай, гудя, медленно взбирался на Литейный мост. Слева по ходу открылось невысокое классическое, чисто в петербургском стиле здание Военной медико-хирургической академии. Здесь он учился. И все было впереди: упорный труд, академия, восточный факультет университета, поездки в Тибет и изучение древней науки у эмчи-лам и по рукописям, начало врачебной практики, борьба за признание — за признание тибетской врачебной науки наукой...

Помнился еще день, когда прибывший на Поклонную адъютант вручил ему именной рескрипт об утверждении в звании генерала и получении потомственного дворянства. Тогда это казалось важным, значительным.

Трамвай свернул в парк, и дед пошел пешком. Последний километр тяжело идти... Но надо, надо преодолеть. Что такое? Почему не действует знаменитое ледрэ? Что-то не то... Самому себя лечить и диагностировать трудно. Но вот уже и Скобелевский проспект! Тоже пустынен, магазины закрыты. А до войны была самая оживленная улица в Удельной. Здесь был магазин игрушек, куда он заезжал покупать подарки детям, потом внукам. Что впереди? Куда пойдет Россия? И во что выльется все то, что происходит? Что бы ни произошло, но великая врачебная наука Тибета должна развиваться!

Он прислонился к телеграфному столбу. Еще пятьсот шагов. Вот уже и причудливое каменное здание магазина Башкирова. Налево маленький переулок — Мышкинский. Вот и дом... Он отворил калитку. Во дворе стояла Акулина Яковлевна, бывшая няня Аиды и единственная из прислуги, которая оставалась в доме. Осталась потому, что любила взращенную ею девочку. Петр Александрович знал это и особенно ценил Акулину Яковлевну. Когда в 1907 году — год рождения Аиды — Акулина Яковлевна вошла в дом, он взглянул в ее доброе лицо, вышел и сказал Елизавете Федоровне: «Эта будет! Другой няни девочке не нужно». «Но она согласилась лишь на два месяца... Она хочет купить домик на Волге и уехать к дочери», — ответила молодая мать. «Домик на Волге она будет иметь, но жить останется у нас. Это — верный человек».

И он не ошибся.

— Елизавета Федоровна! Елизавета Федоровна!.. — крикнула Акулина Яковлевна и пошла навстречу бывшему барину.

— Здравствуйте, дорогая Акулина Яковлевна, как видите, цел и здоров... Что Аидочка?

— Здоровенькая-здоровенькая, Петр Александрович, за селедкой пошла... Здравствуйте! Ну слава Богу... Вернулись...

А Елизавета Федоровна уже сбегала с крыльца ему навстречу. И сейчас она сжимала губы, странно двигая ими, чтобы сдержать слезы радости.

— Вот видите, я говорила, все обойдется, — взволнованно говорила она. — Как себя чувствуете? Сейчас главное — здоровье...

— От Сампсоньевского пешком — и ничего, дошел. Что на Литейном, ведется прием?

— Сегодня нет. Я назначила через день. Кое-кто из больных, наших, удельских, приходит сюда... Сейчас перед нами новая задача — пополнение лекарств, — говорила Елизавета Федоровна, зная, что в любой ситуации, в любом состоянии он всегда прежде всего интересовался делами врачебной науки Тибета.

— Ну хорш, — сказал он, выслушав короткий отчет Елизаветы Федоровны.

Они поднялись по невысокой отлогой лестнице крыльца и вошли в дом. Хозяйка принялась хлопотать с едой.

— Петр Александрович, есть немножко кофе, будете? — спросила Елизавета Федоровна.

— Лучше чаю. Моего. Китайского. Крученого. Остался?

— Да, да, конечно... Сейчас заварю.

— Я пока полежу с вашего разрешения, — сказал он и мягко улыбнулся.

— Да, да, кончено, вот подушку я положу, я знаю, вы не любите высоких подушек, но эта будет как раз.

Петр Александрович переоделся и прилег на удобную кушетку. Здесь, в этом доме, все было удобно и по его вкусу. Здесь он в былые годы отдыхал от всего на свете. В большой комнате висела картина — фрагмент брюлловской «Гибели Помпеи» — бегущая по улице семья с двумя детьми. Но падающая на них сверху колонна не попала в фрагмент, и было не очень понятно, от чего же бежит семейство с выражением ужаса на лицах, правда, вдали уже взметнулись языки пламени. Но особенно ласкала взор его китайская ваза, расписанная старинными мастерами. Сам труженик, он понимал и ценил чужой труд.

— Петр Александрович, я поставлю вам ваш колокольчик, если что — звоните, я пойду на кухню, — сказала хозяйка, ставя около кушетки китайский колокольчик тонкой ручной работы — произведение искусства. На бронзовой ручке — изображение Будды.

Вошла Акулина Яковлевна, держа в руках кусочек конины.

— Вот... На леднике я сохранила к вашему приходу, сварить? — спросила она.

Елизавета Федоровна беспомощно-виновато взглянула на мужа, словно извиняясь, что это сделала не она.

— Сварите! По-моему.

— Знаю, знаю, как варить ваш бурятский суп.

— Да, верный человек, — сказал Петр Александрович, когда Акулина Яковлевна вышла. Потом, привстав на локте, продолжил: — Елизавета Федоровна, есть что от моих? Где? Самое первое — где внуки — Петя и Коля — и Надюша, разумеется?

— Они в Минске, Надюша прислала письмо, кажется, им неплохо. Главное — живы, здоровы...

— Слава Богу, слава Богу, — заговорил старик, мелко крестясь.

Отворилась дверь, и вошла Акулина Яковлевна, осторожно неся тарелку дымящегося бурятского супа, сваренного по рецепту Бадмаева. Комната наполнилась необычайным ароматом крепкого бульона.

А затем потянулись дни размышлений о прожитой, казалось бы, долгой, но так быстро промелькнувшей жизни. Словно отворилась дверь, увидел он свет, и дверь вновь затворилась.

И ему стало горько. Что случилось? Почему в конце он пришел к таким печальным итогам? Разве он не оказал помощь полумиллиону больных за почти полувековую деятельность? Роздано более восьми миллионов целебных лекарств, сделанных в строгом соответствии с требованиями врачебной науки Тибета. Правда, он еще и пытался исправить мир своими письмами правителям России... Но он обязан был делать это как всякий гражданин, который видит, что делают не так, как следует. А как следовало? Но этого нам не дано знать... Произошло то, что неминуемо должно было произойти. Бывший император был не злой человек, семьянин, отлично воспитанный, но слаб, либерален...

Как можно было отрекаться от престола где-то в Пскове, не вызвав даже к себе преемника?! И каких же он выбирал соратников, командующих фронтами, если они отреклись от него при первой возможности? И этот человек был самодержцем России! Но таков монархический принцип... Вел. князь Михаил умней, дальновидней и мог... Нет, не мог, раз отказался от власти, добровольно отдав ее в руки авантюристам типа Керенского. Либеральные юнцы!... Они еще меньше знали Россию, чем он, инородец из степной Аги... А тот, кто взял власть, очевидно, лучше всех знал Россию и имел цель. И иной вывод невозможен.

Если б не старость, не подорванное здоровье! Он смог бы еще быть полезным России. Но в нем теперь если и нуждаются, то лишь как в докторе... А у доктора самого дела плохи. Если ледрэ в сочетании с другими составами не помогает, то это, очевидно, не только затянувшееся воспаление легких, а хуже... Рак. Тяжкие потрясения не прошли без последствий. Нужно предусмотреть самое худшее. Сделать завещание относительно имущества. Все остальные мысли для потомства он уже высказал в «Жуд-Ши» и других работах!

Здесь я вновь предоставляю место запискам мамы.

ПОСЛЕДНИЙ АРЕСТ

«Вечерами мать рассказывала о всех делах, читала ему газеты.

Читать вслух приходилось и мне, но, к стыду моему, я очень не любила читать вслух, уж очень скучно было читать газету. Как-то раз мне П. А. сказал: прочти, что ты сама читаешь, какую книгу. Я с удовольствием начала читать вслух книгу моей любимой Чарской об институтках. П. А., прослушав несколько страниц, рассердился и строго сказал: «Брось, не читай этой ерунды, неужели тебе это интересно?» Я очень обиделась и за Чарскую и за себя.

Навещали П. А. сын его Петр Петрович, друг его Пчелин Сергей Семенович, Тер-Степанов Иван Степанович, Безобразов Федор Федорович. Навещал его и врач Пастернак по просьбе мамы. П. А. слабел, ему становилось хуже. Он лежал, не вставая с кровати. И вот по роковому недоразумения, несогласованности, ночью, около двух часов, за отцом приехали — последовал новый арест. Отчаянию мамы не было границ, и его с кровати на носилках понесли в машину. Мать умоляла разрешить ей сопровождать П. А. в тюрьму. Когда его увезли с мамой вместе, тут уж и я не переставала плакать, и ночью вместе со старшей сестрой Татьяной пешком пошли в город, на Гороховую в Чека, в надежде узнать что-либо, там должны были находиться мои родители.

Так до утра мы проходили с Татьяной перед зданием. Дождались до десяти часов и, не получив никаких справок, вернулись домой.

Даже стойкая Кулюша растерялась и плакала. Куда кинуться, кого просить? Так прошел весь день, и только поздно вечером пришла мама, осунувшаяся, вся потемневшая, со словами: «Увезли, не знаю куда, а меня продержали, потом не пустили к нему!..» Мама безутешно рыдала. Утром решила искать отца. Она направилась по очереди по всем тюрьмам, а мне и Татьяне велела также ехать по разным адресам.

Ровно две недели мы начинали ежедневный поход с утра до вечера, повсюду и ко всем, кто только мог иметь малейшее отношение к власть имущим...

Все безрезультатно — П. А. как в воду канул, нигде не числился. Мать телеграммой вновь обратилась к правительству с просьбой помиловать. И вот на пятнадцатый день исчезновения П. А. по телефону незнакомый женский голос сказал матери: «Не беспокойтесь, он жив, находится в Крестах, завтра или послезавтра будет дома». И больше ни слова. Мама ожила и на следующий день караулила у Крестов. П. А. действительно вернулся домой, пролежав эти две недели в тюремной больнице, и, благодаря отзывчивому отношению к себе, даже встал на ноги за этот период.

Выздоровление это было кратким, вскоре он слег окончательно.

Стоял июль 1920 года. Три недели отец боролся с нарастающей слабостью. Мама стала уговаривать его принять сердечное по совету доктора Пастернака, хорошего врача и человека. Когда Петр Александрович махнул рукой и сказал: «Ну что ж, пусть попробует ей помешать», мама поняла, что это конец. Было это за три дня до его смерти. В эти дни он продиктовал завещание, которое заверили его друзья и сын Петр.

В последний день он плохо чувствовали себя, ему было неудобно на кровати. Мать и Кулюша неотступно были при нем. Бывшая семья отца была в Минске, но его средняя дочь Татьяна жила у нас.

Поздним вечером Таню и меня мама послала в Шувалово в санаторий за резиновым кругом. Таня была старше меня на восемь лет. Мы отправились. Ходьба в то время разрешалась лишь до часу ночи. И обратно, достав круг, мы шли уже в недозволенное время, опасаясь патруля. Ночь была тихой. Где-то кричали: «Помогите! Помогите!» Мы не шли, а прямо летели. Подойдя к озерковской церкви, я увидела свет в боковом окне. Церковь была заперта. Мной овладел страх. Я шепотом сказала сестре: «Таня, взгляни, ты видишь свет?» «Вижу, вижу, — быстро отвечала она, — идем скорей». Но по лицу ее я поняла, что она тоже видела свет и объята страхом. И мы бежали, оглядываясь на светящееся окно. Пришли мы усталые и тотчас легли спать.

Около пяти часов утра меня разбудила Кулюша словами: «Вставай, Аида. Петр Александрович!..»

Я вошла в комнату. Отец, уже мертвый, полусидел поперек кровати, голова его откинулась, прислоненная к стене... Мать плача вышла из комнаты на балкон. Я вышла за ней, не зная, что сказать. На мои первые слова утешения я в первый раз услышала от матери: «Ах, Аида, ведь это твой отец...»

Утром мы с Таней поехали сообщить друзьям дома о смерти отца. Похороны в то время были делом сложным. Солдаты из соседней части сколотили гроб, а командир батареи дал лошадей и телегу. И в жаркий день 1 августа П. А. Бадмаева хоронили на Шуваловском кладбище. Телегу с гробом, покрытым елью, извозчик остановил у белокаменного дома с башенкой на Поклонной горе, построенного отцом. Путь на кладбище лежал мимо него.

Умирая, Петр Александрович взял слово с матери, что даже в день его смерти она не пропустила бы приема больных и продолжала его дело.

Через год после смерти отца к нам в дом пришла, прося приюта, бывшая жена моего отца, бывшая генеральша Надежда Васильевна. «Примете?» — спросила она мою маму. «Конечно, оставайтесь... Будем вместе жить», — ответила мама. Надежда Васильевна прожила у нас недолго и скончалась в 1922 году.

В матери моей, несмотря на то, что она в заботах об отце, о тибетской медицине, иногда и забывала обо мне, — в матери было величие души. Она была широкой натуры человек. Это она доказала еще и тем, что в те суровые годы гражданской войны взяла к себе в дом на воспитание двух девочек, моих ровесниц — Ольгу Халишвилли, какую-то очень дальнюю родственницу, и Веру Певцову, совершенно постороннюю, дочь знакомой.

Умер Петр Александрович, а мать твердо решила продолжать прием больных, но не имея врачебного диплома, это было невозможно. Недолгое время помогал ей врач — не помню фамилию, вскоре уехавший за границу. В это же время было получено письмо племянника Петра Александровича Н. Н. Бадмаева, окончившего Военно-медицинскую академию в 1914 г. работавшего в санатории отца, затем служившего в армии. Был он женат вторично на племяннице моей матери. От этого брака было трое сыновей.

Привожу выдержки из этого письма.

«Дорогая Елизавета Федоровна. Все время я предполагал, что он на востоке и занимается любимым делом».

Далее следуют семейные интересы, письмо заключается просьбой выслать лекарства для лечения.

Письмо заканчивалось дружеским излиянием. Жил он в Кисловодске с семьей, собирался вновь вернуться в Петроград.

Мать была очень рада его приезду, рассчитывая на совместную работу; но предполагаешь одно, случается другое, чего не ждешь. Н. Н. считал себя единственным, имеющим права на медицинское наследие П. А., мама же не могла примириться с таким взглядом, и они расстались. Дальше, очень неприятные, тяжелые воспоминания, оставившие след на всю жизнь и омрачившие мою юность, это было в 21—22 годах.

С нами жили незамужние дочери Петра Александровича, Мария двадцати пяти и Татьяна двадцати двух лет.

Вдова старшего сына П. А., имея двоих детей, возбудила дело о наследстве П. А. Наследством считалась аптека, мебель и немногие вещи оставшиеся после П. А. Если бы дело касалось только вещей, это еще можно понять и оправдать. Но дело было подано так, что мать вообще не имеет никаких прав; ставилось под сомнение мое происхождение, т. е. что я не дочь своего отца. Прошло с тех пор около сорока лет, но день суда остался в моей памяти. Горечь, возмущение, как можно было так оскорбить и мать и меня?! Несмотря на советы друзей, мать все же взяла меня на суд.

В числе прочих помню выступление Н. Н. Бадмаева. На вопрос, дочь ли я П. А. Бадмаева, он ответил: «Елизавета Федоровна не жена и никакого отношения к Петру Александровичу не имела, что касается Аиды, то он не знает, дочь ли она дяди». Остальные родственники сквозь зубы говорили, что кажется дочь, лишь Мария и Татьяна твердо сказали, это наша сестра. К счастью, мое внешнее сходство с отцом у судей сомнений не вызвало, только улыбку. Как можно было это допустить?!

При разделе имущества мать, получив свою и мою часть, взяла себе всю аптеку, которая остальных не интересовала, кроме Н. Н.; но он прав не имел, играл не очень красивую роль в этом деле. К этому времени приехала жена брата матери доктор Наумова В. И., которая до революции три года работала у моего отца. У нее был диплом, и она стала работать с мамой, отдавала должное знаниям мамы и опыту, приобретенному у Петра Александровича. Этот кабинет существовал с 1923 по 1937 годы и был закрыт во время событий 37 года.

В эти годы Н. Н. Бадмаев достиг многого — он добился признания, открыл клинику тибетской медицины, но в 38 году также все рухнуло. Непонятная ненависть к маме продолжалась со стороны Н. Н. всю жизнь, и эта ненависть была очень активной.

Этому способствовал разлад между Николаем Николаевичем и его женой, маминой родной племянницей, Лелей. После развода с Лелей Н. Н. запретил детям видеться с матерью, и она вскоре от горя слегла в больницу и там скончалась. Стараюсь быть объективной и все же удивляюсь такому жестокому отношению Н. Н. и к бывшей жене, и к моей матери, которая, будучи очень добрым человеком, не делала никакого зла Н. Н., имея в то же время основания к этому.

Помню, раз мы с Марией и Татьяной пошли на спектакль, организованный в клубе части, устроенный в бывшей столовой отцовского имения. Мне было любопытно видеть новую обстановку. До спектакля был доклад, докладчик говорил, что вот-де «Маша и Даша были в подвале, а теперь сидят в зале». Правда, многие из бывших служащих в имении находились в зале. Но из прежней прислуги никто в подвале не жил.

Весь трагикомизм нашего присутствия дошел до меня много позднее.

Бывший комиссар батареи Анатолий Кулько, эстонец, стал мужем Марии.

Брак этот не был удачным. Через несколько лет Анатолий оставил Марию, и жизнь ее до конца была тяжелой и одинокой. С Татьяной я была более дружна и отношение ее ко мне было в общем неплохим. Она оказала большое влияние на меня. Она была умна, талантлива, несколько взбалмошна, обладала блестящей памятью и писала очень неплохие лирические стихи.

В 21—22 годах она работала в трибунале.

В 1923 году вернулся с фронта брат Веры, Сергей Марышов, и вскоре Татьяна стала его женой.

В 22 году, немного привыкнув к жизни без П. А., мама «оглянулась» и увидела, что ни я, ни Вера не учимся, что мы уже большие, что надо что-то делать. Просто отдать в школу мама не решалась, надо было думать о продолжении музыкального образования. Вера и я были приняты в консерваторию.

Параллельно мама решила подготовить нас дома, за весь школьный курс. Педагоги консультировали, подготовили нас в предвыпускной класс, т. е. в III класс второй ступени, как в то время было в школе. Верочка очень быстро освоилась и в школе и в консерватории; она была всегда весела, оживлена. Моя «заторможенность» делала меня более молчаливой, скрытной и меланхоличной.

В ту пору мы очень много читали. Системы в чтении не было никакой. Маме некогда было заниматься, иногда она накладывала, запрет на ту или иную книгу. Потихоньку мы с Верой еще любили поиграть в куклы, но игра эта была прекращена Кулюшей, в один прекрасный день, бросившей в огонь наших кукол, со словами: «Уж скоро невесты, работать надо, стыдно...»

Пришлось смириться. Много времени уделялось музыке, пению. Верочка, свободно читавшая с листа, аккомпанировала, и мы пели по очереди. Были у нас многие клавиры опер, оперетт. Партии Татьяны, Маргариты, Лизы, классических произведений осваивали без особых вокальных данных. Обе мы обладали абсолютным слухом. Обе любили театр и с 22 года мама стала нас отпускать, сперва в сопровождении сестры Татьяны, редко бывала сама, а позже мы бывали вдвоем с Верой.

Однажды весной приехал МХАТ и привез в числе прочих спектаклей «Синюю птицу» Метерлинга. Этот спектакль был особо рекомендован мамой. Помню, что приехав на Финляндский вокзал, узнали, что трамваи не идут и что мост разведен на неопределенное время. Нева уже потемнела и переход был запрещен. Но что может остановить театралок в 14—15 лет. И мы, глядя на остальных «храбрецов», пошли по льду неверными шагами, тревожно, молча поглядывая друг на друга. Вынесло нас на берег благополучно. И в театр успели, и дома решили не говорить. Спектакль остался надолго в памяти. Но день этот не кончился благополучно. Мы опоздали на последний поезд, уходивший в 1 час ночи. Предстояло путешествие домой пешком. А это 9 километров!

Много спектаклей смотрели в Александринке и в Малом оперном театре, куда мама доставала нам контрамарки.

Игра Давыдова, Юрьева, Ге, Домашевой, Тиме навсегда останется в памяти. На одном из спектаклей было много военных. В ту пору в театре было холодно, мы не раздевались.

Театр во многом повлиял на развитие вкуса, и неизбежная тяга молодежи к театру не миновала и нас. Начались домашние представления, позднее в школе был организован кружок драматический, а режиссер его поставил на сцене «Маскарад» Лермонтова, Верочка играла роль Нины, а я баронессу Штраль. Верочка и тут показала свои блестящие сценические способности. Меня же вечно сковывала непомерная восточная застенчивость. Часто я смущалась и голову поднять прямо. Мысли, что вдруг — плохо, вдруг фальшиво и «не так», преследовали меня.

Дома также начала собираться молодежь, на которую мама не обращала особого внимания, а Кулюша сердито ворчала: «Ну какие это женихи». По правде говоря, о женихах мы еще не думали, а для Кулюши возраст 15—16 лет — это уже невесты. Мама, правда стала строже. Чаще звучали слова: нельзя, неприлично, как ты себя держишь, какие манеры!! Что делать с нами, мы явно превращались в барышень и Верочка расцветала не по дням, а по часам и становилась подлинной русской красавицей. На нее постоянно оборачивались на улице. Ворчание Кулюши участилось. Приучала к порядку, к работе. Еще раньше она учила меня шить, пользуясь моими склонностями, заставляла шить белье и на старших сестер.

Мать решительно не знала, как воспитывать молодых девушек. Как принять новое, не лучше ли старое проверенное жизнью воспитание? Жизнь менялась. И вот в 23 году мы с Верой записались в комсомол. В школу пришел секретарь из районной ячейки, и мы решили, не спросив дома, записаться. Дома началась «паника». Мамина знакомая ядовито спросила: «Правда, что ваши дочери записались в комсомол?» Помню, что после этого разговора мама немного испугалась и сказала, что это, кажется, неприлично. А Кулюша «не разобравшись в святцах, ударила в колокол», ахала, пилила маму, что и привело к тому, что я «механически» из комсомола выбыла. Такое вот было раздвоение в переходном возрасте, хотелось быть, как все, вместе со школьной молодежью, дома же были свои установившиеся взгляды. В 1923 году меня постиг удар, оказавший влияние на изменение моих планов в отношении будущей специальности. В первую же чистку, в первом же списке среди исключенных из консерватории — была я. По совету мамы я все же пошла к председателю комиссии т. Оссовякову и робко спросила: «За что меня исключают?» Ответ: «А как Ваша фамилия?» Я ответила. «Так что же Вы спрашиваете?!» Пауза. Я вышла из консерватории, прощаясь с музыкой.

Верочка продолжала еще какое-то время заниматься, но мама совершила большую ошибку, не настояв на продолжении занятий, и она тоже ушла из консерватории. Много ошибок совершила мама в деле нашего воспитания и образования, но надо помнить, что после смерти Петра Александровича всю любовь, страсть она перенесла на дело — работу по системе ВНТ[1]. Это было ее фанатической любовью, работа всей жизни. Потом уже все остальное, и я в том числе. При жизни П. А. — он занимал первое место в ее жизни, а после смерти его дело.

7/IV.57 *не умер а Сдох! И давно пора.*

Наступил последний школьный год, 1924. Омраченный для всего народа смертью Ленина. Ясно помню смятение всех в школе, занятия прекратили.

Вышел директор школы и прерывающимся голосом сказал: «Дети, умер Ленин!» Понять и осознать эту потерю мне, вероятно, как и другим детям, было трудно.

Шли дни, быстро приближался конец занятий, выпускной вечер и аттестат в руках. Я взрослая. Куда идти?

О поступлении в вуз нечего было и думать, да и желания поступать в медвуз, как советовала мама, не было. Работать или учиться? Маме удалось устроить меня в фельдшерский техникум, который я вскоре

---

[1] На больших ложках и вилках столового серебра в нашем доме были выгравированы буквы: В. Н. Т., о значении которых я спросил, едва научился читать. Мне пояснили, что буквы означают: врачебная наука Тибета. *(Б. Г.)*

оставила. Начался период увлечения кино, но и тут мне «не повезло». Приемная комиссия не разрешила мне даже подвергнуться испытаниям.

Занималась в частной группе, но не проявляла особых данных, кроме «оригинального личика», что, вероятно, было недостаточно. Мать всячески препятствовала этим занятиям и настаивала на работе. Подрабатывала уроками музыки, французского языка, снималась в массовках, несколько раз предлагали и роли, но путь к ролям был недопустимым в моем представлении. В 1926 году в студии встретилась с молодым актером Сергеем Гусевым-Глаголиным. И осенью стала его женой. Так кончилась моя юность, началась новая трудная жизнь. Несколько раз пыталась я все же поступить в вуз, стремясь к самостоятельной жизни, но все мои попытки были безуспешны. Лишь в 1928 году, по недобору учащихся, мне удалось поступить в медицинский техникум и окончить его.

Продолжаю — ноябрь 1965 г. Не представляю закончу ли я свои «мемуары», но досказать и дописать хочется. Немного, очень немного осталось жить.

Итак, возвращаюсь к 1926—28 годам.

1926 год.

Замужняя жизнь!

Я не имела о ней ни малейшего представления. Мать, до последней минуты ухода из дома, когда я подошла попрощаться с ней, идя в ЗАГС, — отвернулась от меня, я медленно вышла. За захлопнувшейся дверью я услышала ее слова: «Остановите эту сумасшедшую...»

Было ясное теплое утро 4 сентября.

К 10 часам утра я подъехала к ЗАГСу Куйбышевского района. Все было очень быстро, просто и буднично. Свадьбы не было. Правда, Кулюша, моя вторая мать, несколько иначе отнеслась к событию и через полтора месяца после регистрации убедила мать и меня, что это не настоящий брак, что необходимо обвенчаться. И венчание состоялось.

Мое неожиданное решение выйти замуж было продиктовано главным образом желанием свободы, которую (со слов матери) я получу, а оказалось наоборот. Я потеряла навсегда свою свободу.

Первый год замужества был очень трудным. Я поняла, что никакой свободы нет и не будет, что мой муж очень любит меня, и главное — что надо работать! Как, где? Моя артистическая карьера была неудачной. Ставили картину, где главная роль была подходящей для моего «типажа».

И... беременность была препятствием сниматься в кино. Много слез было пролито. Муж утешал, уверяя, что все впереди...

Но мне на этом поприще фантастично не везло. Будучи в жизни хорошенькой и интересной, я не была фотогеничной!

К тому времени сыну было уже три года, я училась в медтехникуме.

С рождением сына я «выросла» и поняла, что надо иметь профессию. Работала медсестрой в больнице морского порта, — это от нас на другом конце города. В августе 1930 года мама вошла ко мне в комнату с газетой, там сообщалось, что для работающих медсестер и фельдшеров объявляется прием в Ленинградский медицинский институт (вечернее отделение) без экзаменов (дополнительный набор). Мама умоляла меня подать документы, вошла Кулюша и строго сказала: «Аида, тебе сам Бог велел!» — и я сдалась.

Но в анкете нужно было указать девичью фамилию, а с 18-го года я носила уже фамилию Бадмаевой. Потребовалась рекомендация члена ВКП(б) с дореволюционным стажем. Мама телеграфировала в Москву Марии Тимофеевне и та срочным письмом выслала заверенную рекомендацию. Меня приняли в институт».

На этом кончаются записи моей матери. В 1935 году она окончила Медицинский институт и получила диплом. По словам Аиды Петровны, она не любила своей профессии, но, видимо, многое передалось ей от отца: она видела больного и ставила диагноз всегда безошибочно. В войну она, капитан медицинской службы, возглавляла крупнейшее хирургическое отделение госпиталя 11/16 Ленфронта.

Уже даже в начале 70-х годов Аиде Петровне часто звонили больные и она ставила диагноз по жалобам, и тоже безошибочно. Дома она принимала лишь очень близких знакомых и с неохотой. Ее останавливали на улице: «Доктор! Дорогая Аида Петровна, два слова...»

Иногда, выслушав больную, Аида Петровна, вздохнув, говорила: «Вам семьдесят лет. Вы пережили блокаду. Здоровья нет... Что ж вы хотите?»

Моя мама, Аида Петровна, похоронена на Шуваловском кладбище, в чугунной ограде, где стоят могилы Петра Александровича Бадмаева (1920 г.), Елизаветы Федоровны Бадмаевой (1954 г.), Кулюши (1939 г.) Аиды Петровны Бадмаевой-Гусевой (1975 г.), памятное надгробье мужа А. П. и моего отца С. Б. Гусева-Глаголина, скончавшегося в 1942 году в Гулаге, Николая и Петра Вишневских.

Нелегкая жизнь была у моей матери. Но у бабушки она была еще тяжелей, до 1937 года она продолжала дело деда, Петра Бадмаева, в том же кабинете, на Литейном, 16.

Часть III
ВНУК

В ДОМЕ ДЕДА, НА ЯРОСЛАВСКОМ

Передо мной — старинная фотография. На ней запечатлен фасад особняка на Ярославском, 85. Видны три окна высокого первого этажа, к нему примыкает застекленная разноцветными стеклышками веранда, к которой ведет лестница из сада. В саду с кустами сирени видна клумба. У клумбы стоит мальчик лет пяти-шести. Как ни странно, это я. Первые десять лет я жил в доме Бабушки, Елизаветы Федоровны Бадмаевой.

Здесь умер дед, Петр Александрович Бадмаев.

Лесенка в десяток ступеней, ведет в веранду. На одной из рам висит хитрый барометр в виде китайского домика с двумя дверцами: из одной двери перед хорошей погодой выходит молодой человек без шляпы; из второй, перед плохой погодой — дама с открытым зонтиком. Из веранды вход в столовую. Справа — большая до самого почти потолка икона Св. Пантелеймона Целителя, в центре большой, круглый стол красного дерева, у стены белая изразцовая печь с отдушником... Окно в сад, на клумбу, на запад.

В этой столовой, по рассказу Акулины Яковлевны, отец Иоанн Кронштадский пил чай с дедом после того как освятил этот дом: после второго, тяжелого покушения на отца Иоанна, он стал лечиться у деда, это опять же со слов Акулины Яковлевны, ибо Бабушка, по просьбе отца, на эти темы разговоров со мной не вела. Дом имел пять комнат, не считая кухни и ванной; комнаты были большие, одна моя детская — сорок квадратных метров. Она имела три окна и все они выходили на юг. Затем окна комнаты мамы и папы. По другую сторону длинного широкого коридора служебные помещения и комната Акулины Яковлевны. Из интересного — в передней стоял большой кованный железом сундук, открывающийся со звоном затейливым филигранным ключом.

Огромен был чердак, заполненный присланными из Монголии и Бурятии лекарственными травами и другими ингредиентами, входящими в лекарства. Там же стоял стоведерный бак, куда насосом подавалась вода из колодца, а из бака уже трубы вели в ванную, на кухню. Дом окружал большой участок с огородом, фруктовым садом, прудом со склоненными над ним ивами и черемухой; во дворе находились службы: курятник, коровник, сарай, дворницкая.

Конец двадцатых, начало тридцатых годов. В то время, как над близкими мне людьми — папой, мамой, бабушкой — сгущались тучи и суровое время несло им страшную участь, я весело бегал своими крепкими ножками по дому и саду среди кустов сирени и акаций, ничего о том не ведая. И потому это время самого раннего детства — самое счастливое время в жизни.

И вижу я себя в огромной комнате, слабо освещенной свечой на камине. Зима. Света нет, в нашем переулке порваны провода, их чинят третий день, но тем интереснее вечера: можно бесконтрольно шалить, пугать взрослых и самому пугаться... Что это там выглядывает из-за книжного шкафа? А вот что-то мелькнуло. Кот Васька или?..

— Боря! Иди-ка... Пора молоко пить, — слышу из кухни голос старой домоправительницы Кулюши. Но я молчу. Молока мне не хочется, прячусь, меня будут искать и это интересно. И точно:

— Маруся, посмотри, где он... Он на стенной шкап залез — погляди-ка!

— А как он летом на чердаке спрятался? Все с ума посходили, — слышится из кухни.

Но как раз тогда я не прятался. Я просто забрался на чердак, сел и задумался, может, впервые в жизни о том, что есть я. Я сидел и думал, а там весь дом перевернули. Наконец, дверь на чердак приоткрылась и голос Кулюши позвал меня, я не таился и сразу откликнулся. «Жив! Здесь он.., — едва не плача, проговорила Кулюша, — скажите отцу, он в колодец полез искать!»

... — Кажется, Елизавета Федоровна подъехала... Маруся, встреть, скользко на лестнице.

«Баба Лиза приехала! Баба Лиза приехала!» — кричу я и бегу через коридор в кухню, к входным дверям. Мне уже не хочется прятаться.

— Отойди, простудишься, Бабушка с холода, — остерегает Кулюша.

И вот в сопровождении Маруси появляется сама Бабушка в легком зимнем пальто. Красивое, полное лицо ее без морщин. Я кручусь вокруг нее, что-то кричу и вместе с ней иду по коридору в столовую, где уже сияет лампа «молния», освещая икону Св. Пантелеймона-целителя в углу.

— Да, подожди, дай Бабушке раздеться, с работы устала ведь, — ворчит Кулюша.

— Ничего, пусть, Акулина Яковлевна, — примирительно говорит Бабушка и улыбается мне. Она проходит в свою комнату и скоро возвращается, переодевшись. И я знаю почему: потому что она принимала больных. А на стол уже подан легкий ужин, чай со сливками, а мне кружка с парным молоком. Бабушка чем-то озабочена.

— Маруся, а где этот пакет, что я привезла? — спрашивает она.

— Сейчас, Елизавета Федна...

И пакет появляется, развертывается. Это не игрушка... Что же?

— Господи, Елизавета Федна, это ж романовский полушубок, где вы его достали, ценность такую? — удивляется Кулюша, рассматривая вещь.

— В торгсине. После приема заехала. И вдруг — смотрю!.. Теперь это редкость.

— И что отдали?

— А помните, у меня была цепочка? Еще в мирное время, кажется в 1908-м купила... При вас уже... Что-то десять рублей отдала.

— Это червонец! По тем временам немало. Сейчас такую вещь и за тысячу не купишь... И за две! А все было. Куда делось?

— Что ж об этом сейчас? Теперь он ему велик, а годик-второй — и будет вполне.

— Понятно на вырост! Этому полушубку сноса нет, — говорит Кулюша.

И оказалась права: десятилетие спустя, я проходил

115

в этом полушубке всю блокаду. Он дожил до следующего поколения.

Полушубок оказался мне так велик, что, надев его, я тотчас запутался в полах и свалился на пол.

— Осторожнее! Ушибся, поди? — вздыхает Кулюша, — он падает часто, Елизавета Федна. Мать-то его, девочкой спокойная была!

— А он — мальчик! Что ж вы хотите, — говорит Бабушка.

— Дак все до случая... — говорит Кулюша.

Это она как в воду смотрела! Наверное, в ту зиму я сидел за столом и рисовал, портя лист за другим. Тут же папа. Бабушка, Кулюша и няня. И вдруг я вскочил и побежал с карандашом в руках. Зацепился за ковер и упал на отточенный грифель карандаша. Острием в глазницу... Меня, ревущего, с залитым кровью глазом отец схватил на руки. Помню стенания Кулюши: «Говорила, говорила! Понедельнишний ребенок, что делать?..» Помню, меня уже держит на руках человек в белом халате — врач скорой помощи и говорит отцу: «Подержите ему руки, он же не дает смотреть». А отец повторяет: «Глаз цел? Глаз цел?»

Как ни странно, глаз оказался цел. Острие карандаша уперлось в глазную кость и пошло не в глазное яблоко, как могло, а вдоль виска, порвав кожу, так что у меня на всю жизнь остался еле заметный шрам.

— А Аида? Что, где она? — спрашивает Бабушка.

— Так она ж на дежурстве! Она из института прямо в больницу поехала и на всю ночь... Это учение измотает ее! — говорит Кулюша.

— Что делать? Только бы дали закончить!..

Утром, вернувшись после дежурства, мама подходит ко мне, наклоняется и говорит:

— Ну, Борюшка, ты меня еще не забыл?

— Мама! Мама! Мама!.. — кричу я и обнимаю ее.

Другие картины встают в моей памяти. Летним утром я выбегаю во двор и бегу к сараю: там папа возится с мотоциклом, мотоцикл — «Харлей-Девидсон» с коляской.

— Папа! Папа! — кричу, — мы поедем сегодня на взморье?

— Не знаю... Как мама, — отвечает он. И я бегу

обратно в дом и уже хочу ворваться в комнату мамы, но в коридоре — Кулюша.

— Куда ты? — спрашивает меня.

— К маме!

— Погоди, дай маме хоть в выходной выспаться! Сбегай пока на веранду и посмотри, кто выйдет из домика, — дама с зонтиком или кавалер без шляпы?.. У меня что-то кости побаливают.

Я выбегаю на веранду, застекленную синими и красными стеклышками. Когда я вбежал, кавалер, предсказывающий хорошую погоду, почти скрылся в свою дверь, зато из соседней двери уже высовывался зонтик дождливой дамы. Это совсем ни к чему! Это они оттого, наверное, что я хлопнул дверью? Я влезаю на стул, осторожно заталкиваю дождливую даму обратно в ее дверь и завинчиваю внизу винтик. Все! Теперь она уже никуда не выйдет. И бегу обратно. У маминой комнаты стоит папа и говорит:

— Ну, я не знаю... Мне все равно! Вот он просит... Едем! Едем! Едем! Ура. Выходит мама в своем синем шелковом халате с золотыми и серебряными птицами. И улыбается мне. И начинаются сборы, и я бегаю то к сараю, то обратно к маме. И тревожно поглядываю в небо, опасаясь, что туча покажется раньше, чем мы выедем со двора.

И вот мы едем на море. Проезжаем Лахту, Лисий нос, Ольгино... Я с тревогой поглядываю в сторону Финского залива, откуда всегда приходит гроза. И когда мы подъезжаем к курорту с его широким пляжем, на западе уже висит огромная черная туча, она занимает полнеба и уже слышатся отдаленные раскаты грома. Туча как бы взбирается все выше и выше, а на самом деле, она надвигается на нас.

Мы с папой быстро купаемся и спешим одеться, чтобы успеть домой до дождя. Садимся на мотоцикл: мы с мамой — в коляску, папа — за руль, в седло, и мчимся домой от надвигающейся грозы. И успеваем доехать домой, когда на землю уже начинают капать первые тяжелые капли и раскаты все грозней и грозней... Бабушка встречает нас на крыльце.

От этой тучи нам удалось уйти. Но на другом горизонте уже вставали иные, более страшные тучи, которые несли неотвратимость несчастья и от которых некуда было спрятаться. Не только над нашей семьей — над всей страной нависла беда. Наша семья, однако, была «из бывших», и слова эти несли особый зловещий смысл.

Все местные жители знали бабушку и при встрече на улице почтительно здоровались с ней. Меня же мальчишки звали — Батмай, хотя у меня была совсем другая фамилия.

В КАКОМ ВЕКЕ МЫ ЖИЛИ?

Наш дом — был единственный дом в округе, если не в городе, где продолжали жить по-прежнему, то есть в стиле с размахом прошлого века. Конечно, революция затронула и нашу семью. Поместье деда на Поклонной горе с прилегающими к белокаменной даче землями, конфисковали, как и прочие угодия на Дону и в Чите, а этот особняк, записанный на Бабушку, оставили. Хотя чекисты бывали и здесь, но ограничились лишь арестом деда и тем, что прокололи штыками старинные картины в золоченых рамах, — искали оружие.

В доме Бабушки все шло раз заведенным порядком, и в тридцатые годы у нас была кухарка, горничная Маруся, приходящие гувернантки, но главной была домоправительница, восьмидесятилетняя умная и набожная русская женщина Акулина Яковлевна Бундина — Кулюша, помнившая еще крепостное право. Она и поддерживала порядок, распоряжалась прислугой и была бесконечно предана нашей семье.

Раз в неделю к нам приходил часовщик, швед, и заводил напольные часы Буре.

Поскольку некоторые представители власти сами лечились у Бабушки, ей до поры до времени позволено было сохранять привычный для нее уклад жизни. Но Бабушка соблюдала правила игры. Когда в ее доме собирались гости, остатки петербургской интеллигенции, и кто-то начинал обсуждать действия большевиков (слово «большевик» не произносилось, их именовали — «они»), Бабушка вставала из-за стола и по праву хозяйки говорила: «Госпа-а, я прошу в моем доме не говорить о политике», — и разговор смолкал. При всей ее доброте, в Бабушке была властность, которая подчиняла себе людей. Среди гостей бывали и ее пациенты и просто бескорыстные, довольные уже тем, что приняты в доме Бадмаевой. Думаю, что бывали и осведомители: сеть сексотов была настолько разветвлена, что странно было бы не иметь их в доме вдовы Бадмаева.

В тридцатые годы город и внешне, и по составу населения более, чем ныне, походил на старый Санкт-Петербург. Несмотря на репрессии и высылки «бывших», в уличной толпе мелькали интеллигентные лица и слышалась чистая петербургская речь... Впрочем, и средний коренной петербуржец любого сословия имел свое лицо и достоинство. И тот же пьяноватый водопроводчик Меркурьич, чинивший у нас краны, был личность и работал с такой виртуозностью, которая и не снилась нынешним, именующимся сантехниками.

Мое воспитание... С этим было сложно: шло постоянное противоборство между Бабушкой и моим отцом. Гувернантки возмущали отца. Он желал, чтобы меня воспитывали по-новому, по-советски, но что это такое — никто не знал. «Сережа, а почему вы не хотите, чтобы ваш сын знал языки и не горбился за столом?» — парировала Бабушка. Она была права, и отец прав: неправа, точнее, неправедна была жизнь. В неправой жизни все наоборот: правые — виноваты, а виноватые — правы. Отец и сам жил понятиями прошлого... И если в двадцатые годы он еще на что-то надеялся, то в тридцатые — имел твердые суждения о том, что происходит в стране. До революции он окончил шесть классов Кадетского корпуса. Их шестой класс пощадили, распустив по домам, а седьмой выстроили ленточкой вдоль Фонтанки и расстреляли.

Помню, как мама удерживала отца, когда он собирался идти в действовавший тогда Исаакиевский собор на панихиду по убиенному генералу, бывшему директору кадетского корпуса, — исполнялось десятилетие со дня его расстрела. «Я не религиозный человек, дело не в этом, я не могу не идти! Мне сообщили!.. Там будут мои товарищи... Это позорно!» — говорил отец. А мама: «Ты ставишь под удар не только себя, но и сына... Я мечтаю, чтобы хоть он не знал, что такое анкета». Увы, и мне пришлось узнать.

Отец, уже одетый, поколебался и — не пошел. Позже выяснилось, что тех немногих, кто пришел, выслали. В начале тридцатых, отца моего при очередной «чистке» госучреждений уволили с кинофабрики по третьей категории. Не объяснив даже причины. Но они и так были ясны: кадетский корпус, «невозвращенец» — отец. Мой дед по отцу, Борис Сергеевич Гусев-Глаголин, в прошлом актер и режиссер Суворинского театра, уехал в Америку и там остался. Папе предложили отречься от своего отца — он отказался.

А ведь подобные отречения появлялись в газетах. Один наш родственник так и написал и напечатал в газете, что он не имеет ничего общего со своим отцом, бывшим вице-губернатором, отрекается...

Отца моего восстановили лишь после больших хлопот и уже не режиссером, а ассистентом. Но, кажется, ему мешала не только анкета, но и неумение найти общий язык с сослуживцами. А это черта — контактность — в нашу эпоху, когда такие качества, как профессионализм, старание, порядочность были обесценены, обрела огромное, решающее значение. Но мама не раз повторяла мне и в раннем детстве, и позднее: «В жизни надо уметь делать хотя бы что-то одно, но в совершенстве. Быть специалистом. Это всегда кусок хлеба».

Мама была удивительный человек, неординарный, но об этом я узнал... не то что узнал, а почувствовал, вспомнил после смерти ее. Отец был нелюдим, а маму всегда окружали люди. «Я — метиска», — смеясь говорила она о себе. И в самом деле, отец ее был монгол, мать — наполовину армянка, наполовину грузинка. «А ведь знаете, ваша покойная матушка еще до войны считалась красивейшей и умнейшей женщиной Ленинграда...» — сказала мне однажды старинная знакомая.

На чем основана моя уверенность, что я не могу умереть? На жизненных силах здорового тела и духа? А между тем, в раннем детстве смерть трижды была у моего изголовья.

Мне не делали никаких прививок. Мама была в круговерти: дом — институт — больница. Бабушка считала, что здоровый организм вообще не подвержен инфекции. А моя няня Нюша, собираясь замуж, захотела узнать свою судьбу и повела меня, простуженного двухлетнего, в кочевавший неподалеку цыганский табор. Там я заразился дифтеритом в тяжелой форме. Спохватились, когда я уже задыхался. Температура — за сорок. И все хуже и хуже... Рассказывают, что уже и отца вызвали с работы: сын при смерти, что когда привезенный Бабушкой педиатр доктор Панаев стал мне делать укол, Кулюша, плача, говорила: «Не мучьте его, доктор!.. Мальчик отходит к Богу. Вон и глазки закатываются!» Бабушка рыдала, мама в прострации сидела в соседней комнате, отец в коридоре курил папиросу за папиросой. Что спасло меня? Провидение...

Отныне Бабушка сама занялась моим здоровьем. Она окурила меня тонкой, как спица, коричневой папироской, скатанной из листьев каких-то тибетских растений. Дым этой папироски делает человека невосприимчивым к любой инфекции. После этого я болел лишь ангиной — и то, если сильно промочу ноги. А эпидемии гриппа все десятилетия проходили мимо меня. И еще Бабушка давала какие-то порошки, и появившийся, было, у меня после дифтерии «шумок» в сердце — исчез. Случавшиеся болезни проходили в облегченном виде.

В другой раз, когда я, трехлетний, играл на полу, на ковре, а мама гладила белье рядом и взмахнула тяжелым чугунным, наполненным углями утюгом. Он выскользнул из прихватки и полетел мне в голову. Я услышал крик и ничего не понял, и даже не заметил, как утюг, скользнув по моим волосам, полетел по полу, рассыпав красные угли. Помню лишь, как Кулюша успокаивала маму, повторяя: «Не терзай себя... Вот Бог и уберег!»

Третий случай был, кажется, самый страшный. Мне было лет пять. Воскресенье, все дома. Стоял июль. Как всегда, со стороны Финского залива надвигалась огромная черная туча с синими подплывами, и уже в небе гремело. Я стоял в кухне у раковины, шалил с водой... Услышал голос Кулюши: «Аида! Окна закрой в большой комнате, оттуда идет...» И услышал стук закрываемой рамы и вдруг — отчаянный крик мамы: «Сережа!..» Она звала папу.

Я увидел, как на меня из комнаты по коридору медленно плывет что-то белое, ослепительное. Я не успел опомниться, как оно остановилось над моей головой и раздался сильный треск. Подбежала мама, схватила меня на руки: «Ты жив? Ты жив?» Оказалось, в окно влетела шаровая молния и, гонимая сквозняком, проплыла через коридор в кухню, остановилась надо мной и взорвалась, ударив в раковину и разрядившись в ней, лишь слегка опалила мне волосы.

Верно, и в тот момент Бог уберег.

Бабушка, а потом мама искали во мне таланты сперва к музыке (рояль), потом к языкам, к технике. Папа покупал мне авиапакеты — набор бамбуковых палочек, столярного клея, рисовой папиросной бумаги, резины из чистого каучука, и мы делали летающие модели. Теперь такого набора днем с огнем не сыщешь: ушел тот слой людей, которые понимали, что нужно детям и умели все это дать. Сейчас тоже продаются авиапакеты, но в них нет ни бамбука, ни настоящей каучуковой резины, ни тем более рисовой папиросной бумаги.

С учением моим было сложно. Желая, чтобы я в совершенстве знал язык, мама и бабушка отдали меня в школу немецких колонистов, их дома, окруженные небольшими садами, начинались тотчас за бывшим имением деда на Поклонной. Все предметы преподавались на немецком. Русский там проходили, как в наших школах немецкий. Но в середине тридцатых колонистов выселили, а школу закрыли, арестовав при этом всех учителей во главе с директором Лидией Андреевной Вильмс. Отлично помню ее, очень живую, эмоциональную, она бывала в доме Бабушки и давала мне дополнительные уроки. А потом я увидел ее в 1959 году, когда она вышла из лагеря, просидев двадцать два года...

После немецкой школы меня перевели в обычную советскую школу, сразу в четвертый класс. Я сидел на уроках, ничего не усваивая. Переводил сперва на немецкий, чтоб лучше понять, потом на русский. И в четвертом остался на второй год. Лишь к седьмому както выровнялся, на тройки.

Однажды мама сдержанно и серьезно сказала мне:

— Боречка, возможно тебя станут спрашивать: не внук ли ты доктора Бадмаева, отвечай: внук. Стыдного в этом ничего нет. Но если начнут расспрашивать дальше, скажи, что ничего не знаешь. Ты и правду не знаешь.

По моему удрученному молчанию мама поняла, что расспросы уже были.

— И о чем спрашивали?

— Говорили, что дедушка лечил царя... — отвечал я.

Присутствующая при разговоре Бабушка произнесла длинную фразу по-французски. Мама кивнула и отвечала по-русски:

— Да, да... Надо сказать все, чтобы не было недомолвок. — И, обернувшись ко мне продолжала: — Видишь ли, отец мой был известный врач, ты знаешь это. И именно как известного врача его приглашали на консультации во дворец... как и других известных врачей. Лечил ли он самого царя, мы этого не знаем, и он об этом не говорил. Известно, что лейб-медиком был доктор Боткин.

По вечерам мама не раз просила отца: «Сережа, почитал бы ты нам с Борей!» И папа читал вслух «Ревизора» в лицах так, что мы покатывались со смеху.

Но чаще отец возвращался с работы мрачный и я, уже в постели, сквозь сон слышал, как он рассказывал маме об очередных несправедливостях, о злых, глупых людях, поставленных в начальники, ему не давали самостоятельных постановок или назначали на вторую роль к бездарному постановщику. И он искал путь, где успех зависел бы от него одного, его таланта, работоспособности. Иногда, будучи в хорошем настроении, отец шутил: «Мне бы купоны стричь». Он обладал организаторской хваткой и работоспособностью удивительной. Любое дело кипело в его руках.

Отца я боялся, хотя он меня не наказывал. Но по его взгляду я чувствовал, что он все про меня знает, — мои мысли и слабости. Без него я себя чувствовал вольнее, свободнее. И даже был рад, когда он уезжал... ненадолго.

По сравнению с тещей, имевшей свой врачебный кабинет, отец зарабатывал немного. Это задевало его самолюбие. Случалось, он спорил с Бабушкой. До сих пор в памяти звучит его фраза: «Елизавета Федоровна, деньги — это ноль». Бабушка: «Деньги — это все, Сережа! Еще покойная мама говорила: наверху Бог, внизу — деньги».

МОГИЛА
НА ШУВАЛОВСКОМ КЛАДБИЩЕ

Я гуляю по двору и вижу, как Бабушка выходит с парадного крыльца. Я бегу к ней. Я уже знаю, куда Бабушка собирается ехать сегодня.

— Бабушка, я с тобой!..

Бабушка оборачивается к провожавшей ее Марусе.

— Скажите Акулине Яковлевне, что мальчик со мной.

Она берет меня за руку и мы идем к трамваю. Я рвусь вперед, чтоб уйти скорее, иначе кто-то из знакомых перехватит Бабушку, долго будет рассказывать о своей болезни и просить совета и лекарств. Мы благополучно доходим до остановки трамвая. Дорогой Бабушка рассказывает о своем детстве. Подходит трамвай, но едва входим в вагон, кто-то вскакивает с места: «Елизавета Федоровна! Дорогая... Садитесь!..» и рассказ прерывается. А трамвай медленно ползет на Поклонную гору. И вот уже справа виднеется двухэтажная белокаменная дача с восточной лесенкой-башенкой на крыше. Я уже знаю, что здесь жил мой дед и что об этом не следует говорить в трамвае.

— Бадмаевская дача; следующая остановка — Озерки! — объявила кондукторша.

Мы вышли на кольце, в Шувалове. То была обычная воскресная поездка Бабушки на Шуваловское кладбище, на могилу деда. Она часто брала меня с собой. Мы подходим к женщинам, торгующим цветами, и Бабушка покупает белые розы. Поднимаемся вверх по каменным ступеням на кладбищенский холм. Здесь высится белая церковь с двумя куполами. С восточной стороны храма, где начинаются ряды могил, — наша в железной ограде. Кладбищенский сторож Пантелей посыпает ее желтым, принесенным с озера песком.

— Спасибо вам, — говорит Бабушка и дает Пантелею денег.

— Как же, Елизавета Федоровна, я помню день похорон — 1 августа.

— Да, вот уже двенадцать лет...

Сторож уходит, а Бабушка садится на скамейку, против могилы и молча сидит и губы как-то странно сжимаются. У Бабушки такое печальное лицо, что мне становится жаль ее, — ее, а не дедушку, которого я не видел; я родился, когда он уже умер. На могиле — высокий, белый железный крест и надпись: «Петр Александрович Бадмаев» и дата смерти, 29 июля 1920 года. Даты рождения нет. И хотя я позже спрашивал, когда точно дед родился, определенного ответа не получил. В энциклопедии Брокгауза и Ефрона год рождения указан 1849. По семейным преданиям он был старше. Мама смеялась: «Когда я родилась, моему отцу было сто лет», и это воспринималось как шутка. В 1991 году я получил в КГБ разрешение ознакомится с делами моих репрессированных родных. Дело деда начинается с короткой справки ЧК: «Бадмаев Петр Александрович, уроженец Арык Хундун, Монголия, родился в 1810 г. Жительство Поклонная гора, Старопарголовский, 177/79».

Дату рождения подтверждает и другой документ из этой папки:

«ДОНЕСЕНИЕ
(АДРЕСАТ НЕ НАЗВАН)

При Особом отделе получив через своих осведомителей, что на Поклонной горе в собственной даче живет известный тибетский врач Бадмаев, хороший друг бывшей царской семьи, Протопопова, Распутина... Во взводе, который стоит на даче, чуть ли не контрреволюционные настроения, и они (очевидно, осведомители — *Б. Г.*) всецело приписывают это влиянию Бадмаева.

Принимая во внимание все вышеизложенное, несмотря на то, что Бадмаев — старик 108 лет, но довольно бодрый, а также особое устройство его дома в виде замка... я решил взять его под стражу.

Начальник особотдела 7-ой армии»

В папке содержится еще несколько весьма красноречивых документов. Они характеризуют и время, и деда.

«Комиссару дивизиона... (фамилия неразб.)

Прошу вашего ходатайства о выселении доктора Бадмаева, проживающего на Поклонной горе, так как этот Бадмаев — чистый монархист, а монархисты не должны находиться при товарищах красноармейцах... Бадмаев говорит: «Если вы займете дачу, я взорву ее вместе с вами», одним словом ведет полную пропаганду против Советской власти и имеет на красноармейцев самый монархический взгляд... Он раньше был доктор при придворне.

Прошу удалить его.

Комиссар Кудрин».

«ПРОТОКОЛ ОБ ОБЫСКЕ

У гр-на П. А. Бадмаева 14 июля 1919 года в 11 часов был произведен обыск, согласно ордера особого отдела при 19 стр. дивизии. При обыске ничего существенного найдено не было и взято несколько фотографических карточек и карта северо-западного фронта с нанесенными пометками красно-синим карандашом. Гражданин Бадмаев П. А. определенно заявил, что он — монархист, поэтому он взят под стражу. Обыск производил

помощник начальника отделения А. Борискин»

«ПОСТАНОВЛЕНИЕ

Следственный отдел Петроградской губернии Чрезвычайной комиссии по борьбе с контрреволюцией и спекуляцией от 18 июля 1919 года, рассмотрев дело по обвинению гр-на Бадмаева П. А. в противосоветской агитации, постановил:

Бадмаев П. А. известный доктор, который пользовал почти всех князей и министров, по духу никогда не будет с нами, и благодаря своей популярности среди широких масс, может немало принести вреда, необходимо направить его в лагерь в Москву, как заложника.

Зав. следственным отделом (НРСБ) следователь (Свинкин)» *то есть Свинья, хотя она полезное животное*

Но к делу подшит протокол допроса, сделанного накануне:

Поклонная гора, 17 июля 1919 г.

Я, врач тибето-монгольской медицины Бадмаев П. А. при вселении в мою дачу 2 батареи отдельного тяжелого артиллерийского дивизиона не говорил слов: «что если вы займете дачу, я взорву ее вместе с ва-

126

ми», — этих слов не говорил. Пропаганду против советской власти не вел.

Петр *Бадмаев»*

Но это ничего не может изменить, следует новое постановление:

«ПОСТАНОВЛЕНИЕ

Рассмотрев дело Бадмаева, как политически неблагонадежного, постановил: Бадмаева, как заложника отправить в Чесменскую богадельню до окончания гражданской войны. Дело следствием прекратить и сдать в архив.

Зав отделом *Леонов*
Следователь *Свинкин»*

Следует лишь уточнить, что к этому времени бывшая Чесменская богадельня была превращена в тюрьму. Петр Александрович пробыл здесь около восьми месяцев, перенес тиф, сидел в карцере за свою строптивость. Листая дело, я вдруг обнаружил хорошо знакомый мне почерк.

«ХОДАТАЙСТВО
Отдел ЮСТИЦИИ. ПОДОТДЕЛ.

Жена заключенного в первом Чесменском трудовом лагере — гр-на Бадмаева П. А. гр-ка Е. Ф. Алферова-Бадмаева

...Петр Александрович Бадмаев в продолжении всей своей долгой жизни являлся проповедником этой восточной медицины, он на деле доказал, какими чудесными средствами обладает она. В настоящее время его амбулаторные приемы заполняли матросы, красноармейцы... Если нужны доказательства его полезности народу, то ряд ответственных коммунистов могут это подтвердить и поручиться за него. Прошу от многочисленной семьи, от имени нуждающихся в нем пациентов отпустить старика на свободу».

...Рядом с могилой деда, в 1954 году появилась могила Бабушки, — той, что сейчас полна энергии и не знает, сколько ей еще предстоит перенести мук, прежде чем здесь найти место последнего упокоения.

Какие еще встанут могилы? Двух внуков деда от первого брака, полковника медицинской службы Петра Евгеньевича Вишневского и его брата, ученого-химика Николая Евгеньевича Вишневского, их матери — Надежды Петровны.

На самой крайней могиле две надписи: «Акулина Яковлевна Бундина 1849—1939» и «Гусева-Бадмаева Аида Петровна: 1907—1975 гг.»

В могилу своей Кулюши мама похоронена по ее завещанию. При жизни она говорила «Я так и не знаю, кого я больше любила: маму или Кулюшу». Дед-то вмиг все увидел: «Эта будет...»

И еще одна надпись: «Гусев-Глаголин Сергей Борисович. 1903—1942». Я не знал, где похоронен мой отец. В могилу я положил землю из сада вокруг дома, который он успел построить перед войной. И сейчас на восьмом десятке лет, надеюсь когда-нибудь найти здесь последний приют.

...А пока идут тридцатые годы и я играю в песке. Бабушка встает со скамейки и говорит:

— Ну, Боречка, ты посидишь здесь или поиграешь у церкви?

Это означает, что Бабушка пойдет в церковь, но меня она с собой не возьмет: у них такая договоренность с папой: на кладбище — да, но не в церковь.

Прием больных Бабушка вела в том же кабинете на Литейном, где она двадцать лет проработала под руководством своего мужа. Кабинет этот был зарегистрирован в Ленгорздравотделе как опытный; Бабушка работала вместе с доктором Верой Ивановной Наумовой, еще до революции проходившей практику у деда. В то время тибетская медицина была популярна. В городе существовал еще один центр, который возглавлял Николай Николаевич Бадмаев, а жена его Ольга Григорьевна была племянницей моей Бабушки. Но отношения Николая Николаевича с Бабушкой были прекращены в начале двадцатых годов. Мне не хотелось тревожить тени ушедших. Сообщу лишь, что Н. Н. Бадмаев разошелся с женой. Бабушка не могла простить, что она запретил Ольге Григорьевне видеться с ее детьми — тремя сыновьями.

Петр Александрович Бадмаев,
конец 70-х годов

Петр Александрович Бадмаев в канун Первой мировой войны

Старший брат Жамсарана Бадмаева
эмчи-лама Сультим Бадмаев,
во крещении Александр

Старшая дочь П. А. Бадмаева Надежда Петровна
с детьми Петей и Колей

Лиза Юзбашева (слева), Тифлис, 1898 год

Елизавета Федоровна Юзбашева (слева) с сестрой и братьями,
Тифлис, 1898 год

Елизавета Федоровна Юзбашева с маленькой
дочерью Аидой, С.-Петербург, 1910 год

П. А. Бадмаев у своей дачи на Поклонной, 1916 год

Сентябрь 20го Вторникъ.

1916 г.

Записи ежедневного приема больных П. А. Бадмаевым
и выдачи им тибетских лекарств

Д/ Бадмаеву.

Камеръ-Фрейлина
Екатерина Сергѣевна
Озерова
Состоящая при Е.И.В. Государынѣ Императрицѣ
Маріи Ѳеодоровнѣ
съ покорнѣйшей просьбой, Бам

князь ВЛАДИМІРЪ НИКОЛАЕВИЧЪ
ОБОЛЕНСКІЙ
Флигель-Адъютантъ Его Императорскаго Величества.

Мойка 35.

Телефонъ № 239-53.

Протоіерей
Александръ Александровичъ
Дерновъ.
Настоятель С.-Петербургскаго Петропавловскаго
Придворнаго Собора.
Петровская ул., д. 10, кв. 17, противъ часовни Спасителя.

Константинъ Іосифовичъ
Курбатовъ
Инженеръ-Технологъ.
Ваш постоянный паціентъ

Визитные карточки пациентов П. А. Бадмаева

Император Николай I

Император Александр II

Император Александр III, крестный
П. А. Бадмаева

Император Николай II

П. А. Бадмаев, портрет неизвестного художника, масло.
Портрет был исколот штыками при обыске

Председателю Ч. К. тов. Медведь.

Отделеніе 3е Камера 21
Шпалерная ул. дом. № 25.
Петра Александровича Бад-
маева, врача Тибето-Мон-
гольской медицины, Кандидата
Петроградскаго Университета, Окон-
чившаго Медико-Хирургической
Академіи курс, Старика 109 лѣт

Заявленіе.

Я по своей профессіи интернаціонал
Я лечил лиц всех націй, всех классов и лиц
крайних партій — террористов и монархистов
Масса пролетарій у меня лечились, а так же
богатый и знатный классы. До момента послед-

Личное заявление П. А. Бадмаева председателю ЧК Петрограда Медведю няго моего ареста у меня лечились матросы, красноармейцы, комиссары, а так же все классы населенія Петербурга.

— Сын мой, как командир Конной разведки Красной Арміи, будучи на разведке за Глазовым был ранен осколками бомб белогвардейцев, в левую руку выше локтя и убита была под ним лошадь. Поправившись от ран сын вновь вернулся в свою часть и участвовал при взятіи красными войсками гор. Перми и за отличіе сын мой был награжден.

— Я же отец его 109=ти лет старик потому только, что имею большое имя, популярное в народе — сижу в заключеніи, без всякой вины и причины уже два месяца. Я могу Вам сказать, тов. Медведь, что члены Вашей

Ч. К. допрашивавшие меня, если сложить
года четырех их всех, то и в том случае
сложенные года окажутся менее чем мои
109 лет. Я всю жизнь свою трудился не
менее 14 часов в сутки в продолжении 90
лет, исключительно, для блага всего человечества и для оказанія им помощи в тяжких
заболеваніях и страданіях.

Неужели в Вашем уме, Вашей совести
не промелькнула мысль, что гр. Бадмаев какое бы громкое и популярное имя не имел бы,
не может повредить Вашему Коммунистиче-
кому строю, тем более он активной, агитаторской политикой никогда не занимался и теперь не занимается.

Мой ум, мои чувства и мои мне-

ли не озлоблен против существующаго ныне строя, не смотря на то, что я окончательно разорен, ограблен о чем хорошо знает
обо всем этом Военный Комиссар, который посылал следователя, для установления
таковаго факта и не смотря на все это я
арестованный сижу совершенно безвинно.

Если Вы спросите почему я не озлоблен, то я отвечу Вам, что перевороты иначе не совершаются.

На основании выше изложеннаго во
имя Комунистической справедливости
прошу Вас освободить меня и вернуть
к моей трудовой жизни.

Петр Богдан

1919 г. 10 Аб.

Ольга Григорьевна после развода сняла комнатку рядом с нашим домом. По утрам Бабушка посылала ей завтрак. Бывало, идешь к ней, а она сидит у окна, верно, надеется, что появится кто-то из сыновей. Вскоре она умерла в больнице. На похоронах был лишь старший сын, Кирилл. А в семидесятые годы профессор Кирилл Бадмаев просил меня показать ему дом, где когда-то жила его мать. Потом он даже разыскивал старых жильцов того дома...

Все три брата стали врачами.

Сам Николай Николаевич лечил Горького, Алексея Толстого, Бухарина, Куйбышева; последний, будучи Предсовнаркома РСФСР, помог Н. Н. Бадмаеву создать клинику тибетской медицины при институте экспериментальной медицины.

Позже Николай Николаевич был арестован. Ему инкриминировали связь с японским резидентом Миякитой и намерение отравить членов правительства.

ЗАВЕТНЫЙ ШИЖЕТ

Прием пациентов при Бабушке уже не носил таких массовых масштабов, как при деде, но тридцать — сорок больных ежедневно ожидало ее в приемной. Прием она начинала в два часа дня. Первую половину дня посвящала ответам на письма, которые шли к ней от старых пациентов со всех концов страны, а также наблюдала за приготовлением тибетских лекарств. Технология приготовления их была весьма сложной, требовала большой аккуратности в дозировке. У Бабушки были многолетние помощники, ее приемная дочь Ольга Халишвили... А летом и осенью к нам приезжали буряты и привозили сырье — лекарственные травы. Одеты они были в черные костюмы, без галстуков. Во дворе разжигался большой костер, на него ставился герметически закрытый чан с печенью лося или медвежьей желчью. Сжигание продолжалось в течение суток.

Все, как при деде.

Когда то или иное лекарство в виде порошка было готово, на стол ставилась банка с этим порошком и вся семья садилась за стол фасовать. Перед каждым — листочки рисовой папиросной бумаги, на каждый листок специальной аптекарской ложкой высыпается доза порошка, которая завертывается особым образом, но научиться свертывать эти листочки было не так-то просто! У меня до сих пор не получается, как надо.

Наиболее популярным среди больных, да и у нас дома было лекарство под номером 179. Оно называлось «шижет». Это был порошок, состоящий из шести ингредиентов и улучшающий обмен веществ в организме. Шижет излечивал и диатез, и экзему, и желудочные заболевания. Бабушка, например, принимала шижет каждый день по утрам. До 1937 года, то есть до ее ареста, никто не давал бабушке ее шестидесяти пяти. Если кто-то в семье что-то не то съест и почувствует себя плохо, первый совет: «Дайте шижет!» — и недомогание тотчас проходит. Я с детства запомнил довольно приятный солоноватый вкус этого шижета, неповторимый. Сейчас, когда начинающий заниматься тибетской медициной дает мне попробовать свой шижет, я тотчас скажу ему: есть ли в нем миранбалан, который трудно достать, или нет. Шижет без орешков миранбалана уже не тот!.. И естественно, действие не то...

Весь большой чердак нашего дома был набит лекарственными травами, привезенными из Агинской степи Забайкалья. Эту степь называют малым Тибетом — она расположена на высоте 700 метров над уровнем моря. Там, на берегах Онона — по легенде, родина Чингизхана — и растут эти целебные травы.

Во дворе перед нашим домом был небольшой пруд, покрытый тиной. За ним поле, на котором мы сажали картошку. В начале тридцатых это поле отрезали и стали строить там двухэтажный стандартный барак. Вдоль отрезанной части тянули забор. Довели его до пруда и остановились. Через несколько дней по самой середине пруда вручную деревянными колебашками начали вбивать сваи, ставить столбы. И над прудом, над водой тоже навис забор, как памятник сумасбродству эпохи. Мы, мальчишки по этому забору перебирались с одного берега на другой, постепенно выдирая из забора рейку за рейкой.

СОСЕДИ

Отворяются ворота и во двор въезжает телега с вещами. Это семейство Курочкиных — муж, жена, двое детей и старуха: им выдан ордер на бывшую дворницкую, которая пустовала. Бабушка держит меня за руку и я с любопытством рассматриваю мальчика такого же роста, как я, и второго поменьше — мать держит его за руку.

— Здравствуйте, здравствуйте!.. — говорит женщина, слегка смущаясь — вот мы и доехали... Это мой старшенький — Миша, а младшего Толя зовут...

Мужчина, не здороваясь, идет прямо к дворницкой, там вместе с возницей сгружает скромные пожитки — матрасы, одеяла из разноцветных лоскутков, деревянный чемодан, мешок...

— Откуда вы? — спрашивает Бабушка.

— Псковские мы, деревня Лапушино, — отвечает женщина.

— Располагайтесь... Помещение приличное — две комнатки, кухня...

— Спасибо. Мой-то уже был, смотрел, а теперь вот мы всей семьей...

На лице женщины — смущение оттого, что они въезжают в чужой двор. На лице ее мужа смущения нет. К вечеру он уже ходит босой по двору, как хозяин, и говорит, кивая в сторону нашего дома: «А ихнего тут ничего нет, окромя мебеля. Все — казенное». Егор Петрович Курочкин — высокий красивый мужик со слегка сдвинутой челюстью. Его послали в город как активиста коллективизации. Весь остаток лета он гулял босой во дворе, а жена Маня пошла работать на фабрику с первого дня. Так и продолжалось до начала войны: он или гулял по двору, или отсиживал срок за воровство, а Маня тянула семью. Бабка их рассказывала Кулюше, что он — из бедняков, а Маня пошла за Егора за красоту его.

Я подружился со старшим, Мишкой, моим ровесником, Мишка не умел ни играть в лапту, ни лазить по деревьям, сверх того он всегда что-нибудь украдет у меня. И все-таки, Мишка был первым моим другом. Может так: мне было его просто жалко, его было легко обидеть — расплачется. Но, наверное, следовало больше жалеть Толю, его младшего брата. Тот был совсем слабый, у него часто из носа шла кровь, но

131

Толя был честный: когда у нас, ребят, возникали споры, мы шли к Тольке, чтоб он рассудил. Если мы играли в футбол, судить ставили Толю: знали, что он никому не подсудит, хотя потом кто-то из взрослых ребят будет вывертывать ему руку, приговаривая: «Ты что против меня шел?!» А Толя будет тихонько выть от боли и выкрикивать: «Все равно была рука!.. Потому что несправедливо!»

Его кусали собаки, бодали козы, брат Мишка обижал его, но Толя не унывал и таким ушел из жизни в декабре 1941 года. Но до того времени еще далеко, еще идут тридцатые и впереди — 1937 год.

В округе вырос целый поселок из стандартных, щитовых домов. Его заселяли жители Ленинградской области, призванные «пополнить рабочий класс». Вчерашние крестьяне, оторванные от земли, от профессии хлебороба, не имея иной квалификации, шли работать кондукторами трамваев, автобусов или разнорабочими: при «курочкиной» производительности труда людей всегда не хватало.

Некогда пустые удельнинские переулки заполнились новой публикой. Это были хорошие крестьянские лица. Здоровые, веселые девушки, по-особому, набекрень носившие береты и старавшиеся поскорей стать ленинградскими барышнями. Но когда люди стремятся быть на кого-то похожими, они становятся похожими друг на друга.

В бараки селили не только приехавших из сельской местности, но и ленинградцев из переполненных коммунальных квартир. Помню старуху Герле, окруженную мальчишками и собаками, знаменитую тем, что входила в трамвай с передней площадки, — привилегии участников гражданской войны. Случались и драки, но стоило показаться милиционеру, и все приходило в порядок. Милиция пользовалась авторитетом и обладала властью.

С самого раннего утра у дверей ближнего магазина выстраивалась очередь, но более дальновидные приходили позже, ибо перед самым открытием появлялся милиционер и говорил: «А ну-ка, давайте перестройтесь! Самые первые, которые паникеры, станут — последними, а последние — первыми!»

И очередь молча покорялась.

«ЕСЛИ Б ОН МОГ ЗНАТЬ, ВИДЕТЬ!»

Бабушка сидит в кресле, прикрыв глаза рукой, и на мои просьбы рассказать что-нибудь отвечает: «Позже, Боричка... Я очень волнуюсь». Входит Кулюша, одетая в свое парадное платье. Подходит к окну и все смотрит на дорогу. Кого-то ждут, или что-то должно случится... И я тоже жду.

— Как там у них порядок? По очереди, или как?

— Не знаю, Акулина Яковлевна, — говорит Бабушка.

Слышен далекий звук подошедшего к остановке трамвая. От остановки до нашего дома три минуты ходьбы.

— Ну-ка, Боря, пойди, выгляни за калитку, не мама ли идет, не разгляжу, — говорит Кулюша.

Я выбегаю. Идет мама, медленно, не как всегда — не торопится. Она улыбается мне, и улыбается не как всегда, а устало. Мы входим в дом.

— Аидочка, ну? Благополучно? — спрашивает Бабушка с дрожью в голосе.

— Сдала... — отвечает мама, без особой радости.

— Боже, какое счастье! Теперь ты — врач, с дипломом... Но отчего ты расстроена? — говорит Бабушка, крестясь, и уже со слезами добавляет: — Если б Он знал!..

Он — это Петр Александрович. Путь мамы к диплому врача был труден. В юности мама мечтала стать актрисой. Уже за одну внешность ее тотчас взяли на съемки в киностудию — там она и встретила своего будущего мужа Сергея Гусева-Глаголина. И здесь неожиданно желания Бабушки и будущего ее зятя сошлись: Бабушка мечтала, чтобы дочь пошла в медицину, а жених не хотел видеть свою будущую жену киноактрисой — знал нравы студии. Общими усилиями восемнадцатилетнюю Аиду отговорили от кино. Но у нее было музыкальное образование и абсолютный слух, и ее приняли в консерваторию по классу рояля. Об этом мама писала в своем дневнике.

Позднее мама говорила, что не чувствовала никакого предрасположения к медицине. Но один случай задел ее самолюбие. Кажется на втором курсе преподаватель, не приняв от мамы зачета, сказала: «Послушайте, Гусева... Из вас никогда не получится настоящий врач. Поверьте моему опыту!»

«Очевидно, эта реплика задела меня и я стала вдумчиво заниматься... — вспоминала мама. — Хотя приходилось совмещать учение с дежурствами в больнице. Лекции я штудировала в трамвае. От нашего дома до порта я ехала почти два часа в один конец. И зубрила латинские названия черепных костей — это можно было взять только зубрежкой... И вот все-таки стала врачом... Хотя та доцентша на госэкзамене гоняла меня по всему курсу! Дошло до того, что вмешался председатель экзаменационной комиссии и сказал: „Ну, я полагаю, достаточно...“».

...Позже, когда мама стала известным хирургом и диагностом, я понял эту ее черту: уж если она за что-то берется, то добивается максимальных результатов. Все то же: «В жизни надо уметь делать какое-то одно дело и знать его хорошо».

В день окончания института Бабушка подарила дочери набор хирургических инструментов.

КОГДА ВЕРИШЬ — ПРИМЕТЫ СБЫВАЮТСЯ

Наши несчастья начались с того, что, подавившись чем-то, стала задыхаться любимая бабушкина корова Груша. К утру пришлось ее зарезать. Она давала в день три ведра отличного молока. И при том, что часть молока уносила женщина, ухаживавшая за ней, часть расходилась по рукам, — молоко в доме было, и даже был сепаратор. Утром печального дня я вышел на двор и увидел Егора Петровича с длинным ножом и много мяса в коровнике.

Бабушка стояла в коровнике до последней минуты и плакала, глядя, как задыхается животное. Вызванный ветеринар оказался бессилен. «Не к добру...» — сказала Акулина Яковлевна.

Мне часто приходила мысль о каком-то злом роке, павшем на нашу семью. Из того пятикомнатного особняка на Ярославском мы переехали на Отрадную, а жильцы Отрадной переехали в наш дом. Переехало три семьи. Конаковы — муж, жена и трое детей, старший Костя — мой ровесник; Федотовы, молодожены; и пожилая чета Эрсберг.

Вскоре скончался сам Эрсберг, а затем и жена его.

Молодоженов Федотовых разлучила армия, — это было уже после войны, он служил действительную. Жена с сыном ждали его. Отслужил, вернулся и в первую неделю вечером на Лихачевом поле его порезали хулиганы, стал инвалидом.

Семья Конаковых распалась: муж ушел из семьи. Из троих детей — средний умер в блокаду, младший, чудесный мальчик, нелепо был сбит автомобилем у самого дома. Последние слова его: «Не говорите маме...» Мать ненамного пережила его. Приехавший на похороны сына отец вошел в дом со словами:

— Проклятый дом!..

Нет, не дом был тому виной, его старые стены видели лучшие времена. Вся жизнь перевернулась...

Стиль жизни нашего дома был слишком отличен от окружающего, к тому же Бабушка ничего не скрывала. Уже одно то, что дом и сад были окружены забором, за которым цвела сирень и акации, бросалось в глаза. К нам постоянно лазили за сиренью, когда папы не было дома. Но я не помню никаких выпадов в наш адрес. Единственно, Мишкин отец, Егор Петрович, ершился, все повторяя: «Ихнего тут ничего нет, окромя мебели», но мудрая Бабушка послала Курочкиным в подарок диван и два стула, и он умолк. А потом сел за кражу. Старуха Герле, бывшая членом ВКП(б), сама пришла знакомиться с Бабушкой. На Ярославском к нам привыкли.

Возможно, мы пережили бы и 1937 год, тем более, что к этому времени НКВД искало других жертв: видных партийцев, крупных руководителей промышленности, военных... Но Бабушка (как и отец впоследствии) допустила серьезную по тем временам ошибку, позволив себе жест, привлекший внимание властей. Правда, жест этот был вынужденный... К середине тридцатых годов к нам в дом съехались разбросанные гражданской войной родственники, которым Бабушка, по ее деликатности, не могла отказать и всем выделяла комнаты.

И вот уже Акулина Яковлевна стоит в кабинете Бабушки, в ее глазах — укор.

— Елизавета Федна... — начинает она.

— Знаю, знаю, Акулина Яковлевна, зачем вы пришли. А что прикажете делать?

— Да, ничего, Елизавета Федоровна, оставьте все как есть, ей-богу так будет лучше: не надо никуда переезжать.

— Вот вы все как сговорились! И Аида тоже... А Сережа не возражает... Но посудите сами: вам нужна комната? Мне нужна комната? А Боречке детская? Он теперь в школу пошел... А родителям его? Столовая, наконец... Теперь вот приезжает старший внук Петра Александровича с женой...

— Это Петя, что ли?

— Да, Петя. Представьте, он уже окончил Медицинский институт! Как радовался бы дед, будь он жив...

— Они ведь из Минска! И оставались бы там!..

— Ах, Акулина Яковлевна, все хотят давать советы... Им трудно там, из прежней квартиры их выселили, живут Бог знает где!..

Свой пятикомнатный дом на Ярославском Бабушка меняла на восьмикомнатный на Отрадной улице, что в двух кварталах от нас. Сколько-то она доплачивала, но это было уже не главное. И началось великое переселение. Декабрь 1935 года. К дому подъезжает запряженная в сани лошадь. Два мужика кладут на сани большую под стеклом икону Святого Пантелеймона-целителя, и сани трогаются. Дня два ходила лошадь, перевозя вещи на виду глазеющей публики: шкафы, посуда, картины, книги... К новому дому прилегал большой сад с липовой аллелей и соток пять огородов, с разрушенной оранжереей и поломанными кустами смородины. В саду был даже бассейн, превращенный в помойную яму. Забор вокруг сада рухнул, все являло вид запустения. Бабушка, переехав, стала энергично наводить порядок. Начала с восстановления забора, наняв бригаду плотников. Это в наше время за деревянные рубли ничего нельзя сделать, тогда деньги значили многое и были люди, которые умели и хотели работать. Вокруг участка поднялся высокий частый забор, что само по себе уже было вызовом по тем временам! Мало того: в одном месте возведение забора было приостановлено работником райсовета. «Мы отрезаем часть участка под детскую площадку», — объявил он. Бабушка была законница, из числа наивных, и обратилась в исполком Выборгского райсовета за разъяснением. Приехали эксперты и нашли, что для детской площадки место неподходящее: придется рубить много деревьев, — и забор зашагал по старому периметру. Но Бабушка обрела врага. И, главное, привлекла внимание к себе.

Все еще руководствуясь старыми наивными представлениями, она восстановила оранжерею, наняла садовника — их тогда еще можно было найти; был вычищен бассейн, к которому, оказывается, еще до революции была подведена водопроводная труба... Вообще-то она делала все то, что разумно по общечеловеческим меркам и что, разумеется, следовало сделать. Но времена-то стояли какие!

«У вас под носом живет и орудует махровая буржуйка», — писал один из соседей-доносчиков. И каким-то образом, видно, через пациентов-энкаведешников, слова это дошли до Бабушки, но не остановили ее. Она была в расцвете славы. На прием к ней записывались за месяц. «Я ни в чем не нарушаю закон, чего мне бояться?» — говорила она. Но ее родной брат и видный юрист Георгий Федорович Юзбашев говорил сестре: «Лизонька, то, что ты не нарушаешь закон, это еще не дает гарантии...»

И звезды над нашим домом, над нашей семьей стали занимать опасное положение.

В ТЕ ВРЕМЕНА ЛУЧШЕ БЫЛО ОСТАВАТЬСЯ В ТЕНИ...

Примерно в то же время мой отец, Сергей Борисович Гусев-Глаголин, совершил ошибку, но совсем другого рода. Тогда, в атмосфере всеобщей приподнятости, понять, что происходит, было непросто. Вышла новая Конституция, в которой провозглашались — свобода слова, свобода печати и т. п. Это сбило с толку многих из интеллигенции. И отец стал раскованней — ну наконец-то!

И вот в 1936 году, отец, любивший путешествовать, решился на совершенно обычный с точки зрения нормальной жизни, но весьма опрометчивый в той атмосфере нагнетания всеобщей подозрительности поступок: он, с братьями Алексеем и Левой, еще с одним приятелем, отправились — в свой отпуск —

в экспедицию на Байкал. Они разработали такой маршрут: пройти на моторной лодке от Улан-Удэ по реке Селенге до Байкала, пересечь Байкал и спуститься по бурной Ангаре через Падунский и Шаманский пороги. Общая протяженность составляла 2500 километров. Экспедицию консультировали в ленинградском туристическом клубе. Практическая же цель отца состояла в том, чтобы собрать материал для повести и путевых очерков. Он уже начал печататься в журналах.

Маршрут местами проходил через погранзону и требовалось специальное разрешение НКВД. И отец получил его! Но как выяснилось позднее, разрешить-то они разрешили, но задумались: с чего это они едут за тридевять земель на свои деньги? (На свои ли?!) Да еще по маршруту с востока на запад!.. Уж не с целью ли показать дорогу японцам? Сделать съемку мостов, берегов? Подозрительно. На отца, как на руководителя туристической группы, было заведено досье.

Отчет времени начался.

Но в письмах из экспедиции отец пишет:

«Аида! Боря! Выезжаем на лодке по Селенге 1-го. Лодка закрыта, так что имеется палуба, под ней каюта, — у меня отдельный отсек на носу. В лодке сухо и свободно. Большое внимание нам оказывает Тр. Отд. НКВД — сообщает маякам и будет следить за нашим продвижением до Иркутска. Вообще я тронут вниманием властей города: были приняты главой Бурят-монгольского правительства.

После этого письма будет перерыв, так как пойдем глухим руслом Селенги — 80 км и 120 км Байкалом. Еще не знаю, как потянет лодку мотор: оказался слабоват. Пароходы по Селенге ходят только вверх, в Монголию, а куда едем мы — пароходов нет. Я здоров, мы много работаем с Алешей. Все хорошо и только тревога за моих любимых, за тебя, Аида, теребит душу... Встреть меня через 61 день светлыми радостными глазами, пожми мне руку, продолжая ясно смотреть, и... ну собственно тогда я смогу даже дать планете нашей расписку, что я все на свете уже получил и претензий больше никаких не имею. И я уверен, что это будет так.

О Байкале напишу с берегов Ангары. Слишком много впечатлений у меня от этого священного озера...

Целую. Я очень люблю тебя. Привет Елизавете Федоровне. С. Глаголин.

Боря! Береги маму и бабушку!»

Отец был тронут вниманием НКВД!.. Он полагал, что они хотят помочь ему, облегчить трудности предстоящего пути, а они уже искали криминал, подозревали шпионаж в этой смелой спортивной экспедиции...

«Здравствуй, Аида! 10 дней — ни одного почтово-телеграфного отделения и вот сегодня в Иркутске! Волнуюсь, боюсь, что на почте нет ничего от тебя. Переезжать Байкал было несколько жутковато. Берега исчезли и три часа плыли в легком розовом тумане... Как Боря? Если б не волнение за вас, чувствовал бы себя спокойно. (Осторожней с верховой ездой, не упади!) Я очень загорел, черный. Встретишь ли меня через месяц, как встретишь? Весь году я буду добрым и веселым. (Сколько раз я даю себе слово не оставлять тебя и Борю больше чем на три дня?!)

Сейчас стоим у пристани городского сада Иркутска. Играет музыка, играет затрепанные фоксы. Тоскливо, но до Енисейска дойти нужно, еще 1700 километров. Ангара прозрачна и быстра, видно, как ходит рыба.

Следующий пункт, где буду ждать твоей телеграммы — г. Братск. Затем — пороги и 800 километров без телеграфа. Неужели разлюбишь?

Целую тебя и Борьку. С лекарственными травами, которые просила достать Елизавета Федоровна, оказалось сложнее. Ламы, продающие травы, теперь, как классово-чуждый элемент высланы куда-то, их не найти. В Кяхте, говорят, есть тибетские врачи, но туда нужен специальный пропуск, район — пограничный и т. д.

Я обещаю Елизавете Федоровне помочь с лекарственными травами, но нужны связи, письма, знакомства, иначе это трудно. Привет Елизавете Федоровне и Акулине Яковлевне, Борю поцелуй!

С. Глаголин».

А вот отрывок из путевого очерка, опубликованного в 22-м (ноябрьском) номере ленинградского журнала «Юный пролетарий» за 1936 год, в нем отец описывает переход через грозные ангарские пороги — Падунский и Шаманский, встречу в тайге с группой молодых рыбаков:

«— Откуда плывете?

— Из Улан-Удэ...

— Через порог пойдете?

— Да... А что?

— С мачтой нельзя... и вещи тоже берегом лучше. А сами кто такие будете?

— Ленинградский! С кинофабрики... Делаем кинофильмы...

— Интересно, но не опоздать бы... Вечереет, нужно до захода солнца.

Мы начинаем выгружать вещи из лодки. Их повезут по берегу.

— Вам бы мы тоже советовали по берегу... Мы проведем, для нас это дело привычное...

Четверо моих спутников покидают лодку, а мне, начальнику группы — нельзя, неловко... Лодка, подхваченная течением и равномерными взмахами весел, приближается к порогу.

Шум нарастал. Вдруг я почувствовал, как меня берут за плечи и аккуратно укладывают на дно... Я приподнялся и глянул вперед. В сотне метров от лодки я заметил конец реки... Да, да горизонт воды, а дальше река словно обрезана ножом. Слышится команда:

— Правым наляг, левым — табань!

Мимо со значительной скоростью скользнул камень. Пена и расходящиеся буруны выдавали скорость течения. Вдруг лодка перестала находиться в горизонтальном положении. Глазам сразу открылся пенистый, усеянный черными углами, водяной скат. «Левым нажми, левым!» Лодка неслась мимо бурунов и торчащих бревен, делала резкие повороты, шла бортом к течению, затем вновь поворачивалась...

Рулевое весло гнулось в руках нашего молодого лоцмана. И вдруг я вижу, как рулевой бросает весло и вынимает кисет. Порог пройден».

Эти подводные рифы отец прошел, но на земле его ожидали другие рифы.

Отец очень скупо вспоминал о своем детстве, ограничиваясь обычно рассказами из кадетской жизни. Лишь однажды поведал о том, как каждый раз, возвращаясь домой из кадетского корпуса на воскресную побывку, очень спешил. И, вбегая в парадную дома на Миллионной, торопливо спрашивал швейцара: «Михеич, ничего не случилось?!», на что тот обычно отвечал: «Да, что ж случится, барич, матушка дома ждут вас».

Отчего же мальчик спешил, волновался? Однажды, будучи дома, он из-за закрытых дверей кабинета отца услышал фразу матери, обращенную к мужу, Борису Сергеевичу: «Ты хочешь, чтобы я выбросилась из окна?!» Фраза эта запала в сердце мальчика и внесла постоянную тревогу за мать. Отец, Борис Сергеевич, ушел из семьи. Однако, он обеспечил ей безбедное существование. Он был очень популярный актер и режиссер Суворинского театра. У меня сохранились почтовые открытки с его фотографиями: «Б. С. Глаголин со своим сыном Сережей». До революции о нем было издано две книги. После его ухода, покинутая им жена вышла замуж за адвоката. От этого брака появился сын Лева, это очень возмутило Бориса Сергеевича: очевидно, он считал, что брошенная жена должна оставаться ему верной. Это уже одна из черт, именованная в семье «глаголинщиной». Но «глаголинщина» это еще и дворянская фанаберия, и взгляд поверх толпы. Карьера Бориса Глаголина началась с того, что в труппе заболел ведущий актер и роль Хлестакова дали ему, молодому актеру. Он сыграл блестяще и покорил публику. С тех пор стал ее любимцем.

...Когда юная Аида Бадмаева ввела в дом матери своего жениха Сергея Гусева-Глаголина, будущая теща поинтересовалась, не имеет ли он отношение к знаменитому артисту.

— Это мой отец, — отвечал жених.

Уже в советское время Борис Глаголин получил звание народного артиста, но его постановки принимали сдержанно. И он понял, что ему не дадут развернуться. После запрещения одной из постановок, он попросил у Луначарского командировку в Америку. И не вернулся.

Гусевы были из орловских дворян. «Мне б мои орловские земли и рысаков», — смеялся отец. В том же

1936 году, вернувшись из байкальской экспедиции, он решился на одно предприятие, показавшееся всем родным и знакомым крайне рискованным по тем временам, но впоследствии оно, когда отца уже не было, спасло нам жизнь. Кто-то или что-то вело нас...

Отца тяготила жизнь в доме знаменитой и богатой тещи, где его заработок был не заметен. Он хотел жить своим домом. Городская коммуналка со звенящими за окном трамваями отца мало устраивала, кроме того, он не хотел забирать меня из дачной местности. И тут давний знакомый Бабушки и ее пациент, известный певец, солист Мариинского театра Сливинский, начал по соседству на Рашетовой улице строить дачу, точнее сказать, он только получил право на застройку участка близ парка Сосновый. В это время его приглашают в Москву, в Большой театр, и он обращается к Бабушке с просьбой рекомендовать человека, кому можно передать право на застройку...

Бабушка, зная, что зять мечтает жить отдельно, не сочла возможным скрыть от него предложение Сливинского. Отец тотчас согласился, он встретился со Сливинским и они вместе обратились в соответствующие инстанции, и документы с правом на застройку перевели на отца. Конечно, это было очень хлопотно: и покупать строительные материалы можно было лишь у государства по накладной. Но здесь как раз и обнаружился организаторский талант отца, он по государственной цене получил все, что нужно для строительства дома. Он был очень энергичен и увлечен делом, словно предчувствовал, что дом этот очень скоро понадобится для его семьи. Все вечера он проводил на стройке, где работала бригада плотников. Когда темнело, над срубом зажигали двухсотсвечовую лампу.

Весной 1937 года была ранняя Пасха. По традиции в доме готовились пасха и куличи. Помню какую-то суматоху в доме. Акулина Яковлевна, расстроенная, сидит на кухне, мама ходит с непроницаемым лицом и курит папиросу за папиросой; домработница Маруся твердит: «Тож дрожжи, дрожжи худые. Были бы дрожжи, так оно б уж давно!..»

Пасхальное тесто, замешанное по всем правилам, по наставлениям мудрой Акулины Яковлевны не поднялось. Акулина Яковлевна была суеверна, и это передалось маме. Но дело, конечно, было не только в этом — все в доме ощущали сгущавшуюся в городе атмосферу, хотя внешне всюду улыбки, песни, гулянье но, шепотом передавали слухи об арестах. В газетах появился термин «враги народа». Но менее всего была встревожена Бабушка. Единственное, что предприняла она, это позвала своего родного брата, видного юриста Георгия Федоровича Юзбашева, показала ему все бумаги, разрешение горздрава вести прием и т. п. и спросила, все ли верно с точки зрения закона. Георгий Федорович просмотрел бумаги и повторил, что не усматривает каких-либо нарушений, но повторил: «Лизочка, все так, но это еще не гарантирует от каких-либо неприятностей». «А, все вы паникеры! Закон на моей стороне — я спокойна», — ответила Бабушка.

Да, так были воспитаны люди старой формации: главное — не нарушить закон. И если закон на твоей стороне — о чем можно тревожиться? И отец повторял: «Для того, чтобы меня арестовали, я должен нарушить закон... Закона я не нарушал и не нарушу».

Если взять дореволюционные времена, то наиболее уязвимое место — это расстрел толпы 9 января 1905 года в Петербурге. Нас в школе учили, что, мол, люди пришли к царю просить хлеба, а их встретили залпами. И 130 человек было убито, не считая раненых. Хлеб лежал в каждом трактире бесплатно еще со времен Н. А. Некрасова. Далее: ведь поп-расстрига Гапон привлек к демонстрации 300 эсеров, которые несли ультимативные требования, в том числе немедленный созыв Земского собора. Это в период войны с Японией!

Об этом знал председатель комитета министров Витте, который по сведениям видного историка, покойного Митрополита Петербургского и Ладожского Иоанна, был связан с темными финансовыми кругами и сам был не чужд идее дворцового переворота. Но люди этого не знали и возмутились произволом царя. Толпу предупреждали, делали предупредительные выстрелы, а эсеры толкали людей вперед, вперед, под залпы. Для них это был козырь, им это было выгодно. И Савинков признает, что демонстрацию финансировали японцы.

Так же, как немцы через революционные партии финансировали забастовки в России во время Первой мировой войны.

Известен случай, когда Петр Александрович Бадмаев, проезжая мимо завода «Ямайваз» (ныне — «Светлана»), увидел толпу бастующих, вышел из автомобиля, подошел к толпе и гневно вскричал: «Там, на фронте сражаются ваши братья!.. Льется их кровь, а вы?!..» и в таком духе. Закоперщики могли спровоцировать и драку, и избиение старика... Что угодно! Но это было неподалеку от Поклонной, его узнали его же пациенты и дело кончилось тем, что толпа разошлась. И вообще, искренний гнев всегда пугает толпу, тем более, когда она чувствует, что неправа.

Настало лето. Среди общего веселья с громкоговорителями на улицах и музыкой, патефонов, пляжной суеты по воскресениям в Озерках и физкультурных парадов, приходили известия об арестах...

ЗВЕЗДЫ ЗАНИМАЮТ ОПАСНОЕ ПОЛОЖЕНИЕ...

В мае 1937 года я был свидетелем двух встреч. С визитом к Бабушке приехал муж родной сестры отца Ольги Борисовны — Александр Наумович Гинсбург, один, без жены. Он работал, кажется, главным администратором или заместителем директора оперного театра и пользовался репутацией умного человека. Это был видный мужчина, носил по тогдашней моде командирскую военную гимнастерку и галифе. Видно, он прослышал от жены о произведенных в доме новшествах и захотел взглянуть сам. Бабушка показала ему дом, сад, огород с оранжереей. Гинсбург все осмотрел и сказал:

— Елизавета Федоровна, все превосходно! Но как вы не боитесь?

— Не понимаю, чего я должна бояться, — холодно отвечала Бабушка.

— Вы газеты читаете?..

— Читаю. Вы имеете в виду политические процессы? Какое это имеет отношение ко мне? Я никогда не занималась политикой.

— Поймите, Елизавета Федоровна, сейчас это не принято... Камня на камне не оставят...

Бабушка ответила как всегда, что закон она не нарушает, остальное ее не касается. Потом они прошли в кабинет Бабушки и там говорили. Уходя, Гинсбург сказал: «При всем том, Елизавета Федоровна, я восхищен вашей энергией!»

В начале июня я выбежал в сад. На скамейке рядом с Бабушкой сидела молоденькая девушка с черными-черными глазами. Она улыбалась.

— А вот мой внук, — сказала Бабушка, — девушку звали Нина. — Вы ведь с Украины? Я не ошиблась, судя по говору?

— З Украины...

Бабушка встала со скамейки, кивнула нам и пошла к веранде. Я вдруг заметил, что девушка платком вытирает слезы.

Догнал на веранде Бабушку и сказал ей об этом. Она вернулась в сад.

— Что случилось? Вы чем-то расстроены?

— Вы ж вшлы? Нэ берете мени? А Черня казала: попадешь в этот дом, тебе будет хорошо.

Бабушка вздохнула.

— Я не против, оставайтесь... Работа найдется, но где мы вас разместим? Пойдемте посоветуемся с Акулиной Яковлевной, она что-то непременно придумает.

И эта девушка с черными глазами осталась у нас.

Звезды окончательно заняли то положение, отражение которого неизбежно должно было трагически пасть на землю.

ПОСЛЕДНИЙ ПОДАРОК БАБУШКИ

20-го июня 1937 года мне исполнилось десять лет. Обычно, накануне дня рождения за неделю мама выведывала у меня, что бы я хотел получить в подарок. В шесть лет я ответил: «Хочу настоящую пожарную каску!» и повторил — настоящую, потому что продающиеся в «Детских игрушках» картонные каски мне уже не дарили. И мама, как потом рассказывала, неделю носилась по городу в поисках каски. И, конечно, не нашла и накануне двадцатого с грустью сказала отцу об этом.

Он усмехнулся: «Сказала бы раньше...» — сел на мотоцикл и через час привез настоящую пожарную каску. Купил, наверное, у знакомого брандмейстера. Помню, как папа и мама вдвоем дарили мне эту каску. Я бросился обнимать маму. А она смущенно: «Нет, нет, это не я, это папа достал...» Отец: «Это от мамы, от мамы!»

На семь лет мне подарили детский автомобиль с педалями. На нем каталась вся ребячья округа, и мы в неделю его доканали. Меня это не огорчило. Игрушки я не любил, я любил все настоящее. И наши с папой авиамодели по-настоящему летали. Зная эту мою черту, отец купил воздушное ружье. Вначале я стрелял из него лишь при отце свинцовыми пульками. Но видя, что я осторожен в обращении с ружьем, он позднее разрешил стрелять и без него.

Бабушка дарила мне вещи практические, как тулуп, например, или английский свитер, который я носил несколько лет. Она не могла конкурировать с отцом, дарившим мне настоящее ружье и настоящую каску. К десятилетию она что-то задумала.

И вот настало 20 июня. Отец подарил мне кошелек и в нем немного денег. Кулюша — настоящий молоток и настоящие гвозди, мама — «Робинзона Крузо» в академическом издании... Бабушка поздравила, но подарок ее видно задерживался и она нервничала. Наконец, часа в два к нам в сад вошел морской капитан, ведя взрослый велосипед с красными шинами и втулкой «Торпедо» — английского производства. Этого велосипеда мне хватило лет на пятнадцать. Хотя все на нем ездили. Ну, а проколы я быстро заклеивал.

Днем, двадцатого, ко мне пришли друзья — Мишка, Толька, Ваня и Вовка, еще с Ярославского: здесь, на Отрадной новых друзей у меня пока не было. Мы играли, было весело. К вечеру меня позвали к Бабушке. У нее собрались гости. Бабушка решила продемонстрировать мою меткость в стрельбе из воздушного ружья. Она отошла в угол комнаты, взяла в руки конфету и попросила меня стрелять. Знакомые стали уговаривать ее отказаться от этого эксперимента. Но Бабушка была отважная женщина.

— Стреляй! — сказала она.

Я нисколько не волновался, потому что уже набил руку и был уверен, что попаду в точку. Я выстрелил и выбил конфету из ее рук, не задев пальцев. Но папа взял простреленную конфету и, осмотрев ее, сказал: «Нет, все-таки больше не стоит экспериментировать, пуля прошла в миллиметре от пальца».

Это был мой последний день рожденья с гостями с большими подарками.

ПОПЫТКА ПРЕДОТВРАТИТЬ НЕОТВРАТИМОЕ

Их вошло трое — вечером, когда мы сидели в столовой и ели арбуз. По лицам отца и мамы я понял, что пришедшие это какие-то особенные люди...

— Но Елизаветы Федоровны нет, она еще не вернулась из отпуска... То есть, она должна была приехать, но задержалась и телеграфировала об этом, — сказала мама старшему начальнику со шпалой в петлице.

— Покажите комнаты Бадмаевой, — последовал приказ, и мама повела их в кабинет Бабушки.

Я хотел встать из-за стола и выйти, но отец сказал: «Сиди». Прошло минут десять или больше, двери отворились и те трое вышли из кабинета, за ними шла мама. Не останавливаясь и не глядя на нас, эти трое проследовали по коридору к выходу и вскоре послушался шум отъезжавшей от дома «эмки».

Я вышел в сад и гулял, пока меня не позвала мама. Было уже десять часов вечера. Я думал, что меня отошлют спать, но мама сказала:

— Смени рубашку и надень новую курточку: мы сегодня едем в Москву. Но пока никому не говори об этом, может быть, и не поедем.

— И папе? — спросил я, чувствуя, что говорю лишнее.

— ...И, пожалуйста, не задавай ненужных вопросов. Папа знает.

Вскоре папа вывел из гаража новую «эмку» — он выиграл ее по автообязательству, их продавали членам автомотоклуба. В руках у мамы была небольшая сумка и более никаких вещей. Мы почему-то поехали не в сторону города, а к Озеркам. Подъехали к первому озеру, постояли здесь, а потом поехали в сторону города боковыми улицами. И еще долго крутили по городу и на Московский вокзал приехали без четверти двенадцать, перед отходом «Стрелы». Папа взял билеты в мягкий, — туда не было очереди, и за пять минут до отхода поезда мы с мамой вошли в двухместное купе. И лишь когда поезд тронулся, мама облегченно вздохнула и сказала: «Ну, слава Богу, кажется, едем».

В Москве мы, как всегда, остановились в большой квартире Ивановых на улице Грановского. Мария Тимофеевна, как старая большевичка, получала партийную пенсию; то была добрая, приветливая женщина, всегда встречавшая нас пирогами. И я не мог представить себе, как это она, будучи председателем ревтрибунала, выносила смертные приговоры белым офицерам. Вот тогда-то, в 1918 году, у нее открылась скоротечная чахотка и к ней привезли «знаменитого Бадмаева». Дед вылечил ее менее чем за месяц. Возникла дружба. Мария Тимофеевна была очарована Бабушкой и приезд ее был для нее всегда праздник. Она и уговорила Бабушку после Кисловодска заехать в Москву.

Здесь, у Ивановых мама хотела перехватить Бабушку и уговорить ее, сказавшись больной, задержаться в Москве. И отлично сошлось так, что на следующий день после нашего приезда, в Москву, из Кисловодска прибыла Бабушка. Еще до ее приезда мама посвятила в свой план хозяйку, Марию Тимофеевну, не утаив о визите сотрудников НКВД. Я слышал, как Мария Тимофеевна говорила: «Аида! Как вы могли сомневаться?! Да пусть Елизавета Федоровна живет у нас хоть год! Я буду этому только рада. Разве что и за нами придут...»

— За вами? — с удивлением воскликнула мама.

— Аида?! Такие головы летят! Я вообще не понимаю, что происходит. Иногда мне кажется, что я утром проснусь и по радио объявят о раскрытии какого-то крупного контрреволюционного заговора. И все станет на свои места.

Мама значительно взглянула в мою сторону, и Мария Тимофеевна умолкла.

Но, очевидно, тема эта тревожила их, и разговор вскоре продолжился:

— Ну, хорошо, а ОН знает? — спросила мама.

— Сталин? Думаю, что — да. Иначе — как без него? Наркомов, членов ЦК! Знает, возможно, от него и идет. Но все-таки, я надеюсь, что нашей дорогой

Елизавете Федоровне ничего серьезного не грозит. Да и возраст... ей под семьдесят? Она ведь старше меня...

— Маме шестьдесят восемь.

— И она была всегда в стороне от политики. Но чем черт не шутит! Лучше ей переждать.

Бабушка приехала посвежевшая, помолодевшая на водах. Иван Дмитриевич и Мария Тимофеевна встретили ее, как родную. Мария Тимофеевна верила в нее так, как ни в одного врача кремлевской больницы.

В большой столовой все сидят за чаем. На столе — пирог, приготовленный хозяйкой. Иван Дмитриевич по обыкновению молчит и слушает. Говорит Бабушка о своих южных впечатлениях, разговор переходит на медицину и Бабушка достает тибетские лекарства — порошки для хозяйки. «Только этим и живу!» — говорит Мария Тимофеевна.

Тень озабоченности лишь на лице моей мамы. Встретив Бабушку на вокзале, она уже успела рассказать ей о тревожном визите. Но на Бабушку это не произвело должного впечатления:

— Не понимаю, господа, к чему эта паника? Я полагаю, что приходили из инспекции пожарной охраны: у меня на чердаке запасы лекарственных трав, и они предписали мне иметь ящик с песком и огнетушитель. Вероятно, приходили проверить.

— Мамочка, поверь, это не пожарные!..

— Тем более, я должна ехать! Возможно, какое-то недоразумение и я должна выяснить.

Мама и Мария Тимофеевна переглядываются, и хозяйка уже другим — уверенным, низким голосом говорит:

— Елизавета Федоровна, поверьте, это не недоразумение. Просто у них сейчас много работы и они даже не затруднились проверить: не задержались ли вы в Кисловодске. На ваше счастье, вы задержались. Не испытывайте судьбу, погостите у меня хотя бы месяц!..

— Это невозможно, меня ждут больные! — резонно отвечает Бабушка.

Общими усилиями Бабушку удерживают в Москве на два дня, а затем мы втроем возвращаемся в Ленинград. На вокзале нас встречает отец. Он молча целует руку маме, Бабушке, берет вещи и мы идем к нашей «эмке».

— Елизавета Федоровна, еще не поздно, быть может... Давайте я отвезу вас к вашей подруге Виргинии Багратовне. Имейте в виду, за домом ведется наблюдение.

— Сережа, я вас не понимаю... Что ж я должна скрываться? Нет, я не привыкла отступать, тем более, что не чувствую за собой никакой вины.

— Как будет — так будет, — говорит мама. И мы подъезжаем к дому на Отрадной.

В эту же ночь Бабушку арестовали.

«МОГУ ПЕРЕКВАЛИФИЦИРОВАТЬ НА 58-Ю!»

Мама сразу взялась за хлопоты. В этом ей помогал известный ленинградский адвокат Яков Зиновьевич Киселев. Он выяснил, что, к счастью, Бабушке не предъявлено никаких политических обвинений, речь идет лишь о «незаконном врачевании».

— Но у Елизаветы Федоровны было официальное разрешение горздравотдела, — возразила мама.

Старый правовед лишь развел руками:

— Аида Петровна, надо радоваться, что Елизавете Федоровне предъявлено лишь это обвинение: по этой статье без фактов, влекущих за собой более тяжкое наказание, а их нет, — максимум два года. Могло быть гораздо хуже. Запасемся терпением и переждем этот острый момент.

Но мама была так наивна и все еще верила в силу закона. Она добилась приема у прокурора города.

— Если Елизавета Федоровна Бадмаева виновна, я прошу судить ее открытым судом, как и полагается по закону.

Прокурор открыл тонкую папку и сказал:

— Бадмаева уже осуждена тройкой. Могу сообщить приговор: восемь лет лагеря с правом переписки.

— Восемь лет? За что? И почему ее не судили открытым судом?

— Да, поймите, что Бадмаеву нельзя было судить открытым судом! У здания суда собрались бы ее пациенты и это бы уже носило характер политической демонстрации... Вы этого хотите? Ну, что — мы можем вместо «незаконного врачевания» вменить ей пятьдесят восьмую статью. Это очень просто делается, — и прокурор для вящей убедительности взял вставочку. — Но предупреждаю, что санкции будут иными: без права переписки, без права на амнистию... Ну?!

— Не надо, ради Бога, оставьте, как есть!..

Домой приехала бригада НКВД, начали обыск. Бригаду возглавлял следователь Яковлев. Он отозвал маму и сказал: «Завтра мы опишем вещи и опечатаем комнаты Бадмаевой. Возьмите из кабинета Елизаветы Федоровны то, что считаете нужным, кроме мебели. Но никому ни слова». Потом уже выяснилось, что отец Яковлева лечился у деда. И в тот вечер мама взяла рецептуру, рукописи и книги деда, изданные еще до революции, несколько памятных вещей еще с Поклонной горы, в том числе золотые часы «мозер», которые спасли нас позднее, в блокаду. В кабинете Бабушки висела небольшая картина Айвазовского. Но ее мама взять не решилась, как и старинные бронзовые часы и прочие ценности, ведь в революцию реквизировали лишь дачу деда на Поклонной, а вещи не тронули, и всемогущая в ту пору Акулина Яковлевна распорядилась вовремя их вывезти...

Строго отлаженный, добрый строй жизни распадался на глазах. И повторилось то, что уже было в революцию.

Совсем недавно я нашел документ:

Штамп: «Шувалово-Озерковский совет Рабочих и крестьянских депутатов Земельный отдел № 11» августа 1919 г. № 457 Печать круглая	УДОСТОВЕРЕНИЕ Дано гр. Бадмаеву в том, что принадлежащий ему дом (без инвентаря) по Выборгскому шоссе на Поклонной горе на Основании удостоверения хозяйст. подотдела местного Совета от 11 августа за № 457 реквизирован для нужд 2-ой батареи 2-го тяжел. Арт. див., что подписью с приложением печати удостоверяется Председатель жилищной комиссии Подпись (нрзб)

Когда Бабушку арестовали, многие знакомые перестали к нам ходить. Впрочем, их нельзя строго судить, как и тех, кто, встретив на улице маму, переходил на

151

другую сторону. В доме остались лишь Акулина Яковлевна, Нина, старшая сестра мамы по отцу, Надежда Петровна и я с родителями. Нина сама предложила остаться у нас, и мама сказала:

— Что ж, оставайтесь... Кому-то надо готовить, в магазин ходить. Я после работы — буду занята хлопотами, Кулюша стара...

И Нина осталась.

Невдалеке от бывшего дома Бабушки на Рашетовской горке, близ самого леса уже стоял дом под толевой крышей. Штукатурили первый этаж — кухню и две комнаты. Полы были дощатые, печки — круглые. Но потолки — высокие. Из парадной лестница вела наверх в две комнаты второго этажа. Но его только застеклили и работы были приостановлены: не было денег. Вход наверх заделали, чтобы не упускать тепло. Вообще, Сливинский задумал дом масштабно — с огромной застекленной верандой, но ее так и не начали строить. В первом этаже можно было жить. И как раз в это время нам предложено было освободить дом Бабушки.

Николай Николаевич Бадмаев был арестован позже в числе врачей, лечивших Горького, Куйбышева и других членов правительства. В «Медицинской газете» была напечатана статья «Враг под маской науки» — о руководителе клиники тибетской медицины Н. Н. Бадмаеве. Взяли не только его, но и всех двадцать ученых эмчи-лам — они прибыли к нему из Бурятии, — все они пропали без вести. В конце восьмидесятых годов после публикации в «Новом мире» (№ 11, 1989) документальной повести «Мой дед Жамсаран Бадмаев», я получил несколько писем от родственников тех эмчи-лам с вопросом, не известно ли мне что-либо о судьбе их.

Что я мог ответить? Я ничего не знал.

Комнаты Бабушки были опечатаны. Мы теперь жили в двух оставшихся комнатах. Ближайшие соседи, конечно, узнали об аресте Бабушки, и, вероятно, кем-то подученный, двенадцатилетний мальчишка по кличке Жиган, кричал в нашу калитку: «Эй, ты, Батмай! Ну что, забрали твою бабку? Так вам и надо, буржуям!.. Расстрел вам всем надо!..» К чести жителей округи, это была единственная акция. А Жиган был парень вредный. Бывало, придет на Лихачево поле, где мы зимой катались на лыжах, и бритвой срезает резинки, которыми тогда крепили лыжи к валенкам. Крутится, маленький, злой и юркий... А раз, встретив мою маму, крикнул: «А ваш Борька под трамвай попал!..» — хорошо, что мама была уже рядом с домом и увидела меня у калитки.

Первое время я боялся, что и в школе узнают об аресте Бабушки и станут злословить по этому поводу. Но в классе не зашло о том разговоров, затмевало другое: умный и циничный одноклассник Козлов со смехом выдирал из учебника портреты маршалов Тухачевского, Егорова, Блюхера, объявленных врагами народа... Кроме того, я вскоре понял, что я не единственный, у кого кто-то из родных арестован.

Я спросил маму, за что арестовали Бабушку. Верная себе, чтобы не ломать, как ей казалось, мое мироздание советского школьника, она ответила уклончиво, что-де у нас в стране строят новое общество, а Бабушка придерживалась привычек прошлого века. Но добавила, что дело Бабушки, возможно, будет пересмотрено и решится более справедливо.

Я видел, маме неприятен этот разговор, и прекратил расспросы.

В ОГНЕ НЕ ГОРИТ, В ВОДЕ НЕ ТОНЕТ

В это же, примерно, время, отец получил повестку — явиться в НКВД, на Литейный, 4. Помню, как с недоумением но без малейшего волнения он вертел в руках повестку, говоря: «С чего это? Непонятно!» Повестка сильно взволновала маму, но отец успокоил ее:

— Нет, это какая-то чепуха! В иных случаях они являются без повесток... Зачем предупреждать?

Я совершенно не беспокоился об отце. В нашей семье жила уверенность, особенно поддерживаемая его братьями, что с Сергеем Глаголиным ничего не может случиться, он найдет выход из любого положения. Братья, Алексей и Лева, всегда говорили: «Сергей ни

153

в огне не горит, ни в воде не тонет...» — эту фразу я помнил с детства. При этом рассказывали, как папа на мотоцикле перескочил трехметровую пропасть на Дворцовом мосту, когда мост уже разводили. Еще рассказывали, как на него с мамой ночью напали хулиганы, когда они возвращались из народного дома. И тоже кончилось тем, что бандиты бежали, а мама потом говорила, что боялась лишь одного, как бы папа случайно не убил кого-то из нападавших и ему бы не пришлось отвечать. В кадетском корпусе учили бою, кроме того, он был от природы физически сильный. До меня уже через старших ребят дошла легенда, что папа в молодости как-то ударил по футбольному мячу, и мяч выбил доску в заборе и сбил проезжающего мимо велосипедиста. Отец был немного выше среднего роста и, кажется, не напоминал атлета. На моих глазах произошел лишь один эпизод. Уже после ареста Бабушки, мы втроем — мама, папа и я, поехали на Шуваловское кладбище. Побывали на могиле деда, потом мама пошла в церковь, а мы с папой стали медленно сходить с кладбищенского холма вниз по тропинке. Навстречу лошадь тащила вверх по дороге телегу с дровами, видимо, к сторожке. Дров непиленных было наложено много, а дорога — песчаная. Лошадь стала. Возница сперва бил ее вожжами, потом взял с воза здоровенное полено и стал бить лошадь по спине. Отец подбежал, вырвал полено и стал трясти мужика, крича: «Это истязание... В милицию!..» Тут, к счастью, подбежала мама, остановила отца и еще заплатила за порванную рубашку, а мужик, оправляя одежду, говорил: «Да что ты?.. Это ей все одно, что по заднице ремнем пацана...»

В НКВД отец ушел с улыбкой. Он вернулся к вечеру.

— Ну, как я и думал, ерунда. Ружье. Какая-то сволочь донесла, что я тайно храню нарезное оружие. Слава Богу, я захватил с собой охотничий билет и разрешение... Они свое: «Принесите ружье». Я объясняю: «Меня проверяли во время байкальской экспедиции пограничники: документы, оружие, — никаких претензий!» Требуют, чтобы я принес.

У отца было два ружья, — тульское, охотничье, центрального боя, и — трехстволка: два ствола — гладкоствольные, третий, нижний — нарезной для охоты на медведя, тигра; кто-то из приятелей отца донес на этот, третий ствол...

— Отдай ты им, Сережа, — сказала мама.

— С чего это? Только через суд! Я понимаю: им самим хочется иметь такое ружье, я уже по вопросам понял, что это охотник... кто беседовал со мной...

— Отнеси, я прошу тебя! Хочешь, чтобы они пришли сюда?

Словом, мама уговорила отца, и он в тот же вечер отнес ружье.

— Нет, ну это удивительно! — говорил он. — Я принес, положил следователю на стол, он кивнул: можете идти — и подписал пропуск! Ни оформления, ни протокола...

В декабре 1937 года от Бабушки пришла первая открытка с обратным адресом: Кара-Калпакия, почтовое отделение «Долинское». «Устроилась довольно сносно», писала Бабушка, перечисляла, что посылать из вещей и продуктов. Отец, успокаивая маму, произнес фразу, оказавшуюся пророческой: «Аида, вот увидишь, Елизавета Федоровна вернется, будет жить в новом доме и пойдет за моим гробом».

СНОВА НЕДОБРЫЕ ПРИМЕТЫ...

В новом отцовском доме можно было жить лишь в кухне, — туда переехали Кулюша и Нина, — родители стали жить в комнате отца в коммуналке, а я, чтобы не прерывать занятий в школе, остался на Удельной, у нашей родственницы тети Жени. Это было совсем рядом с прежним домом на Ярославской, рядом были Мишка и Толька и другие ребята, и надо мной не было никакого контроля.

Приближался новый 1938 год. Уже официально разрешили новогодние елки, это даже поощрялось. 31 декабря за мной заехала мама и повезла меня к себе на Литейный, украшал елку папа, и мы втроем встретили Новый год. Когда по радио кремлевские куранты начали отбивать полуночные удары, я взглянул на маму, она улыбалась сквозь слезы. Папа наклонился над нами и сказал:

155

— Кончился этот кровавый год... И слава Богу, что кончился!

Волнение мамы передалось мне, я почувствовал, что и у меня слезы, помимо моей воли, подступают к глазам, я запрокинул голову, чтоб они не капали. Потолки в комнате были высокие и в каждом углу вырисовывался барельеф младенца с крылышками — дом был старый. За окном гремели трамваи.

Летом мы въехали в новый дом, там уже хозяйничали Кулюша и Нина. Дом стоял у самой Сосновки. Между домом и лесом пролегала песчаная, вся в рытвинах дорога — Старопарголовский проспект, он шел от Поклонной горы до Большой Спасской, это километров шесть.

Для Акулины Яковлевны была отведена маленькая комната при кухне; Нина разместилась в кухне; комната-фонарик была спальней родителей, там же и папин кабинет. А в большой столовой отвели угол мне, там стояла моя кровать и стол для приготовления уроков.

В саду у нового дома на горке стояла огромная береза с величавой кроной, дерево это царило над всей местностью. Снизу оно было в три обхвата и на него трудно было забраться: ветви начинались высоко над землей. Однажды летом Кулюша вышла в сад и долго-долго смотрела на березу, потом с неудовольствием покачала головой, повернулась и пошла в дом. Я тоже стал смотреть на березу и понял, что расстроило Кулюшу и что я раньше видел, но не придавал этому значения: самая верхушка березы засохла и над зеленой листвой торчали сухие, черные сучья. Кулюша знала какую-то примету, недобрую...

Я решил подобраться к березе с крыши, над которой простирался один из ее длинных сучьев. Взобрался на крышу, дотянулся до ветвей и притянул сук так, что слегка пригнувшись, он уперся в крытую толем крышу. Потом, ухватившись за сук руками и ногами, а головой вниз, я стал медленно перебираться по суку к стволу дерева; высота была метров десять, не больше, но сук прогибался сильнее, чем я надеялся, это вынудило меня не делать резких движений. Добравшись, наконец до главного ствола, я полез вверх на вершину березы. И добрался до самой сухой верхушки: по ней лезть было опасно. Но и оттуда весь город был как на ладони. Я различал сиявший на солнце купол Исаакиевского Собора, и Петропавловский шпиль, и черную извивающуюся ленту Невы... Правей, западнее синел Финский залив. Наглядевшись вдоволь, я стал спускаться с дерева и уже хотел было перебираться вниз головой по суку на крышу, как вдруг услышал спокойный голос снизу:

— Боря, этот сук ненадежен. Подожди, я принесу лестницу.

Внизу у ствола стоял отец. Я объяснил, что лестница не достанет, он согласился и принес веревку, закинул ее мне и я по ней спустился. Отец сказал, критически осмотрев меня:

— Иди почистись. Уж коли лез, взял бы пилу — спилить сухую верхушку, а ствол прикрыть толем и обмотать веревкой... Я собирался это сделать, но теперь кажется поздно, время упущено. Жаль, засохнет такое дерево! А может уже и срок... Кто знает?

Он ушел в дом. Но вскоре позвал меня к себе.

— Я знаю, ты увлекаешься разными поджигалками и прочим... Покажи, что у тебя.

Я покраснел. Совсем накануне я выменял у ребят со стандартного поселка ржавый револьвер «смит-вессон», найденный у кого-то на огороде и закопанный, наверное еще с гражданской войны. За этот ржавый револьвер я отдал на весь день покататься свой велосипед с красными шинами, еще пустые гильзы охотничьих патронов, которых у нас было много и еще что-то... Я надеялся отмочить револьвер в керосине. Про него я бы не сказал отцу, но раз он спросил, врать я не мог и предъявил «смит-вессон».

Он внимательно осмотрел револьвер и строго сказал:

— Стрелять он уже не будет, проржавел ствол, но при желании его можно признать за огнестрельное оружие. Вышел новый указ о привлечении к уголовной ответственности подростков, начиная с 12 лет. Я сейчас отнесу эту штуку в милицию и сдам, пока сюда не пришли... С этим шутить нельзя! Другое дело — охотничье ружье, всякий знает его назначение, но револьвер — оружие боя! Не тащи ты домой всякой дряни... У тебя есть воздушное ружье — и довольно!

Но страсть к оружию жила во мне еще долго.

СВИДАНИЕ В ГУЛАГЕ

Спустя год мама добилась разрешения на свидание с Бабушкой и в свой отпуск отправилась в далекий путь до Караганды на поезде, а оттуда еще несколько сот километров на попутных машинах в Кара-Калпакский лагерь. Много лет спустя я прочел у Солженицына описание этого лагеря под названием «Долинское». Это была зона на десятки и десятки километров в открытой степи.

— Бабушка наша осталась собой, — рассказывала мама, вернувшись, — в лагере она, с разрешения начальства, принимает больных. И охрана идет к ней лечиться, она обрадовалась, что я привезла ей лекарства. Но тюрьма есть тюрьма... Тяжким было наше расставание: мама стояла у ворот, где охрана лагеря, я должна была ехать с попутной машиной. Она перекрестила меня и заплакала. Увидимся ли еще? А потом я ехала в грузовике через степь. Прожектора, вышки... Вдруг машина остановилась. Я сидела с шофером, он тоже из заключенных. Он вышел их *з* кабины и сказал: «Сбились с пути». Пошел совещаться с другими, сидевшими в кузове. Я сидела ни жива ни мертва. Вернулся и снова повторил, что сбились. Чувствую, они что-то замышляют. У меня часы, кольцо обручальное, деньги... Я улыбнулась, достала портсигар и сказала: «Ну, что ж закурим...» Он снова пошел к тем, что в кузове, вернулся, сел в кабину, машина рванулась и дальше ехали, не останавливаясь.

Стояло лето 1939 года. Отец уехал с киногруппой на Памир снимать фильм «Тревога в горах». И здесь я хочу вспомнить о той, кто осталась верной нашей семье. Мама хлопотала за Бабушку вместе со своей дальней родственницей Ольгой Халишвили; в гражданскую войну ее родители погибли: по словам самой Ольги, были расстреляны белыми. И Бабушка взяла Ольгу, ровесницу своей дочери, на воспитание вместе с Верой. Еще она взяла в дом Люсю Бадмаеву — дальнюю родственницу со стороны деда. И дала ей образование. Но в 1937 году после ареста Бабушки, Люся ушла от нас и более не появлялась. А Ольга, хотя и была член ВКП(б), принимала участие во всех хлопотах и носила передачи в тюрьму, ругалась с прокурором, крича: «Моего отца расстреляли белые, я за советскую власть жизнь положу, но Бадмаеву вы, сволочи, ни за что посадили!.. Доберусь до Сталина!»

Как ни странно, но это ей сходило и даже прокурор робел перед ней.

— Аида! — говорит Ольга, — С ними только так и надо! Это ж сволочи, бюрократы... Опошляют идею!.. Жаль я ему не набила морду...

«ПРОЩАЙ... ПОРА... ЗОВЕТ...»

Кулюше было под девяносто. Но она была бодра, ходила, распоряжалась, на Пасху и Рождество выпивала рюмку водки. Помню, как однажды, она, взяв в руки платок, с русской удалью прошла круг, напевая: «Пить будем, гулять будем, смерть придет — помирать будем...»

В тот год, однажды летом Нина тревожно сказала мне: «Боря, езжай в амбулаторию, чи поликлинику, к маме! Кулины Яковлевне плохо...»

Я вскочил на велосипед и помчался по Старпарголовскому к Поклонной горе, выехал на Выборгское шоссе и вскоре уже съезжал к озеру, на северном берегу которого стояла мамина 29-я поликлиника. Очевидно, мама увидела меня из окна своего кабинета: я встретил ее уже в коридоре, идущей мне навстречу. Узнав, что Кулюше плохо, она тотчас закурила и велела мне ехать домой, ее подбросят на скорой.

Когда я вернулся, мама сидела у постели Кулюши. На плите кипятился шприц. Но он так и не понадобился. Кулюша скончалась на руках мамы, успев лишь сказать: «Прощай, Аидушка... Пора... Зовет... Схорони по-христиански».

И душа ее отлетела. Мама закрыла ей глаза, перекрестилась и вышла из комнаты. Смуглое лицо ее было серым.

Меня отправили к знакомым, чтобы я не видел грустных подробностей. Но в день похорон привели проститься. В большой комнате стоял гроб с телом Кулюши. Шла панихида, пахло ладаном. В комнате у гроба стояли удельнинские старушки в черном. Робко подняв глаза, я увидел спокойное, красивое лицо Кулюши в гробу. Акулина Яковлевна была похоронена на Шуваловском кладбище в той же ограде, где и дед, Петр Александрович Бадмаев.

А вскоре мы с мамой встречали отца. Он был как всегда в своей брезентовой робе и на привязи вел крупного щенка овчарки. Я бросился к щенку. Папа сказал:

— Осторожнее, это — волчица, действия непредсказуемы...

Потом он взглянул на маму, сказал печально:

— Что? Акулина Яковлевна?

Мама кивнула и заплакала.

А черноглазая украиночка Нина собиралась замуж. За ней ухаживал молоденький лейтенант. В то время командиры Красной армии были кумирами среди нас, ребят. Лейтенант показывал мне свой наган и, вынув патроны из обоймы, позволял щелкать курком. Он бывал у нас почти каждый вечер. А Нина все бегала к маме советоваться. Но вот они зарегистрировались, и мы поздравили их. С месяц они пожили у нас, а затем лейтенанта перевели на Дальний Восток, и Нина уехала вместе с ним.

В начале 1940 года мы получили телеграмму:

«Выслана Опочино выезжаю двенадцатого московским проездом буду Ивановых Бабушка».

Мама держала телеграмму в руке, приложив другую руку ко лбу, как всегда в трудных ситуациях.

— Сережа, что это означает? — спросила она отца. Он улыбнулся:

— Полагаю, что Елизавету Федоровну освободили и дали вольную ссылку... Сколько было послано заявлений? Одно какое-то дошло до разумного человека. Возьмем карту, посмотрим, где это Опочино...

На карте мы нашли Опочку, как оказалось в телеграмме была опечатка. Мама поехала в Москву встречать Бабушку. Ее освободили из лагеря после трех лет заключения и дали «минус — 6», то есть право выбора, за исключением шести крупнейших городов, в том числе Москвы и Ленинграда. И Бабушка выбрала городок, лежащий между двумя этими городами, — Вышний Волочёк.

КАРТИНА, КОТОРУЮ БОЛЬШЕ НИКТО НИКОГДА НЕ УВИДИТ

Весной 1940 года после окончания Финской компании — короткой и не очень удачной для нас войны (именно эта полугодовая война окончательно убедила Гитлера принять решение о нападении на СССР) — произошел как бы незначительный эпизод; лишь спустя полвека я нашел подтверждение тому, что мне удалось увидеть...

Бабушка была устроена в Вышнем Волочке, ей сняли комнату в частном доме; решили, что я на все лето приеду к ней. Появились надежды, что скоро ей разрешат въезд в Ленинград. В доме царило хорошее настроение, и в одно из воскресений отец объявил, что открыт проезд в Финляндию, и предложил прогулку на нашей черной «эмке». Мы с мамой собрались ехать. Почти перед отъездом к отцу приехал его приятель художник Пликайс, вызвавшийся поехать с нами. Решено было прежде всего посетить музей И. Е. Репина в Пенатах, в Куоккале.

На старой границе по реке Сестре проверяли документы. Но нашу «эмку» пропустили без проверки. Мы ехали по шоссе, мимо пустых финских дач, кое-где были видны следы пожарищ. Подъехали мы к дому Репина — он был закрыт. Пликайс пошел узнать, не пустят ли нас, тем более, что он был членом Союза художников. Вскоре он вернулся и весело объявил, что директор музея — его знакомый по Академии художеств, приглашает нас прийти в музей.

В то время сохранился подлинный дом Репина. В передней я увидел висящую на стене табличку с надписью: «ЧТО ВЫ ЗАБЫЛИ?», — обращенную, видимо, к уходящим гостям дома. Затем поднялись в верхние комнаты, где висели полотна великого художника. Директор пояснил, что последние годы правая рука Репина была парализована и он писал левой рукой. Не буду описывать картин — они широко известны. Побывали в вегетарианской столовой Репиных с крутящимся столом, так, чтобы каждому было удобно взять то, что он выбрал.

Потом директор пригласил к себе в кабинет. Он о чем-то пошептался с Пликайсом и сказал, что может показать нам картину, но «сугубо между нами. А мальчик может погулять во дворе...» — добавил он.

«Да, он уже взрослый...» — заметил отец. Поэтому я не пошел на улицу, а остался в кабинете. Несколько полотен без рам, в подрамниках стояли, прислоненные к стене. Директор вынул одну из середины примерно метр на тридцать. Он не то что отстранил меня, но показал так, что картина была видна взрослым. Это еще более подхлестнуло мое любопытство, я встал на цыпочки и взглянул на картину через мамино плечо.

То, что я увидел, поразило меня не вдруг; сначала мне бросились в глаза три цвета: голубой, черный и красный. Вглядевшись, я понял, что в голубую гимнастерку одет мужчина, лет пятидесяти с бородкой и усами. И тотчас припомнил, что его лицо где-то видел: точно, на фото в старом дореволюционном журнале «Нива», — несколько годовых подшивок журнала хранились еще у Бабушки. Мужчина стоит как-то странно, будто падает назад... Увидел небольшую ранку у виска и понял, отчего у него полуприкрыты веки. Рядом с ним — мальчик, примерно моих лет, или поменьше, на коленях, весь в крови... Он еще жив, будто спрашивает, — что же это, за что?.. Мальчик находится между мужчиной в голубой гимнастерке и женщиной в длинном платье и с выражением ужаса на лице; руки ее тянутся к мальчику... Она тоже ранена. За ней, слева, еще девичьи лица, но уже в дымке... Кто-то протягивает вперед руки...

Это был голубой ряд, но в то же время и красный: все были в крови. А черный цвет — это стволы винтовок и револьверов. Но тех, кто стреляет, нет на картине, или лиц их не видно, лишь темные контуры...

... Я вглядывался и до меня медленно доходил весь ужас свершающегося. Из коротких реплик взрослых я понял, что это — расстрел царской семьи. Об этом я никогда не слыхал прежде.

— Лихо! Народная расправа... Названия нет? — спросил Пликайс.

— Нет. Условно — расстрел Романовых, точнее, казнь, — сказал директор.

— Ну, уж никак не казнь, — проговорил отец, вглядываясь в полотно.

— Это почему?

— Казнят по приговору суда. А суда, как известно, не было.

— Народ судил! Но в картине, по-моему, натурализмом и объективизмом попахивает. Ты как Шура считаешь? — обратился директор к Пликайсу.

— Да, объективизмом грешит. Но видна рука мастера. А подпись?

— С инициалом не ясно, а фамилия — Репин — отчетливо. Приедет комиссия, будем решать, что с ней делать.

— Насчет того, чтобы выставить в зале — сомневаюсь, — сказал Пликайс.

— Это очевидно, — усмехнулся директор, — нас не поймут... Нет!

Между тем отец неотрывно смотрел на картину.

— В запасники?

— А смысл? Единственный выход — списать.

Отец поднял голову и в этот момент я заметил, как мама незаметно дернула его рукой за рукав, чтобы он ничего не говорил, я уже знал это. Затем мама, улыбаясь, вдруг заговорила о том, что как хорошо, что музей уцелел и перевела разговор в другую плоскость. И продолжая улыбаться, поблагодарила директора за прием. Я с родителями вышел из кабинета, а Пликайс еще остался. Отец, мрачный, шел к машине. И мама уже не улыбалась. Тихо сказала мне: «Боря, пожалуйста, не говори никому, что здесь видел. Никому!..» Я это знал из разговоров дома. Одного я не знал тогда, не мог даже себе представить, что спустя два года, такие же стволы, хотя и в других руках, будут направлены в грудь моего отца.

О судьбе картины, на которой трагически ярко изображен расстрел царской семьи, я интересовался у искусствоведов, была ли такая картина у Репина? Специалист по творчеству И. Е. Репина мне ответила: «У Ильи Ефимовича Репина такой картины нет. Но о картине есть запись в дневнике его сына — Юрия Репина. Слава отца затмила его, но это был талантливый художник! Автор четырехсот полотен... Картина, о которой вы говорите, принадлежит его кисти. Но ее списали, а попросту — уничтожили, и сегодня вы — единственный, кто видел ее... Не осталось даже фотографии».

Вот все, что я узнал о картине, много лет спустя.

ЛИТЕЙНЫЙ, 4. ПОЛВЕКА СПУСТЯ. ТРОЕ В ОДНОЙ ЦЕПИ

Ленинград. 1991 год. Литейный, 4. Высокое серое здание, называемое горожанами «Большой дом». Не знаю, сюда ли привезли моего отца после ареста, но нити шли отсюда. Меня встретил полковник, пригласил в кабинет и положил передо мной три дела: деда, Петра Александровича Бадмаева, его племянника Н. Н. Бадмаева и отца.

Я уже приводил документы, касающиеся деда: доносы на него, решения об аресте. Никакого обвинения против него не выдвигается, кроме того, что он монархист (с его же слов) и известный врач. А протоколы допросов в деле отсутствуют, видимо, их просто не вели.

В деле Николая Николаевича есть протоколы допросов. Он обвиняется в том, что еще задолго до революции, в 1912 году, будучи курсантом Военно-Медицинской Академии, был завербован японским резидентом Миякитой. И уже тогда начал передавать резиденту секретные материалы из академии. При этом не указывается, какую именно информацию передавал японцам Н. Н. Бадмаев. Это и понятно: если бы академия была артиллерийской, тогда ясно: оттуда можно, скажем, передавать чертежи новых орудий. А какую информацию передашь из лечебного учреждения? Следователь даже не ставит такого вопроса.

Просто:

«Вопрос: Вы передавали японскому шпиону секретные сведения?

Ответ: Передавал».

Все. По этому обвинению допрос окончен. Постепенно шпионско-террористическая деятельность Н. Бадмаева расширяется при новом строе. Обвиняемый консультировал больного Горького, ему покровительствовал предсовнаркома РСФСР В. В. Куйбышев.

«Вопрос: Как вы собирались отравить членов правительства?

Ответ: Неправильными методами лечения».

И по этому обвинению допрос окончен, хотя при нормальном следствии важно было бы установить, какими именно неправильными методами лечения тибетский врач хотел отравить членов правительства. Надо же знать эти «неправильные методы лечения»! Но признание получено и под листом стоит подпись: Н. Бадмаев. Я обращаюсь к своему собеседнику, полковнику и говорю ему о своих соображениях.

— Здесь совершенно определенно шел силовой допрос, — говорит он.

— Били?

— Очевидно, да. По-моему, об этом даже есть запись. — Он берет дело, листает его и возвращает в открытом виде. — Читайте, это уже не следствие, а суд.

«ПРОТОКОЛ ЗАКРЫТОГО СУДЕБНОГО ЗАСЕДАНИЯ.
28 февраля, 1939 г.

Бадмаев Н. Н. обвиняемый по статье 58, 1-а, 58,8, 58,11... виновным себя не признал и от своих показаний на предварительном следствии отказался. С японцами связан не был. На следствии дал показания под физическим воздействием. Уличающие его показания Ербанова и Ангоева знает и правдивость их отрицает. Судебное следствие закончено».

По всем нормам, после того как подсудимый отказался от данных им на предварительном следствии показаний, дело должно быть возвращено на доследование либо надо провести судебное следствие. Но суд удаляется на совещание, после чего выносит приговор: «По совокупности совершенных преступлений приговорить к высшей мере наказания — расстрелу».

— Смертный приговор без права на обжалование? — спрашиваю я полковника.

— Да. Существовал такой закон, принятый в день убийства Кирова, в 1934 г. — рассматривать дела КаэР без участия сторон и без права на обжалование.

Наконец я открыл дело отца. Ордер на арест. «Арест санкционирую» — и подпись прокурора, датированная 28 июня 1941 года. На шестой день войны!

Но арестован он был в ночь с 31-го на 1 июля. Расхождение в датах полковник объясняет тем, что у органов было много работы: прошла волна арестов. Даже среди наших ближайших соседей были аресты. А иных вызывали и предлагали в 24 часа покинуть Ленинград. О другом бы подумать! Хотя бы о том, чтобы рассредоточить сконцентрированное на Бадаевских складах продовольствие, спасти его от зажигательных бомб... Нет, прежде всего — аресты. Отец-то был командиром запаса, ему бы роту иль батальон дать!

...У отца было сильно развито предчувствие. За неделю до войны он повез меня по городу, показал Кадетский корпус, где учился до революции; побывали мы и на Миллионной улице, начинающейся от Дворцовой площади, где он когда-то жил; затем поехали на Смоленское кладбище, на могилу его мамы, моей бабушки, умершей до моего рождения. Он как бы прощался с дорогими его сердцу местами.

Первый допрос состоялся через полгода после ареста — в декабре 1941 г. Обвинения страшные: шпионаж, измена Родине, антисоветские настроения (все без каких-либо фактов!) и... связь с японским шпионом Бадмаевым, расстрелянным в 1939 году.

— Неужели они не могли проверить такой элементарной вещи: Николай Николаевич перестал бывать в доме у моей Бабушки в 1922 году, а мой отец появился здесь в 1926 году? — спрашиваю я полковника.

— В принципе ваш отец мог видеться с Бадмаевым и вне вашего дома. В протоколе есть вопрос: «Вам известен адрес Бадмаева?» Ответ: «Слышал, что он жил где-то на улице Петра Лаврова. Точного адреса не знаю».

— Но сам факт знакомства не доказан!

— А здесь вообще ничего не доказано, ни одно обвинение, — помедлив, ответил полковник. — Даже с позиции тех лет: «царицы доказательств», т. е. признания обвиняемого нет.

— Допрос шел, по вашему мнению, без применения силовых методов?

— По-моему, это очевидно. Ваш отец отрицает все, кроме очевидных вещей, которые не могли явиться составом преступления: то, что он учился в Кадетском корпусе и что его отец, ваш дед — невозвращенец.

— Но здесь-то отец никак не виновен...

— Это не обвинение, но — фон, я имею в виду то время. А здесь еще поездка в Бурятию в 1936 году.

— Спортивная, туристическая экспедиция, о которой писали в газетах! Оно прошли от Улан-Удэ по Селенге до Байкала, пересекли его и спустились по Ангаре...

— Прочтите это место, — предлагает полковник.

Читаю: «Вопрос: Какие поручения давала вам ваша теща Бадмаева?

Ответ: Да, действительно, Елизавета Федоровна просила меня по ее списку закупить лекарственные травы на местном базаре».

А ниже вывод следователя: «Поездка состоялась под видом сбора лекарственных трав». Криминал?! Но меня смущает сам вопрос: какие поручения давала отцу бабушка. Об этом-то откуда мог знать следователь? Видно, здесь был донос, которого в деле нет. Далее обвинение: «Хранение секретных документов». Серьезное обвинение. Что в основе его? Отец объясняет: в 1930 году его попросили написать сценарий «Дизель» для показа в морских училищах. Сценарий был написан, но по каким-то причинам не поставлен. И черновик пролежал в столе отца одиннадцать лет и был найден при обыске.

— В этом сценарии были какие-то секретные сведения? — спрашиваю полковника.

— Никаких. Речь идет о дизеле 1914 года. Но это — фон, что и требовалось.

Читаю протокол допроса:

«Вопрос: Вы были в Агинском Дацане?

Ответ: Не был. Он находился в стороне от нашего маршрута.

Вопрос: Значит, вам известно, где находился Дацан?»

Боже, какая убогость!.. Дацан — это буддийский храм. Даже если бы отец побывал в нем, то что? «Ошибкой» отца, если уж так говорить, было решение поехать в экспедицию. Этим он привлек внимание к себе. В те времена нельзя было привлекать внимание к себе. Чкалов мог по личному разрешению Сталина лететь через полюс в Америку. Это другое, это политика. А здесь самодеятельная экспедиция с востока на запад. И — фон, фон!..

Обвинительное заключение заканчивается так: «Гусев-Глаголин С.Б. является крайне подозрительным по шпионажу и социально опасным элементом». А далее «Постановление особого совещания, от 22 июля 1942 г.»

«Гусева-Глаголина С.Б. как социально опасный элемент заключить в исправительно-трудовой лагерь сроком на пять лет, считая срок с 1/VII 1941 г.»

— Видите, ОСО отвергла все недоказанные обвинения, — говорит полковник.

— И тем не менее, пять лет!

— Это минимум, который давали тогда.

...Я несколько дней провел за изучением папок с делами. И я еще вернусь к этому.

ПОСЛЕДНИЙ СПОКОЙНЫЙ ГОД

Как памятен мне довоенный Волочек, где я провел с Бабушкой лето 1940 года! В западной Европе такой городок с его многочисленными каналами, шлюзами, церковью, стоящей в центре перед водохранилищем и чудно отражавшейся в его водах, — в золоте купался бы от одних туристов... Это зеленый городок на воде — со своими торговыми рядами, гостиным двором, лавки которого были, однако, закрыты за ненадобностью. Перед войной вышневолоцкие магазины были совсем пусты, и я выстаивал очереди за хлебом. Но на рынке бывали мясо и рыба и молочные продукты, — по более дорогим ценам.

Для Бабушки сняли приличную комнату на окраине Волочка и вскоре уже в городе знали, что приехала «сама Бадмаева», и к ней потянулись и местные, и москвичи, и ленинградцы, имевшие те же «минус шесть». Елизавете Федоровне Бадмаевой было предписано каждую неделю отмечаться в местном отделе НКВД.

Бедно жила провинция. Вышневолоцкие жители даже не могли ездить по своим надобностям в Ленинград или Москву. В кассах продавали билеты на поезда лишь по предъявлению паспорта с московской или ленинградской пропиской, или командировочного предписания. Я привез с собой волейбольный мяч и этим тотчас прославился: обычный мяч был редкостью для тамошних ребят. То лето было самое вольное: Бабушка не делала никаких запретов.

В конце августа Бабушка провожала меня, на перроне держалась бодро, но когда подошел поезд, она едва сдерживала слезы... Она стояла на перроне одна, и так мне и запомнилась ее одинокая фигура. И десятилетия спустя, проносясь в дневных экспрессах из Ленинграда в Москву, я после станции Бологое все ждал, когда же появится знакомый вышневолоцкий вокзал, та платформа, где когда-то стояла Бабушка и губы ее странно сжимались, чтоб не выдать слез. Экспрессы не останавливались в Волочке, — видение промелькнет и исчезнет...

Сороковой год был, пожалуй, самым благополучным в нашей семье. Папа напечатал по материалам экспедиции повесть «Загадка Байкала» и путевые очерки; маму направили в адъюнктуру при кафедре хирургии Военно-Медицинской академии. И у меня к этому времени наладились отношения с классом. Теперь одноклассники часто собирались в нашем дворе смотреть на волчицу, которую отец назвал Катькой. Она вымахала в здоровенного зверя: в отличие от собаки у нее всегда был опущен хвост и она не лаяла, а выла по вечерам. Она была привязана на цепи к толстому суку сосны, так что получалась довольно большая площадка для гуляния. Зимой, пренебрегая будкой, она спала на снегу, летом пряталась за будку от солнца и внимательно следила за границами своей территории, и если кто-то входил в ее пределы, она на него бросалась. Но все знали это, и никто не входил, кроме папы и меня. И отец строго предупредил меня, чтобы я подходил к ней лишь в ватном таджикском халате, который он привез с Памира. Раз в неделю папа приводил ее в дом на цепи, доберман Гарька протестующе рычал, словом, начиналась веселая свалка. Я любил играть с ней. Бывало, подойдешь к ней в халате, подставишь руку, она хватает, но не больно, видно, понимает, что это игра. Однажды все же я пострадал по своей вине. Пришел к ней поиграть. Дернул за лапу, она оскалилась, и верхние губы поднялись, обнажив острые передние клыки... Она показала, что не расположена играть. А мне хотелось, я вновь дернул ее за лапу, и тогда она кинулась...

Я привычно подставил полусогнутую руку, но по тому, с какой силой она стала вгрызаться с ватный рукав, понял, что это не игра. Однако справиться не мог: она повалила меня, кусала руки, подбиралась к горлу. Я как мог противился, катался по земле и, наконец, удалось выкатиться из ее владений. Но подняться уже не смог: руки были как чужие. Ломило. Потом оказалось, что все руки в огромных синяках. Я скрывал их от родителей, боясь, что мне вовсе запретят подходить к Катьке.

МУДРЫЕ ЛЮДИ УХОДЯТ ВОВРЕМЯ...

Отец Мишки, Егор Петрович Курочкин, вернулся из тюрьмы, отсидев три года, кажется. И снова он ходил по двору, засунув руки в карманы брюк. Однажды я подошел к Мишкиной хибаре и уже хотел войти, но заметил сутолоку. В передней стоял Егор Петрович и покрикивал. Мишка с любопытством глазел... Что-то выносили из дома.

— Боком, боком! Наклонить надо, иначе не пройдет, говорят вам! — командовал Егор Петрович. — Боком! Вывалится она... Попридержать надо...

Они еще долго бранились, наконец, показался гроб — с Мишкиной бабушкой. Ее вынесли на улицу и поставили гроб на телегу. Раньше я часто видел покойную. Она то выносила помои, то стирала в деревянном корыте, то тащила охапку щепок со стройки на растопку плиты. Но я никогда не слышал ее голоса: она была молчаливая, вся в заботах старуха. И теперь меня поразила приземленность, простота того, как все это делалось, как, переругиваясь, несли гроб, как взвалили его на телегу — не дроги. И это простота таинственной смерти поразила меня так, что я не мог сдержать слез. Мишка заметил и рассмеялся:

— Ты чего, Борька, плачешь? Смотри, и верно!.. Да ей уж знаешь сколько лет-то!.. Папка сказал: пора, зажилась...

Позади гроба, с красными от слез глазами, шмыгая носом, стоял Толя, младший брат Мишки, — он был другой породы, в мать.

170

Кулюша и Мишкина бабка Феня ушли вовремя, чтобы не опоздать, чтобы не лежать не захороненными, не тревожить родных заботой, где взять гроб...

«ЭТОТ ГОД НАДО ПЕРЕЖИТЬ...»

И потекли последние относительно спокойные, мирные месяцы. Бабушка была близко, и появилась надежда, что ей скоро вовсе разрешат вернуться в Ленинград. У нас бывали гости, и мама часто садилась за рояль. Папа загорелся новой идеей — поехать на Лену и пройти на лодке до Ледовитого океана. В этой экспедиции должен был уже участвовать я. К концу 1940 года замысел поездки на Лену принял настолько реальный характер, что куплен был материал для паруса. Продумывался маршрут и стоянки. Но уже в январе сорок первого отец перестал говорить об экспедиции. Даже мама удивилась:

— Что-то ты про Лену замолчал!

— Нет, в этом году я не поеду... Этот год надо пережить.

— А что такое?

— Не знаю, но что-то будет: либо голод, либо война.

С этого дня он начал делать продуктовые запасы.

Отец говорил, вернувшись со службы:

— Ты заметила, на бывшем участке Елизаветы Федоровны повалился забор? Очевидно, столбы не просмолили...

— Я, когда иду мимо того места, отвожу глаза, — ответила мама.

— А я пошел через сад, напрямик. Бассейн опять превратили в помойку, в оранжерее все стекла побиты — полное разорение! Кусты поломаны... Я понимаю: ну, отобрали, так хоть использовали бы с толком! Нет. Очевидно, в том и состоит цель, чтоб все разорить, разрушить!

Мама беспомощно пожала плечами. Ей хотелось верить, что все это частности, недоразумения, наконец, отсутствие культуры... Но сам принцип правилен, иначе для чего, ради чего принесены такие жертвы? Неужели и здесь все бессмысленно и жестоко? Но ведь есть же что-то положительное... И надо во что-то верить, иначе — как жить?

Но жить даже той, относительно спокойной жизнью, оставались считанные недели: война была у порога.

ПРИЕЗД НИНЫ.
ЗВЕЗДЫ НАД НАШИМ ДОМОМ ВНОВЬ ЗАНИМАЮТ ОПАСНОЕ ПОЛОЖЕНИЕ

От Бабушки пришло письмо, она писала, что ее вызвали и объявили: «Вам назначен сто первый...»; это значит, что разрешается жить на 101-м километре от Ленинграда, скажем в Малой Вишере или Чудове.

— Я должна выехать из Волочка? В какой срок? — спросила Бабушка.

— Ваше дело! Вам дали послабление; не хотите воспользоваться — как хотите.

Снова волнения. Решили: надо переезжать, очевидно, это еще одна ступень к Ленинграду. Остановились на Чудове, оно в 120 километрах от нас — три часа езды на поезде. «Все-таки это сдвиг! Я в воскресенье могу утром поехать к Бабушке, а вечером вернуться назад», — говорила мама.

Мы с папой поехали в Чудово, сняли для Бабушки комнату и перевезли ее из Вышнего Волочка. Теперь начались поездки в Чудово — маленький городишко с единственной примечательностью — красивым, старинным каменным храмом, оборудованным под какой-то склад.

В мае мы неожиданно получили письмо от Нины, бывшей домработницы. Путая русский и украинский, она писала, что мужа ее, лейтенанта, переводят в другую часть, на Север, и просила разрешения на время, пока он устроится, — недели две-три — пожить у нас с дочкой. Мама прочла письмо и положила его на стол, озабоченная. Зашедшей приятельнице говорила: «Не знаю, как быть... У Нины годовалая девочка, а Сережа работает по вечерам. Скажу Сереже — как он думает?»

Но, как я понял уже позднее, маму тревожило не только то, что ребенок будет мешать своим криком, — нечто другое: появление Нины в нашей семье было фатально связано с несчастьем. Как ни странно, но позднейшие события вновь подтвердили это! Вообще, мама была суеверна, — эта черта передалась ей от

172

покойной Кулюши. В то же время, Нина была очень честный и преданный нашей семье человек.

Вопрос о ее приезде был решен в тот же вечер. Узнав о письме, отец удивился:

— Странно! Она с Украины, у нее там много родственников, а просится к нам... Впрочем, что такое родственники, я знаю. Пусть едет. Возможно, это и кстати.

— Но учти: ребенок может кричать.

— Пусть идет, как идет. Сейчас ничему не надо противиться... Комната Акулины Яковлевны пуста. Так и ответь или телеграфируй, — сказал отец.

И вскоре приехала Нина со своей Лялей. Девочка оказалась очень тихой. Нина энергично взялась за хозяйство, будто и не уезжала.

Отсчет последним мирным дням начался.

УТОМЛЕННОЕ СОЛНЦЕ НЕЖНО С МОРЕМ ПРОЩАЛОСЬ...

Однажды, вернувшись вечером, в начале июня, отец сказал маме:

— Аидочка, ты не возражаешь, если у нас поживет Лелин Шурик? У них там с дачей что-то не вышло. Леля привезет его в воскресенье.

— Господи, конечно! Боре будет только веселей. Мальчики ладят.

Шурик был сыном старшей сестры отца Ольги Борисовны, по мужу — Гинсбург; мальчик на год младше меня, очень развитой, городской мальчик. Внешне он, кажется, больше походил на отца, Александра Наумовича, но глаголинский характер и неумение контактировать были свойственны и ему: у него тоже были сложности в классе. Однажды случилось, мальчишки столкнули его в Фонтанку на хрупкий лед, он едва не утонул, спасли прохожие. Он был математик и отлично решал задачки по алгебре, которые мне были не под силу.

И вот в воскресенье мы сидим у нас в столовой и пьем чай с тортом, который привезла Ольга Борисовна. Она по обычной своей привычке — смотреть на кого-то, будто изучая, — долго смотрит на меня:

— Аида, он все-таки в вас, и чем старше становится, тем это заметнее.

— Верх лица — мой, восток, а подбородок типично глаголинский. Взгляните в профиль!..

— Да, представьте!.. И у Шурика моего: нос и лоб — отцовские. Он, к сожалению, уезжает на днях в Алма-Ату, везет труппу...

— Александр Наумович уезжает? Надолго? — спросил отец.

— Практически на все лето. Предстоят гастроли...

— Алма-Ата, горы, — это прекрасно! А чего ж тебе и Шурику не поехать с ним? — спросил отец.

Ольга Борисовна улыбнулась очаровательной, беззащитной улыбкой.

В тот вечер я случайно услышал, как мама сказала отцу: «Ты напрасно заговорил об Алма-Ате, только расстроил Олю». Ответа отца я не слышал: мне было внушено, что подслушивать — дурно, но я успел понять, о чем речь. Позднее стал свидетелем семейной трагедии.

Настали неповторимые дни. Мы с Шуриком катались на велосипеде, ходили купаться на озеро. Я вижу большой пляж на берегу Первого озера. Он усеян телами загорающих довоенных ленинградцев; тела эти скоро лягут навечно у Пулковских высот, под Лигово, или будут свезены на Пискаревское кладбище. Но пока, ни о чем не ведая, люди загорают в Озерках, бегут смотреть на очередного утопленника, без которого не обходится ни один летний день, жуют бутерброды, стоят в очереди за пивом, слушают привезенные с собой патефоны. И над пляжем несется вошедшее перед войной в моду танго «Утомленное солнце».

«ПРОСНИСЬ... ВОЙНА!..»

— Сережа! Сережа! Проснись, послушай, что рассказывает Боря...

Отец ездил в эту ночь на Финский залив на рыбную ловлю. Мы с мамой входим в полутемную от задернутых занавесок комнату, где спит он. Утро 22 июня. Я только что вернулся из нашего сосновского магазина, куда меня послали за булкой к завтраку. Обычно пустой магазин сегодня был до отказа забит поселковым народом, очередь за крупой и сахаром. Всхлипывания, тревожный говор: «Немцы... Война... Бомбили...» Из-за прилавка же завмаг громко говорила в толпу:

— Граждане, не поддавайтесь панике!.. У меня наряжена машина возить с базы продукты. Уже завезено на три месяца вперед. И никаких ограничений: мы и раньше отпускали не больше килограмма в одни руки.

На мгновение говор стихает и снова...

Возвращаясь домой, я все еще не уверен, что это серьезно, что, выслушав меня, папа не скажет: «Глупости все это!.. Наслушался каких-то сплетен». Но — нет. Отец внимательно выслушивает меня, приподнявшись на постели, говорит: «Аидочка, это ужасно... Война это кровь миллионов людей!» И я впервые вижу на его глазах слезы.

ПОСЛЕДНИЙ ВЕЧЕР С ОТЦОМ...

Время, которое, казалось, тянулось так медленно, вдруг развернулось, как отпущенная кем-то сильная пружина, и замелькали события, новости, слухи, сообщения.

Объявили всеобщую мобилизацию.

У подъездов домов появились дежурные с противогазами.

Маму отзывают с ее работы в военкомат — членом медкомиссии, как хирурга. Она уходит в восемь утра и возвращается в десятом часу вечера и позже. В связи с введением комендантского часа, ей выдают пропуск за подписью коменданта города, дающий право ходить в любое время. В первые же дни к отцу заезжают его приятели, среди которых инженер Николай Иванович Юшков, — он появился совсем недавно и купил у отца нашу «эмку». Быстро сдружился с отцом и ездил с ним на рыбалку.

Юшков (не видя меня, тихо отцу): «Сергей Борисович, я знаю их мощь: через месяц, нет, через три недели они промаршируют по Невскому... Надо бежать! Немедленно».

Андрей Лукницкий (товарищ отца по кадетскому корпусу): «Не понимаю его стратегии. С севера, через Финляндию — было б естественней. Впрочем...»

Мама: «Представляешь? Огромный патриотизм!.. Я одного забраковала — дефект позвоночника — так он прямо молил: «Пустите, доктор! Я должен идти на фронт!»

Пликаис (скульптор, член ВКП(б), веселый и шалый): «А чего — повоюем! Сергей, как ты считаешь: будет голод?»

Отец: «Будет. Но я свою семью обеспечил».

Отец, конечно, не представлял себе масштабов будущего голода. Однако кое-какие запасы сделал заранее, предчувствуя грозные события. И даже эти запасы выручили бы нас, но тот же Пликаис, уже позднее, использовал наивное признание отца и мою простоту...

Нина (она у нас, об отъезде нет и речи, и родители довольны, что я не один): «Сергей Борысыч! А як же с волком? За крупой — очередь, дают кило в одни руки... А ей да Гарьке полкило овсянки в день дай, — где брать?»

Отец: «Это проблема. Придется отдать Катьку в зоосад. Гарька — старая собака, жаль...»

Но этих проблем он решить не успел.

31 июня в десять вечера отец зовет меня в свою комнату. Я вижу принесенный из сарая зеленый ящик кубической формы, внутри он обит фанерой. Этот ящик небольшой, но емкий, отец брал с собой в экспедицию. Сейчас он укладывает в него пакеты с рафинадом и крупой, которые припас еще с зимы, и говорит:

— Пока не ложись. Чуть позже, как стемнеет, пойдем за сарай. Я закопаю этот ящик с продуктами в землю, а ты запомнишь точное место — где. Меня не будет, мамы, вероятно, тоже не будет. Откопаешь ящик, если голод придет. Но только в самом крайнем случае! Когда уж совсем станет нечего есть... И — никому ни слова. Мама, естественно, знает, но что и где — это ты. Ты уже взрослый, — он внимательно смотрит на меня и добавляет: — А курить не надо! Даже пробовать.

И я чувствую, как кровь приливает к лицу. Я не курю, но — пробовал. И хорошо, что отец отвел взгляд. А может, он нарочно отвел?

Ближе к полуночи идем за сарай. Это самый укромный угол двора. С одной стороны — стена длинного сарая, а от него, метрах в двух, параллельно, — плотный забор между нашим и соседним участком. Получается коридор в бурьяне. Отец начинает копать, а мне говорит:

— Ты встань у сарая с той стороны, и если кто-то покажется из посторонних, крикни: «Катя, Катя!» — будто зовешь волчицу.

Но никто не является. Отец зовет меня за сарай. Показывает место, где закопан зеленый ящик и велит запомнить. Мы идем к дому, хлопает калитка, наверное — мама. Мы идем ей навстречу... Да, это мама, но не одна: с ней — Алла, высокая молодая женщина из дома напротив. И еще кто-то у калитки, кто — не видно, — белые ночи еще не кончились, но пошли на убыль...

Мама пропускает соседку вперед, и они скрываются в комнате, дверь плотно прикрыта. Очень скоро выходит Алла и почти бежит через кухню. За ней — мама, взволнованная. Закуривает...

— Представляешь, она мне сейчас предложила взятку?! Я так растерялась, что не вдруг отреагировала. Говорю: «Уходите».

— Взятку — за что? — спросил папа.

— Чтобы я признала ее мужа непригодным к службе. Сует какие-то справки и деньги... А может, это провокация и **они** проверяют, не возьму ли я? Тем более, кто-то стоял у калитки.

— А это разве не муж ее? — спросил отец.

— Нет, не муж... Мужа я знаю.

— Странно. Если провокация, они, конечно, переписали ее купюры, номера их, и, если б ты взяла, явились бы через двадцать минут. Все! Примитив, кстати, запрещенный законом. Бог с ним... Скажи, Аида: а много таких, кто пытается симулировать, кто не хочет на фронт?..

Мама грустно улыбнулась:

— Есть, конечно... Главным образом, средний возраст...

Уже за полночь, меня тянет ко сну.

— Ступай, Борюшка, у тебя глаза закрываются, — говорит мама. Но я продолжаю сидеть, прежние нормы послушания уже не действуют, наступило **другое** время. И взрослый разговор при мне продолжается.

— А наши орденоносцы обходят фабком стороной, — говорит отец.

— Почему? — спрашивает мама.

— Там идет запись в ополчение. Пожалуй, я завтра и запишусь.

— По приказу твой год еще не призван, — говорит мама. Словом, шел тревожный разговор.

Окончание разговора я слышу уже в постели.

— По-моему, это понятно! — голос мамы. И до войны, и особенно в начале войны мама была настроена очень патриотично. И даже после войны. Лишь в конце шестидесятых и в семидесятые годы она часто повторяла: «Боже мой, как прав был покойный Сережа... А я спорила, доказывала...».

Отец:

— В том и трагедия, что я пойду сражаться за Родину, но объективно буду защищать их беззаконие и произвол. *Вот именно.*

— Но ведь Родина — одна.

— Это все так. Я не ставил картин о революции и — пойду. А те, кто прославлял революцию и получал за то ордена, — уже нацелились на Алма-Ату.

— И все-таки подъем ощущается, он есть... Молодежь вся, — на фронт, на фронт!.. Забракуешь по здоровью, — «доктор, пустите!»

— Это — Россия! У нас из кадетского корпуса бежали на фронт целыми группами...

Я уснул.

НЕ ЖДАЛИ...

Я проснулся в тот момент, как меня целовал отец. Он стоял над моей кроватью, в черном драповом пальто, которое надевал лишь поздней осенью, и улыбался своей редкой особой, загадочной улыбкой. Он очень редко целовал меня, лишь перед дальним отъездом. И все это вместе: поцелуй, улыбка и пальто не ко времени — подействовали на меня, как удар тока. Отец сказал:

— Не плачь.

Это поразило меня еще больше.

— Я не плачу... Почему ты так говоришь?

— Но ты плакал как-то вчера или позавчера...

— Я не плакал!..

Отец уже стоял в дверях и улыбался все той же улыбкой. Потом он прошел через свою комнату и вышел в переднюю, но вышел не один, с ним еще кто-то, и тоже не один, а несколько человек. Затем отворилась и затворилась кухонная дверь, ведущая на крыльцо. Я вскочил и подбежал к окну. По саду к калитке шли четверо: впереди — отец в черном пальто, с небольшим чемоданчиком в руках; за ним трое в штатском; один из них нес охотничье ружье отца. Они подошли к стоящей на улице черной «эмке», отец и двое сели сзади, третий — рядом с шофером, и машина тотчас поехала к шоссе. Было семь часов утра.

В комнату вошла мама. Смуглое лицо ее было серым. Она внимательно оглядела меня, видимо, стараясь понять, догадываюсь ли я о том, что случилось. И — поняла.

— Так, за здорово живешь, явиться забрать человека — за что? Господи, вся жизнь на глазах! И в такое время! Ведь он собирался идти в ополчение...

— Они ничего не сказали?

— Не знаю. Ему они что-то показали, вероятно, ордер на арест. А главное, я связана с утра до ночи работой в военкомате и не могу даже начать хлопоты, выяснить хоть что-то... Где содержится?!

— А если я поеду?

— Нет, это абсолютно отпадает. С тобой вообще не станут говорить.

— Когда они приехали?

— Около четырех утра. Был обыск, но очень поверхностный. Заходили и сюда, где ты спишь... Старший сказал: «Не разбудите мальчика». Вели себя корректно, но...

Мама присела, закурила и сказала:

— Так... Надо сообразить, что делать сейчас. Я иду к Эрлихам — у них телефон — и звоню адвокату Киселеву, договариваюсь с ним о встрече днем... Попытаюсь встретиться с ним в обеденный перерыв. Что еще можно сделать?

— А тете Леле сообщить?

— Правильно. Она умная женщина и сможет что-то посоветовать. Ты ей позвони из автомата и просто скажи, что я прошу приехать в ближайшее воскресенье, — мы работаем до двух. Об аресте не говори. Спросит об отце — скажи, заболел. Все. Я пошла.

— Мама, а может...

— Что?

— Все разъяснится и к вечеру папа вернется?

Мама на мгновение задумалась и покачала головой:

— Нет, друг мой, НКВД — не та организация. Если арест санкционированный, это — не скоро. Интересно, знают ли у него на студии... Не оттуда ли идет? Ладно, сейчас некогда.

Мама быстро пошла вниз к Эрлихам. Я на кухню. Нина молча и сочувственно взглянула на меня. Отца мне было жалко, но серьезной тревоги не было. Я вспомнил, как братья отца — дядя Алеша и дядя Лева — всегда говорили: «Сергей ни в огне не горит, ни в воде не тонет», «Сергей найдет выход из любого положения». Наконец, — «Сергею всегда везет...»

Сглазили...

«ДО КОНЦА ВОЙНЫ ВСЯКИЕ ХЛОПОТЫ БЕСПОЛЕЗНЫ»

Ольга Борисовна нервно ходила по комнате и повторяла: «Бедные вы мои!», «Бедные вы мои!»

Нашему адвокату Киселеву удалось выяснить, что партия, в которой находится отец, направляется в Златоуст. Но он же сказал, что сейчас, до окончания войны, всякие хлопоты бессмысленны.

— Аида, а вы не можете поехать в Златоуст? Все-таки быть где-то рядом? Передачи и прочее...

— Оля, я мобилизована! И как только схлынет основная волна, меня направят в армию. На меня из горвоенкомата уже пришел запрос: военные врачи идут через горвоенкомат.

— Да, да, я понимаю, врач на войне — все!

Ольга Борисовна молча ходила по комнате, потом сказала, будто ее осенило:

— Я предлагаю сейчас же послать телеграмму Сталину. Да, именно ему! Такую примерно: Сережа... ну, естественно, фамилия, Сережа вырос в старинной, русской дворянской семье. Получил патриотическое воспитание в Кадетском корпусе — там прививали любовь к России... Он не мог стать предателем, изменником — исключено! И эту телеграмму подпишем мы все, включая Леву... Он мобилизован, но еще в городе.

Мама на мгновение задумалась.

— По-моему, это наивно, Оля... Сталину сейчас не до писем и телеграмм, попадет в те же органы. А там вспомнят, что ваш с Сережей отец в Америке...

— Там особый случай! У нашего отца, Бориса Сергеевича, характерец не из легких. Вы знаете, что он даже с Горьким поссорился, хотя в молодости они были дружны?..

— Это совсем другое, Оля, не стоит и вспоминать. Нет, это все не то. Я попробую заехать на киностудию: неужели их не интересует судьба человека, который проработал у них двадцать лет?!

— А вот здесь я вам скажу — нет. Им сейчас не до чего. Студия эвакуируется, там сейчас паника...Мне рассказывали, что один режиссер, требуя срочной эвакуации, заявил: «Меня немцы повесят в первую очередь, я ставил фильмы о революции».

— Вот за одно это следовало б судить, — резко сказала мама. — Паникеры!.. И еще мужчина! Поэтому мы и отступаем...

— Аида, но ведь немцы очень близко...

— Знаю. А что вы решили, Оля?

— Наш театр эвакуируется. Но я не еду.

— Почему?

— Я не могу бросить квартиру... Саше я телеграфировала в Алма-Ату. Он ответил: воздержись до выяснения.

— До какого выяснения? — Мама особенно жестко произнесла слово «выяснение».

— Но должно же что-то проясниться...

Мама с сомнением покачала головой:

— А Шурик?

— Вот его я хочу отправить с нашим театром. Я уже говорила с администрацией — пожалуйста, хоть двоих! Хотите, я отправлю с Шуриком Борю? Здесь возможны бомбежки...

Тут вмешался я и заявил, что никуда не поеду.

— У нас иная ситуация, — сказала мама. — Потом, в такое время — лучше не разлучаться. И вам нужно ехать вместе с театром, вместе с сыном. Введены нормы: что вы будете делать с иждивенческой карточкой?

— Подожду телеграммы или письма от Александра Наумовича...

Шурик уехал с театром, а Ольга Борисовна осталась беречь квартиру. Ее отправили рыть окопы где-то под Стрельной. В марте 1942 года она умерла от дистрофии.

Утром мама сказала мне:

— Я ухожу. Пожалуйста, встреть меня сегодня на остановке трамвая у Скобелевского. Вечером в полдесятого, если не будет тревоги.

— Поеду на велосипеде.

— Все равно. Я не хочу идти одна. Меня буквально ловят у остановки. Знакомые и незнакомые. И просят за своих сыновей, мужей... А я не имею права.

— Как это?

— Ну, мы, комиссия, решаем: годен — не годен, годен к нестроевой, ограниченно годен... Сидим в одном кабинете и вместе решаем. А односторонне выслушивать жалобы — не положено. Понял? И осторожнее на велосипеде, не выезжай на шоссе. И далеко не заплывай на озере! Чтоб я хоть за тебя была бы спокойна.

И я встречал маму на остановке недели две подряд, пока ее не отозвали из комиссии в распоряжение городского военкомата. И там произошло то, о чем мама рассказывала, как о чуде. Она получила назначение в дивизию, оборонявшую Красное село, под Ленинградом. Там шли тяжелые бои. То было время, когда решалась судьба города. Красное село расположено диаметрально противоположно нашему дому. И это тревожило маму: в случае прорыва немцев, мы бы оказались разъединены...

«Получив назначение, я выхожу в коридор, — рассказывала потом мама, — у меня одно в голове — как предупредить Борю, он на другом конце города, а главное, что будет с ним, если немцы возьмут город... Такие слухи ходили. Кругом военные. Я докуриваю папиросу и до меня, наконец, доходит: я — мобилизована, надо ехать под Красное, выполнять приказ. И вдруг двери кабинета, из которого я вышла с назначением в дивизию, открываются, выскакивает подполковник, увидел меня — схватился за голову: «Вы еще здесь?! Как удачно, что вы не ушли... Давайте назад свое предписание! Организуется новый госпиталь — там ни одного хирурга, а ночью поступает уже первая партия раненых. Направляем вас туда, вы там нужней...» Я спросила, где госпиталь. «На Выборгской стороне, в Политехническом институте. Езжайте прямо туда...»

Политехнический институт в пяти километрах от нашего дома, по ту сторону Сосновки.

Утром впервые она надела военную форму, — гимнастерку со шпалой в петлице, — военврач III ранга, что соответствовало званию капитана. Уходя, предупредила, что если поступят раненые, ночевать не придет.

Днем мы с ребятами ходили на озеро купаться. Когда я вернулся, волчица Катька лежала без движения, с пеной на зубах. Я побежал к Нине. «Можа, заболела», — сказала она. К вечеру Катька сдохла. Конечно, ее отравили, а что было делать? Я не мог везти ее в зоосад. Но в точности кто отравил, я не знаю до сих пор. И дознаваться охоты не было.

НЕМЦЫ МОГУТ ВЗЯТЬ ЛЕНИНГРАД?

Теперь мама жила в госпитале. Изредка забегала домой и приносила свой паек.

— Вчера у меня была беседа с нашим особистом, — сообщила она.

Я понимал, что это означает, и насторожился:

— О папе?

— Странно, но об этом он как раз не спросил. Возможно, проверял... Я сама сказала ему об этом — все равно б выяснилось.

— И что он?

— Ничего не сказал, но я поняла, что ему все известно. Сказал: «Работайте спокойно. Я пригласил вас, чтоб познакомиться, вы возглавляете крупное подразделение». Господи, я впервые услышала от них человеческие слова — и в такое время! Какой тут покой, когда бои уже у Пулкова!..

— Как?

— Так. Но об этом никому ни слова. Я-то знаю, откуда поступают раненые... Далеко от дома не уходи, слышишь? Все может случиться...

— Немцы могут взять Ленинград?

— Надеюсь, нет. Не дай Бог! Но все может быть... Тогда мы должны быть рядом и уйдем вместе с армией.

— А куда, мама? Город окружен.

— Очевидно, в леса... На восток. Потому и предупреждаю тебя: я могу в любой момент заехать за тобой на госпитальной машине. Всегда говори Нине, где ты находишься!

...В раннем-раннем детстве, когда я еще учился в немецкой школе, сколько-то, я уж не помню раз, повторялся эпизод, который запал мне в память. Идет урок пения, — он всегда бывал последним уроком... Наша учительница пения Эмилия Ивановна разучивает с нами новую песню на немецком языке с часто повторяющимся словом — «Дер ротармейстер» (красноармеец). Мы плохо понимаем слова, мотив — нудный, а за окном — май, солнце — так тянет на улицу! Хоть бы скорей прозвучал звонок... Но до звонка еще долго, томительно долго...

А Эмилия Ивановна с энтузиазмом вновь и вновь энергично бьет по клавишам и поет, поет от всей души, и порой ее голос даже дрожит от волнения, а мы заунывно подтягиваем. Ох, как долго длится урок! Закроешь глаза и мысленно представляешь себе, что ты уже дома и бабушка еще не уехала на прием и, ласково улыбаясь, говорит тебе: «Ну, Боричка, вымой руки и — кушать, я с тобой посижу немного...» Но новый энергичный удар по клавишам: «Дер ротармейстер!» — и в душе полная безнадежность: нет, этот урок никогда не кончится! Или звонок испортился...

Эти мгновения настолько запали мне в память, что иногда и ныне мне кажется: закрою глаза, открою — и я снова там, в далекой немецкой школе, и добрая Эмилия Ивановна вновь налегает на аккорды. В 1936 году вместе со своей директрисой она сгинула в ГУЛАГе.

А сейчас в паре с Гошей Куликовым я обхожу этажи в своей сто восемнадцатой школе, что на углу улицы Рашетовой и проспекта Энгельса. Старшие классы отправили на рытье окопов еще в конце июля. 1-го сентября занятия не начались, а нас, семиклассников вместе с учительницей Еленой Сергеевной назначали дежурить по школе — ночью.

Пустые, темные классы. Кто здесь будет прятаться и — зачем? Обойдя этажи, поднимаемся на крышу. Здесь не страшно, у карнизов решетки. В темнеющем небе видны змейковые аэростаты — слабая преграда немецкой авиации. Кругом ни полоски света, город затемнен. Вдали смутные очертания городских зданий.

— Гляди-ка, зенитки бьют! — вскричал Куликов.

В самом деле, высоко над городом мелькали огни от разрывов зенитных снарядов.

«А почему не объявляют воздушной тревоги?» — подумал я. Но уже через минуту завыли сирены. До нас доносятся хлопки разрывов, потом глухие, сильные взрывы: бомбежка шла где-то в центре города, а мы были на северной окраине его. В наш зеленый район самолеты не пошли. Наиболее интересными объектами, близкими к нам, были заводы «Светлана» и имени Энгельса — всего в трех остановках трамвая. Позже немцы добрались и до них.

А в ту ночь мы спокойно отдежурили, около двух пополуночи мирно улеглись на диване в канцелярии, проспали до утра, а когда рассвело, отправились по домам. Лишь позже я узнал, что именно в эту ночь — на 8 сентября — произошли два самых трагических для Ленинграда события: немцы взяли Мгу, замкнув таким образом кольцо вокруг города; теперь выехать из Ленинграда на Большую землю можно было лишь через Ладожское озеро. В эту же ночь вражеская авиация подожгла знаменитые Бадаевские склады, где были сосредоточены продовольственные запасы города. В 5-м томе «Очерков по истории Ленинграда» приведен такой эпизод:

«Вернувшись с пожара на Бадаевских складах, заместитель председателя Ленгорисполкома Н. Н. Шеховцов говорит: «Держали мы все это богатство в деревянных помещениях, притулившихся друг к другу. Вот и расплачиваемся за беспечность... Огонь поднялся метров на двадцать. Море пламени. Сахар течет расплавленной лавой. 2,5 тысячи тонн! Нет, не деревяшки виноваты, что город лишился продовольствия. Виноваты руководители, в том числе мы! У народа есть все основания вспомнить нас недобрым словом».

В первые месяцы войны власти не бездействовали, но делали все не то: арестовали, выслали из города десятки тысяч боеспособных людей — тех, кто был репрессирован; эвакуировали школьников, но куда?! Под Лугу, как раз навстречу наступающим немцам, а потом под бомбежкой обезумевшие родители искали своих детей, чтоб вернуть обратно. Понастроили бесчисленное количество амбразур внутри города, как будто они в чем могли помочь, если б немец взял город. Глупостей наделать успели, а необходимое — развезти запасы продовольствия по разным районам, рассредоточить его — не успели. А время было!..

Но надо отдать справедливость и тем, кто вовремя подумал о спасении города. Командование ЛенВО ожидало врага с севера, а он пошел с юга: здесь никаких оборонительных сооружений не было. 9-го июля пал Псков. Немецкие танки устремились к Луге! Молодой, тридцатилетний секретарь Лужского райкома Иван Дмитриев организовал рытье противотанкового рва. Разумеется, и военные здесь работали. Именно этот Лужский оборонительный рубеж задержал немцев на 36 дней! И, так и не взяв его, немцы пошли в обход: через Новгород, Чудово, но темп наступления был утрачен... За это время построили оборону у Пулкова... И Дмитриев, местный житель, с приезжим капитаном из штаба округа и наметили линию рубежа обороны; после взятия Луги уже с тыла, он ушел партизанить.

Бомбежки и обстрелы начались ранней осенью. К нам в сад пригнали человек пятьдесят женщин, и они под командой воентехника рыли окопы. Работали быстро и четко, просили попить, и я с кружкой бегал из кухни к ним. Выкопав окопы с бруствером и командной землянкой, ушли.

Скоро стали приезжать из центра города знакомые, родственники в надежде обменять вещи на продукты. Но вещи никто не брал. Это позже наладился обмен, но и тогда брали только спирт и золото.

Ночью к нам в дом приходили проверять, нет ли посторонних, и участковый велел мне заколотить окно на крыше, ведущее на чердак. «Неровен час, кто-нибудь там укроется и станет работать...» «Как — работать?» — не понял я. «Что, маленький, и не знаешь, как работают диверсанты?» Я закивал, будто понял, хотя смутно представлял себе — как. Во время разгула шпиономании ловили всех, кто вызывал подозрение; в стандартном поселке схватили полковника только потому, что он шел пешком: «Полковникам машина положена...»

Приезжал Шура Пликаис. Расспрашивал о продуктах, мол, отец ему говорил про запасы... Дважды я смолчал. А в третий раз он приехал и говорит: «Нехорошо, Борис, твой отец всем делился со мной... Вот сейчас и есть крайнее время! А прорвут блокаду — кому нужен будет твой сахар?!»

Это было в конце сентября, когда слова «дистрофия» еще не знали! «За сараем закопано?» — спросил он. Я кивнул, но не стал показывать где. Так он с ломом пошел и нащупал. Правда, половину отдал нам. Когда я рассказал об этом маме (она уже была в госпитале), мама вздохнула: «Что-что, а друзей отец выбирать не умел».

БЛОКАДА

Началась блокада. Госпиталь в Политехническом институте с его стенами двухметровой толщины стал для меня островком спасения. Эти стены выдержали удар полутонной бомбы, угодившей в северный подъезд; вестибюль пострадал, в здании вылетели рамы со стеклами, но само здание устояло. А мама вывела меня из вестибюля за несколько секунд до того, как бомба разорвалась — часового у входа разнесло в клочья. После этой ночи с 6-го на 7-е ноября 1941 года центральное отопление и электричество больше не работали, и госпиталь погрузился во тьму и холод, но продолжал функционировать, принимая в свои корпуса по две тысячи раненых. Десять отделений. В каждом — по двести и более человек. Мама была начальником 1-го хирургического. Она — одна хирург с семилетним стажем и под ее началом пять выпускниц мед-вуза. Ну и сестры и 250 тяжелораненых. В аудиториях, превращенных в палаты, ставили печки-буржуйки из листового железа. Но и их не хватало, а морозы стояли за 30 градусов. Питание у военнослужащих и раненых было немного получше, чем у гражданских, но у многих военных, как я у моей матери, оставались в городе дети, матери, старики... Я выжил лишь благодаря материнской помощи: ходил с котелком в столовую и приносил баланду в первый профессорский корпус, опустевшие квартиры которого были отданы начсоставу. Мама, конечно, пихала мне в рот еду... я слабо противился: «Нет, ты ешь». «Я уже ела! Ну, пожалуйста!» Господи, эти блокадные слова у меня в памяти! И они остались на всю жизнь, как и привычки. Я обменял золотые часы «Мозер» на картошку и полкило муки, принес из дома на Рашетовой немного продуктов маме.

Между мной и матерью была духовная близость, возможная лишь в то тяжкое время. Помню ранние зимние закаты, когда идешь в госпиталь по бесконечному пятикилометровому Старопарголовскому проспекту, помню опасный участок этого маршрута — мимо тылов заводов Энгельса и «Светланы», которых немцы постоянно обстреливали. И на этом пути непременно встретишь трупы, еще не занесенные снегом. И вот уже в сгущавшейся тьме вздымаются очертания главного корпуса, где мамино отделение и где на третьем этаже, по слухам, располагается командование — начальник госпиталя и комиссар... То были таинственные люди, которых никто не видел, да и опасно было показаться в палате, где лежат до тридцати человек с ранениями разной степени тяжести. Дымно — буржуйки, наскоро сварганенные, дымят. Холодно и голод. И два-три трупа лежат, не вынесенные, тут же.

И в то же время в этом же госпитале на виду у всех гуляла компания во главе с начальником продовольственного отдела. Устраивала ночные попойки с танцами под патефон. Приглашали хорошеньких медсестер, и те потом хвастали подругам: допущены! Сыты и пьяны.

Начпрод был фигура — красивый тридцатипятилетний мужчина в кожаном военном пальто, с портупеей и револьвером. Он ходил сияя и ничуть не стесняясь,

И вот он очередной сверх Idiotизм
Е. Г. N.

ни своего сытого вида, ни слухов об устраиваемых им пирушках. В январе 1942 года, когда врачи падали у операционных столов, санитарное управление фронта выделило на госпиталь пять дополнительных пайков, они так и назывались — хирургические. В числе пяти ведущих хирургов была и мама. Но никто из хирургов пайка так и не получил.

И вдруг по госпиталю прошел слух: комиссар вызвал начпрода и отобрал у него пистолет. После чего начпрода никто не видал.

Лютое время! Но все то блокадное время озарено надеждой: вот-вот прорвут блокаду, или союзники откроют второй фронт. И, если исключить воровскую банду начпрода, отношения среди людей были человечными, гораздо человечнее, чем сейчас. И поэтому, наверное, я порой с тоской вспоминаю то время, и в душе крик: «Пустите назад, в блокаду! Я снова готов совершать пятикилометровые марши по Старопарголовскому проспекту, видеть кровавые закаты, падать на снег при свисте снаряда и надеяться, надеяться!.. И главное, быть с мамой!»

А сейчас у меня в земной жизни никаких надежд нет. Надежда лишь, что сбудутся вещие слова: «И паки грядущего со славою судити живым и мертвым, Его же царствию не будет конца».

В памяти встают и другие картины. Зимний день. Раненые из выздоравливающих собираются группой — идти ломать заборы на дрова для печурки. Идут лишь с разрешения начальника отделений — медперсонал они вообще признавали и подчинялись беспрекословно, да и политруков признавали, хотя, случалось, и гнали из палаты: «Пошел ты со своей политинформацией!.. Сестру зови, санитарку зови!.. Судно подай!» — но это уже безногие инвалиды, доведенные до отчаяния. Когда кто-то из персонала входит в палату, — из разных концов несется: «Сестричка, кто там! Судно, утку и попить!» Эти слова мольбы «Судно, утку и попить!» — стали притчей во языцах у медперсонала.

У кровати бойца-ленинградца сидит женщина, жена или мать. Он ей что-то свое отложил, а она ему тоже чего-нибудь из дома принесла, иногда талонной водочки, — это не запрещали. И идут разговоры, строятся планы-надежды...

В начале весны 1942 года появился просвет. Восьмого марта в госпитале устраивается праздничный вечер в честь международного женского дня. В холодном помещении клуба собирается медперсонал в шинелях, ватниках, ходящие раненые в серых халатах. Комиссар делает доклад, а потом начинается самодеятельность. Один выздоравливающий лейтенант даже сплясал лезгинку. Затем вышла медсестра и запела. Зал замер. Я спросил у мамы, что это за песня? «Боречка, это ария из „Чио-Чио-сан"», — ответила она. Мне запомнились слова: «Я верю: корабль пристанет. Я это знаю... Мы будем счастливы...»

Как дивно, проникновенно звучал голос девушки с худым лицом и широкими скулами. Эта ария из классической оперы вдруг ответила нашим чаяниям, особенно слова «я верю: корабль пристанет». Так и мы верили, прорвут блокаду, и мы будем счастливы.

И блокаду прорвали. А в сорок четвертом и вовсе ее сняли. И корабль уже, кажется, показался вдали, а мы все ждали, ждали... Наконец, в 60-е годы долгожданный корабль наших надежд совсем было приблизился к нашему берегу. Мы уже видели близко его огни, слышали доносившуюся до нас чудную музыку...

Кто из тех, кому за пятьдесят, не вспоминает с ностальгией 60-е и 70-е годы?! Сколько появилось отличных кинофильмов, спектаклей и песен... А где же корабль наших надежд? Он приблизился совсем близко и вдруг стал отдаляться. И, наконец, исчез в тумане — какая жизнь ушла, а мы так и остались на берегу разбитых надежд. Правда, с «реформами», которые вот уже десяток лет все «улучшают» наше жалкое существование.

«Уважаемая Аида Петровна!

Поздравляю Вас с Международным женским днем!

Желаю Вам и Вашей семье всего наилучшего в Вашей жизни, работе.

Желаю хорошего здоровья и счастья.

Бывший тяжелораненый, которого Вы лечили в госпитале, расположенном в Политехническом институте в 1941—1942 гг.

Лапковский М. 7/III 1966 год».

Эта открытка попалась мне под руку в 90-е годы, когда я разбирал старые бумаги. Но фамилию эту я помню, и, кажется, смутно — облик. Это был очень тяжелый больной: осколочное ранение груди и живота...

На мамином отделении старшей сестрой была Анна Ивановна Попова, с которой мама очень сдружилась. Анна Ивановна была классическая старшая сестра, лет за сорок, которую беспрекословно слушали девочки-сестры. Очень порядочный человек. Контролируя отделенческий пищеблок, сама свалилась с дистрофией. У нее был муж, член ВКП(б) с дореволюционным стажем. Его не обошел тридцать седьмой год. В годы революции он был в плену у Колчака. Удалось бежать. НКВД доискивался, каким же образом ему удалось бежать из контрразведки Колчака. Обвиняли в том, что он был выпущен со шпионским заданием.

Алексей Яковлевич Попов был из крепких сибирских людей и выдержал допросы, не подписав ничего.

В 1939 году его освободили и восстановили в партии. Он вышел с подорванным здоровьем. В 1940 году у него обнаружили рак легкого, дали пенсию и отправили на инвалидность. У него, человека пожилого, опухоль развивалась медленно. В первые дни войны он пошел добровольцем, его назначили комиссаром крупного соединения на Ленфронте. Мы все ждали его приезда. Комиссар! Все может. Он приедет, и все перевернется.

И он приехал — усталый человек в морском кителе. Никакого мешка с продуктами, как мы ожидали, он не привез, а лишь свой суточный паек. Анна Ивановна всплеснула руками:

— Алеха, а мы-то думали! Ты ж большой начальник...

— Ну, так у меня тоже паек! Фронтовой, чуть больше вашего... Где ж брать?

— А что, твой начпрод не ворует?

— Воровал. Я его отправил под трибунал. И нынешнего предупредил.

В блокаду раковая опухоль Алексея Яковлевича остановилась, и он служил до сорок третьего, а после прорыва блокады — слег и умер.

Наверное, в марте, когда стало полегче, мама сказала, что берет увольнительную, чтоб побывать на киностудии «Ленфильм», — может, там что-то знают об отце. По утрам из госпиталя уходила грузовая машина за продуктами, на ней мама и уехала в город. Вернулась расстроенная.

— Как пусто. Те же переходы, те же коридоры, думаешь, вот покажется Сережа, как бывало. Никого! Нашла дежурную... работник отдела кадров. «Вы жена режиссера Глаголина?! И в армии?!» — «Я же врач». «А мы думали, он арестован из-за вас». — «Господи, почему же из-за меня?» «Но мы же знали, что Гусев-Глаголин женат на дочери лейб-медика и монархиста Бадмаева». Я спросила, почему они не поинтересовались, за что арестован человек, проработавший у них почти двадцать лет. Она лишь развела руками. Больше мне ничего не удалось узнать. Директор был в Смольном. К тому же это новый на студии человек. А кроме вахтера, больше никого там нет... Пустота, пустота!..

В самое суровое время, — декабрь, январь, я жил при госпитале у матери, но ходил домой, на Рашетову: там, в домоуправлении, ежемесячно давали продуктовые карточки; там я был прикреплен к магазину, отоваривавшему карточки; хлеб можно было брать в любом магазине, а крупу, масло растительное давали лишь там, где прикреплен.

В один из приходов я и обменял часы «Мозер» на муку и картошку. Вернулся, сел на кровать в кухне, привычным жестом сунул руку под подушку, где прятал бумажник. Бумажника не было. Я испугался. В этом большом бумажнике были самые ценные вещи: хлебные карточки, деньги, больше тысячи рублей, папино обручальное кольцо, которое он снял с руки и оставил дома, когда его уводили, мои метрики и, наконец, медный короткий карандашик — запал от гранаты РГД, который я очень берег, ибо без него спрятанная в подвале граната была ничто. И носил я запал с собой в бумажнике, когда шел в госпиталь.

— Нина, — сдержанно проговорил я, — ты не видела? Нету!

Она стала божиться, что не брала и даже перекрестилась, будто я и так не был уверен в этом! Потом спросила:

— А може, ты где оставил, потерял?

— Нет. Это точно. Положил и оставил здесь, как шел менять... Никто не заходил?

— Был! Твой Мишка... Так он постоял у дверей и ушел. С час будет. Если Мишка, откуда он знал, где бумажник?

— Это он знал.

— Боря! Он знал? Так и он вкрал. Я на минуту к Ляльке заглядывала. А ему и минуты не нужно...

— Значит, он.

Наверное, я, как и папа, не умел выбирать друзей. Но так сложилось: въехали Курочкины к нам во двор и появился мой ровесник Мишка. Я знал, что Мишка может стащить... И специально показал ему бумажник. Я же рассчитывал на его благородство!

— Боря! — сказала Нина, — дело, конечно, твое, а хочешь вернуть бумажник, ступай сейчас, пока он не проел, не растратил... Ох, твой Мишка!..

Было около шести вечера, темно. Пошел к Мишке прямо через пустынное Лихачево поле. И вот знакомая хибара, темница, в передней на полу лед, Нащупал ручку двери. Комната слабо освещалась коптилкой. У окна на кушетке лежал Толя, младший брат Мишки. Увидев меня, он не улыбнулся, как прежде, не удивился. Я спросил, где Мишка.

— Кто его знает... Ушел.

— Давно?

— Недавно. Подожди, может, придет.

Я присел на стул. Говорить или не говорить Толе? Или подождать Мишку? Все ж братья, как ни скажи...

— Борис, кто у вас в хлебный ходит? — спросил Толя.

— Я. Когда Нина. А что?

— Вот скажи: может быть так, чтобы каждый раз норму давали без довеска?

Я сразу сообразил, о чем речь: Толя уже не вставал, и в магазин выкупать хлеб ходил Мишка.

— Не бывает. Если бывает, то очень редко, когда продавщица отрежет тик-в-тик. Почти всегда с довеском.

— А Мишка каждый день без довеска несет мне мою норму. И говорит: «Так отрезали». Говорю:

«Хоть не ври, скажи, что съел». Бросит карточку, скажет: «Сам ходи!» Знает, что не могу...

— Встаешь?

— Нет. Если только пописать. Вот прорвут блокаду, прорвут же ее... Наемся досыта и встану.

Не встанет уже. Хотя передо мной лежал не прежний маленький Толя, а длиннющий малый: вдруг перед войной пошел в рост и обогнал брата и всех нас... Стыдился — ходил в прежней одежде, из которой вырос.

«Вот прорвут блокаду!..» А промерзлая, болотистая земля у пригородной деревни Пискаревка вела свой счет уже не на десятки, на сотни тысяч...

— Толя, Мишка взял у меня бумажник с деньгами и карточками.

— Он был у тебя сегодня?

— Был. Но меня дома не было.

С минуту он равнодушно молчал. Вдруг, как бывало прежде, когда он доказывал нам нашу мальчишескую неправоту в играх, Толя приподнялся на кровати и запальчиво проговорил:

— Он мне ничего не говорил, но входит, и я вижу, у него денег много. И что-то в шкафу спрятал. Я спросил: «Где взял?» «Нашел». Он и с мамкой чего-то говорил. Спроси ее, она сейчас в Башкирове, в очереди, растительное объявили.

Я пошел в магазин и в очереди к прилавку тотчас увидел тетю Маню в старом коричневом пальто. Увидев меня, она вышла из очереди, и по лицу ее я понял, какого она ждет от меня вопроса.

— Тетя Маня, Мишка взял у меня деньги и карточки... В бумажнике!

Она взглянула на меня такими же, как у Толи, глазами и ответила:

— Вот что он принес домой и сказал, что нашел. — Она достала мой бумажник. Я осмотрел его, там были кольцо, триста рублей.

— А карточки?

— Это все, Боря, что я нашла у него.

— Там карточки были, деньги тысяча рублей, еще и такой медный карандашик...

— Я велю ему сегодня прийти к тебе. Дома будешь?

Она говорила усталым голосом, и ей, видно, было

не до возмущения. Я взял бумажник и пошел домой ждать Мишку. Заглянул в холодные комнаты. Здесь на окнах не было маскировки и потому светло от лунного света. Все было как до войны: и книжный шкаф, и рояль, и круглый стол посреди комнаты. Шаги в передней, скрипнула дверь. Вошла Нина.

— Боря, иди!.. Мишка пришел, плаче... Карточки принес.

В кухне у дверей, размазывая по черному лицу слезы, стоял Мишка.

Вернул запал, карточки, 450 рублей, а остальные, сказал, истратил на полбуханки хлеба.

...Когда в один из весенних дней утром я шел с котелком из столовой в главный корпус, то, проходя мимо обычно тихого трехэтажного корпуса морга, заметил какое-то оживление. Приблизившись, понял: солдаты выносят мерзлые тела покойников, скопившихся за блокадную зиму. Дело было, видно, для этих солдат привычное: трупы не сгибались, их брали через плечо и клали штабелем на стоящую тут же полуторку. Все покойники были в одной форме — синие кальсоны и белые рубахи без воротничков. Отмучились...

Эпопея госпиталя 11/16 окончилась летом 1942 года. Это учреждение, как оказалась, одно из образцовых лечучреждений фронта, по просьбе большой группы фронтовиков, чьи семьи, не успев эвакуироваться, находились в бедственном положении, передали для гражданских лиц с тяжелой степенью дистрофии; своих раненых 11/16 отдал в другие госпиталя, а в Политехнический стали поступать гражданские...

А мама получила назначение в один из армейских полевых госпиталей. Я же чувствовал, что уже не могу быть «при маме», а должен найти свое место в войне. Хотя бы воспитанником в части. И я узнал, что берут: для разноски писем с полевой почты, для связи. И это мысль завораживала меня все сильней и сильней. И в один из дней августа 1942 года, на шестнадцатом году жизни — в благословенный час! — я переступил порог нашего Выборгского райвоенкомата.

«Я ЕДВА ВЫБРАЛАСЬ,
КРУГОМ БЫЛ ОГОНЬ...»

Еще до моего ухода в армию, в июне 1942 года, в блокадный Ленинград пришла весть от Бабушки из... Вышнего Волочка, который не был оккупирован, — немцы находились от него в шестидесяти километрах. Уже после войны выяснилось, как она оказалась вновь в том городе.

Первые недели войны Бабушка жила в Чудово, это в 120 км от Ленинграда, по железной дороге Ленинград — Москва. Весной 1941 г. мы с папой в одно из воскресений ездили навестить Бабушку. С началом войны связь с Чудовым прервалась. В августе оно было захвачено немцами. Как позже рассказала Бабушка, она все время ждала инструкции от НКВД, как поступать ей: фронт приближался. В городке начались бомбежки, пожары... Местные власти эвакуировались. Наконец после очередной бомбежки загорелся дом, где жила Бабушка. И тогда она, захватив с собой самое необходимое, ушла из города вместе с последними беженцами. Это было за день до взятия Чудова фашистами.

Толпа беженцев шла на северо-восток, в сторону Волхова. Бабушке к тому времени исполнилось 69 лет. В те годы она была склонна к полноте, не смогла успеть за уходящей толпой, отстала. Вот как она уже после войны рассказывала о своих приключениях или, точнее, злоключениях:

— ...Я вдруг заметила, что иду одна по лесной дороге. В небе с ревом проносились самолеты. Я шла весь день, еды со мной никакой не было. Вечерело, бреду и думаю, вот сейчас сяду на землю и уже не встать... И тут я заметила невдалеке несколько домиков, очевидно, то была лесная деревушка. Подхожу и вижу — у окна сидит девушка и такое у нее приятное лицо. Подошла и говорю: «Милая девушка, я очень устала, не ела с утра... Помогите!» (В этом месте Бабушка каждый раз останавливалась и плотно сжимала губы, чтоб удержаться от слез.) Боже, как она встрепенулась! Выбежала из избушки, подбежала ко мне, ввела на крыльцо... Дала мне поесть и уложила в постель. И только тогда спросила, откуда я. Ответила: из Чудова. «Так оно же сгорело все!» — «Да, я едва выбралась, кругом был огонь».

В доме никого, кроме этой девушки, не было. Наутро я хотела идти дальше, но она уговорила меня остаться и передохнуть несколько дней. Был вечер, я уже лежала в постели за занавеской, вдруг слышу мужские голоса. Кто-то вошел... И говорит девушке, хозяйке моей: «Настя, собирайся, они взяли Чудово и к утру будут здесь». Потом вопрос, очевидно, обо мне: «Кто такая?» Я вышла и показала свой паспорт. Вооруженный человек бегло взглянул... Оказалось, что это отец Насти и председатель Совета. Настя упросила отца взять и меня. Мы погрузились в машину и поехали, я даже не спросила куда. Приехали в глухой лес. Там было несколько землянок, в одной из них поселили нас с Настей. У костров сидели вооруженные люди в гражданском платье. Были и женщины. Вскоре выяснилось, что здесь что-то вроде лесного госпиталя, там больные, раненые... Так что мне скоро нашлась работа. Настин отец, начальник этого лагеря, или отряда, я уж точно не знаю, хорошо относился ко мне. С ними в лесу я прожила август, сентябрь, октябрь и половину ноября, старалась своей работой отблагодарить за внимание. Затем начальник объявил, что на зиму мне оставаться в лесу рискованно, и предложил доставить в ближайший город, не занятый немцами. Я подумала и назвала Вышний Волочек, где у меня были знакомые. Настя на подводе довезла меня до заставы, посадила в машину на Волочек, и мы распрощались.

В Вышнем Волочке Бабушка оставалась всю войну. Мама перевела ей свой командирский аттестат, Бабушку прикрепили к столовой для семей военнослужащих, и быт ее постепенно устроился. В 1944-м, когда сняли блокаду, мама впервые за войну взяла отпускное удостоверение и при всех орденах поехала к Бабушке.

ПОМОЩЬ... С ТОГО СВЕТА?..

Я демобилизовался в самом конце войны, в связи с полученной контузией. Вернулся в дом на Рашетовой. Мама демобилизовалась после окончания войны. Она тотчас занялась хлопотами об отце, но все кончилось единственным походом в МГБ, на Литейный, 4. Там ответили: «Обратитесь в районный ЗАГС по месту прописки». А в ЗАГСе выдали обычную стандартную справку о том, что Гусев-Глаголин Сергей Борисович скончался в Ленинграде 22 июня 1942 года от гемоколита.

И никаких сведений, что он был арестован!.. Но в начале войны было известие, что он с партией заключенных выслан в г. Златоуст, на Урал. Что же его вновь потом привезли в Ленинград? Ничего было не ясно. Но вернувшийся из эвакуации адвокат, посмотрев документы, сказал:

— Сожалею, но для вас это наиболее оптимальный вариант.

— То есть, как?! — с возмущением спросила мама.

— Вполне могло быть и так: осужден по 58 КаэР с конфискацией имущества.

— За что? На каком основании?!

— Я вам говорю, как могло быть реально, Аида Петровна.

— А как же Златоуст?

— Он, возможно, умер в Златоусте. Но, очевидно, не дождавшись суда. Потому и местом смерти назван город, где он был прописан. Могу сказать лишь, что не вы одна получили такой документ. Ни вы, ни ваш сын можете не указывать в анкете об аресте мужа, отца... У вас нет никаких документов об его аресте?

— Документов — нет. Есть лишь запись в Домовой книге. Очень короткая: арестован и — число. Но дом — частный и Домовая книга у нас на руках. Но я во всех анкетах указывала...

— Значит, и сыну следует указывать, чтобы не было расхождений.

Так и осталось. Был один не проясненный эпизод, доставивший моей матери много волнений. У нас в доме временно жила медсестра, прошедшая всю войну с мамой моей, — она ожидала очереди на получение площади, — простоватая, смешливая тверчанка из девок-вековух — Тоня. И раз, когда я вернулся домой на Рашетову, то застал мать в волнении. Спросил, что случилось.

— Борь, это я виновата... Заходил кто-то, а я не спросила... — отвечала Антонина.

— Ты опиши ему внешность, кто заходил, — строго сказала мама и, обернувшись ко мне: — Она описала внешность отца! Мало того: он обошел все комнаты, приложил руку к печке — чисто его жест: печка имеет чуть заметный наклон...

— Так! Показывала фотографию?

— Да. Говорит, вроде похож... Ну? Расспрашивал обо всех нас, о тебе особенно, о бабушке, обо мне... Очень заинтересованно! И ушел за пять минут до моего прихода.

— А что он сказал? Говорил что-то? — спросил я.

— Борь, он расспрашивал обо всех... Он ушел, но сказал, что зайдет еще, и я как-то не спросила фамилии... — сказала Антонина.

— Мама, но в любом случае, это не мог быть отец... И зачем бы он ушел? Нет, это исключено. Кто-то из старых знакомых.

Никто больше не вернулся, загадка осталась. Вообще, после войны многие искали старых знакомых, все как бы хотели вернуться в довоенное прошлое. В этой же истории непонятным был лишь чисто отцовский жест, — что он прикоснулся к печке ладонью: отец часто проверял, не шатается ли печь.

В Ленгорисполкоме нам без всяких препятствий выдали бумагу — вызов на Бабушку, ибо в Ленинград возвращались либо с предприятиями, либо по вызову родственников, имеющих жилплощадь. Я отослал бабушке вызов заказным письмом. Но вскоре она сообщила в письме, что ей предложено вновь еженедельно являться в Горотдел НКВД, для отметки. Такое требование предъявили к ней после того, кок Бабушка прописалась в Вышнем Волочке. Итак, предстояли новые хлопоты... Но в Ленинграде хлопотать было бесполезно, значит, снова заявления в Москву. Кому?

И здесь мы получили письмо от Бабушки. Писала, что решила написать лично Председателю Президиума Верховного Совета СССР М. И. Калинину.

«Надеюсь, Михаил Иванович еще помнит меня, — писала бабушка, — он был дружен с Ивановыми и свидетель того, как Петр Александрович поднял на ноги Марию Тимофеевну, считавшуюся ранее безнадежной».

Прочитав письмо, мама сказала:

— Калинин, конечно, помнит моего отца и маму, но ведь он не вмешивается в дела такого рода. В 1937 году я писала ему — безрезультатно. Лишь потом Мария Тимофеевна объяснила мне ситуацию... Он абсолютно не вмешивается в дела НКВД... теперь МГБ, кажется.

— Да, но здесь-то немного и нужно: один звонок из его канцелярии, — вмешался я.

— Разумеется. Ну, пусть пишет.

Так мы думали, надеялись, предполагали... Но случилось так, как не ждешь. Бабушка написала просьбу Калинину, — разрешить ей вернуться в Ленинград. Но буквально через неделю я услышал траурное сообщение по радио о смерти Михаила Ивановича Калинина. Значит, надежда на него — отпадала. Мама была расстроена, и от Бабушки пришло письмо. Мама прочла мне его вслух, и мне навсегда запомнились строчки: «Я так плакала, когда узнала о смерти Михаила Ивановича! То была моя последняя надежда провести с вами, не знаю, сколько мне осталось еще... Но так, видно, угодно Богу...»

И однажды, вернувшись с лекций, я стоял в большой комнате и смотрел на улицу. Вижу, вдоль редкого, покосившегося забора идет мама, держа в руках какой-то листок. Вошла, протянула мне листок, сказала: читай! Это была телеграмма: «Выезд разрешен скоро приеду бабушка».

— Ничего не понимаю... Может, она заболела с горя. Что ж, он с того света помог, что ли?! — сказала мама со слезами на глазах.

— Телеграмма послана сегодня утром, — сказал я, глядя на цифры.

— Тебе надо ехать в Волочек и все выяснить, и если действительно разрешение дано — привезти Бабушку.

ТАЙНЫ СТАРОГО СУНДУКА

В 1946 г. в Вышний Волочек ездил я.

Бабушку я не видел шесть лет; когда я увидел ее доброе, постаревшее лицо, передо мной тотчас встали картины детства, а Бабушка с трудом удерживала слезы радости. Я, впрочем, нашел ее бодрой и даже с планами на будущее. Она интуитивно сознавала свою роль: она осталась единственным специалистом врачебной науки Тибета.

Выезд был разрешен.

— А что же там, на Литейном, где я вела прием?

— Те комнаты заселили еще перед войной, Бабушка.

— А шкаф со множеством ящичков и номерами лекарств помнишь? Где он?

— Не знаю. Возможно, конфисковали с мебелью...

— А высокий серый сундук?

— В полной сохранности, стоит у нас, на Рашетовой.

— Слава Богу! Открывали его?

— Я смотрел. Там старинные рукописи на желтой бумаге, листы длинные. Толстая рукопись.

— Да, да, это то самое! Третья часть «Жуд-Ши». Петр Александрович успел расшифровать, но издать не успел...

— Там еще орешки серого цвета.

— Это миробалан, он входит в состав многих лекарств... Но там не только это! Что же, в доме никто не жил в войну?

— На втором этаже жили военные. Сундук, кстати, стоял незапертым. Может, и открывали, видят — бумаги... Кому нужно? По-моему, там еще весы...

Бабушка кивала головой, очень довольная.

— Ну, теперь, кажется, недолго ждать. Если Бог даст...

Я промолчал, не желая огорчать бабушку: знал мамино скептическое отношение к возможности возрождения тибетской медицины. Мама ценила труды своего отца, но смотрела реальнее на все это.

Вещей было немного, и мы быстро погрузились в пассажирский поезд — скорые здесь не останавливались. К Ленинграду подъехали под утро. Такси — немецкие ДКВ — только еще начали появляться в городе, поймать их было трудно. Я нанял обычную полуторку. Бабушка села в кабину с шофером, я — в открытый кузов с вещами, и минут за сорок доехали до дома.

Бабушку я привез на Рашетову улицу, 23 — в дом моего отца, который он выстроил перед самой войной. Сбылось его пророчество.

Летом, уехав с братьями и приятелем в экспедицию на Байкал, он писал моей маме: «Встреть меня светлыми, радостными глазами, пожми мне руку, продолжая ясно смотреть, и... ну, собственно, тогда я смогу даже дать планете нашей расписку, что все на свете уже получил...»

Эта фраза оказалась роковой.

Я замечал, что есть фразы, которые нельзя произносить, будто тебя подслушает бес. В 70-е годы я резко поговорил с режиссером Климовым, который искаженно вывел образ Бадмаева в своем фильме «Агония». Он, заканчивая спор, сказал: «Ну, что ж, фильм выходит на экраны, и мне остается вам только сочувствовать...» — и фильм его лег на полку на 12 лет. Впрочем, возможно, это и совпадение.

Войдя в дом отца, Бабушка всплакнула, что уже нет Акулины Яковлевны и Сергея Борисовича, с которым моя мать счастливо прожила пятнадцать довоенных лет. Мама встретила нас у подъезда, обняла бабушку и сказала: «Ну, теперь пусть хоть весь НКВД едет сюда — не отпущу!» Еще предстояло прописать Елизавету Федоровну, что в условиях режимного города было трудно. Но главное — она вернулась.

В тот же вечер я, взяв паспорт и заявление бабушки с просьбой о прописке, отправился к знакомой паспортистке Клавдии Ильиничне, — ее дочь Таня была моей одноклассницей. Поэтому я пошел к ней домой посоветоваться — они жили неподалеку, за Линдоном прудом.

— Ну что, бабушку прописывать надо? — улыбаясь, спросила хозяйка.

— А вы уже знаете, что она дома?

— Видел уже кто-то ее в вашем саду. «Бадмаева вернулась...» Померло много из старых, но кое-кто все ж остался. Да... Сейчас с пропиской туго, город закрыт. Если только по вызову с предприятия или по вербовке.

— Ей семьдесят четыре года!

— Все понимаю. Фамилия известная, не просунешь меж других дел... Паспорт с собой? Покажи-ка!

Я подал паспорт Бабушки. Клавдия Ильинична внимательно перелистала его. Вздохнула:

— Да, отметочка есть... В милиции на это смотрят. Надо б подстраховаться.

— Как это? — не понял я.

— Дать нужно, что ж тут не понимать!

— Кому?

— Кто кладет резолюции... Паспортный стол. Понял?

— И что я должен буду?..

— Да кто ж от тебя возьмет, — усмехнулась Клавдия Ильинична. Потом вдруг поинтересовалась, остались ли у Бабушки какие-нибудь лекарства, например от язвы желудка. У самого начальника-то язва, мучается. — Спроси у бабушки, сможет помочь? Тогда он все подмахнет. А документ с заявлением оставь, форму 9 я сама в ЖАКТе сделаю...

У Бабушки оказалось лекарство от язвы. И — каковы коллизии жизни! — начальник паспортного стола наложил резолюцию «прописать постоянно» в бывшем кабинете деда, ибо 36-е отделение милиции помещалось в доме на Поклонной.

Когда первые заботы были позади, мама спросила у Бабушки, помнит ли она Фегина Семена Александровича.

— Да. Они же бывали у нас. Он жив?

— Нет. Скажи, не помнишь ли, брал ли он у тебя в долг крупную сумму?

— Нет. Они же были состоятельные люди, жена его — зубной врач. Наоборот, он мне совал деньги за лечение жены, но я с врачей не брала... Тогда он, помню, предложил мне... ну, словом, оказать какую-то услугу, и я просила его приобрести для меня золотой заем, его тогда ввели... Да, это было еще до отъезда моего в Кисловодск.

— И ты дала ему деньги?

— Ну, наверное... Не могла же я просить покупать за его деньги!

— Мамочка, а на какую сумму, ты не помнишь? Тысячу, две?

— Нет, больше! Тогда ведь объявили особые.условия этого займа. Тысяч десять, не меньше. А когда я вернулась и начались эти события, было уже не до чего.

— А он выполнил твою просьбу и приобрел золотой заем и положил в сберкассу на мое имя.

— И это пропало?

— Нет, совсем недавно мне сообщила его сестра и передала документы. Я не знала и не хотела брать, но Боря уговорил. Словом, мы вместе поехали: облигации лежат нетронутыми. Десять тысяч. Но фактически больше, потому что мы там же проверили и на три облигации пал выигрыш — две тысячи. Это такое облегчение!..

— Ну, значит, я тогда поступила правильно, иначе

бы и это пропало, как и все остальное, — сказала бабушка.

Вскоре после приезда Бабушка попросила меня перенести серый сундук в ее комнату. И занялась им. Этот сундук проделал путешествие с Поклонной горы, где находилась дача деда, в особняк на Ярославском проспекте, оттуда на Отрадную и затем на Рашетову. Он чудом не был конфискован вместе со всем остальным, что принадлежало Бабушке, и спасен исключительно благодаря сочувствию следователя, как и немногие другие вещи.

Я достал из сундука и положил на стол тяжелую рукопись. Основной текст — ровные строчки, но на левой половине каждого листа оставлены большие поля, и на них-то резким, малопонятным почерком внесены правка, вставки, дополнения.

— Вот рука Петра Александровича, — сказала Бабушка.

— А сама рукопись о чем?

— О, это очень серьезно: лечение опухолей, в том числе злокачественных.

— Рака?!

— И рака. Петр Александрович лечил рак, это известно.

Из соседней комнаты вошла мама, услышав наш разговор.

— Но ведь не сохранилось никаких документов, я имею в виду историй болезни, — возразила она.

— Я — свидетель и пока еще жива: он лечил рак, определял его на ранней стадии. И добивался рассасывания опухолей!

— В таком случае откуда известно, что опухоли были злокачественные? Это можно установить лишь по результатам вскрытия... У меня появилась мысль — пригласить Адель Федоровну Гаммерман, она сейчас профессор, заведующая кафедрой в Институте фармакологии и настоящий ученый. Интересно, что она думает сейчас о тибетской медицине?

— Она в добром здравии?

— Да. Я была на ее шестидесятилетии...

В самом деле, удивительно, что человек с немецкой фамилией, да еще знаток лекарственных трав, ездивший в приграничные районы на востоке страны, уцелел в 1937-м. Очевидно, из-за своей глухоты: тот, кто намечал очередные жертвы, пожалел следователя, которому пришлось бы допрашивать Адель Федоровну.

— Отыщи ее, Аида, я верю в ее доброжелательное отношение ко мне!

Между тем я продолжал извлекать содержимое сундука: аптекарские весы с гирьками от миллиграмма до двухсот граммов, серебряную ложечку на длинном стержне, которой дозировали лекарства, коробку с сушеными орешками...

— О, Боже, это миробалан, — обрадовалась бабушка. — Что там еще?

— Да, кажется, все...

— Сундук с двойным дном. Попробуй поискать кнопку или затвор, где-то справа должны быть...

Поискав, я действительно нашел затворчик и, справившись с ним, поднял первое дно сундука. Здесь оказались пакет, обернутый во фланель, и кожаный футляр. Во фланель был завернут столовый серебряный сервиз на двенадцать персон; в небольшом кожаном футляре на подушечке лежало золотое кольцо с вделанными в него часиками.

— Это уже покойная Акулина Яковлевна припрятала, возможно, на Поклонной горе. Она распоряжалась перевозкой вещей, — пояснила Бабушка.

— Сережа перетащил к нам сундук перед тем, как опечатали твои комнаты.

— Ну, серебро обычное... А кольцо-часы я, помнится, купила в Швейцарии, где была незадолго до твоего рождения, — сказала Бабушка дочери. — Это ценность, не помню, сколько заплатила, но что-то дорого. Продавец-ювелир обратился ко мне по-французски: «Мадам, это вещь! Поверьте...» Да!.. Акулина Яковлевна была преданный человек! В те времена были такие...

— Кулюша единственная, — вздохнула мама.

«ЗНАНИЯ ЕЛИЗАВЕТЫ ФЕДОРОВНЫ — НЕВОСПОЛНИМОЕ БОГАТСТВО»

Профессор Гаммерман приехала с цветами, обняла Бабушку и, как все глухие, громко заговорила, что очень счастлива ее видеть и что всегда помнила о ней.

— Вы очень мало изменились, дорогая Елизавета

205

Федоровна, за эти годы, десять, кажется? — Затем она вооружилась слуховым аппаратом и внимательно выслушала соображения Бабушки и мамы относительно возрождения тибетской медицины.

— Должна вас утешить: теперь не рассматривают тибетскую медицину как нечто враждебное строю. Напротив, уже идут разговоры о народной медицине, о создании центра, возможно, в Улан-Удэ... Но вся беда в том, что нет специалистов и человека, который возглавил бы все это, как в свое время ваш супруг. В сущности, вы — единственный специалист, Елизавета Федоровна, и знаток школы Петра Александровича... Все или почти все теоретические труды по врачебной науке Тибета связаны с именем Бадмаева...

— У нас сохранились его дореволюционные издания, — вставила мама.

— Но, дорогая Аида Петровна, начать надо с того, чтобы... восстановить, точнее, реабилитировать автора.

Адель Федоровна заметила, что хорошо, если бы знаменитый ученый или писатель выступил с объективной статьей: не отрицая близости Петра Александровича ко двору, его взглядов, он вместе с тем раскрыл бы важность учения Бадмаева, его полувековую практику здесь, в Петербурге-Ленинграде. Она готова подписать любое ходатайство, отзыв, но для реабилитации нужен крупный и лучше всего партийный деятель союзного масштаба.

— Меня лично тревожит сама постановка вопроса. Сразу найдется кто-то, кто скажет: «А, Бадмаев, тот самый...» Знаете, в наше время лучше не привлекать к себе внимания, — сказала мама.

— Да, но обидно же: знания Елизаветы Федоровны — невосполнимое богатство!

Наконец было решено направить письмо министру здравоохранения с предложением опубликовать в научном сборнике рецептуру тибетских лекарств. В письме подчеркнуть, что редактировать этот труд согласна профессор А. Ф. Гаммерман. Тут же и составили текст.

«Министру здравоохранения СССР
товарищу А. Ф. ТРЕТЬЯКОВУ

С 1900 по 1920 гг. я работала вместе с врачом П. А. Бадмаевым, применявшим лекарственные травы тибетской и китайской медицины. После смерти

206

П. А. Бадмаева у меня, как у вдовы, сохранилась рецептура, представляющая безусловный интерес.

Мне около 80-ти лет. Я хотела бы, чтобы мои знания в области тибетской медицины (рецептура, применение, специфическая диетотерапия), приобретенные многолетним опытом и наблюдением работы П. А. Бадмаева, принесли бы хоть немного пользы больным, особенно в случаях тяжелых заболеваний, считающихся неизлечимыми. «...» многие рецепты несомненно могут принести пользу, поэтому их следует изучать и широко распространять. Это тем более целесообразно, что в составе рецептов тибетской медицины нет средств, вызывающих побочные явления.

Прошу ваших указаний, каким образом можно опубликовать рецептуру П. А. Бадмаева. Рецептуру дала согласие отредактировать и снабдить предисловием профессор А. Ф. Гаммерман. Рукопись этой работы может быть сдана в издательство в течение шести месяцев после оформления договорных отношений.

Ответ прошу адресовать: Ленинград, 17, Рашетова улица, дом № 23. Елизавете Федоровне Бадмаевой.

28 июля 1953 г. Ленинград».

— Думаю, что при любом отношении к Петру Александровичу, никаких дурных последствий не может быть... Я предлагаю им помощь, — сказала бабушка.

Адель Федоровна сочла важным добавить:

— Так или иначе, Елизавета Федоровна, я или кто-то другой будет редактировать, мы придем к вам: ведь это не европейские лекарства, где все отлажено... Здесь надо знать технологию приготовления. Я раз присутствовала, если помните, и видела. Но, даже имея рецепт, я не смогу приготовить лекарства: последовательность, дозировка, степень влажности... Тут многое!

— Вот потому-то отец, когда его упрекали, что он держит в секрете рецептуру, отвечал, что он готов ее предоставить, но чтобы приготовление лекарств шло под контролем авторитетных ученых.

...Пили чай. Адель Федоровна рассказывала о своей работе в фармакологическом институте. Все сложно. Продолжается борьба за «научный подход к биологии». По-прежнему идут обличения морганизма-вейсманизма. Возможно, у них были ошибки, но нельзя же отрицать очевидное, наследственность, например.

— Меня, к счастью, спасает мой слуховой аппарат, который довольно часто портится, — смеялась Адель Федоровна.

Письмо было отослано. Сколько надежд было вложено в него и сколько опасений! И все ради того, чтобы получить формальную отписку: вследствие полиграфических трудностей, осуществить такое издание не представляется возможным. Одновременно подписавшее должностное лицо предлагал выслать ему материалы для хранения. Гадали, что это означает? Искали высшую мудрость. К сожалению, мы часто ищем эту «высшую мудрость» в самой обычной глупости или бездушье...

Слухи о возвращении Елизаветы Федоровны Бадмаевой распространились в определенных кругах города, главным образом, среди немногих оставшихся в живых ленинградцев, переживших блокаду, и тех, кто вернулся из эвакуации. Кто-то видел Бабушку, передал об этом, словом, узнали. И наш дом стали посещать люди, желающие лечиться у Бадмаевой. Это очень встревожило мою маму: в один прекрасный день могло явиться лицо из органов или, наконец, просто фининспектор. И вновь — «незаконное врачевание» или частная практика.

«Незаконное врачевание»! Но Бабушка осталась единственным специалистом по врачебной науке Тибета в стране. Вместе с Н. Н. Бадмаевым был арестован и трагически погиб профессор А. М. Позднеев, изучавший тибетскую медицину и уже после Петра Александровича предпринявший попытку перевести «Жуд-Ши».

Врачебная наука Тибета была объявлена враждебной... И лишь в 60-е годы началось ее возрождение. Точнее сказать, ее разрешили возродить. Но у нас в стране специалистов уже не было. В Улан-Удэ был создан центр... Группа европейских врачей стала, так сказать, «возрождать»; они писали диссертации, как это принято, занимались историографией, но за 30 лет не подготовили ни одного специалиста по ВНТ.

В 70-е годы сын Николая Николаевича Андрей Бадмаев становится известным в Ленинграде; его при-

Idioty! Запретить такую Медицину такое Чудо!

208

глашают быть консультантом Кремлевской больницы. К сожалению, Андрей умер рано, едва переступив порог шестидесяти лет, от инфаркта...

ЕСЛИ Б МОЖНО БЫЛО ПРОЗРЕТЬ ВРЕМЯ!

...С грустью я ныне, в холодные 90-е годы, вспоминаю время полувековой давности, жизнь в старом отцовском доме на Рашетовой улице, наши разговоры, надежды на будущее. Слухи о Бадмаевой продолжали распространяться по Ленинграду. К ней приезжал композитор Д. Д. Шостакович, ищущий помощи, насколько я помню, от головных болей; он же по просьбе Бабушки через Союз композиторов доставал ингредиенты, входящие в состав тибетских лекарств из Бурятии и даже Тибета.

Бабушка до последних дней сохраняла ясность ума. Ей дано было увидеть своих правнучек, моих дочерей, — Наташу и Катю. И, лаская их, отыскивала в их детских личиках черты востока.

Если б можно было прозреть время! Если б Бабушка и мама могли знать, что через сорок лет, после публикации документальной повести в журнале «Новый мир» — «Мой дед Жамсаран Бадмаев» — ко мне обратится Президент АН СССР Г. И. Марчук с просьбой разрешить ученым ознакомиться с архивом Петра Александровича Бадмаева, после чего решением Президиума АН в издательстве «Наука» выйдет отлично изданный сборник научных работ Петра Бадмаева «Основы врачебной науки Тибета Жуд-Ши».

И выйдет документальный фильм о П. А. Бадмаеве, названный несколько броско: «Потомки Чингизхана»... Дед-то в своей книге приводит схему родословной, начиная от легендарного Добо Мергена — пращура великого завоевателя. И имя Петра Бадмаева как бы воскреснет в новом звучании. Но, как говорится, Бог правду видит, да не скоро скажет...

В один из дней осени 1954 года мне на работу позвонила мама и сказала: «Боря, если можешь, приезжай, Бабушка умирает...»

Я тотчас выехал и застал Бабушку еще живой, но уже без сознания. И вскоре мама закрыла покойной глаза, перекрестилась, и мы вышли из комнаты.

И промчались еще два десятилетия... Я много трудился, у нас в роду все — работники. В конце 50-х годов меня выдвинули на большую работу. Моя мама, привыкнув, что власти не жаловали нашу семью, вначале не поверила и вздрогнула, когда у нашей калитки на Решетовой остановилась черная «Волга» со значительным номером.

Однажды мама сказала мне:

— Я написала воспоминания о моем отце. Я понимаю, что не сейчас, но может когда-нибудь это может быть опубликовано?

И она прочла мне свои записки; кое-что мне было известно по рассказам, по семейным преданиям. И хотя моя работа была связана в частности с тем, чтобы оценивать написанное авторами и решать, что может пойти в печать, а что — нет, я был озадачен прослушанным текстом. О своих близких трудно судить... Так же как, кстати, и лечить своих.

— Да, мама, это интересно и следовало бы напечатать. Но возможно, не сейчас... Это не для газеты, конечно, но для одного из наших толстых журналов. Для «Нового мира», пожалуй, скорей всего там.

Да! У меня в жизни случались такие прозрения: мамины записки и были там напечатаны... Одного я не мог предвидеть (хотя должен был бы), что время уходит и жизнь уходит!.. И мама уже не увидит своих записок, опубликованных миллионным тиражом в одном номере с солженицынским «Гулагом», в 1989 году.

СТРАНА РОДНЫХ

Я давно собирался съездить на родину деда — в Бурятию, в степную Агу. Наконец представилась такая возможность. В Улан-Удэ я знал одного из родственников по дедовской линии, народного артиста СССР, знаменитого певца Лхасарана Линховоина. Я позвонил, чтобы предупредить о своем приезде. Он давно ждал. Позвонил я также в Бурятский обком.

Линховоин встретил меня на аэродроме. Когда мы шли сквозь толпу встречающих московский рейс, я услышал реплику: «Линховоин брата встретил, а похожи...» Линховоин был повыше меня, он считался лучшим в мире ханом Кончаком из оперы «Князь Игорь». Когда он пел у меня в квартире — стекла дрожали...

С аэропорта мы поехали к Линховоину, где нас ждали его супруга, дочери, бухлер и бурятские позы (это те же пельмени). На следующий день я зашел в обком партии республики. Когда закончился деловой разговор, секретарь обкома Бадиев спросил, не родственник ли я Бадмаеву. Этот вопрос мог показаться странным: ведь у меня другая фамилия, по отцу. «Родственник», — ответил я.

— Внучатый племянник? — спросил Бадиев.

— Сын дочери Петра Александровича — Аиды Петровны.

— А матушка жива-здорова?

— Благодарю, жива. Не скажу, что здорова...

— А внук, значит, самого... Пойдем к первому!

Первым секретарем был тогда Мадогоев. И тот, после двух-трех фраз, поинтересовался, не внук ли я Бадмаева, того, кто царя лечил, «ваше превосходительство» был?

— Внук.

— У нас Бадмаева знают.

— Хорошо, если бы вы, как первый секретарь и член ЦК выступили, со статьей о знаменитом целителе.

— Мне припишут национализм. Начните вы, как внук, мы поддержим. Потом он нажал кнопку, вошел помощник.

— Папочку! — сказал Первый.

Тот вошел и быстро вернулся с красивой красной папкой из кожи. На ней золотыми буквами было написано полное название республики, а в ней блокнот и альбом с фотографиями наиболее интересных мест Бурятии, сделанных в цвете. Я поблагодарил. Затем Мадогоев распорядился закрепить за мной транспорт.

— Писать о нас будете?

— Напишу.

— Хорошо.

И поговорив еще, мы расстались, довольные друг другом. Это выло во времена, когда Бадмаев еще был не признан власть предержащими. А в 90-е годы, когда уже появились статьи в газетах, даже «Правда Бурятии» сделала перепечатку из «Известий» о Петре Бадмаеве. Но руководство республики Бурятия и президент ее г. Потапов проявили какое-то странное равнодушие. Я подарил ему книгу Петра Бадмаева и сказал, что хорошо бы в память о великом целителе назвать одну из улиц Улан-Удэ его именем.

— Улицу? Какая проблема? Никакой проблемы! — воскликнул он, и вот уже сколько лет прошло — ни звука. Разговор этот происходил в Москве, в Совете Федерации. Вице-премьер заказала сто книг в издательстве, да так и забыла выкупить... Другой слой людей пришел, равнодушных к своему историческому прошлому. Рядом с домом, где я живу, представительство Бурятии. У них бывают приемы. Пригласили меня: чествовали человека, каким-то образом связанного со строительством знаменитого Буддийского Дацана на Приморском проспекте в Петербурге, точнее — предка его, ибо Дацан строился в прошлом веке. Я тоже приветствовал, но заметил, что следует вспомнить и того, кто финансировал строительство Дацана, — Петра Бадмаева.

Никто не возразил мне. Согласились. На приеме был депутат Госдумы от Агинского округа — он вообще не знал, кто такой Бадмаев.

А тогда, в 70-е, по приглашению секретаря обкома, я поехал на Байкал, что примерно в полутораста километрах от Улан-Удэ, и прожил здесь несколько дней. Это место называется Провал. Здесь еще в начале века стояла русская деревушка, где жили рыбаки. Но в одну недобрую ночь вся деревня ушла под воду, — поэтому и место зовут Провал. Версия такая: бурная Селенга, что неподалеку впадает в Байкал, подмыла большой кряж берега; долго подмывала река, и в бурную ночь вся деревня, вместе с церквушкой, ушла на дно...

Плохое предзнаменование. И тяжким и кровавым оказался для России XX век! Вместе с этой деревушкой на дно Байкала ушла Святая Русь... Провал отделяет от озера узкая полоска земли, в километре от берега. Идешь на моторке между берегом и той узкой полоской, здесь вода спокойна. Но вот вышли за линию провала — и начинается качка. Это уже Байкал. Здесь наиболее узкое место озера и по утрам в хорошую погоду можно видеть меловые горы высокого иркутского берега.

В этом месте, лет полтораста назад, пересекал озеро на лодке молодой Жамсаран Бадмаев, направляясь в Иркутск. В середине 30-х годов Байкал пересекла парусная лодка, на которой плыли мой отец и его братья. Потом фотография отца появилась на обложке журнала «Вокруг света» с подписью: на снимке начальник смелой экспедиции С. Б. Гусев-Глаголин. А по подозрению тогдашних умников из НКВД, он показывал дорогу японцам, будто те не знают, что Селенга впадает в Байкал, а Ангара вытекает из него.

ПО ДИКИМ СТЕПЯМ ЗАБАЙКАЛЬЯ

Из Улан-Удэ я полетел в Читу, час лету. А из Читы машиной поехал в Агинск — центр Бурятского национального округа. Я ехал по Агинской степи. По ней в шестистенной юрте кочевали мои предки, перегоняя отары овец, табуны лошадей. В этой же степи росли чудные целебные травы, входящие в состав лекарств ВНТ. И степь переливалась сотнями оттенков, цвела, волновалась, как море. Сама степь лежит в 700 метрах над уровнем моря — малый Тибет... Приехали в Агинск в час пополудни. Это — степной город, с невысокими каменными домами, их окружают сады. Я сперва нашел одного Бадмаева — молодого человека, бурята, оказавшегося моим троюродным внуком! В 1974 году мне было около пятидесяти. Мне сказали, что в Агинске много Бадмаевых, они слышали, что я должен приехать, и все готовы собраться, встретиться, поговорить... Знаменитого доктора Жамсарана Бадмаева здесь все знают и чтут...

И в тот же вечер в доме брата Жамсо собралось около пятидесяти Бадмаевых с женами, взрослыми детьми. И было застолье. Когда узнали, что жива дочь самого Жамсарана-Петра Бадмаева — моя мама, родственники тут же заочно избрали ее старейшиной рода. Дочь! Это казалось невероятным. Конечно, и тут нечего лукавить, играло роль и то, что о моем приезде звонили из областного центра, Читы, и приехал я на черной «Волге» с правительственным номером. Но это не только в Агинске — везде играло роль...

А затем, наутро мы выехали в Таптанай, — село, где родился Жамсаран Бадмаев, где живет его внучатая племянница с семьей. Здесь снова встречи по-восточному. Меня провели на место, где стояла юрта Засогола Батмы. Сохранились следы колодца.

— Колодец был редко у кого. Дорого. Глубоко копать...

Конечно, не бедные были: табуны лошадей, отары овец... Семья большая была. Правда, хлеб был дорогой, относительно, конечно, зато мясо — дешевое.

Здесь мы пробыли недолго, а затем на той же машине отправились на сотни километров южнее, к легендарной горе — Алханай. Ехали по степи, потом по лесной дороге. Тайга... У подножья горы нам пришлось оставить «Волгу» и пересесть на газик, любезно предоставленный нам местным колхозом. На этой горе, по легенде, побывал Петр Бадмаев с эскортом казаков.

Алханай — одна из самых удивительных гор, которые я когда-либо видел. Она находится на юге агинских степей, у границы с Китаем. Мы взбирались на нее сначала на ГАЗ-69, подъем продолжался несколько часов. Потом — на самый верх — пешком. Обрывы, водопады, ущелья... И наверху — «ворота бога» — сквозное отверстие в отроге, образовавшееся за счет выветривания. Здесь все время шум ветра и воды. Сквозь «ворота» вид на десятки километров. Рядом еще гора — Саханой, над ней всегда висит дождь. С вершины Алханая течет горная речка. Воды ее излечивают от радикулита, болезней нервной системы. Недаром сюда, преодолевая огромные пространства и препятствия, идут пешком страждущие... На середине горы, в лесных зарослях горный поток в одном месте на повороте образовал нечто вроде ванны, сквозь нее течет водопад. Туда садятся больные, чтоб выскочить через 10—15 секунд. Больше не усидеть: вода, хотя и холодная, а обжигает. Я выскочил при счете 20. После этого бодрость необыкновенная! И у этого водопада расположилось около двухсот путников, страдающих разными болезнями. И живут здесь под открытым небом неделю, две, принимая в день по три целебные ванны. Образовался свой быт, палатки стоят... Здесь собираются строить санаторий...

БЫВШИЙ УЧЕНИК ГИМНАЗИИ, УЧРЕЖДЕННОЙ БАДМАЕВЫМ НА ПОКЛОННОЙ

Путешествуя по Бурятии, Читинской области, спускаясь до границы с Монголией, взбираясь на великую Китайскую стену, я вспоминал характеристику, данную этому краю П. А. Бадмаевым: «Уголок этот... отличается необыкновенной красотой своих гор, долин, ущелий и равнин». А в Агинской степи насчитывают более 2000 растений. Здесь пасутся тонкорунные овцы забайкальской породы.

Вернувшись в Агинск, я посетил буддийский храм — Дацан и там неожиданно встретил главу буддийской общины в СССР. Я приехал в Дацан в сопровождении представителя исполкома Бурятского национального округа. И к нам подошел монах и сказал, что нас ожидает сам хамболама Габоев Жамбал Доржи; вообще резиденция его в Иволгийском Дацане, но сейчас он здесь и рад будет принять нас. Мой спутник сказал, что хамболама редко кого принимает, надо отдать дань уважения, ему под восемьдесят.

Войдя в резиденцию, я увидел старого человека в длинных одеждах с серым шелковым шарфом на шее. Смуглая кожа и узкие, умные и добрые глаза. По бокам, почтительно склонив головы, стояли два монаха. Мы поздоровались. Хамболама говорит по русски с небольшим акцентом. Мы поздравили его с награждением орденом Трудового Красного Знамени, — об этом мне сообщил мой спутник. В ответ мы услышали слова, что каждый должен вносить свою лепту для сохранения мира на земле, которая так мала в этом огромном мире. Затем он сказал:

— Мне сообщили, что вы — родственник Жамсарана Бадмаева? Так?

— Да, внук.

Благожелательное долгое молчание. Затем:

— В 1936 году я был в Ленинграде и посетил вашу бабушку и получил от нее лекарства. Мы тоже знаем врачебную науку Тибета, но важно еще и кто доктор, по нашему эмчи-лама.

— Вы были на Литейном, или на Ярославском?

— Названия не помню. Длинная улица, много трамваев, высокий дом.

215

— Значит на Литейном. Там и Петр Александрович принимал больных.

— Но мальчиком я учился в школе на Поклонной горе. Это было в 1910 году. И видел доктора Бадмаева. Он изредка навещал и спрашивал об успехах. Когда пошла война, четырнадцатый год, помещение школы отдали под госпиталь. Мы еще недолго занимались в другом помещении. А скажите, кто из прямых потомков Бадмаева живет в Ленинграде?

— По прямой линии — моя мама, врач, хирург. Есть еще его внук, сын старшей дочери, Надежды Петровны, — Николай Вишневский, ученый, химик. А вообще Бадмаевых в Ленинграде много, есть ветвь брата Петра Александровича — Дамдина.

Хамболама сделал едва заметный жест, один из монахов на минуту удалился и вернулся, неся серый шелковый шарф особой вязи, с затейливым рисунком; шарф считается священным.

— Передайте вашей матушке, — сказал хамболама, подавая мне шарф.

Я поклонился и с благодарностью принял подарок. Тем временем была разостлана скатерть и подан бухлер и прочие национальные угощения. Кроме вина. Буддизм отвергает спиртное. Я попросил главу буддийской общины рассказать об учении Будды. Он отвечал, что для того, чтобы хотя бы коротко изложить учение Будды, нужно тридцать шесть часов.

— А можно ли выразить учение в одной фразе? — спросил я.

— В одной фразе? — Он задумался и затем продолжал: — Если угодно, то фраза будет такой: не делай зла никому, даже камню.

После посещения Дацана я вернулся в Улан-Удэ. Мы провели несколько дней с Линховоином. К сожалению, это была последняя наша встреча. Вскоре великий артист, гордость Бурятии, заболел и скончался от рака. А через год, кажется, ушел из жизни и хамболама Габоев.

В Ленинграде я передал маме буддийский шарф, она была тронута подарком. Но, к несчастью, и ей жить оставалось недолго.

В 1965 году отцовский дом пошел на снос — эти земли застраивались многоэтажными корпусами. Мама просила меня похлопотать о том, чтобы дом сохранили. Я ездил к главному архитектору города. Он согласился оставить дом нетронутым, но предупредил, что вокруг встанут многоэтажные точечные корпуса и участок наш будет просматриваться... Словом, вся атмосфера изменится. И по тихому Старопарголовскому, который стали уже асфальтировать, пойдет поток машин, ибо через него прямая дорога в восточную часть города.

И я уговорил маму согласиться на снос. Она одна получит двухкомнатную нестандартную квартиру в кооперативном доме. Но матери очень не хотелось покидать этот дом у леса, хотя и с печным отоплением, с ним столько связано!.. Моя жена, напротив, с удовольствием уезжала в отдельную комфортабельную квартиру. Я был настолько в работе, что мне было не до чего.

Но когда настал день переезда и я последний раз обошел комнаты, сердце мое сжалось, я понял, что самый счастливый период прожит в этом доме. И ныне вспоминаю жизнь в нем, как лучшие годы жизни. Я с женой и детьми получил квартиру в другом районе. Часто заезжал к маме. И видел в ее окнах свет. И однажды, подсказанная сердцем мысль пришла ко мне: «Ты видишь свет в окнах и не ценишь этого... А этот свет может погаснуть. И ты будешь о-очень жалеть!..» Мысль эта, повторю, мелькнула в моем мозгу и ушла.

В 1974 году мама сказала мне: «Пропиши ко мне в квартиру свою старшую дочь». «Зачем?» — спросил я. «Затем, что я не вечна, а квартира пропадет». И еще мама просила меня ознакомиться с архивом, где что лежит: одному мне потом будет трудно разобраться.

И я выполнил две эти материнские просьбы. Оказалось, что мама свела всю рецептуру деда в единый журнал, систематизировала ее.

Над документальной повестью «Мой дед Жамсаран Бадмаев» я работал долго. Большую помощь мне оказывала редактор отдела прозы журнала «Новый мир» Инна Петровна Борисова. До этого я опубликовал в этом журнале большую повесть «Открытие», которую тоже редактировала она. С повестью о деде у меня долго не получалось. Видимо, мешало то, что я многое знал изнутри, а материал следовало выстроить и подать в доступной всем форме. И мамы, которая многое могла бы мне подсказать, уже не было — скончалась в 1975 году.

Затем начался трудный этап: проверка приведенных мной документов, их подлинности. Проверяли на уровне отдела прозы, затем в главной редакции. На этом уровне завещание П. А. Бадмаева проходило экспертизу. Пять часов я сидел с экспертом — она с лупой рассматривала документы.

Повесть поставили в 11 номер журнала за 1989 год. Когда я пришел читать верстку, Инна Петровна, вздохнув, сказала мне:

— Пройдите к главному редактору... Повесть, кажется, снимают из номера.

Еще не легче! Почему, спрашиваю?

— Идет «Гулаг» Солженицына, все сняли, что возможно...

Я прошел к Сергею Павловичу Залыгину. Разговор с главным редактором был трудный. Наконец он сдался, но поставил одно условие — сократить. С этим мне пришлось согласиться. Вскоре уже я держал сигнальный номер журнала, — в то время журнал имел невиданный тираж — около двух миллионов экземпляров.

Вскоре мне позвонила режиссер Галина Скоробогатова, сказала, что прочла в «Новом мире» мою повесть и хочет делать документальный фильм; спросила, есть ли у меня старинные фотографии. Фотографии хранились, и я согласился выехать в Ленинград на съемки.

В Переделкино меня нашла группа бурят, приехал корреспондент ТАСС... Понятно: миллионный тираж, и «Новый мир» тогда был лучшим журналом отечества.

Фильм был сделан и дважды показан по ТВ. В нем участвовали и праправнуки Петра Александровича, мои внуки — школьник Григорий и старшеклассница Елизавета, названная так в честь своей прапрабабушки — Елизаветы Федоровны Бадмаевой.

Имя деда я восстановил. А вот науку его?.. Но для этого нужна личность масштаба Петра Бадмаева. Пока такой личности нет.

Уже после выхода повести о Бадмаеве, сборника его трудов, наконец, показа по ТВ документального фильма в 1992 году вдруг по телевидению выступает «родственница Бадмаева». «Вы с какой стороны родственница Бадмаеву?» — первым делом спросил я, когда мы с ней встретились. «А, вы мне не верите?!» Я попросил предъявить документы — она бросилась бежать.

Затем появились странные объявления, вроде: «Лечу по методу доктора Бадмаева». Это вынудило меня выступить в «Известиях» с небольшой статьей: «Осторожнее с тибетской медициной». Это наука, которую надо изучать годы и годы... Как свидетельствует сам Петр Бадмаев, он десятилетия изучал врачебную науку Тибета у лучших ее представителей.

Сейчас знатоков ВНТ можно найти разве что в окружении Далай-Ламы...

Спустя почти десять лет после появления моей повести в «Новом мире», кандидат биологических наук Т. Грекова тоже написала научный очерк о П. А. Бадмаеве, но упрекнула его в том, что он в своем письме в ЧК преувеличил свой трудовой стаж... на 40 лет. Год рождения П. А. Бадмаева — неизвестен и Т. Грекова его не приводит, как можно тогда говорить о каком-то преувеличении! В свой трудовой стаж он, возможно, включил и годы, когда пас овец в Агинской степи.

Сколько ему было тогда лет? Мы не знаем. И бабушка моя не знала. Раз нет точных данных, то надо обойти этот вопрос, можно даже сказать о нем, но не уличать. Грекова используеть в своей работе записки моей матери, не ссылаясь на них, ссылается она на мою повесть, ибо повторяет многие ее положения, но в ряде случаев пытается что-то уточнить, как в случае со стажем, но уточнения не получается, ибо исходные данные отсутствуют и дневник матери нельзя пересказывать — получается совсем другая тональность, иной смысл.

Конъюнктурные журналисты 20-х годов что только ни писали о П. А. Бадмаеве, — и монархист, и «шарлатан», и даже «инициатор русско-японской войны» и т. д., теперь появились новые «обличители». Так, в журнале «Вопросы истории» (№ 2, 1998) доктор медицинский наук Г. Архангельский в своей статье «Петр Бадмаев — знахарь, предприниматель и политик», в сущности, повторяет о Бадмаеве инсинуации 20-х годов.

Например, я пишу, что дед ненавидел протекцию, протекционизм. Грекова поправляет: лукавит Б. Гусев, когда пишет, что П. А. Бадмаев не пользовался связями, когда нужно, он прибегал к связям при дворе.

А вот факт: когда началась Первая мировая война Бадмаев был в расцвете своей славы. У него лечились члены императорской семьи, министры, генералитет. Ему ничего не стоило лишь намекнуть, чтобы кто-то из его влиятельных пациентов пристроил его сыновей-офицеров при штабе на спокойную должность. Но оба его сына Петр и Николай пошли на фронт, на передовую и оба были тяжело ранены в бою.

Даже в революцию он не скрывал своих взглядов, а на оскорбление отвечал пощечиной. Да, неукротим был!.. Вот так и пишите...

В наше время связи нужны. Скажем, для того, чтобы слабый работник стал министром. А какие связи нужны были, скажем, Столыпину? Он ставил ультиматум самому Государю. Или Трепову, который в ответ на предложение Государя стать премьером, ответил: только в том случае, если Вы, Ваше Величество, отрешите от должности Министра МВД Протопопова. И Государь согласился. Но потом, под влиянием императрицы, оставил Протопопова Министром (на свою же беду!) И Трепов подал в отставку. А вот Протопопову, который не знал дела, нужны были связи. Плохому врачу нужна реклама, чтобы к нему шли.

П. Бадмаев в жизни никогда не пользовался рекламой и отказывался давать интервью. Однажды лишь согласился, и то в связи с обличением Распутина.

ВНУКИ ПЕТРА БАДМАЕВА

А что внуки П. А. Бадмаева?

Их было четверо. По возрасту самый старший — Петр Евгеньевич Вишневский, сын старшей дочери Петра Бадмаева — Надежды Петровны; полковник медицинской службы, умер в 1969 году. Его родной брат — Николай Евгеньевич Вишневский, химик, кандидат наук, умер в 1988 году; Юрий Бадмаев — сын средней дочери — Любови Петровны, погиб двадцати лет в 1941 году в боях под Минском; и автор этих строк — Борис, сын дочери от второго брака — Аиды

Петровны, участник ВОВ, член Союза писателей России, самый младший из внуков.

Задумавшись над судьбой внуков Петра Бадмаева, я нашел между ними нечто общее... Что касается Юры Бадмаева, я ничего не могу сказать о нем, он жил в Минске, куда после революции переехала почти вся семья Бадмаева от первого брака. И мы с ним ни разу не виделись. Я лишь слышал о нем.

Но с Петром и Николаем Вишневскими мы были хорошо знакомы. Петра Евгеньевича я помню с начала 30-х годов, когда он с женой Ниной приехал из Минска и остановился в доме моей бабушки — двери ее дома были всегда открыты для внуков Петра Александровича. Оба они были выпускниками Минского медицинского института. Но устроились в Ленинграде и жили у нас. Бывший секретарь Петра Александровича, женившийся на его старшей дочери, Надюше, перед революцией был назначен вице-губернатором Минской губернии. После революции Евгения Ивановича Вишневского арестовали и судьба его долго оставалась неизвестной, семью выселили из губернаторской квартиры и они обитали где-то на окраине. И вообще детям бывшего вице-губернатора, конечно, спокойнее было бы жить подальше от Минска. Петр и Нина специализировались в психиатрии, устроились в больницу Фореля на другом конце города, скоро получили там служебную площадь — комнату.

Покинул Минск и младший сын, Николай, он устроился у кого-то из своих теток, ибо у нас уже места не было. Это было в середине 30-х годов.

Важно другое: и Петр и Николай Вишневские, первый — врач, второй — инженер-химик, стали крупными специалистами в своих отраслях. В Отечественную войну Николай с семьей уехал вместе со своим НИИ на Урал, а Петр ушел в армию и стал главным психиатром Краснознаменного Балтийского флота. Был награжден орденом Отечественной войны, медалями, а после войны остался на кафедре психиатрии Военно-медицинской академии.

Николай вернулся из эвакуации и продолжал работать в НИИ.

Николай Евгеньевич был автором ряда изобретений, из которых одно считалось на уровне открытия.

И называется «эффект Вишневского». Он умер на 83-м году жизни.

Последний и единственный оставшийся в живых внук — это я. Но о себе трудно писать. Тем более, что я уже описал свое детство в доме Бабушки. Потом — армия. Ленинградский фронт. Меня сразу зачислили красноармейцем, даже в удостоверении к медали «За оборону Ленинграда», врученном мне в 1943 году, вписано: «Красноармейцу...». А в конце войны слово «красноармеец» уже не употреблялось. Были солдаты и офицеры. Я демобилизовался незадолго до окончания войны в связи с полученной контузией. Потом доучивался. Работал на заводе...

Как-то, в конце 40-х годов, занесло меня в ленинградскую молодежную газету «Смена». И меня привлекли сотрудничать. И вскоре начал широко печататься.

Когда же через некоторое время я заговорил о штатной работе с редактором, то он предложил мне заполнить анкету. Я написал об аресте отца, но более ничего не мог сообщить, так как в МГБ, куда мы обратились после войны, нам ответили, что у них сведений нет и посоветовали обратиться в ЗАГС. А в ЗАГСе выдали обычное свидетельство о смерти Гусева-Глаголина Б. С., последовавшей 22 июня 1942 года от гемоколита.

И никаких ссылок на арест или тюремное заключение. Но мама советовала мне все-таки писать в анкете. И вот теперь редактор отказался взять меня в штат. «У вас недостаточный идейно-политический уровень», — сказал он.

— В чем это выражается, в частности? — спросил я.

— В том, например, что вы не знаете, что с вашим отцом.

Я хлопнул дверью и вышел, даже почувствовал какое-то облегчение: страдал мученик-отец, и, слава Богу, что Господь дает хоть немного возможности пострадать за него.

Преподавал в школе рабочей молодежи. После смерти Сталина друзья из «Смены» передали мне, чтобы я зашел в редакцию. И я вновь стал работать, но уже в штате редакции. Брался за острые темы, писал фельетоны. Помню, мама говорила мне: «Ты затрагиваешь высоких лиц... Тебе ничего не будет за это?» «Мама, сейчас не то время», — отвечал я. «Боря! Ни в какое время власть предержащие не любят, чтобы их затрагивали», — вздыхала мама.

То было время новых указов Маленкова, оттепели, начисления новых, более справедливых пенсий...

Первым секретарем Ленинградского ОК и ГК КПСС еще оставался Андрианов, именно тот, кто расправлялся с сопричисленными к «Ленинградскому делу», в том числе и с одним из спасителей Ленинграда, строителем Лужского рубежа И. Дмитриевым, но теперь он уже ничего не решал, а действовал присланный из Москвы Н. Г. Игнатов, который быстро пленил ленинградцев простотой общения и доходчивыми и сердечными выступлениями. Помню весенний Невский проспект, кругом улыбки, хорошее настроение. В компаниях поднимали тосты за «Новый курс партии».

Пришел Хрущев и снова заговорил о преимущественном развитии тяжелой промышленности. Потом последовал его доклад на XX съезде, заставивший задуматься многих...

Товарищи мои поздравляли меня с успехами, но со стороны непосредственного начальства, — заведующего отделом, редактора я чувствовал постоянное противодействие; заведующий вычеркивал острый абзац — я отказывался подписать статью. Спорил с редактором. Я был упрям...

... У меня сохранилось письмо отца, посланное мне из экспедиции на Памир. Он писал:

«Солнце садится. Горячий неподвижный воздух еще хозяин всего живущего... Скоро все же вечерняя прохлада скользнет с гор. Я выйду на айвом (крыльцо у нас) и буду смотреть на небо, на месяц, поднимающийся из-за горизонта, буду думать о тебе, о твоей маме, о жизни, которая уходит и уходит...

Ты, Боря, должен сделать это — к чему я лишь тщетно стремился. Ты должен умом своим и талантом раскидать по сторонам всю окружающую бездарность и бесцветность. Ты должен помнить и знать мою жизнь, научиться на ошибках ее и взять немногие примеры...»

Отец писал по-рыцарски — раскидать: это было не так-то просто в моем положении. Но что-то, однако, менялось в самой атмосфере. Так или иначе, но мне предложили — перспективную должность. И она оказалась трамплином к более высокому посту. Кажется, в конце пятидесятых годов был такой период, когда кто-то, где-то на очень высоком уровне сказал: «Выдвигать надо тех, кто может и умеет работать». Не один я был выдвинут. Прошло несколько таких неожиданных назначений. По логике вещей этим принципом всегда следовало руководствоваться, но действовали иные, недоступные нашему уму принципы. В нашей же молодежной газете заведующим отделом был в течение пяти лет человек, который не мог ни писать, ни редактировать. Все это за него делали сотрудники отдела.

Он был неплохой человек, контактный, с приятной улыбкой. Его именно в тот период уволили.

Я начал с того, что навел порядок в своем аппарате, выгнал бездельников, непрофессионалов, хотя это было трудно. Но наученный опытом, со своим начальством в Москве старался не ссориться. Хотя меня пытались столкнуть с Главным, порой очень примитивно.

Раз я был на совещании в Москве. Оно проходило в конференц-зале. Я сидел неподалеку от концертного рояля. Во время выступления Главного вижу, кто-то ползет между стульев. Ближе, ближе... Приподнял крышку рояля, ударил по клавишам и быстро отполз в сторону. *НУ и НУ*

— Что еще там за Ленинградская оппозиция? — нахмурился Главный, обращаясь ко мне, ибо я один сидел у рояля. Я растерялся и не сообразил, что ответить. Ничего, конечно, серьезного из этого не последовало, я лишь говорю о нравах.

Я долго проработал в Ленинграде и получал награды к юбилеям. Но в основном, как я понимал, — за должность. Ибо видел, кто получает. Чиновники моего ранга — Трудового Красного знамени; рангом ниже — Знак Почета. Так было принято...

И все же я не мог, не умел верно и точно строить отношения в верхах, — это другая профессия, владея которой многие делали большую карьеру. Но это было и в прошлом веке, да и во все времена. Собственно труд, мастерство, квалификация — вот что должно цениться! Может быть, сейчас ценится?! Но об этом даже и думать странно...

П. А. БАДМАЕВЪ

ОТВѢТЪ

НА НЕОСНОВАТЕЛЬНЫЯ НАПАДКИ
ЧЛЕНОВЪ МЕДИЦИНСКАГО СОВѢТА
НА ВРАЧЕБНУЮ НАУКУ ТИБЕТА

2-е изданіе

ПЕТРОГРАДЪ
ТИПОГРАФІЯ „Ш. БУССЕЛЬ" ЛИГОВСКАЯ, 117
1915

Обложка брошюры П. А. Бадмаева «Ответ на неосновательные нападки...»

Дача на Поклонной, в 70-е годы это было отделение милиции

Документ о конфискации дачи Бадмаева на Поклонной в 1919 году

П. А. Бадмаев, 90-е годы

Аида Петровна после окончания
Медицинского института, 1935 год

Дом П. А. Бадмаева на Ярославском, 85

С. Б. Гусев-Глаголин в экспедиции на Байкале, 1936 год

Майор мед. службы, хирург А. И. Бадмаева-Гусева, 1943 год

Внук П. А. Бадмаева, Юрий.
Погиб в Великую Отечественную
войну. Фото довоенное, Минск

Сергей Борисович Гусев-Глаголин
в тюрьме под Златоустом, 1942 год

Николай Евгеньевич Вишневский,
внук П. А. Бадмаева, 1946 год

Подполковник м. с. Андрей Бадмаев,
внучатый племянник П. А. Бадмаева

Борис Сергеевич Гусев, внук
П. А. Бадмаева, 1943 год

Б. С. Гусев, 80-е годы

Елизавета Федоровна Бадмаева
до ареста 1937 года

Елизавета Федоровна
после ссылки и лагеря,
1947 год

Акулина Яковлевна Бундина
(Кулюша) с маленькой Аидой, 1910(?)

Кулюша – Акулина Яковлевна
Бундина с Борей, 1932 год

Елизавета Федоровна Бадмаева, Вера Певцова, ее воспитанница,
Лена Левандо, племянница капитана крейсера «Варяг» Руднева,
Аида Бадмаева, 1930 год

А. П. Бадмаева в год смерти (1975 год)

Борис Сергеевич Гусев, 90-е годы

Начало XXI века. В доме правнучки П. А. Бадмаева Екатерины Гусевой. Гость — духовный отец семьи протоиерей о. Василий, настоятель храма Серафима Саровского в Петербурге

В 70-е годы меня перевели на работу в Москву тоже на значительную должность, так сказать соответствующую... Но после сорока лет нельзя менять нравственный климат. И, проработав в Москве с десяток лет, получил инсульт. Сказали лежать двадцать одни сутки. Но я встал на вторые сутки. «Куда?! Нельзя... Сейчас упадет...» — кричала медсестра. Она не знала, что меня с детства поили шижетом. А он, как пружина, смягчает течение любой болезни.

Выше я писал, что еще вернусь к делу отца. В 90-е годы в печати промелькнуло сообщение в ряде газет, что в годовщину войны, 22 июня 1942 года — то был период наибольшего успеха гитлеровских войск, — в ГУЛАГе произошел расстрел заключенных, обвиненных по статье 58 — КаэР. Отец получил всего пять лет лагерей, но очевидно он был отнесен к категории лиц, назначенных к уничтожению. Вообще в газетах было много переборов на этот счет. Но имеющиеся у меня на руках документы вынуждают задуматься.

В свидетельстве о смерти Гусева-Глаголина С. Б., выданном Выборгским ЗАГСом указана дата смерти 22 июня 1942 г., но, может быть, он скончался в лагере от болезни? Но у меня на руках справка Военного трибунала ЛЕНВО о реабилитации отца, выданная моей матери по ее заявлению в 1958 году. В ней четко сказано: «постановление от 22 июня 1942 года отменено за отсутствием состава преступления».

Какое постановление — не указывается. Но это сходство дат очень симптоматично. Либо органы непродуманно допустили такое сходства дат, либо просто не придали ему значения: думайте, что хотите. Нам-то что? И в самом деле, жаловаться некому. Но мы — общество, народ — наказаны! Допустили уничтожение невиновных, честных людей, — а теперь миритесь с беспределом, беззаконием, откровенным грабежом, наконец, со сволочизмом на каждом шагу. И терпите ложь и клевету под видом свободы мнения. По ТВ показывают предателя, который клевещет на Россию, и получается вроде, он — герой, дает интервью. Повторю: в неправедной жизни все наоборот: невиновные — виноваты, а виноватые правы.

ЗАВЕЩАНИЕ П. А. БАДМАЕВА

Июля 25. 1920 года (диктовано за четыре дня до смерти).

Любезнейшая жена Елизавета Федоровна!

Случайным образом брак наш не был освящен ни гражданским, ни церковным законом, несмотря на мои хлопоты, так как первая жена, несмотря на свои обещания дать мне развод, все время затягивала его, хотя она и была мной обеспечена...

Таким образом, мы пятнадцать лет прожили совершенно разлучно, тогда как Вы, Елизавета Федоровна, пятнадцать лет тому назад связав свою жизнь с моей, приняли на себя обязанности не только хозяйки дома, но и помогли мне управлять моей санаторией на Поклонной горе, а равно и всем моим имуществом на Мызе. А главное — Вы мне принесли неизмеримую пользу тем, что, интересуясь тибетской медициной, изучили ее столько, сколько возможно под моим руководством, и, заведуя в качестве моей помощницы всей аптекой тибетской медицины, поставили ее на высокую степень порядка и, притом помогая мне во время моей практики в приеме моих многочисленных больных, сумели извлечь из этого глубокое значение врачебной науки Тибета под моим руководством на практической почве до такой степени, что во время моего сидения в Крестах, в Свеаборге, на Шпалерной, в Военной тюрьме и наконец в Чесме в продолжение двенадцати месяцев самостоятельно принимали больных и приобрели множество сторонников из новых больных, которые меня не знали.

Таким образом, Ваша практическая деятельность, на основании которой Вы приобрели своих собственных клиентов, дает мне право признать в Вас знатока той великой науки, которую я хотел сделать достоянием Европы.

Так как я в преклонном возрасте не знаю ничего о будущем и желаю, чтоб эта медицина сделалась достоянием европейской науки, то я просил Вас, когда в нашем Отечестве наступит мир и когда можно будет проезжать повсюду и выезжать за границу, то ехать в Монголию, на мою родину, и ознакомиться с теми лицами, которых я укажу, приобрести все, что необходимо для тибетской аптеки для того, чтобы ими пользоваться в России и чтобы ознакомить с ними европейский ученый мир. Лица же, на которых я укажу, живут в Монголии, в Тибете, в Северном Китае и с большим удовольствием по моей рекомендации окажут Вам содействие во всех Ваших делах, касающихся врачебной науки Тибета.

Ввиду такой совместной работы над больными вы сделались настоящей хозяйкой над всем имуществом, принадлежащим мне, и это имущество должно считаться нашей общей собственностью с нравственной и юридической стороны. Кроме меня и Вас, никто им распоряжаться не может. Право владеть, пользоваться и распоряжаться ими принадлежит нам обоим. Моя бывшая жена, мои дети от первой жены только с разрешения моего и Вашего могут пользоваться чем-нибудь из моего и Вашего имущества, находящегося на Поклонной горе, на Ярославской улице и на квартире на Литейном проспекте, д. № 16, кв. 2 и на Дону, а равно и всеми домами и земельными участками, находящимися в Чите.

Пятнадцатилетняя наша совместная работа на практической почве при приеме больных и Ваша самостоятельная работа над тибетской аптекой в области фармакологии и фармакогнозии дает Вам право быть полным хозяином аптеки тибетской медицины со всеми принадлежностями и материалами. Вы все время руководили составлением лекарственных веществ для больных; дозировка лекарств вам хорошо известна, с какой целью каждое лекарство принимается. Вы хорошо знаете и с большой пользой употребляли составленные Вами лекарства для больных и приобрели этим личных сторонников. Поэтому никому другому не могу поручить аптеку как только Вам, так как она является собственностью как моей, так и Вашей.

Завещание заверено подписью сына П. А. Бадмаева П. П. Бадмаевым и другом дома Тер-Степановым.

ИЗ ПРЕДИСЛОВИЯ П. А. БАДМАЕВА К КНИГЕ «ЖУД-ШИ»

«Хотя «счастье», «разумная жизнь» и «разумный труд» — понятия относительные... безусловного счастья, понимаемого всеми одинаково, не может быть на свете: всякий сообразно гармонии своего умственного и физического развития понимает счастье по-своему. Но под словом «счастье» врачебная наука Тибета понимает удовлетворенность умственную и физическую в данный момент...

Разумною жизнью врачебная наука Тибета называет умение содержать в чистоте ум и тело и оберегать себя от всяких излишеств, потому что они препятствуют умственному и физическому развитию. Одним из средств для достижения разумной жизни должен считаться разумный труд.

Что означает слово «разумный» труд? Труд, производимый каждым лицом по состоянию своей индивидуальности. ...Врачебная наука Тибета... трактует, чтобы труд умственный не утомлял бы центральной нервной системы, как часть тела, и труд физический не задерживал бы проявления умственных способностей.

Физический труд только тогда приносит пользу организму, когда он целесообразен в самом широком смысле этого слова и совершается на открытом воздухе. Физический же труд в виде гимнастических упражнений... танцы, фехтование и т. д. безусловно вреден, если он совершается в душных помещениях.

Из всех видов физического труда врачебная наука Тибета рекомендует сельскохозяйственный труд... этот труд имеет значение воспитательное и он легче всего способствует умственному и физическому развитию.

Благодаря сельскохозяйственному труду человек может избегнуть экономической катастрофы, так как этот вид труда... одевает и кормит не только его самого, но и его семью его и весь живой инвентарь. Этот труд дает полное благосостояние и довольство... Сельские хозяева по существу жители мирные, доброго нрава, и у них больше, чем у ремесленников, зарождается чувство сострадания к животным и любовь к ним, и возникает легче всего идея человеколюбия. Они враги всевозможных беспорядков, грабежей, разбоя, войн. Они более всех сочувствуют ближним, ценят время и следят за временем года, чтобы предупредить могущие быть бедствия. Они больше всего ценят природу и понимают значение собственности и труда.

Все другие отрасли труда имеют место только при процветании сельскохозяйственного труда, иначе они являются началом, нарушающим умственное и физическое развитие. И влекут за собой гибель рабочих и даже вырождение целой страны».

И все же надежда есть: за меня, за мою семью, за весь народ русский молится петербургский святитель, настоятель храма Святого Серафима Саровского, отец Василий.

ПРИЛОЖЕНИЯ

Письма П. А. Бадмаева императорам
АЛЕКСАНДРУ III и НИКОЛАЮ II

Читателя может удивить, что в письмах известного тибетского врача Петра Александровича Бадмаева самодержцам Российской империи — Александру III, Николаю II и министрам того времени, автор почти не касается вопросов собственно врачебной науки Тибета; он пишет об установлении более тесных связей с Востоком — Монголией, Тибетом, Китаем; об усилении влияния России на востоке (его аргумент: не мы, так туда придут англичане). Наконец, о строительстве великого Сибирского пути.

Но дело в том, что в тогдашней России с тибетской медициной дело обстояло относительно благополучно. Медицинский департамент Военного министерства оказывал П. А. Бадмаеву помощь в доставке сырья для лекарств из Монголии и Аги; тибетскими лекарствами пользовались как низшие, так и высшие слои населения Петербурга, в том числе и члены царской семьи. И хотя в петербургских газетах, типа «Копейки» время от времени появлялись нападки на врачебную науку Тибета, инспирируемые аптекарским сословием, терпевшим потери в конкурентной борьбе с Бадмаевым, он не считал нужным тревожить по этому поводу императора. На них он ответил популярной брошюрой: «Ответ членам медицинского совета на неосновательные нападки на врачебную науку Тибета» (Петербург, 1903, 1915 гг. издания, переиздано изд. «Наука» в 1991 г.).

Основательный научный ответ оппонентам содержится в его капитальном труде «О системе врачебной науки Тибета», вышедшем в Петербурге двумя изданиями (1898 и 1903).

Но, конечно, ратуя за усиление влияния России на востоке, он имел ввиду Тибет с его учеными эмчи-ламами, у которых учился врачебной науке Тибета и мечтал о более широком распространении этой науки в европейской части России и западной Европе. Первая мировая война помешала осуществлению его идеи — создания сети народных аптек.

Письма П. А. Бадмаева были опубликованы в 1925 г. (Л., Госиздат) — «За кулисами царизма», с подзаголовком «Архив тибетского врача Бадмаева» тиражом 8 тысяч. Редакция и вступительная статья

В. П. Семянникова. В статье автор называет Бадмаева «авантюрист», пытавшийся «околпачить Романовых», и т. п. эпитеты. Но излив всю желчь, В. Семянников пишет о записке Бадмаева Александру III: «Несмотря на всю фантастичность бадмаевского плана, в нем были, тем не менее, кое-какие справедливые мысли: это прежде всего указание на скорое падение маньчжурской династии. «Дни ее, — писал Бадмаев, — сочтены и на монголо-тибето-китайском востоке предстоит наступление анархии; пользуясь ею, европейцы бросятся туда, захватят несметные богатства этой страны, которые в их руках послужат страшным оружием против России»... Это было писано в 1893 году, а «боксерское» движение, произошедшее через семь лет — в 1900 г., было действительно грозным предостережением для династии. Прошло еще несколько лет, и маньчжурская династия, правившая Китаем, была сметена революцией в 1911 году.

Вместе с тем, надо отметить, что было, в общем, справедливо, как указание Бадмаева на аполитичность китайской народной массы, так и предвидение расхищения Китая европейскими империалистами».

Это все цитата из вступительной статьи. Итак, один из самых яростных критиков Бадмаева в 20-е годы, вынужден признать, что тот был прав в своем предвидении грядущих событий. Но он действительно знал Восток, и потому, что пришел оттуда, и потому что изъездил Тибет, Монголию, Китай в молодости, когда служил чиновником в Азиатском департаменте МИД Российской империи.

Из приведенных ниже писем читатель поймет, что если бы Николай II в свое время внял советам Петра Александровича, была бы предотвращена русско-японская война.

Нельзя не отметить независимый тон писем П. А. Бадмаева самодержцам России. Если по отношению к Александру III он, будучи крестным сыном его, проявляет некоторую почтительность, то в письмах Николаю II, автор иногда не сдерживает своего раздражения, прямо критикуя действия царского правительства.

Интересно также отметить, что в своих рассуждениях о продвижении русских на Восток, П. А. Бадмаев перекликается с мыслями Л. Н. Толстого, писавшего о мирном «завоевании» русскими новых земель и народов. Толстой и Бадмаев исходили в общем из одних и тех же предпосылок — исторических фактов.

Имя Бадмаева часто связывали с именем Распутина. Здесь приводятся письма царю и председателю Государственной Думы Родзянко, свидетельствующие о подлинном отношении П. А. Бадмаева к Распутину (он же — «Новый»). Однако, Петр Александрович в письме от 26 декабря 1916 г. (через десять дней после убийства Распутина) выразил в письме Николаю II сочувствие, ибо не признавал террористических актов. Но даже в этом письме автор упоминает о «смрадной атмосфере» в «Высших сферах».

Записка

П. А. БАДМАЕВА АЛЕКСАНДРУ III
О ЗАДАЧАХ РУССКОЙ ПОЛИТИКИ
НА АЗИАТСКОМ ВОСТОКЕ [1]

Внимание представителей России должно сосредоточиться в настоящее время, главным образом, на финансово-экономическом значении железной дороги, которая предначертана Высочайшей волей для соединения Дальнего Востока с городами Европейской России.

Венценосец русского царства бесповоротно решил облегчить сношения своих верноподданных окраин с центром России.

Наследнику престола выпала счастливая доля исполнить волю своего венценосного родителя.

Владивосток был свидетелем, как государь наследник присутствовал при закладке этого великого железнодорожного пути и первый соизволил проехать по нему.

Русский народ привык тысячелетием к святости и ненарушимости царского слова; тем более, когда приведение в исполнение этого слова повелено государю наследнику, как первому верноподданному государя императора, оно будет неизменно; следовательно, дорога будет сооружена.

Таким образом, положение России на Востоке в скором времени должно существенно измениться, благодаря железной дороге, в смысле более тесного соприкосновения с жизнью и интересами Востока.

Но заботиться о делах Востока следует не лихорадочно, не порывами, а последовательно, имея в виду, главным образом, историческое наше призвание, так как имя белого царя пользуется на Востоке обаянием, благодаря историческим отношениям России к народам Востока в духе евангельского учения, как то выясняется ниже.

Ход дел на Востоке в новейшее время

Прежде чем перейти к главному предмету настоящей записки, я должен отметить некоторые характерные явления в общем ходе дел на Востоке.

---

[1] Хотя в книге указан адресат записки — царь, но судя по тону, она адресована министру С. Ю. Витте, а от него попала к Александру III. *(Б. Г.)*

Когда возник вопрос, вследствие неоднократно тревожных депеш губернатора Барабаша, что необходимо усиленное заселение Амурского края, увеличение войска, — так как представители нашей окраины вдруг узнали о заселении китайцами этого района в числе нескольких миллионов, о необыкновенном увеличении войска в этом районе, — то я, представляя свои взгляды генерал-губернаторам Анучину и барону Корфу, доказывал, что заселение Уссурийского края китайцами — явление не новое, а подготовляемое уже с 1860 г., после внезапного присоединения к нам Амурского края.

Часть Уссурийского края в XVI и в начале XVII столетия принадлежала предкам ныне царствующей династии. Чанбошаньские горы Манчжурии считаются священными, и богодыханы приносят жертвы по сие время духам этих местностей. Зорко следят за событиями в этих районах. Вот почему в 1689 г. послы манчжурской династии принудили посла Головина приказать срыть Албазин, потому что не хотели иметь таких храбрых, хотя и малочисленных соседей, как казаки, вблизи родины предков этой династии. Графу Муравьеву удалось присоединить часть района, почти не принадлежавшего предкам манчжурской династии и служившего местом ссылки, только благодаря страху, испытанному богодыханом при вступлении французов в Пекин. Мне достоверно известно, что ближайшие советники богодыхана решили постепенно увеличить население Уссурийского края, укрепить эти местности против вторжения русских в Пекин. Следовательно, заселение края происходило постепенно в продолжение 27 лет, незаметно для представителей нашей окраины, и раз мы уже заметили это, то не следует особенно тревожиться, потому что китайцы без посторонней помощи не способны к наступательной войне; тысяча умных казаков в состоянии держать в страхе 100000-ую китайскую армию, вооруженную вполне по-европейски.

Примерно 20 с лишком веков указывают, что китайские войска, преследуя монголов, неоднократно погибали миллионами от бескормицы и утомительного перехода через Монголию. Следовательно, и с этой стороны мы также безопасны.

Вообще война с Китаем могла бы возникнуть только в том случае, если бы Европа согласилась поддерживать Китай и принимать активное участие против нас. Поэтому особого внимания заслуживает то обстоятельство, что дальновидные государственные люди Европы обратили свои взоры на берега Тихого океана и стараются стать твердо на почву, чтобы иметь влияние на Китай, восстанавливая его против нас. Они отправляют для этой цели в глубь Китая, Тибета и Монголии миссионеров, ученых и путешественников, снабженных громадными суммами.

Надо сознаться, что эти европейские пионеры, хотя ведут себя безукоризненно и изучают страны и народы основательно, но не успевают ознакомиться с з а т а-е н н ы м и ч у в с т в а м и населения этих стран тем более, что всё население Востока совершенно враждебно к европейцам, особенно проникающим через Китай.

Наши же путешественники и ученые, к сожалению, часто восстанавливают против себя местное население своими не совсем доброкачественными выходками. Многие из них были приняты радушно бурятами, монголами и тибетцами, благодаря имени белого царя; они пользовались при изучении их стран, даровыми их услугами, приобретали даром редкие книги и рукописи. Несмотря на все это, они часто обращались с ними очень грубо, били, отнимали собственность, нарушая гостеприимство. Эти факты не требуют подтверждающих данных, потому что путешественники сами об этом пишут и рассказывают в обществе с наивной грубостью.

Цель нашего движения на Восток

Имея всё это в виду, мы обязаны серьезно взглянуть на Восток и явиться туда в активной роли, искать случая воспользоваться результатами нашей почти трехвековой политики, позаботиться огородить Восток от влияния враждебных нам элементов и охранять свято наши интересы, так как культурно-творческое и нравственное наше влияние принесет нам гораздо более пользы, если мы воспользуемся нашими законными правами в более широких размерах с твердой уверенностью, что мы ничего не желаем, кроме спокойного и мирного развития описываемого района.

С постройки ветви к Лан-чжоу-фу [1] начинается финансово-экономическое могущество России, и сибирския железная дорога приобретает мировое значение. *a*

Для этого необходимо соорудить железнодорожную линию от Байкала к городу Лан-чжоу-фу, в провинции Гань-су, которая лежит на Хуан-хо, на линии китайской стены, — к городу, находящемуся на расстоянии 1500 верст от нашей границы.

Постройка этой линии соединит Россию, можно сказать, с единственным пунктом, имеющим серьезное торговое, политическое и стратегическое значение во всем мире. Лан-чжоу-фу находится бок о бок с провинциями, производящими чай и шелк, и составляет пункт для торговли чаем с Монголией, Тибетом и со всеми среднеазиатскими государствами. Население города доходит до 1.000.000 во время торговых операций. Отсюда будут течь вековые миллиарды золота и серебра, лежащие под спудом 20 с лишком веков.

При такой обстановке Сибирская железная дорога сделается источником нашего обогащения и культурных успехов. Благодаря ей, мы можем избавиться от внешних долгов, и, несомненно, образуется внутри государства крупный металлический фонд, так как Китай, с лишком 20 веков проглатывающий серебро и золото всего мира ради самого золота и серебра, при новых условиях не в силах будет сохранить эти груды в примитивном состоянии. Европейцы, хотя чуют богатства Китая, но в действительности не знают истинных размеров его в этой стране.

Вся торговля Китая попадет в наши руки, европейцы не в силах будут с нами конкурировать, несмотря на то, что в их распоряжении водные пути, отличающиеся хотя дешевизной, но громадное расстояние, тяжелые условия морского перехода, трудность перегрузки, всё это дает возможность предсказать, что чай, шелк и другие товары, отпускаемые Китаем с лишком на 300 миллионов человек, благодаря постройке новой линии, появятся во всех пунктах европейского материка и Англии на пятнадцать дней раньше, чем кругом света.

С проведением этой линии, очевидно, начнется финансово-экономическое могущество России.

---

[1] Лан-чжоу-фу — город в Восточном Китае *(Б. Г.)*

Город Лан-чжоу-фу — ключ в Тибет, Китай и Монголию. Около этого города всегда разыгрывались политические вопросы. Тибетцы держали в страхе Китай из этого пункта. Чингизхан начал завоевание Китая с этого пункта. Последнее восстание дунган сосредоточилось в окрестностях этого города. Манчжурская ныне царствующая династия серьезно занимается укреплением этого пункта против монголов и тибетцев. Угнетаемых ею до такой степени, что Монголия и Тибет или обратятся в пустыню, или все восстанут и попадут в руки европейцев.

Следовательно, нет никакого сомнения, что беспорядки, которые ожидаются со дня на день, будут иметь место в окрестностях Кукунора — Лан-чжоу-фу. Эти беспорядки, по всей вероятности, захватят всю Монголию и весь Тибет. В настоящее время с трудом можно проехать из Монголии в Тибет, не встретив разбойников. Послы богодыхана часто подвергаются грабежам, и богодыханское правительство не имеет возможности защитить своих сановников и преследовать виновных. Понятно, если восстание начнется при правильной организации, под влиянием и при помощи европейцев, то, можно с уверенностью сказать, наш престиж на китайско-монголо-тибетском Востоке окончательно потеряется, и мы навсегда лишимся тех нравственных, политических и материальных выгод, которые должны были принадлежать нам по праву.

Само собой разумеется, что прежде всего необходимо иметь ясное представление о политическом значении манчжурского дома для китайцев, монголов и тибетцев и о престиже белого царя на всем Востоке.

Мой взгляд на китайскую нацию, еще не известный в литературе, и пассивное отношение китайцев к перемене династий

Китайцы — народ с замечательным историческим прошлым, своей самобытностью по всем отраслям человеческого знания, как конкретного, так и абстрактного, удивляют весь образованный мир. Все отрасли теоретического знания, практическое применение знаний к жизни развивалось в Китае с лишком 4.000 лет назад. Поразительное трудолюбие, соединенное с необыкновенной коммерческой способностью, делает китайский народ независимым в экономическом отношении. Китайцы смело конкурируют с американцами своей предприимчивостью; своей торговой изворотливостью превосходят евреев трудолюбием и настойчивостью в возделывании земли и торговли не имеют положительно соперников во всем мире. Что способствовало им поднятся до такой высоты самобытности?

Франция считается в Европе самой счастливой страной по естественным богатствам и климатическим условиям, а собственный Китай, как страна, по тем же условиям и по разнообразиям красот природы, может считаться самой счастливой на земном шаре. Это страна, богато одаренная природой, привлекла человека с незапамятных времен. Очевидно, при таких благоприятных условиях природы, человеческая раса имела возможность необыкновенно размножаться, и с увеличением народонаселения китайцы должны были приучаться к трудолюбию; по крайней мере народонаселение Китая было многочисленное, трудолюбивое и богатое за 1000 лет назад до Рождества Христова. Казалось бы, при таких во всех отношениях счастливых условиях, китайцы должны были сделаться властелинами Вселенной.

Для уяснения вопроса нет необходимости разбирать Китай с точки зрения европейских ученых, ибо вообще известно, что одни синологи думают, что китайцы не в состоянии усвоить европейскую культуру по своей замкнутости и дряхлости, — вследствие чего подчинятся по необходимости влияниям народов с европейской культурой, — и в то же время допускают возможность порабощения многочисленными и трудолюбивыми китайцами Вселенной; а другие синологи думают, что европейская культура будет усвоена всецело китайцами, после чего они начнут предписывать свои законы всему остальному миру. Вот выводы синологов в общих чертах из современного изучения Китая.

Вероятно, синологи забыли (что история Китая с лишком 2000 лет свидетельствует), что этот могущественный во всех отношениях народ управляется хотя своим законом, изданном философами, но фактически правителями Китая являлись различные инородцы, большей частью чисто монгольского племени, малочисленного, не образованного по-китайски, не понимающего значения труда, промышленности и торговли, даже совершенно не знакомого с письменами. Одни правители Китая из инородцев, после того, как вполне окитаивались и усваивали цивилизацию, изгонялись из Китая другими инородцами, также необразованными. Таким же образом преемственно овладели Китаем малочисленные, грубые, совершенно необразованные манчжуры, которые и поныне управляют ими. Манчжурская династия совершенно окитаилась, на нее смотрят в настоящее время с неприязнью как сами китайцы, так и монголы и тибетцы, угнетаемые чиновным миром манчжурской династии.

Китайцы сами по себе, в каких бы благоприятных условиях ни находились, очевидно не только не могут управлять другими нациями, но даже не стремятся иметь правителей из своей нации; по крайней мере двадцативековая история подтверждает такое мнение. Если когда-либо управлял ими настоящий китаец, то он все-таки делался властелином Китая совершенно случайно, бывши нередко заурядным предводителем шайки разбойников; или же эти властелины, хотя бывали настоящими китайцами, но были воспитанниками инородцев. Так например, после изгнания монголов в 1368 году воцарился в Китае любимец последнего монгольского хана Тогои Тэмура, воспитанник, так сказать монголов, и основали минский дом, царствовавший в Китае до нынешней манчжурской династии.

Далее, никакие технические и военно-стратегические познания, усвоенные китайцами от европейцев без европейского вмешательства не сделают китайцев воинственными не только в смысле европейцев, но даже необразованных, но смелых духом монголов. Так, например, армия минской династии, закаленная в боях с монголами, была вооружена артиллерией и вообще огнестрельным оружием в конце XVI века, благодаря католическим миссионерам.

Перед тем, как стал известен своими несмелыми набегами Нурхаци, предок нынешней манчжурской династии, в Китае (это было недавно: Нурхаци сделался известным своими набегами в Китае с 1583 г.) минский двор располагал многочисленной армией и имел знаменитейших в то время полководцев: Ян-хоа, Ду-су-на, Лю-тина, Ма-лина. Набеги Нурхаци стали тревожить Китай со стороны Пекина, и против этого чанбошаньского (горы Манчжурии) предводителя варваров (так китайцы называют всех инородцев) минский двор принужден был выслать двухсоттысячную армию, вооруженную артиллерией, под предводительством вышеозначенных знаменитых полководцев, разделив армию на четыре корпуса, чтобы разорить навсегда гнездо предводителя варваров Нурхаци в Манчжурии. Но случилось противное желаниям минского двора. Нурхаци во главе 20.000 конницы успел разбить наголову все четыре корпуса в отдельности раньше, чем они должны были соединиться у подножья гор Чанбашаня, и нагнал такой страх на минский двор, что китайцы принуждены были выкупить мир у Нурхаци дорогой ценой. С тех пор манчжуры стали усиливаться, привлекли на свою сторону монголов, разрозненных и разоренных политиков минского двора, и в какие-нибудь 30—40 лет на китайском престоле уже сидел потомок Нурхаци.

Очевидно, европейцам пока еще не известно, что для китайцев безразлично **кто бы ими ни управлял,** и что они совершенно **равнодушны** к какой бы **национальности** ни принадлежала династия, управляющая ими, которой они покорятся **без особого сопротивления.**

Многочисленные китайцы не могли ассимилировать монгольские племена

Ясно из предыдущего, что малочисленные монгольские племена, в продолжение двух тысячелетий попеременно владевшие Китаем, не могли ассимилировать китайскую нацию по историческим причинам: властвовавшие племена были малочисленнее подвластных почти в 300 раз, а, главное — без всякой культуры; но равно и сама китайская нация — многочисленная и культурная, в продолжение 200 лет могла ассимилировать только придворный элемент и войска иноплеменной династии, не имея почти никакого влияния на единоплеменников.

Первоначальное отношение китайцев
к христианству

Что китайцы могут усвоить христианскую культуру, видно из того, что иезуиты, жившие и действовавшие в Китае, имели вначале громадный успех, были желанными гостями, пока сами не испортили все дело и не принудили китайцев отвернуться и даже употребить насилие для изгнания католических миссионеров, как вредный элемент, занимающийся интригами. Очевидно, народы с христианской культурой не могут бояться влияния китайской культуры.

Пагубная для самой себя политика
манчжурской династии

Направление же внешней и внутренней политики в Китае зависит только от взгляда царствующей династии, которая держится традиции китайцев, когда только полезно и выгодно для нее.

Монголы и тибетцы подчинились манчжурскому дому, благодаря искусно веденной им политики. Только теперь поняли, что вся политика манчжурского дома состояла в том, чтобы ослабить, разорить и рассорить различные родственные племена Монголии и Тибета, что подтверждается мнением всех европейских ученых. Подобная политика, хотя вызывает смуты в различных местностях Монголии, Тибета и собственно Китая, но эти смуты пока еще подавляются властями манчжурского дома.

Следует бояться энергического
противодействия европейцев, могущих
самостоятельно усвоить верные взгляды

Надо надеяться, что европейцы в скором времени поймут недостатки Китая, и тогда им будет нетрудно убедиться в той легкости, с которой возможно иметь влияние на китайские дела. Вообще Восток не отличается особенной стойкостью, уже он привык ко всевозможным переменам, смотрит равнодушно на возникновение новых царств и чрезвычайно легко, почти без всякого сопротивления, подчиняется новым властелинам, к каким бы национальностям они ни принадлежали.

Так например, английские коммерсанты, прибывшие в числе нескольких десятков тысяч в Индию, принудили 200-миллионное население Индостана признать господство крошечной Англии. Франция, расслабленная нравственно противохристианскими доктринами, раз утвердившись в Тонкине, имеет смелость угрожать с горстью солдат Китайской империи, и многие другие государства успели завестись колониями.

Таким образом острова Тихого океана с Китаем представляются для европейцев несомненно лакомым куском, и мы находимся накануне той роли в Китае, какую европейские дипломаты заставили нас сыграть относительно Турции; но Турция не Китай. Вся Турция со своим богатством и по своему положению не может сравниться с одной губернией Китая.

Монголия, Тибет и Китай составляют будущность России во многих отношениях.

Мы имеем возможность, как ниже увидим, держать в руках Европу и Азию именно с берегов Тихого океана и с высот Гималая.

Легенда о белом царе

Теперь я постараюсь представить, насколько это возможно наглядно, значение белого царя для всего Востока, на основании легендарных и исторических данных, и, надеюсь, будет понятно для всякого русского человека, почему белый царь так популярен на Востоке, и как ему легко будет пользоваться результатами вековой политики своих предков.

Один бурятский родоначальник по имени Шельдэ Занги, бежал из пределов Китая с 20.000 семейств после заключения трактата, но был пойман и казнен манчжурскими властями, на основании X статьи, около 1730 г. на границе. Перед казнью он держал речь, в которой сказал, что если его отрубленная голова отлетит в сторону России (что и случилось), то вся Монголия перейдет во владение белого царя.

Монголы твердят, что при восьмом ургинском хутукте они сделаются подданными белого царя. Настоящий хутукта считается восьмым. Ургинский хутукта почитается монголами святым, как и далай-лама, и имеет громадное влияние на всю Монголию.

Ждут также появления из России белого знамени в Монголии в седьмом столетии после смерти Чингизхана, умершего в 1227 г.

Буддисты считают белого царя перерожденцем одной из своих богинь Дара-эхэ — покровительницы буддийской веры. Она перерождается в белого царя для того, чтобы смягчить нравы северных стран.

Легендарные сказания имеют гораздо более значения в этих странах, чем действительные явления.

Угнетаемые чиновным миром манчжурской династии, монголы естественно крепко держатся преданий, обещающих им лучшее будущее, и с нетерпением ждут наступления его.

Историческое движение русских на Восток

История дает нам достоверные сведения, что русские еще до татарского ига стремились за Урал. В XI веке слуга-отрок новгородца Гюряты Роговича дошел до Уральских гор и познакомился с зауральскими жителями юграми, имевшими сношениями с самоедами.

Самоеды, как видно из атласа Клапрота, жили за 530 лет до Р. Х., в эпоху Кира, в верховьях Енисея, до 116 года по Р. Х.; затем были вытеснены на северо-запад и, под названием тинлингов, населяли в 1000 году уже верховье Иртыша.

Угры же под названием восточных финнов, в 530 году до Р. Х. по тому же атласу населяют восточный склон Уральских гор у Каспийского моря,, а в 565 году до Р. Х. под именем оговор, или восточных финнов, занимают оба склона Уральских гор, а в 1226 году вся эта местность называется Югрой.

Около 1187 года югры платили дань новгородцам.

Татарское иго только замедлило движение русских за Урал, но очевидно, оно не могло препятствовать этому движению; так например, в XIII веке Югрия считалась в числе новгородских волостей.

В 1364 году новгородцы совершили поход на Обь.

При царе Иване Васильевиче III в 1465 году была наложена дань на всю югорскую землю.

С свержением татарского ига в 1483 году, великий князь Иван Васильевич посылал на вогульского князя Асыку в Югру и на великую реку Обь войско под началом Федора Курбского-Черного и Ивана Ивановича Салтыкова-Травина, которые привезли много добра и полону.

В 1484 году вогульские князья Юмшан и Калпа, сибирский Лятик, югорский князь Пыткей и другой еще знатнейший югорский князь Молдан прибыли в Москву и присягнули великому князю.

С покорением Казанского царства в 1552 году, движению русских в Сибирь более ничего уже не препятствовало.

Сибирский князь Едигер послал также в Москву в январе 1555 г. послов поздравить царя со взятием царств Казанского и Астраханского и бить ему челом от своего имени и всей сибирской земли, чтобы царь Иван Васильевич взял его и всю сибирскую землю под защиту от всех неприятностей и наложил дань, и за сбором которой прислал бы своего человека. Послом был отправлен Дмитрий Непейцин с повелением привести к присяге всю сибирскую землю, переписать черных людей и взять с них всю дань сполна.

Ногайские мурзы в 1553 году били челом государю, чтобы он пожаловал, оборонил их от Ямгурчея — царя астраханского, и на его место посадил Дербыша. Послы хана хивинского, прибывшие в Москву в октябре 1558 г., били челом о том, чтобы царь Иван Васильевич велел дать дорогу гостям; о том же просили его послы царя бухарского и самаркандского.

Достоверно известно также, что различные сибирские племена, особенно буряты и монголы, мечтали о подданстве русским царям.

Белый царь — идеал для народов Востока

Итак, народы Азии искали покровительства, защиты, дружбы и подданства России. Они относились и ныне относятся с энтузиазмом к царствующему в России дому и беспредельно преданы ему. Весь Восток симпатизирует России, и русского царя называют на Востоке как русские подданые-инородцы, так и чужеземцы белым царем, царем-богатырем.

Нам кажется, не трудно объяснить историческую причину подобного явления.

Разрозненная Россия во время удельно-вечевой системы была застигнута врасплох полчищами татар и других мелких народов разных верований, предводительствуемых монголами.

Благоволение монгольских ханов
пред подвижниками русской церкви

Не станем вдаваться в глубь истории появления монгольского народа на политическом поприще — это удалило бы нас слишком далеко от нашей цели, но нам кажется необходимым дать в кратких чертах общее понятие собственно о монголах.

Чингизхан и его потомки были выразителями духа своего народа, который вел пастушескую жизнь, был близок к природе, не был испорчен роскошью, не понимал игры страстей, развивающихся под влиянием культуры, — вообще отличался простотой нравов, воинственным духом, своеобразным благородством и чуткостью к правде.

Монголы издревле населяли прибайкальские страны, с которыми связаны лучшие воспоминания этого народа. Уголок этот, соприкасающийся на юге и западе с бесплодными лесами на востоке, отличался необыкновенной красотой групп своих гор, долин, ущелий и равнин, богатством минералов флоры и фауны, дает начало величайшим рекам Северного и Восточного океанов; между горами его таится чудесное озеро Байкал — святилище монголов.

За Байкалом, в Баргузине, возник религиозный культ этого пастушеского народа, культ, недостаточно еще изученный по настоящее время, божества которого, в представлении верующих, населяли озера, реки, горы, леса, равнины и долины их страны, и величественно-грозная природа Прибайкалья вполне подчиняла себе воображение своих обитателей.

Знаменитый мусульманский историк монгольских

ханов Рашид Эддин придает особенное значение прапрабабушке Чингизхана Алангове и называет ее раковиной, бывшей убежищем жемчужины. Под жемчужиной он подразумевал Чингизхана, происходившего в VIII или X колене от Добы Мэргэна, женатого на Алангове, хоринской девице, дочери Харитай Мэргэна, родоначальника известного монгольского племени х о р и, и ныне населяющего Забайкалье. Хоритай Мэргэн около IX века по Р. Х. кочевал между чудной баргузинской равниной и верховьями Онона, удаляясь иногда в степь — налево к Кырэлэну и до Гоби, направо до Улясутая.

Детство Чингизхана протекло на берегах Онона, первые его воинские подвиги совершились в странах Забайкальских. Мать его, будучи вдовой, принуждена бывала, по необходимости, кормить своих детей, в том числе и Чингизхана, кореньями и луковицами. Она переносила немало обид от своих соплеменников, между которыми часто происходили мелкие раздоры, как и ныне, из-за первенства.

Итак, Чингизхан рос в бедности, испытал много семейного горя и часто видел людскую несправедливость. Одаренный от природы цветущим здоровьем и мужественным духом, изучивший нравы своих сородичей, он стал строить планы и постепенно производить их в исполнение, ободряемый предсказаниями служителей своей веры об его будущем могуществе.

Действительно, этому гениальному монголу и его ближайшим потомкам суждено было в XII и XIII столетиях завоевать почти полмира. Под предводительством этих-то, еще неиспорченных и свободных от политического и религиозного фанатизма детей Прибайкалья, татары заполонили Россию. Вот почему Чингизхан и его ближайшие потомки часто оказывали необыкновенное великодушье к враждебным, но храбрым и благородным представителям покоренных народов, стремились создать в своем государстве спокойствие и мир, и с **неподдельной любовью и благоговением относились к подвижникам русской церкви** и к православию; но они исторически были слишком юны и неподготовлены управлять такой огромной империей, поэтому очень скоро подпали под влияние окружающих, большей частью не монголов, заботящихся только о личных интересах, вследствие чего, эта монгольская империя разделилась на три части; затем каждая из них, просуществовав непродолжительное время, исчезла.

Ни мужество князей, ни храбрость русского народа не могли устоять против наплыва их полчищ. Россия была разорена, как и все другие царства, попадающиеся на пути набега пастушеских племен; она дрогнула, великие князья и народ пали духом.

В этот тяжелый момент народных бедствий **святая православная церковь служила объединяющим, ободряющим и утешающим элементом**; подвижники ее действовали тихо, смиренно, с любовью к ближнему. Добродетельная жизнь этих подвижников, необыкновенная деятельность их в духе евангельского учения служила примером для народа и его представителей.

Лучшие люди ясно понимали, что только объединенная **духом христианства Россия** может освободиться от татарского ига. Несмотря на это, прошло много времени, пока россияне не прониклись духом евангельского учения, ибо нередко встречались во времена татарского ига ужасные сцены при дворах великих князей и в народе, не допускаемые христианством. Часто эти сцены походили на варварство язычников.

Объединение России и укрепление ее духом христианства совершились под сенью великих святителей митрополитов московских: Петра, Алексия, Ионы, Филиппа и преподобного Сергия Радонежского. Они полюбили Москву и способствовали ее возвышению. Московские великие князья, при расширении пределов своего княжества, действовали руководствуясь советами святителей, без кровопролития. Споры и ссоры удельных князей прекращались, благодаря служителям церкви, мирным путем, а против очень строптивых принимались энергичные меры, и то действовавшие только на веру и совесть.

Так росла великая Москва — сердце и могущество России.

Слухи о деяниях подвижников православной церкви распространялись далеко за пределами России. Монгольские ханы и подвластные им народы неоднократно были поражаемы мужеством последователей православия; несомненно поэтому ханы относились с любовью и благоговением к служителям русской церкви.

Батый, внук Чингизхана, предавший мученической

смерти князя Михаила Черниговского и его боярина Феодора, был удивлен их мужеством и назвал князя «великим мужем». Хан Хойек дозволял всенародно отправлять перед своим шатром божественную службу по обряду греческой церкви, не препятствовал **обращению ханских жен в христианскую веру** и позволял священникам спорить с идолопоклонниками и магометанами.

Достоверность Узбекской грамоты, данной митрополиту Петру, в настоящее время никем не оспаривается. С одним этим бесспорным историческим документом в руках мы можем подтвердить значение православной церкви и ее подвижников не только в России, но и на всем Востоке.

Грамота эта в одно время в образованном мире наделала много шума; освещали ее с различных сторон, каждый толковал по-своему, и в конце концов пришли к заключению, что монгольские ханы давали подобные грамоты из страха и суеверия, так как, по уверению многих, волхвы, кудесники, колдуны, юродивые всегда держали в страхе народ и его представителей.

Кто серьезно изучал нравы, обычаи и верования монголо-бурят, внимательно проследил за движением этих народов шаг за шагом и останавливался над фактом, исторически доказанным, не может согласиться с таким взглядом на эту грамоту.

Во-первых, эта грамота была дана Узбеком, первым монгольским ханом, перешедшим в магометанство, который, очевидно, не был чужд мусульманского фанатизма, но, однако любовь и благоговение его предков к подвижникам православной церкви настолько были памятны, что он не осмелился изменить традиций своих отцов — Монгольских ханов, при пожаловании грамоты митрополиту Петру.

Он прямо говорит: **«По грамотам прежних царей и мы выдаем жалованную грамоту, не изменяя прежнего пути».**

Хан Узбек свое магометанское недоверие к митрополиту Петру вскользь выражает в конце грамоты следующим образом: **«Кто неправым сердцем будет молиться за нас, на том грех».**

Затем вся грамота написана в духе христианства. Очевидно, хан Узбек и его предшественники могли познакомиться с этим духом, благодаря св. отцам православной церкви и митрополиту Петру. Ясно выражено в этой грамоте о могуществе Единого Бога, о подчинении всех царей Провидению Божию, об отличии гнева и наказания Божьего от царского.

Московское царство создалось и приобрело могущество с благословения святителя Петра

Митрополит Петр, святитель всей России, занимает в сказанной грамоте первое место; православные не могут не знать, какое великое место он занимает в русской церкви, и что русское царство началось с благословения этого святителя. Он очень любил Иоанна Калиту за его благочестие и любовь к бедным и просил его построить в Москве каменную церковь успения Богоматери. «Если послушаешь меня, сын мой, — говорит он ему, — то и сам прославишься с родом твоим более других князей, и твой город будет славен между русскими городами; святители будут жить в нем, руки его взыдут на спину врагов его, и Бог прославится в нем».

Московские великие князья смотрели на это благословение, как на великую милость Божию, данную им устами этого святителя. Верующие сыны России не должны ли и теперь смотреть с большими чувствами благоговения на слова святителя Петра, ибо исполнилось все сказанное им почти 600 лет тому назад, когда о величии Москвы и московского царства никто не помышлял. Православная Россия тогда в нем видела опору и утешение, святая и примерная жизнь этого великого праведника не могла не поражать двор монгольских ханов, и они только поэтому относились к этому святому мужу с полным доверием.

Влияние святителя Петра на Иоанна Даниловича, собирателя русской земли, было огромное, что видно из печального события, свершившегося после кончины святителя Петра. История нам передает, что Александр Тверской был казнен в Орде по прямым проискам Иоанна Даниловича. Ясно, что Феогност, преемник святителя Петра, не мог иметь влияния на Иоанна Даниловича. Оно и понятно: Феогност не отличался евангельской добродетелью, предан был более мирской жизни, о чем знали и при дворе монгольских ханов, и поэтому даже требовали от него дани и не дали грамоты.

Ясно, что монгольские ханы давали грамоты не из страха и суеверия, а из благоговения перед такими мужами, как Петр и Алексий.

Чингизхан и ближайшие его потомки не щадили колдунов, волхвов, кудесников, юродивых, когда они некстати вмешивались в дела ханов. Так например, Чингизхан приказал своему сыну предать смерти одного знаменитого шамана (кудесника, который предсказал ему блестящую будущность, но потом, зазнавшись, стал распространять ложный слух, что Чингизхан обязан своим могуществом только ему и что без него ничего он не сделал бы).

Митрополит Алексий был также известен, как святой муж, при дворе монгольских ханов и, следовательно, на всем Востоке.

Джанибек отправил посольство в Москву с письмом к великому князю в 1357 г. «Мы слышали, — писал хан, — что есть у вас служитель божий, который если о чем попросит Бога, Бог слушает его. Отпустите его к нам, и если его молитвами исцелеет моя царица, будете иметь со мной мир, если же не отпустите его, пойду опустошать вашу землю».

Последние фразы опять доказывают, что ханы не очень-то страшились кудесников, которые могут делать по народным взглядам, одинаково добро и зло. Джанибек, очевидно, понимал, что он приглашает святителя Алексия на доброе дело и вполне верил, что Бог услышит молитву этого праведника; не боялся опустошать Россию, если откажут в его справедливой просьбе, потому что знал, что христианский Бог стоит только за справедливых.

Святитель Алексий говорил: «Прошение и дело превышают меру сил моих, но я верю тому, который дал прозреть слепому, не прозрит он молитвы веры».

Кто из православных не знает, какими чудесами завершались дела святителя Алексия; не только вся Россия в то время, но и весь Восток, через двор монгольских ханов, был оповещен о чудесах его. Во время молебствия перед иконой Богоматери и потом перед ракой святителя Петра, внезапно, перед глазами всех, сама собой зажглась свеча при гробе чудотворца Петра.

Святитель отправился в Орду, где Тайдула, супруга хана Джанибека, лежала больная и слепая уже три года. Святитель отслужил над болящей молебен с чудной свечой, окропил ее святой водой, и Тайдула стала видеть.

Такое проявление божественного промысла имело огромное значение для последующих событий в России и в Орде. После смерти Джанибека вступил Бердибек, перерезав двенадцать своих братьев. Само собой понятно, что такая личность была опасна, и действительно, он угрожал России. Святитель Алексий отправился в Орду по просьбе князей и народа, нашел там сторонников, благодаря впечатлениям, оставленным после чудного исцеления Тайдулы, и получил от Бердибека охранную грамоту, как и святитель Петр.

Деяния преподобного Сергия Радонежского, современника святителя Алексия, также имели огромное значение на Востоке.

Всем известно, что великий князь московский Дмитрий Донской решился на битву с Мамаем по настоянию и благословению преподобного Сергия. Во все время Куликовской битвы он со всей братией молился за русское воинство, рассказывал окружающим о ходе битвы, как очевидец. Мамай, окончательно разбитый, бежал, восклицая: «Велик бог христианский»; а, по восточным преданиям, Мамай и его свита видели, что русские воины в доспехах летали по воздуху и поражали мамаево войско.

В духе предыдущих святителей действовали митрополиты Иона и Филипп. Благодаря им прекращались раздоры епархий, влияние папизма и укреплялась более и более в народе православная вера.

Московские цари относились к инородцам Востока в духе евангельского учения

Лучшие русские люди, конечно, понимали, что величие России зависит от следования взглядам и подвигам этих великих христианских мужей. Действительно, грамоты великих князей, царей московских и императора Петра на Восток писались в духе евангельского учения. С этими грамотами можно познакомиться из «Исторических актов» и дополнений к ним; из «Собрания государственных грамот и договоров»; из историй Миллера, Фишера, Карамзина, Соловьева; из жития святых архиепископа Филарета Черниговского; из трудов Бантыш-Каменского, Словцова, архимандрита Мелетия, Щеглова и из неизданных еще рукописей, находящихся в московском архиве в портфеле Миллера о бурятских делах.

Грамоты писались в Сибирь, на Восток Иоанном Грозным, Борисом Годуновым, патриархом Филаретом — сибирскому митрополиту Киприяну, царем Михаилом Федоровичем — служилым людям, находящимся в бурятских степях, и Петром Великим.

Вот одна из грамот этого императора: «О непокупке Бухарцам и Калмыкам в Тобольске и других городах соболей и мягкой рухляди, об отыскании достойных людей для проповеди евангелия сибирским инородцам и китайцам и о построении в пограничных местах для торгу с китайцами гостинного двора». «Для утверждения и приумножения в православную христианскую веру и проповеди св. Евангелия в тех идолопоклонских народах, тако же для приведения ясачных народов в веру христианскую и св. Крещение, которые близ Тобольска и иных сибирских городов живут, великий государь, говоря о том со святейшим патриархом, указал писать к киевскому митрополиту, чтобы он, подражая о том святом и богоугодном деле, поискал в малороссийских своей области городах и монастырях из архимандритов и игуменов, или из знаменитых иноков, доброго и ученого, и благого непорочного жития Человека, которому бы в Тобольске быть митрополитом и мог бы божией помощью исподволь в Китае и Сибири в слепоте идолослужения в прочих неверствиях закоснелых человек приводить в познание и служение и поклонение истинного живого бога и привел бы с собой добрых и ученых, непристарелых иноков, двух или трех человек, которые бы могли китайскому и мунгальскому языку и грамоте научиться и, их суеверие познав, могли твердыми св. Евангелия доводами многие души области темные сатанинские привести во свет познания Христа, бога нашего, и таму живущих и приезжих христиан от прелести всякой идолослужения их отводити и тамо могли бы жити и у той построенной божией церкви служити, чтобы своим благим житием хана китайского и ближних его людей и вообще их народ привести бы к тому святому делу, и к российскому народу людям, которые во все годы с караваны для торга и для всяких посылок порубежных ездят, учинить себя склонительным. И о том в приказе малые России послать память».

Таким образом, на Востоке со времен Батыя относились к православной церкви необыкновенно почтительно и с полным доверием к ее служителям; московские великие князья со времени свержения монгольского ига, как это видно из исторических документов, посылали в Сибирь, при различных обстоятельствах, грамоты, как было сказано выше, в духе **евангельского учения**, и не замедлило сделаться известным, что московские цари привлекают инородцев в подданство России, держа к ним **привет** и ласку, оказывая новоподданным всякую справедливость, защищают от врагов; налагая в знак покорности незначительный ясак, оставляют в неприкосновенности нравы, обычаи и веру, **если они безвредны**; требуют от инородцев безусловного уважения к православной вере и предлагают подчиниться **бесстрашно**, а от своих служилых людей требуют, чтобы они не отступали от своей православной веры, во всем следовали христианскому учению, избегая противных ему обычаев, нравов и верований инородцев, чтобы они изучали эти нравы, обычаи и верования и примерным своим житьем показали преимущество христианской веры над их суеверием. Относительно распространения христианской веры среди инородцев, московские государи требовали от своих слуг, чтобы они старались всеми силами распространять православие, но отнюдь не прибегая к насильственным мерам, так как это не совпадало с духом учения Христа Спасителя.

Из всего этого нельзя не заключить, что Россия оставляла своим новым подданным все, что было не противно духу православия, не противоречило принципам руководителей русского государственного строя. Царь московский делался отцом и покровителем своих подданных. Принимая в соображение уровень культуры инородцев, видя их отсталость во всех отношениях от коренного русского населения, московские цари делали им различные льготы, чтобы таким образом сохранить их историческое существование и постепенно располагать их к сближению с русским народом и, чтобы насиль-

252

ственным и быстрым распространением на полудиких инородцев общих законоположений не вызвать преждевременной смерти этих племен.

Все эти высокохристианские взгляды нашли отголосок в большинстве лиц, которым московские цари вверяли участь своих новых подданных. В души не только подвластных России племен, но и других азиатских народов, глубоко и сильно врезались подобные гуманные отношения московских царей к иноплеменным народам. Если и встречались темные стороны при этом благоприятном во всех отношениях историческом движении России на Восток, то они исключительно обязаны были некоторым лицам, не понимавшим высокого своего назначения и которые, злоупотребляя своей властью, вызывали недовольство в племенах, имевших с ними соприкосновение.

Такое ясное отношение России к Востоку со времен Батыя, привело к тому, что жители стран юго-восточной Азии не сопротивляются религиозному, политико-экономическому, торгово-промышленному влиянию русского народа. Важность такого русского влияния в Азии, мы полагаем, сознается в настоящее время всеми.

С самого начала водворения в Азии русского гражданства высшее правительство обратило внимание, главным образом, как и следовало ожидать, на распространение православной веры среди новых подданных, что было необходимо не только для России, но скорее для инородцев Азии, которые, благодаря такому гуманному отношению России, охотно принимали и быстро обрусевали; таким образом, не только иноверцы самой Европейской России, но и инородцы отдаленной Сибири, составляя главный контингент населения, считают себя русскими, несмотря на ясный облик не русско-славянского происхождения.

Взгляды псевдо-патриотов

К сожалению, в последнее время псевдо-патриоты, не понимающие великого ассимилирующего назначения коренного русского народа, подняли под влиянием Европы вопрос о национальностях и стали распространять книги и брошюры о сепаратизме различных народностей, составляющих Россию. Эти псевдо-патриоты сумели внушить легкомысленную идею об отсутствии национальной русской политики. Конечно, серьезные представители власти, науки, печати и интеллигенции хорошо сознают, что подобные взгляды псевдопатриотов, не только исторически неосновательны, но даже унизительны для самих русских.

Величие национальной
русской политики

Тысячу лет русские держались русской национальной политики и, благодаря разумному пониманию значения русского народа, вышли доблестными победителями при различных событиях, направленных с целью **разрушить русский строй**. Половцы и печенеги, удельно-вечевая система, татарское иго, Польша, Турция, Ливония, Швеция, 1613 и 1812 гг. — это всё события только возвеличивали русский народ в его национальной политике.

Европа времен могущества папы московскую политику считала самой опасной и глубокомысленной, предполагая, что взгляды великих святителей Москвы, которым следовали великие князья и цари, составляют наружную оболочку русской национальной, якобы коварной политики. Такие же ложные взгляды выходили часто из уст исследователей русской истории. Так, Фишер в своей истории Сибири рассказывает, что русские обманом и обещаниями привлекли инородцев Сибири, а эти, последние, как птицы небесные, попали в ловушки. Очевидно, Фишер не понимал, что обманывали инородцев псевдо-патриоты, так сказать враги национальной русской политики, как и ныне.

Также некоторые служители русской церкви, отправляемые в Азию для миссионерской деятельности, не бывали на высоте своего назначения; начав отступать от принципов, руководивших высшими светскими и духовными властями, они взывали в продолжении 300 лет, не переставая, и ныне взывают к насильственному вмешательству гражданской власти в дело распространения православия между иноверцами, которые не оказывали и не оказывают никакого сопротивления этому святому делу, но грубые отношения миссионеров принуждали их часто обращаться к светским властям с просьбой о защите. Несмотря на такую непоследовательность псевдо-патриотов и части духовенства, **принятое** Россией **направление** принесло то, что различные народности, составляющие Россию, остаются безусловно преданными верховной власти и по настоящее время.

Не подлежит сомнению, что, продолжая идти по историческому направлению, начертанному руководителями России, возможно рассчитывать на верный и скорый успех в деле расширения русского влияния повсюду в Азии, тем более, что Россия идет туда не ради корысти и эксплуатации азиатских племен, как некоторые европейские государства, но **для блага самих обитателей Азии**, не испытавших с древнейших времен удобств жизни христианских народов. Они не испытали ничего, кроме хищничества, разбоя, грабежа, убийств, тирании во всех видах, вообще ничего, кроме унижения человеческой личности. Все царства, возникающие в Азии, имели без исключения хищнический характер, и представители их не могли по принципу стоять за человеческие права.

Историческое направление, которого в общих чертах держались при расширении пределов русского государства, великие князья, цари и императоры России, унаследовавшие евангельские мысли великих святителей Москвы, пред которыми преклонялись ханы монгольские, дало России могущество и было причиной тяготения азиатского Востока к России.

Всем известно, что подданные и чужеземцы одинаково с неподдельным чувством восторга встречали наследника белого царя во время его продолжительного путешествия по Востоку.

Возможность присоединения к России монголо-тибето-китайского Востока

Вот почему необходимо охранять историческое направление России на Восток, подготовлять почву для успешного распространения православия и для успешного усвоения русской культуры там инородцами, так как история указывает, что русская нация сумела ассимилировать окружающие инородческие племена без всякого насилия, благодаря установившимся разумным взглядам, которыми руководствовались великие князья, цари и императоры России.

На такой-то плодородной почве, я уверен, будет легко окончательно привлечь на сторону России монголо-тибето-китайский Восток; тем более, что для меня доступны все местности и масса лиц, которые могут сочувствовать предприятию. Я имею во всей Монголии, Тибете, в северо-западном Китае своих проводников.

Как только начнется правильная ориентация, я тотчас же найду возможность иметь сношения с важными пунктами и лицами, так как хоринские буряты и вообще пограничное население, в числе нескольких тысяч разъезжают по различным местностям Монголии, Тибета и западного Китая для разных целей: для торговли, для содержания скота подножным кормом в Монголии, для получения образования в буддийских монастырях, куда стекаются со всех сторон.

Пионеры хорошо знакомы с политическими и религиозными взглядами монголов, тибетцев и китайцев, с экономическими условиями, с богатством страны, с местным управлением и с военным положением, поэтому следует воспользоваться существующей в зародыше торговой деятельностью этих пионеров в Монголии, Тибете и Китае; они, постоянно пополняемые новыми элементами, будут развозить мануфактурные и галантерейные товары, железные изделия, огнестрельные оружия с их принадлежностями, сушеные грибы и скупать все, что производят Монголия и Тибет полезного для Забайкалья: рогатый скот, овец, верблюдов, яков (буйволы), главным образом, тарбаган — род сурка, водящегося в огромном количестве в Монголии и составляющего почти единственный промысел монголов; из шкурок тарбагана будут выделываться замши, а из жира — сало. На тарбаганское сало существует и в настоящее время большой спрос, который, несомненно, увеличится при постройке железной дороги от Иркутска и далее. Для выделки замши и сала на границе Монголии можно устроить завод.

Взамен грибов и мануфактурных товаров будет приобретаться кирпичный чай для монголов и бурят; за кирпичный чай и огнестрельное оружие монголы будут обязаны доставлять известное количество тарбагановых шкурок и жир этого зверька.

Монголы и тибетцы очень любят охоту, облавы, огнестрельное оружие и их принадлежности, и они с удовольствием будут покупать эти предметы.

Таким образом, сказанные пионеры и вся нужная для дела монгольская молодежь будут вооружены огнестрельным оружием и, совершенно бессознательно и незаметно для посторонних наблюдателей, будут совершенствоваться во время охоты и облав в употреблении этих оружий. Надо заметить, что монголы совершенствовались в военных искусствах во время облав, которые составляют своего рода маневры. Постоянно поощряя эти охоты и облавы с выгодой для дела, можно с успехом руководить большими облавами в пустынных местностях Алашаня, Ордоса и Цайдама, — так сказать, в близости Лан-чжоу-фу, т. е., по местностям, по которым со временем должна пройти железнодорожная линия.

Подобное приготовление, с одной стороны, оживит торговлю, с другой стороны, — обеспечит возможность располагать жителями этих стран для изъясняемого здесь дела.

Некоторые буддийские жрецы считающиеся святыми в Монголии и Тибете, имеющие громадное значение в народе, как-то: далай-лама в Лхасе, баншин-эрдэни близ Шигадзе, ургинский кутукта в Урге, боятся сознаться, что они игрушки в руках манчжурских властей. Они отлично понимают свое бессилие и не имеют смелости упрекать своих притеснителей.

По буддийским понятиям, эти жрецы после смерти перерождаются в мальчика, родившегося в час, день и год их смерти, и который отыскивается по жребию, бросаемому другими буддийскими жрецами, для того, чтобы узнать местность и лицо, у которого переродился умерший. По понятиям буддистов, они могут перерождаться в богатых, бедных, знатных и незнатных семействах.

Но манчжурская династия издала закон, на основании которого монгольский ургинский кутукта должен перерождаться не в Монголии, а в Тибете, где и должны непременно его искать. Этим имелось в виду, чтобы ребенок-монгол не стоял, по достижении зрелого возраста, за интересы монголов; к тому же он редко достигает 20-летнего возраста; многие думают, что манчжурские чиновники его убивают. На основании того же закона далай-лама и баншин-эрдэни, эти ламайские папы, не могут переродиться в богатых знатных семействах Тибета; а в **Монголии совершенно запрещено** им перерождаться даже в бедных семействах.

Благодаря всем этим данным, можно иметь серьезное влияние на этих жрецов в пользу предположенного дела.

В настоящее время в Монголии и Тибете очень мало богатых семейств. Как только начнут богатеть, производятся двойные, тройные поборы несколько раз в год.

Манчжурский двор, приглашая монгольскую и тибетскую знать в Пекин, приучал их к роскоши, способствовал им делать долги, позволял им неограниченно распоряжаться своими монголами и тибетцами, разорять и притеснять бедных. Хотя они получали подарки и жалованье более, чем приносили дани богодыхану, тем не менее, они разорены, связь их с народом прервана и, как знать, так и народ питают злобу друг к другу, а вместе — к манчжурскому двору. Между тем, они пока не смеют высказать свою злобу.

Китайцы озлоблены против манчжурского дома, за то, что он не имеет силы удержать проникновения европейцев с моря и позволяет англичанам отравлять их опиумом.

Вообще манчжурская династия дискредитирована в глазах китайцев, монголов и тибетцев.

Только при помощи жестоких мер и совершенно посторонних и случайных обстоятельств она удерживает свою власть. Россия помогает ей удержать власть на северо-востоке, на севере и северо-западе. Подавлением дунганского восстания манчжурская династия всецело обязана России. Чисто монгольские племена подчиняются этой династии только потому, что им некуда будет бежать после неудачных попыток восстания, как это бывало прежде, когда они убегали в лесистые части прибайкальских стран; теперь же русские власти, на основании договоров о выдаче перебежчиков, думают, что не позволят переходить за русские пределы. Исторических пределов много. После заключения трактата в 1727 году десятки тысяч семейств, перекочевавших за русские пределы, были удаляемы оттуда несколько раз русской военной силой.

Для достижения цели следовало бы устроиться за Байкалом, близ Онона, при речках Иля и Таптаной, в местности, чрезвычайно удобной для скотоводства и хлебопашества, расположенной в центре русских и китайских владений, откуда уже пионеры, снабженные всем необходимым, будут разъезжаться по всей Монголии, Тибету и Китаю. Туда же в Забайкалье будет приезжать монгольская, тибетская и китайская знать, знатные жрецы, ученые и различные посетители бурятских кочевьев. Таких посетителей, прибывающих из Монголии, Тибета и Китая тайно, бывает очень много в бурятских степях. Все они встретят там радушный прием и мало-помалу убедятся в безопасности своего положения под гостеприимным кровом своих единоплеменников. Таким образом, эти посетители, проходя по Монголии, Тибету и Китаю, будут вызывать в жителях более и более симпатий, укреплять в них уверенность в приближении освобождения от гнета чиновного мира манчжурской династии.

Все это будет происходить без всяких разъяснений об истинных намерениях и конечных целях сближения; затаенное чувство будет подсказывать им, что должно действовать заодно со своими единоплеменниками; совсем не посвящая их в свои планы, можно спокойно подготовить почву к тому, чтобы они сами признали неизбежным итти на Лан-чжоу-фу и взять этот стратегический пункт без кровопролития. Из этого пункта весьма удобно распространять свое влияние на весь Китай, Тибет и Монголию. В период взятия Лан-чжоу-фу следует располагать военной силой не более, как 20 до 30.000 человек конницы, вооруженной огнестрельным орудием [1]. Эта конница прибудет с разных сторон: Ордоса, Алашаня, Кукунора, Кукухото к Лан-Чжоу-фу после осенних больших облав, когда сильные дожди делают для манчжурских властей и европейцев затруднительными пути сообщения, разливается Хуан-хэ, наступают холода и метели, и сношение европейцев с Китаем становится более медленным.

---

[1] После трех или пятилетней подготовки подобная военная сила будет иметься наготове в Монголии из местного, преданного делу населения (примеч. П. А. Бадмаева).

Положение города будет точно известно, так как не только будут надежные агенты в Лан-чжоу-фу в числе нескольких тысяч, но важные пункты на пути сообщения с Китаем, с Монголией и Тибетом будут заняты преданными делу лицами, и в Пекине это будет известно только тогда, когда вся Монголия, Тибет и юго-западный Китай бесповоротно объявят себя врагами манчжурской династии. Раз они будут поставлены в такое положение, то чувство самосохранения сделает немыслимым восстановление прежнего порядка вещей.

Взятие Лан-чжоу-фу так важно для изъясненной цели, что к этому будет приступлено лишь тогда, когда достоверно будет известно, что подготовительная работа достаточна для полного успеха.

После взятия Лан-чжоу-фу вся Монголия, Тибет, западный и юго-западный Китай тотчас примкнут к движению в качестве сторонников и пособников предприятия, которое для своего успеха может располагать военной силой 400.000 человек конницы. По заранее подготовленному плану, Монголия, Тибет, западный и юго-западный Китай будут разделены на округа; все чины манчжурского дома будут заменены монголами, тибетцами и китайцами, назначенными туда для принятия управления вооруженной силой, при поддержке местного, подготовленного заранее и сочувствующего делу населения. Затем по подготовленному же плану избранная монгольская, тибетская и китайская знать и знатные буддийские жрецы отправятся в **Петербург просить белого царя принять их в подданство**. Смотря по обстоятельствам, если принятое положение будет прилично и достойно белого царя, казаки, вообще наши забайкальские и амурские войска, будут подготовлены официально принять участие по указанию.

Военная сила, действовавшая в Лан-чжоу-фу, в Монголии и Тибете, увеличенная, как уже сказано выше, до 400 000, разделенная на две части, подвинется с юга и с севера к берегам Тихого океана, чтобы овладеть главными прибрежными пунктами, не допуская никаких грабежей и резни, сопровождающих вообще восстание в Китае, так что жители пройденного района будут спокойно продолжать свои занятия, поэтому сочувственно отнесутся к войскам и оценят их. Манчжурские власти будут заменены благонадежными местными уроженцами, во главе которых будет стоять образованный по-китайски, знающий местное наречие, монгол, который употребит все усилия, чтобы удержаться на своем месте и сделаться популярным в глазах местного населения, испытывающего только гнет и насилие чиновников манчжурской династии. Все манчжурские гарнизоны, встреченные на пути сказанного движения, будут рассортированы, рассеяны и удалены в отдаленные местности. При удаче, ранней весной того же года, до появления европейцев, уже установится новый порядок вещей, желательный для самих подданных Поднебесной империи и для дела, т. е. возможность присоединения к России монголо-тибето-китайского Востока.

После взятия Лан-чжоу-фу, на местные средства, при помощи многочисленного трудолюбивого и способного на земляные работы населения, будет начата, одновременно в различных местах, земляная работа для железной дороги от Лан-чжоу-фу до Байкала. Помещение и продовольствие для этого огромного количества неприхотливых рабочих будут обеспечены монголами, которые перекочуют со своим скотом и юртами к линии и, таким образом, совершенно обеспечат рабочих. Десять человек будут помещены в одной юрте: молочные продукты, кирпичный чай, баранина будут в изобилии, продукты из растительного царства будут доставляться в изобилии на верблюдах из западного Китая и России.

Заключение

Успех предприятия, выше предложенного, зависит только от скромности; чем больше лиц будет посвящено в это дело, тем менее шансов для успеха.

Поэтому необходимо, чтобы предприятие имело совершенно частный характер. При возникновении каких-нибудь случайностей, могущих обнаружиться при изъясненных активных действиях на Востоке, иностранные правительства не будут иметь повода обращаться к русскому правительству.

История указывает, что народы Востока, потерявшие наследственного представителя единовластия, испытывали различные бедствия, включая анархию; поэтому они вполне сознают истинное значение монархического правления, в котором представители государства считаются старшими сыновьями и братьями, нравственно обязанными отвечать за все, как перед отцом монархом, так и перед младшими братьями — его подданными.

Государственные люди, забывавшие по различным обстоятельствам эти свои обязанности, делались простыми расчетливыми посредниками между монархом и его подданными, и тем невольно подготовляли почву для немедленного или быстрого разрушения многих монархических государств на Востоке.

Точно таким же образом знать Срединной Империи подготовила падение манчжурской династии в скором будущем. Дни ее сочтены и на монголо-тибето-китайском Востоке предстоит наступление анархии; пользуясь ею, европейцы бросятся туда, захватят несметные богатства этой страны, которое в их руках послужит страшным оружием против России. В таком случае наше Отечество в скором будущем должно испытывать одинаково сильное давление с Востока и с Запада.

Монголо-тибето-китайский восток ненавидит европейцев, но попадет в их руки поневоле; было бы неосновательно оставить эту богатейшую страну на произвол судьбы и поставить ее во враждебное к нам отношение.

В представленном выше очерке охарактеризовано в общих чертах положение дел на Востоке, вкратце изложена соответствующая программа действий. Подготовительная работа возьмет больше всего времени — от 3 до 5 лет, ибо необходимо для успеха, чтобы все детали были выяснены. В этом периоде времени должны быть сделаны изыскания тех местностей и пунктов Забайкальской области, из которых будет удобнее провести железнодорожную линию к Лан-чжоу-фу. Затем, самое действие должно быть совершено быстро, решительно и смело, так что, будучи начато приблизительно в октябре месяце, должно быть окончено в мае.

По взятии же Лан-чжоу-фу, из этого укрепленного пункта, который легко сделать неприступным, можно иметь безусловное влияние на дела Востока, особенно на провинцию Сын-чу-ань.

Европейский дипломатический корпус и представители современной стратегии, к счастью, не усвоили еще всемирного значения города Лан-чжоу-фу, как политического, стратегического и торгового центра Азии, и еще не знакомы с той обаятельной силой имени белого царя на монголо-тибето-китайском Востоке, против которой, по неизбежным обстоятельствам, европейцы и манчжурская династия должны будут принять серьезные и активные меры, как только фактически убедятся в этом.

Было бы непростительно со стороны России ждать пробуждения своих естественных соперников. Вот почему я уверен, что при быстроте предполагаемых действий, именно в настоящее время, пока еще не готова Сибирская железная дорога, манчжурская династия и европейцы не успеют предпринять надлежащих мер, противодействующих моим планам.

Население соседней с Монголией и Тибетом провинции Гань-су, где находится Лан-чжоу-фу и Сын-чу-ань — житницы всего Китая, простирается до 80 миллионов. Население и богатство Сын-чу-ань превосходит почти в два раза Францию. Несметное богатство этих стран не поддается описанию.

Провинция Сын-чу-ань всегда обогащала казну монголов, тибетцев и манчжур-победителей Китая. Хотя победители не стесняются поборами, но, тем не менее, эта богатейшая провинция никогда не испытывала бедствий, оправлялась значительно быстрее, чем даже Франция. Для достижения конечной цели предполагаемого мной предприятия потребуется значительная материальная поддержка со стороны провинции Сын-чу-ань; она не затруднится удовлетворить потребности этого предприятия суммой в 600 миллионов лан (лан серебра стоит от 2 р. 20 к. до 2 р. 50 к.) т. е. 120 с лишком миллионов рублей.

Новые порядки вещей, которые должны последовать в этой провинции, после взятия Лан-чжоу-фу, будут более симпатичны для жителей, чем существующие, так как они будут убеждены, что навсегда избавятся от незаконных поборов чиновников манчжурской династии, от постоянных грабежей различных мятежников и инородцев-горцев, от которых терпят ежегодно большие убытки, потому что власть богоды-хана потеряла там всякое значение.

Надворный советник *Петр Бадмаев*

13 февраля 1893 г.

ПИСЬМО АЛЕКСАНДРУ III

Ваше императорское Величество!

Прочное положение России на монголо-тибето-китайском Востоке, непоколебимое ничьим влиянием, должно служить фундаментом для великого Сибирского железнодорожного пути, сооружение которого неразрывно связано с именем августейшего создателя его.

Петр Великий почти 200 лет назад ясно сознавал, что действуя в духе православной веры и при посредстве торговых сношений, возможно упрочить влияние России на Дальнем Востоке.

Индифферентное отношение к намерениям Петра Великого, вследствие отсутствия практического знания о сказанном Востоке, было, очевидно, причиной, что Россия до сих пор не принимала там никаких активных мер для достижения серьезных результатов, которых вправе было ожидать по ходу исторических событий.

При широкой инициативе и энергии под единоличным руководством лица, сознающего важное значение Востока для России и практически знающего его, возможно достигнуть благоприятных результатов.

Для этого необходимо привлечь к границам Китая крупные капиталы, создать солидные торговые фирмы и воспользоваться всеми данными, изложенными в моей записке, о которой имел счастье доложить Вашему императорскому величеству г. министр финансов.

Связи мои как за Байкалом, в Монголии, Тибете и северо-западном Китае, так и в Петербурге, в Москве и особенно в купечестве России, дадут мне возможность привлечь к границам Китая опытных, способных и предприимчивых людей для различных предприятий. Они... направят свою деятельность для обеспечения нашего влияния на монголо-тибето-китайском Востоке. При этом все предприятия, которые возникнут там, в силу местных условий должны будут расширяться, привлекая туда лучшие русские элементы, которые, детально изучая удобные пути сообщения китайского Туркестана, Монголии, Тибета и Китая, изберут, по моему указанию, важные пункты для прочного устройства и пребывания там по различным делам, включая и миссионерскую деятельность.

Подобная подготовительная работа уже на практике покажет наступление благоприятного времени для достижения конечной цели. При этом не следует упускать из виду, что подготовительная работа сама по себе в настоящее время своевременна, полезна и важна для России.

Верноподданный Вашего императорского Величества, крестный сын Ваш *Петр Бадмаев*

1893 года июня 2-го

ПИСЬМО АЛЕКСАНДРУ III

Ваше императорское Величество.

Г. министр финансов осчастливил меня, передав на словах священную волю Вашего Величества, и поручил составить пояснительную записку и докладную записку об условиях, на которых может быть выдана мне ссуда.

Эти записки были представлены г. министру финансов 28 августа сего года при письме, в котором высказано, что раз Ваше императорское Величество соизволили изъявить свое согласие на удовлетворение моей просьбы, то мне не следует оставаться в Петербурге, а необходимо отправиться немедленно на Восток, как только воспоследует повеление Вашего Величества, ибо зимой этого года и весной мною будет уже устроено достаточное количество хозяйств; таким образом, конец зимы и начало весны — самое удобное время для приготовления к разным предприятиям и для покупки скота — не будут упущены; летом же будут установлены правильные сношения с отдаленными частями Монголии, Тибета и Китая, а к осени буду иметь некоторые практические результаты, которые сделаются известными министру к новому году.

Г. министр финансов выразился, что пояснительная записка вполне удовлетворяет его, но, ввиду возникших многих важных вопросов в министерстве, находит необходимым отложить мой проект до более благоприятного времени, тем более, что кредит этот не может быть выдан секретно, а должен сделаться известным многим государственным людям, которые, без сомнения, отнесутся к нему, министру, недоброжелательно по поводу кредита, выданного для неизвестного им предприятия, и что, следовательно, ответственность по делу падет всецело на него.

Ваше императорское Величество, быстрота постройки Сибирской железной дороги, напряженное внимание, с которым следит за ней Западная Европа, невольное пробуждение представителей манчжурской династии в Китае, Монголии и Тибете, вследствие постройки этой линии, изыскания, которые они делают для своей железной дороги по направлению к нам под руководством европейцев, все это ускорит события, которые должны будут там совершаться на основании исторического хода дел; поэтому потеря одного года при настоящем положении равносильна потере десятков лет в прежнее время.

Глубоко верую, что, Ваше Величество, постоянно руководимый волей Всевышнего для блага своего народа, сами вернее соизволите решить: следует ли спешить с этим делом.

Петр Бадмаев

26 октября 1893 года.

ЗАПИСКА НИКОЛАЮ II
О ЯПОНСКО-КИТАЙСКОЙ ВОЙНЕ
И ЗАДАЧАХ РУССКОЙ ПОЛИТИКИ [1]

Великие князья и цари московского царства и имераторы России были руководителями при расширении пределов России на Восток, что было указано в моей записке, и взгляды эти были подтверждены истори-

---

[1] В данном письме, приведенном в книге под редакцией В. Семянникова, как и в некоторых других письмах царю, нет слов обращения «Ваше величество», которое в подлинниках, конечно, имелось. Но мы даем письма так, как они приведены в книге *(прим. Б. Г.)*.

ческими данными. Они действовали в духе святителей Москвы.

С проведением границы в 1689 и 1727 годах движение наше на Восток было приостановлено, но тем не менее, имя белого царя рельефнее обрисовывалось в умах монголо-тибето-китайского Востока, и обаятельное его имя, к счастью нашему, не затуманилось никакими событиями, которые могли бы ставить народы Востока в недоумении.

Это случилось потому, что большинство наших представителей на Востоке, как в пределах России, так и за границей, по различным обстоятельствам были лишены возможности играть активную роль в делах сказанного Востока. Вследствие этого, маловажные ошибки, сделанные и делываемые самовольно этими представителями, не понимающими положения дел на Востоке и исторических взглядов русского царства, не отражались роковым образом ни в пределах Забайкалья и Приамурья, ни на Дальнем Востоке. К тому же, эти ошибки парализовались деятельностью Св. Иннокентия, графа Сперанского, графа Муравьева-Амурского, значительно приблизивших нас к конечной цели, т. е. Дальнему Востоку; Михаила Семеновича Корсакова; действовавшего в духе этих лиц, Андрея Николаевича Корфа и Якова Парфентьевича Шишмарева, теперешнего генерального консула в Урге [1].

Таким образом, никто из деятелей русского государства в настоящее время не может находиться в неопределенном положении по делам Дальнего Востока.

Монголо-тибето-китайский Восток передан деятелям настоящего поколения при самых благоприятных условиях.

Европа не имеет еще никакого влияния на него, хотя употребляет все усилия для этого.

Смело можно сказать, что мы не имеем там соперников и можем достигнуть всего при энергии и ра-

[1] Я. П. Шишмарев, понимая значение России на Востоке, уже 30 лет на своем посту проводит исторические взгляды руководителей русского государства, трудится скромно в уверенности, что плоды его и его предшественников не пропадут даром; здесь не место распространяться о деятельности этого драгоценного для России человека, заслуги которого по делам Монголии еще не замечены никем, но они будут оценены историей русского царства. (*Прим. П. А. Бадмаева*).

зумной деятельности; но зато малейшая наша ошибка в настоящее время отразится роковым образом на нас же и мы легко можем сделаться посмешищем будущих поколений русского государства. Японо-китайская война обратила многие сильные умы России на Дальний Восток, и к счастью, своевременно обнаружила тех русских деятелей, которые симпатизируют Японии или Китаю, хотя интересы нашего Отечества диаметрально противоположны интересам Европы и Японии — дитяти конституционной Европы и республиканской Америки.

Мы должны считать войну Японии с Китаем событием первостепенной важности для России. Война эта имеет серьезную политическую подкладку. Начата она в настоящий момент потому, что Япония, хотя еще не вполне подготовлена к войне, сознает выгодность своего положения перед Россией, которая, с сооружением сплошной линии до Владивостока, должна сделаться единственной владычицей на монголо-тибето-китайском Востоке.

Всем известно, что китайский двор не давал никакого повода Японии объявить войну, как расписывают японцы, подражающие во всем Европе и Америке, воображающие себя в будущем в роли англичан на Тихом океане.

Япония нашла именно теперь удобным для себя объявить войну Китаю, овладеть берегами и, сделавшись соседом России, явиться в будущем заинтересованным государством по всем вопросам монголо-тибето-китайского Востока в составе с европейцами и американцами.

Мои посланные встретили нескольких японцев в восточной и западной Монголии и одного японца, бежавшего из Урги в Кяхту. Они изучают монгольский язык и, очевидно, специально посланы в Монголию своим правительством... Кроме японцев, встретили нам нескольких европейцев в азиатских костюмах, — немцев, англичан, французов и шведов, попавших туда из Китая, якобы с целью распространения христианства между монголами... < ... > Генеральльный консул в Урге надеется, что они будут удалены оттуда в скором времени.

...Сознавая неизвестность результатов войны Японии с Китаем, я уверен, что мы найдем средства **без**

военного вмешательства (выделено мной — *Б. Г.*), крайне вредного для нашего престижа на Дальнем Востоке, принудить Японию получить за свои победы какую угодно денежную контрибуцию и остатки китайского флота, но отказаться от притязаний на территориальные приобретения на материке и вмешательства во внутренние дела Кореи и Китая.

Без сомнения, наше военное вмешательство даст повод и другим находиться настороже и принимать конкретные меры при дворе богодыхана, противодействующие нашим планам. Наши же замыслы о малейшем захвате, будучи основаны на полном непонимании дел на монголо-тибето-китайском Востоке, введут нас в круг неисправимых политических ошибок, и страна, которая бесспорно должна в скором времени войти в район исключительно нашего влияния, сделается, как Турция, яблоком раздора.

Дальнейшие победы Японии нежелательны, ибо они осложняют положение дел на Востоке...

Ордосские монголы, кукнорские мусульмане, кукухооские тумэты, при первом удобном случае, намерены восстать. Эти бессмысленные восстания произведут только анархию на монголо-тибето-китайском Востоке. Подобная анархия там будет в руку японцам и европейцам, безусловно опасна для наших интересов; следовательно, мы должны предупредить бегство богодыхана и восстание... как преждевременные события для нас.

Следует японцам иметь в виду, что еще неизвестно, могут ли они надеяться на дальнейший успех. Японская армия должна встретиться с армией, защищающей Пекин в марте месяце, которая плохо управляется и имеет угнетенный дух, но полководцы еще продолжают спорить, какой системы обороны следует держаться.

Для защиты Пекина вызваны войска Восточной Монголии — около ста тысяч, которыми руководят неумелые окитаившиеся изнеженные манчжурские полководцы; поэтому монгольская молодежь уверена, что будет истреблена, но, чтобы избежать такой участи, второстепенные монгольские военоначальники предлагают держаться системы Чингизхана и Нурхаци, т. е. разрешить монголам не находиться в оборонительном положении, а действовать неожиданно и наступательно отрядами в 5.000—6.000 человек с разных сторон, без установленного плана, но как удобно и выгодно. <...>

Возможно совершить в два года присоединение Монголии, части Манчжурии по великой стене, Ордоса и Кукунора внутри стены и Тибета без военной оккупации, только при помощи самих монголов, которых мы должны снабдить оружием. Но такое преждевременное присоединение не имеет смысла, ибо вооружит против нас манчжурскую династию, которая в собственном Китае может броситься в объятия европейцев. Я уверен, что ко времени окончания линии Омск — Иркутск, Байкал — Сретенск и Хабаровск — Владивосток мы будем иметь возможность вести линии ближайшим путем от Сретенска на Хабаровск и на Пекин, а из Читы на Акшу, на Лан-чжоу-фу, для чего должны быть приняты энергичные меры, поддерживающие мои планы, которые могут быть выполнены при наиблагоприятнейших обстоятельствах в три-четыре года.

Таким образом, монголо-тибето-китайский Восток следует считать районом нашей активной деятельности, для чего нужна серьезная подготовка; поэтому крайне необходимо, чтобы администрация Приамурского края и Забайкалья были поставлены в другие условия и подготовлялись бы к будущей своей деятельности.

Обширному и богатому во всех отношениях Забайкальскому и Приамурскому краям предстоит быть центром, откуда должно последовать наше влияние на 400-миллионное население Китая, а потому желательно, чтобы эксплуатация этих районов была предоставлена людям труда и науки, главным образом, лицам, понимающим традицию русского государства и значение Православной церкви, а не тем случайным личностям, имеющим пагубное влияние даже на казначейство, которое считается опорой трона. <...>

Сельское хозяйство в обширном смысле этого слова... требует особого покровительства и поддержки со стороны правительства... <...>

Россия должна преследовать на Востоке чисто русские интересы, диаметрально противоположные европейским, американским и японским. В этих видах следует назначить представителями нашей дипломатии на Востоке лиц, знакомых с языком, бытом и нравами и положением монголо-тибето-китайского Востока и хорошо знающих задачи России...

...Великий царь миротворец (речь об императоре Александре III — *Б. Г.*) ясно сознавал будущность Сибирской железной дороги и значение монголо-тибето-китайского Востока и не остановился перед затратой сотни миллионов рублей для достижения намеченной цели, поэтому должно смотреть на монголо-тибето-китайский Восток, как на часть нашего Отечества, и не жалеть ни средств, ни энергии для нашего прочного водворения там.

Для успешного достижения сказанной цели крайне необходимо поставить администрацию Забайкальского и Приамурского краев в следующие условия.

Учредить должность главноуправляющего этими краями и предоставить ему особенные полномочия и права министра, члена Государственного совета и кабинета министров. Гражданское управление безусловно должно отделить от военного и учредить должность командующего войсками Приамурского и Забайкальского районов, упразднить должность иркутского генерал-губернаторства, предоставив войска этого генерал-губернаторства в распоряжение командующего войсками вышеназванного района. Для единства действий все дела границы китайского Востока, соприкасающиеся с Россией, должны находиться под ведением главноуправляющего этим районом. Наши посланники и консулы в Китае и Японии со всем своим штатом должны подчиняться главноуправляющему и иметь служебное сношение через него с министерством иностранных дел. В этом министерстве следует учредить особый департамент для Дальнего Востока, директором которого должно назначить лицо, с увлечением и разумно относящегося к азиатскому Востоку.

Только при таких обстоятельствах мы в состоянии будем серьезно заниматься монголо-тибето-китайским Востоком и выдвинуть в этот край свежие русские силы...

Петр Бадмаев

1895 г. 22 февраля

ПИСЬМО НИКОЛАЮ II

Ваше величество дорогой государь!

Имею смелость напомнить Вашему Величеству, не наступило ли время повелеть вновь назначенному министру иностранных дел пригласить к себе японского посланника и объявить ему желание Вашего величества. Японский посланник живет в России около тридцати лет и, как свой человек, пользуется любовью и радушьем многих наших государственных деятелей, поэтому легко ему узнавать и действовать в интересах своего отечества. Вероятно, он ценит такое расположение к нему представителей России, поэтому должен считать за счастье исполнить желание вашего величества, т. е. добиться у своего правительства заключить **мир с Китаем на условиях, согласных с интересами богодыхана.** Молодая партия Японии, ведущая войну, дорожит его мнением как знатока России и руководителя японской политики при дворе Вашего величества при помощи русских своих друзей. Но он должен знать, что ему придется покинуть Россию, если он не добьется у своего правительства мира. Справедливость требует, чтобы Россия имела японского посланника, умеющего влиять на свое правительство и проникнутого мирными взглядами Вашего величества на Востоке. Около трех столетий белые цари поддерживали манчжурскую династию и оберегали территорию богодыхана; так, например, Кулчжинский район, занятый при помощи русского оружия для водворения спокойствия на границе, был возвращен боготыхану, как только он изъявил желание на это после полного восстановления спокойствия при помощи России.

Если Россия, имея право удержать за собой этот район, сама не пожелала воспользоваться, любя мирного соседа, то тем более она не может допустить, чтобы Япония захватила земли на материке в соседстве с нами и вблизи столицы богодыхана...

Петр Бадмаев

1895 года, 2 марта.

ПИСЬМО НИКОЛАЮ II

Ваше величество дорогой государь!

Мой отъезд отложен на несколько дней,.. но тем не менее надеюсь скоро выехать на место деятельности. Я взял геньбу[1] почты от Кяхты до Пекина и уже получил телеграммы, что мои люди устанавливают станции, придерживаясь наших порядков. Вообще все дела требуют моего возвращения, поэтому **всеподданейше прошу разрешить мне явиться к Вам лично выразить мою благодарность и получить благословение Вашего величества.** (выделено П. А. Бадмаевым — *Б. Г.*) < ... >

Не могу скрыть только одного обстоятельства, что благодаря Половцеву[2], новому министру иностранных дел рекомендуются лица, которые не только могут быть вредными по делам Дальнего Востока, но и опасными, как люди с шаткой нравственностью.

Говорят, что Шевич или Лессар[3] будут руководить делами Востока. Я лично их не знаю, но люди, знакомые с их деятельностью, относятся к ним, как к лицам, вредным для Отечества по незнанию ими Дальнего Востока. < ... > Конечно, Господь поможет Вам, Государь, выбрать себе тех, кои нужны для благополучия Отечества.

Я давно просил Витте доложить Вашему величеству об известном Вам князе Эспере Эсперовиче Ухтомском, который по моему глубокому убеждению мог бы занять место директора Азиатского департамента. И смело можно сказать, что нет другого подходящего лица для этого поста. Я искренне люблю и уважаю книзя... но следует заметить, Ваше величество, что я люблю только тех людей, которые живут с мыслями о Православной вере — опоре трона, о белом царе и об его благополучии.

1895 года 30 апреля, Поклонная гора.

---

[1] Г е н ь б а — подорожная (*ред.*).
[2] А. А. Половцев — государственный секретарь, близкий к министру иностранных дел кн. А. Б. Лобанову-Ростовскому (*ред.*).
[3] Русские дипломаты на Востоке (*ред.*).

ДОКЛАД БАДМАЕВА НИКОЛАЮ II
О ПРЕБЫВАНИИ В КИТАЕ И МОНГОЛИИ

Ваше величество дорогой государь!

Мой приезд на окраину расшевелил весь буддийский мир, ибо хорошо сознавали, что я должен был покинуть Петербург добровольно только по весьма важным делам. Ко мне, в Читу, стали съезжаться буряты, монголы и главным образом ламы, которые в своих разговорах постоянно твердили, что наступило время расширения границ белого царя на Востоке, и указывали на тех влиятельных лиц в Монголии, Кукуноре, Тибете и в северном Китае, с которыми следует иметь сношения, и на местности, где следует поселиться, чтобы иметь торгово-политическое влияние на известные районы. Такое доверие ко мне внушено было им моим неизменным отношением к ним в продолжение 25 лет по животрепещущим для них вопросам ламайским и поземельным...

В числе прибывших ко мне влиятельных в буддийском мире подданных богодыхана были известные гэгэны: гумбумский — Сертун и ломранский (в Кукуноре) — Жабасен, со своими сотоварищами. Они прожили у меня десять дней и высказали свои взгляды на манчжурскую династию и магометанское движение близ Кукунора. Я отнесся к ним с доверием и решил воспользоваться их знаниями и влиянием для выполнения своего плана. < ... >

Результатом поездок моих посланных по Монголии было прибытие ко мне лиц от Цэцэн-хана, от Жонон-бэйсэ, от Лха-бэйле, почти от всех 22 хошунов Цэцэн-хановского аймака, от пограничных монгольских караулов, от цахар, Долок-норского гэгэна Ганчжирба и от других знатных монастырей буддийских. В числе многих знаменитых лам, которые приезжали ко мне, первое место занимает Няндокси, гэгэн из Лабрана. Он пользуется известностью во всей Монголии и у пекинских знатных буддистов. Он... дал мне драгоценные сведения... и откровенно высказался, что ламбранские и гумбумские знатные ламы из центра буддизма будут за меня и что он будет уговаривать монгольскую знать доверять мне.

Таким образом, подготовив себе почву и проводников, я начал свое практическое и личное знакомство в пределах Монголии, побывал два раза в Урге, у князей и лам между Ургой — Кяхтой, между Ургой — Акшой, между Ургой — Кырэленом, вообще по системе этой реки... вдаваясь от прямой линии направо и налево... и наконец посетил Пекин... Там виделся со многими князьями и ламами и ознакомился с их взглядами на манчжурскую династию, с настоящим положением богодыханского двора и окружающих его вельмож. Туда же прибыли мои посланные в Лан-чжоу-фу, Кукунор и Тибет, ознакомили меня конкретно с положением дел во всех этих странах. <...>

Ваше величество! Мне удалось подготовить почву, заручиться симпатиями населения как окраины, так и Монголии и Кукунора и убедиться лично, что влияние России на монголо-кукунорском Востоке обеспечено и что нужно теперь обеспечить наше влияние на тибетском и китайском Востоке. <...>

В двух столицах, в Пекине и Петербурге, подготовляю молодых людей для их будущей деятельности. Чин венчания на царство, маленькая биография святителя Петра, пророческие изречения которого предвещали настоящее величие России... В книжках будущего года предположение ознакомить Восток со взглядами Петра Великого на страны Востока и параллельно со взглядами царя-миротворца...

1897 года, 15 января.

ПАМЯТНАЯ ЗАПИСКА БАДМАЕВА О ПРОТИВОДЕЙСТВИИ АНГЛИЧАНАМ В ТИБЕТЕ[1]

Существует ошибочное мнение, что англичане боятся потерять Индию, вследствие наступательного движения русских к границам ее через Афганистан, и что будто бы племена Индии с восторгом встретят русские войска. Но следует знать, во-первых, что англичане сумели сделать Индию недоступной для России со стороны Афганистана, а, во-вторых, все действия

---

[1] Записка адресована, по-видимому, Николаю II *(Б. Г.)*

англичан на Востоке показывают, что не они боятся нас, а, наоборот, мы должны бояться их. Англичане уже являются господами в Кашимире, куда они проникли с запада, а в настоящее время хотят завладеть Тибетом, проникая в него с востока.

Тибет — ключ Азии со стороны Индии. Кто будет господствовать над Тибетом, тот будет господствовать над Кукунором и над провинцией Сы-чуань; господствуя над Кукунором, — господствует над всем буддийским миром, не исключая и русских буддистов, а, господствуя над Сы-чуанью, — господствует над всем Китаем. Очевидно, англичане ясно сознают, что, завладев Тибетом, они через Кукунор, Алашень и Монголию будут иметь влияние, с одной стороны, на наш Туркестан, а с другой — на Манчжурию. Конечно, они никуда не уйдут с занятых ими позиций и, возбуждая против нас весь буддийский мир, они в действительности сделаются единственными господами над монголо-тибето-китайским Востоком. Неужели истинно-русский человек не поймет, сколь опасно допущение англичан в Тибет, — и японский вопрос нуль в сравнении с вопросом тибетским: маленькая Япония, угрожающая нам, отделена от нас водой, тогда как сильная Англия очутится с нами бок о бок.

1904 года, 1 января.

(Приходится признать, что в данном случае П. А. Бадмаев недооценил угрозы «маленькой Японии», которая вскоре сумела нанести России удары под Порт-Артуром и в Цусимском проливе. Очевидно, он, как и все, рассчитывал на более мощный военный потенциал России. — *Б. Г.*)

ЗАПИСКА БАДМАЕВА НИКОЛАЮ II О ПОЛИТИКЕ РОССИИ В КИТАЕ ПОСЛЕ ПОРТСМУТСКОГО МИРА

При дворе богодыхана соглашение министра финансов [1] с Лихунчангом о железнодорожной линии было понято в неблагоприятном для России смысле.

---

[1] С. Ю. Витте. Упоминаемое здесь соглашение с Лихунчангом было заключено в 1895 г. (*Б. Г.*)

Японцы и европейцы, воспользовавшись этим, успели убедить китайских вельмож, что такая агрессивная политика России угрожает Китаю. Японцы, заручившись благожеланиями европейцев, Америки и Китая, объявили нам войну для того, чтобы доказать всем, а главное — многомиллионному Китаю, могущество Японии, и в то же время показать слабость России.

Этого они вполне достигли.

Японцы вели войну с Россией, а захватили вассальное Китаю государство — Корею и китайскую провинцию Южную Манчжурию, занятую нами, а также перехватили половину нашего Сахалина.

Вспомним о нашем случайном приобретении в консессионном порядке Порт-Артура и Тальенвана; это приобретение явилось результатом нашего необдуманного решения строить военно-стратегическую дорогу по территории иного государства, а министр финансов был действительно против этого приобретения только потому, что инициатива этого не принадлежала ему.

Современные деятели обязаны мудро исправить нашу ошибку на Востоке, умело начать переговоры с властями Китая и изменить существующее условие, возникшее на Манчжурской ж.д. после Портсмутского договора.

Всевозможные столкновения по делам Манчжурской ж.д. с китайскими властями будут раздуты японцами и дадут повод к серьезным неожиданностям, которые могут окончиться для нас весьма печально.

Наши богатейшие окраины до сих пор в опасности, пока японцы не будут окончательно разбиты нами на материке.

В данный момент я не говорю о Китае. Китайцы приобретут силу, подобно Японии, только в ближайшем будущем. Нам необходимо искать дружбу Китая и восстановить его против Японии, что весьма легко, ввиду вековой ненависти китайского и корейского населения к японцам.

Манчжурскую железную дорогу следует эксплуатировать только в коммерческих целях, извлекая возможно большую выгоду из затраченного капитала, в ожидании лучших для нас времен на Дальнем Востоке.

ЗАПИСКА БАДМАЕВА
ПРИ ПРЕДСТАВЛЕНИИ СВЕДЕНИЙ
О РАСПУТИНЕ [1]

Сведения о Грише знакомят нас с положением Григория Ефимовича в высоких сферах. По его убеждению, он святой человек, таковым называют его и считают Христом, жизнь его нужна и полезна там, где он приютился. Он сам говорил сенатору, что называют его в высоких сферах Христом и святым человеком.

Высокая сфера — святая святых русского государства.

Все верноподданные, особенно православные люди, с глубоким благоговением относятся к этой святыне, так как на нем благодать божья.

Если святая святых признает Григория Ефимовича святым человеком и пользуется его советами, то мы, православные, обязаны также считать Григория Ефимовича святым человеком и почитать его.

Между министрами, однако, находятся лица, которые уверяют, что Григория Ефимовича не считают святым человеком, называют его ничтожеством.

Не тайна почти для всех, что, благодаря Григорию Ефимовичу, был убран епископ Антоний из Тобольска, как вредный для него человек, и переведен в Тверь.

Архимандрит Феофан — инспектор духовной академии, известный своей необычайной чистотой душевной и телесной, выписал Григория Ефимовича из Тобольска в Петербург и ввел его в высокие сферы. Феофан благоговел перед ним, но, познакомившись ближе с его нравственными качествами отрицательного свойства, отошел от него и пожелал разоблачительными письмами разубедить высокие сферы; за это он был удален в Крым.

Епископ Гермоген и иеромонах Илиодор, познакомившись с Григорием Ефимовичем через отца Феофана тоже увлеклись им, а потом, познав его с отрицательной стороны, отреклись и стали принимать против него серьезные меры, за что пошли в ссылку.

Все лица, знающие Григория Ефимовича, уверяют, что он хлыст, обманщик и лжец и что он наклеветал на

---

[1] Записка написана Бадмаевым, видимо, для председателя Гос. Думы *(Б. Г.)*

278

этих чистых людей, и ему поверили в высоких сферах. Разве можно считать Григория Ефимовича ничтожеством, как говорят некоторые министры?

Он играет судьбами епископов, над которыми благодать божья. К тому же он легко способствует назначению на министерские посты людей, ему угодных.

Генеральный штаб Григория Ефимовича в Петербурге: г-жа Вырубова, семьи Танеева, Пистолькорс, Головина, Сазонова, Даманского, Саблера... и епископа Варнавы и все те лица, которые находятся в тесной связи с ними. Лица, обязанные Вырубовой, тщательно охраняют ее очаг.

Проникли в общество слухи, что в случае крушения Григория Ефимовича, этот штаб имеет заместителя, который уже близок и играет некоторую роль.

Таким образом, для блага России и для охранения святая святых, без которой Россия — несчастная страна, православные люди должны принять серьезные, глубокообдуманные меры для того, чтобы уничтожить зло с корнем, разъедающее сердце России.

Найдутся люди, которые будут уверять, что представляемые сведения, письма и печатные статьи о Григории Ефимовиче и его штабе клеветнического характера, все можно назвать клеветой, когда не хочешь верить, но православные люди, любящие святая святых, без исключения, не доверяют Григорию Ефимовичу и его генеральному штабу, малочисленному, интригующему вокруг святая святых и громко говорят, что они управляют Россией и не допустят никого. Они ведут умно и коварно свои интриги, руководимые низменными чувствами.

О Григории Ефимовиче и об его генеральном штабе проникли слухи в толпу, нет уголка в Российской империи, где не говорят с ужасом о них.

В среде епископов и духовенства — тайный ропот, в среде правительства — тайный ропот, в среде военных — тайный глубоко скрываемый ропот. Члены Государственной Думы завалены запросами. В скором будущем ожидается вопрос династический [1], благодаря

---

[1] Записка написана где-то в начале 1912 года и также заключает в себе предвидение: спустя пять лет, в России династический вопрос встанет в достаточной степени остро. Записка эта свидетельствует о позиции П. А. Бадмаева в отношении Распутина и его окружения *(Б. Г.)*.

279

Распутину и его штабу, ибо тайный ропот, как мелкая волна, может превратиться в громадную бурю открытого негодования, поэтому члены Государственной Думы, глубоко потрясенные, обязали меня заявить об этом правительству и выше.

ЗАПИСКА НИКОЛАЮ II

17 февраля 1912 г.

Ко мне обратились с просьбой — содействовать спокойному отъезду епископа Гермогена, и когда этот отъезд удался, то сотрудники разных газет пустили ложные сведения. Сотрудник «Нового Времени» обратился ко мне лично, и я в нескольких беседах восстановил истину. Газеты набросились на г. Нового [1]. Мера, принятая управляющим по делам печати, возбудила все слои общества.

После личных бесед г. Нового с сотрудниками об епископе Гермогене и иеромонахе Илиодоре, ко мне обратились те же сотрудники дать ответ г. Новому. Я мог бы дать ответ от имени епископа Гермогена и иеромонаха Илиодора; последние просили меня напечатать их взгляды на дело г. Нового. Перед отъездом я усиленно уговаривал их хранить молчание о г. Новом, говоря, что государю императору неизвестно ваше истинное побуждение, которым вы руководствовались при разговоре с г. Новым. Когда государь узнает правду, он сам разрешит вопросы, волнующие всех.

А сотрудникам газет я сказал, что дам ответ через несколько дней. Боюсь, что беседа г. Нового дойдет до епископа Гермогена и иеромонаха Илиодора, и разные сотрудники, не дожидаясь моего ответа, поедут к ним; ответы их нельзя будет не поместить, и всякие репрессивные меры могут оказаться недействительными. **Начнется ненужная полемика, которая приведет всех в волнение.**

Известен ли Вам, дорогой государь, тот эпизод, который возник между г. Новым и епископом Гермогеном, иеромонахом Илиодором, при двух свидетелях.

---

[1] Распутин *(ред.)*.

Епископ Гермоген и иеромонах Илиодор — фанатики веры, глубоко преданные царю, нашли нужным мирно уговорить г. Нового не посещать царствующий дом.

По их мнению, г. Новый, известный будто бы многим отсутствием действительной святости, волнует умы и чувства верноподданных, не понимающих, почему он имеет доступ к вашему величеству.

По словам епископа Гермогена и иеромонаха Илиодора и свидетелей, он клялся перед образом больше не посещать двор.

Епископ Гермоген и иеромонах Илиодор убеждены, что их ссылают только потому, что они заставили г. Нового дать клятву перед образом и что г. Новый доложил иначе его величеству с целью возбудить царский гнев против них.

Имея постоянное общение с людьми всех слоев общества — с духовенством, с властями, с представителями Государственной думы, я со своей стороны, как зритель, нахожу, что возможно просто и спокойно, не возбуждая страстей, ликвидировать все это дело.

Прости, дорогой государь, что беспокою тебя письмом, но я счел нужным доложить тебе об этом.

Петр Бадмаев

ПАМЯТНАЯ ЗАПИСКА НИКОЛАЮ II, НАПИСАННАЯ ПОСЛЕ УБИЙСТВА РАСПУТИНА

Глубокая скорбь подсказывает написать следующее: Господь бог иногда посылает испытания всем лицам, чистым духом и телом. Человек не может знать, когда наступит время, что защита господа бога подойдет к нему.

Вспоминая исторически все, что происходило и происходит с момента, когда я стал сознательно трудиться, еще в царствование в бозе почившего Александра II, державного мученика, вспоминая великое трудолюбие царя миротворца и лично зная ваше величество с детского возраста, хорошо знакомый со светлыми взглядами вашего величества, крепкого в вере в самодержавие и искренно, сердечно относящегося к своим верноподданным, поговорив с ее величеством в продолжении часа, был счастливо поражен удивительным духом, знанием и искренностью царицы, увидав государя наследника, подробно схватив его умное детское личико; поговорив несколько минут с августейшими дочерьми вашего величества, взглянув в их заботливые, трудолюбивые с детской чистотой личики, я был глубоко тронут и, в то же время, глубоко возмущен рассказами, распространяемыми умышленно врагами нашего Отечества.

Неужели мы все, а всех нас много, не можем бороться с этой крамолой, с этими немногочисленными, но жестокими крамольниками?

Жестокость их особенно обнаружилась в последние дни. Эта жестокость проникла в душу предводителя, якобы, правых [1], проникла и омрачила четыре почти детских души. Шестая же душа даже не подается пониманию человеческого естества [2]. Можно ошибаться, можно заблуждаться, питать ненависть, злобу, но сделаться кровожадным зверем не так легко.

Имеются особы, которые позволят себе думать, что совершен патриотический акт.

Нелегко жить в этой смрадной атмосфере, которая создала темноту. Где? В высших сферах.

Теперь, Бог даст, господь пошлет терпение, мужество и постоянную заботливость всем нам, любящим царя и Отечество, в борьбе с темными силами.

Враги трона и Отечества называют нас темными силами, но ведь они действуют так потому, что они вне веры, полные атеисты, мы же идем вперед с Богом.

26 декабря 1916 года.

НИКОЛАЮ II

Ваше величество
Дорогой царь!

Имею честь представить вашему величеству брошюру «Конец войны». Прочитав ее, ваше величество соизволите убедиться, что она написана принципиаль-

---

[1] Имеется в виду Пуришкевич, принимавший участие в убийстве Распутина *(Б. Г.)*.

[2] «Четыре души» — дочери Николая II, «шестая душа» — либо — императрица Александра Федоровна, либо — наследник *(Б. Г.)*.

но для массы [1], которая в скандалах видит одну прелесть. Как толпа Рима требовала хлеба и зрелищ, так толпа малокультурных ищет скандала.

Всякий образованный человек понимает, что не хочет видеть воочию, что беспорядки во всем мире производились только тунеядцами и атеистами. Только христиане чистого евангельского учения не способны к тунеядству и беспорядкам. Но это не исключает того, что в монастырях и между священниками есть также тунеядцы, несмотря на то, что они носят имя священнослужителей, и считается, что на них благодать божия.

Вашему величеству хорошо известно, что около трона и около дворов великих князей масса атеистов и тунеядцев, которые проникли во все министерства и во все учебные заведения, не исключая военных.

Вы, ваше величество, сами отлично видите это, но зато через розовые очки докладывают вашему величеству совершенно противоположное.

После этой ужасной войны вся Европа начнет приходить в себя религиозно, политически, экономически и культурно не ранее десяти лет. Этот ужас войны научит нашу родину умудриться, если на все окружающее не будем смотреть через розовые очки.

Атеисты и сторонники народного самоуправления мечтают взять все в свои руки. Поэтому клевета, ложь, разбрасывание прокламаций подходят к подножью трона. Только дальновидные и мудрые могут избавиться от стрел, направленных клеветниками и лжецами под благовидным покровом культурности, просвещения, справедливости и чистоты сердца.

Какая чистота сердца может быть у атеиста? Они, может быть, умные и честные люди, но чистых сердцем между ними нет.

Сухомлинов опозорен; говорят он сам виноват, что попался в такую скверную историю. Правду ли говорят или неправду, не могу разобрать, но с убеждением могу вас уверить (может быть, Сухомлинов лишь объект несчастной любви), во всяком случае, был преданным и полезным вашему величеству слугой, сделал раз серьезную ошибку.

---

[1] Брошюра эта будет распространяться десятками тысяч (*прим. П. А. Бадмаева*).

Вы, ваше величество, конечно, взглянете на это с высоты трона и не отдадите его на съедение.

Земной царь, помазанник Небесного Царя, всегда найдет способ спасти его, хотя он и виноват, повелев себе представить все бумаги и документы по его делу, ради принципа царизма. Необходимо также мудро повелеть представить вашему величеству все бумаги и документы по делу Григория Ефимовича, возбужденному Хвостовыми, Белецкими, Комиссаровыми и др., находящиеся в различных учреждениях и портфелях у разных лиц, через человека опытного, преданного и чистоплотного. Этих бумаг, дискредитирующих трон, говорят, очень много.

Также земной царь не может оставить без внимания совершенно невинного, притом любящего царя и Русь, Курлова, вернуть ему члена Государственного Совета, или сенатора, ибо он также жертва левых. Что должны делать преданные и верные слуги, когда царь — помазанник их не будет защищать?

Еще недавно в ужасном разочаровании находился генерал Пешков, преданный вам слуга, проявившей энергию во время 1904 и 1905 гг., удаленный по происку левых совершенно невинный. До сих пор он искал правды, но не мог ее добиться. Говорят, Вы, ваше величество, изволили сказать, что он очень хороший человек, но жаль не пристал ни к правым, ни к левым, ни к военным, ни к гражданским; вероятно, также лгут. Говорят, он последний год, в особенности эту зиму стал ухаживать за Думой, думскими членами и ругать монархический строй; поэтому его вызвали на Кавказский фронт и назначают эрзерумским губернатором. Может быть, и это неправда?

Все теперь говорят, что у нас власти нет, поэтому Пуришкевич, которого считали наиправильнейшим, пустил крылатое слово в Думе, которое пошло в народ, что министры меняются, как в чехарде. Осмелился бы он, говорят, это сказать, если бы была сильная власть? Говорят, неужели государство будет управляться различными членами Государственной Думы, имеющими пристрастие лишь к своей партии?

Вот почему я выдвинул в своей брошюре клевету, ложь и неизмеримую разницу между взглядами святителей и западников-атеистов.

Также говорят, что почтенный председатель совета

министров [1] ныне управляет государством при помощи двух сотрудников газеты, не находя более подходящих лиц. Один из них, говорят, совместно действовал с Хвостовым, Белецким, Комиссаровым с ловкостью агента печатного слова [2].

Истинные монархисты говорят, что государь нас выдает головой левым, а те радуются, что режим царизма ослабевает. Все это, может быть, тоже ложь и клевета, но, однако, моя брошюра доказывает, что на ложь и клевету нужно обращать серьезное внимание.

Небесный Царь научил нас: «Ищите — обрящите, стучите — отворят вам, просите — дано будет», царь же земной мне не дает возможности устно передать все это с разными комментариями.

22 апреля 1916 года.

ПОСЛЕДНЕЕ ПИСЬМО П. А. БАДМАЕВА НИКОЛАЮ II

Ваше величество дорогой государь.

Деловая беседа, ведёная мной с Вл. Вас. Горячковским, строителем Мурманской железной дороги, навела меня на мысль предложить ему изложить мне все это в письме, чтобы я мог лично понять положение наше на севере, ибо прочитанное у меня хорошо укладывается в голове.

Ваше величество, я очень вдумываюсь в наше политико-экономическое положение и очень им занят, так как наше будущее все зависит от просвещенного устройства сельского хозяйства на тех основаниях, которые изложены в моей книге, представленной мною вашему величеству через дворцового коменданта В. Н. Воейкова.

При таком просвященном хозяйстве пути сообщения будут играть первейшую роль, а порт Романов должен сыграть мировую роль для нашего отечества — большую, чем берега Финского и Рижского заливов, немецкого моря и даже Черного моря и Дар-

---

[1] Штюрлер *(ред.)*.
[2] Говорится о Манасевиче-Мануйлове *(ред.)*.

данелл. Порт Романов будет не только конечным портом для всей России с Туркестаном и ближайшими частями Азиатского материка, но даже конечной точкой для всего Азиатского Востока, Индии, Индокитая, Тибета, Китая, Манчжурии, Монголии и Японии, если только серьезно обратим внимание на наши пути сообщения и продолжим, как говорит Горячковский, Мурманскую жел. дорогу еще на 300 верст для соединения ее с северной Сибирской магистралью и обратим особое внимание на постройку железных дорог на азиатском Востоке.

Все, в чем нуждаются европейские материки от азиатского Востока и от всей России, будет значительно скорей доставляемо сухим путем через порт Романов. На берега Франции, Англии и на другие берега Европы доставка эта будет производиться также легче и быстрее, минуя огромные океанские пространства и минуя закрытые Балтийское и Черное моря.

Провозоспособность Мурманской дороги 120 вагонов в сутки; если будем энергично действовать, увеличивая закладку параллельных рельсов по Мурманской дороге, быстро колонизируя этот район русскими людьми, то 120 вагонов увеличатся на десятки тысяч. Жилья Мурманской дороги необходимо выстроить за счет той же дороги, или за счет казны, или же за счет образуемого акционерного общества, непременно из несгораемого материала, каковой на севере легко найти...

Для многих писать легче, чем действовать, для меня же писать трудней, чем дело делать. Прежде я беспокоился, когда мешают делать, теперь же я понял, что все помехи можно легко отстранить только разумным отношением к людям. Денежных средств для улучшения хозяйства найдется сколько угодно; ни для кого не тайна, что люди труда создают цену деньгам, а деньги же вовсе не создают людей. Также необходимо, чтобы вся эта дорога в будущем находилась только в русских руках, тогда Азия и одинаково Европа должны будут считаться с экономическим могуществом нашего отечества, что возможно только при просвещенном сельскохозяйственном труде.

Ваше величество, как державный вождь нашего отечества, по воле божьей, держите в руках камертон.

Будущее могущество нашей родины от данного звука этого камертона. Под ясным его звуком сознательные верноподданные вашего величества будут неустанно стремиться исправлять все ошибки и недочеты и непрестанно работать по всем отраслям государственной жизни.

Очень сожалею и удручен, что последние годы я не имел счастья видеть ваше величество, чтобы знать, в какой мере изменились взгляды вашего величества на все происходящее.

При этом письме имею счастье представить два письма В.В. Горячковского, которые перепечатаны на машинке, чтобы не утруждать ваше величество разбором рукописи.

Февраль 1917 года.

Главы из книги «ЖУД-ШИ».
(Основы врачебной науки Тибета)

Перевод П. А. Бадмаева

СХЕМА СИСТЕМЫ ВРАЧЕБНОЙ НАУКИ ТИБЕТА

Врачебная наука Тибета свою стройную, логически последовательную систему изображает схематически, в виде девяти деревьев, растущих из трех самостоятельных корней.

Из первого корня растут два дерева, имеющие двенадцать ветвей, восемьдесят восемь листьев, два цветка и три плода. Под первым деревом разумеется здоровый человек, а под вторым — человек, у которого произошло расстройство питания (больной).

Из второго корня растут три дерева, имеющие восемь ветвей и тридцать восемь листьев. Первое дерево изображает диагностические приемы осмотра, второе — ощупывание и третье — правильные расспросы. Диагноз здорового организма и организма, у которого произошло расстройство питания (больного), произ-

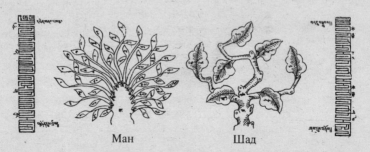

Ман Шад

Тибетское схематическое изображение двух деревьев: 1-е о лекарственных веществах (по-тибетски «Ман»), а 2-е о наружных способах лечения (по-тибетски «Шад»)

водится при помощи шести чувств: 1) зрения, 2) обоняния, 4) вкуса, 5) осязания-ощущения и 6) ощущения полной удовлетворенности (физической или умственной), зависящей от индивидуальности и являющейся результатом первых пяти чувств.

Из третьего корня растут четыре дерева, имеющие двадцать семь ветвей и девяносто восемь листьев. Первое дерево изображает пищу и питье, второе — образ жизни, третье — лекарственные вещества и четвертое — наружные способы лечения, к которым относится и хирургия.

Первое дерево — схематическое изображение здорового и больного человека — имеет три ветви, двадцать пять листьев, два цветка и три плода. Первая ветвь — три жизненных процесса, вторая — ткани, третья — отделения. Первая ветвь имеет пятнадцать листьев. Первый лист — восприятие, уподобление, всасывание, усвоение, удаление-очищение-расходование воздуха и в эмбриональном периоде, второй лист — тот же процесс в легких, третий — в тканях, частицах и в коже, четвертый — в первых путях пищеварения, пятый — в нижних сферах тела, шестой — жизненный процесс желчи в первых путях пищеварения, седьмой — жизненный процесс желчи, при помощи которого происходит уподобление, восьмой — тот же процесс в кровеносной системе, девятый — в области зрительного аппарата, десятый — жизненный процесс желчи, влияющий на окраску тканей и кожи, одиннадцатый — жизненные процессы слизисто-серозной и млечно-лимфатической системы в грудной области, двенадцатый — тот же процесс в первых путях пищеварения, тринадцатый — в полости рта и на языке, четырнадцатый — в области головного мозга и пятнадцатый — в области суставных поверхностей, влагалищ, полостей и щелей.

Вторая ветвь — ткани — имеет семь листьев: первый лист — хилус, второй — кровяная ткань, третий — мышечная ткань, четвертый — жировая ткань, пятый — костно-хрящевая ткань, шестой — нервная и костно-мозговая ткань, и седьмой — sperma и menstruae.

Третья ветвь — отделения — имеет три листа: первый — урина, второй — экскременты и третий — пот.

Как у здорового, красиво растущего дерева появляются цветы и плоды, так и результатом цветущего состояния организма являются два эмблематические цветка: 1) безболезненная жизнь и 2) продолжительная жизнь. Тремя эмблематическими плодами цветущей жизни считаются: 1) счастливая и разумная жизнь, знание и богатство, 2) слава, 3) такое совершенное состояние после смерти, какого ограниченный ум человеческий и представить не может.

Второе дерево — схематическое изображение человека, у которого произошло расстройство питания, — имеет девять ветвей, шестьдесят три листа. Первая ветвь с тремя листьями изображает три причины, заключающиеся в самом субъекте и вызывающие расстройство питания: 1) неумение пользоваться своими страстями, 2) отсутствие истинной доброты, 3) отсутствие знания. Вторая ветвь с четырьмя листьями изображает четыре внешние причины, вызывающие расстройство питания: 1) времена года, 2) индивидуальная чувствительность, 3) пища и питье, 4) образ жизни. Третья ветвь с тремя листьями изображает три области: 1) первоначальное возникновение в эмбриональном периоде желчи в области печени, под диафрагмой, и появление ее затем во всех тканях, 2) начало развития в эмбриональном периоде слизисто-серозной и млечно-лимфатической системы в области головного мозга и дальнейшее развитие ее в грудной полости и в других частях тела, 3) начало в эмбриональном периоде восприятия, уподобления, всасывания, усвоения, удаления-очищения-расходования воздуха в области поясницы и проявление этого процесса в толстых кишках. Четвертая ветвь с шестью листьями изображает шесть областей, в которых начинается расстройство питания: 1) полость имеющие органы, 2) плотные органы, 3) область кожи, 4) область мышечной системы, 5) область сосудисто-нервной системы и 6) область костнохрящевой системы. Пятая ветвь с пятнадцатью листьями изображает расстройство питания в организме в пятнадцати отделах вследствие расстройства: а) восприятия, уподобления, всасывания, усвоения, удаления-очищения-расходования воздуха, б) жизненного процесса желчи и в) слизисто-серозной и млечно-лимфатической системы. Самым чувствительным местом при расстройстве восприятия, уподобления, всасывания, усвоения, удаления-очищения-расходования воздуха считаются: 1) семь тканей, 2) из шести чувств — область слухового центра, 3) район осязания и потоотделения, 4) из плотных органов и сосудов — сердце, грудная и брюшная аорта, 5) из полость имеющих органов — тонкие кишки; самым чувствительным местом при расстройстве жизненного процесса желчи считаются: 6) кровяная ткань, 7) область потоотделения, 8) из шести чувств — область зрительного аппарата, 9) из плотных органов — область печени, 10) из полость имеющих органов — желчный пузырь и толстые кишки; самым чувствительным показателем расстройства слизисто-серозной и млечно-лимфатической системы являются: 11) урина и экскременты, 12) из полость имеющих органов — желудок и мочевой пузырь, 13) из плотных органов — легкие, почки и селезенка, 14) из шести чувств — область обоняния и вкуса, 15) из тканей — мышечная, нервная и жировая ткань, ткань костного мозга, sperma и menstruae. Шестая ветвь с девятью листьями изображает: 1) три возраста, три местности и три времени года, в которых играют роль три жизненные процесса. Легко расстраиваются: 1) в старческом возрасте восприятие, уподобление, всасывание, усвоение, удаление-очищение-расходование воздуха, 2) в юношеском — жизненные процессы желчи, 3) в детском возрасте — слизисто-серозная млечно-лимфатическая система, 4) в холодной, ветреной стране — восприятие, уподобление, всасывание, усвоение, удаление-очищение-расходование воздуха, 5) в сухой и жаркой — жизненные процессы желчи, 6) в сырой черноземной полосе — слизисто-серозная и млечно-лимфатическая система; наконец, легко расстраиваются: 7) летом рано утром и поздно вечером — восприятие, уподобление, всасывание, усвоение, удаление-очищение-расходование воздуха, 8) осенью в полдень и в полночь — жизненные процессы желчи, 9) весною утром и вечером — слизисто-серозная и млечно-лимфатическая система. Седьмая ветвь с девятью листьями изображает описание девяти случаев смерти, при которых излечение невозможно: 1) смерть от старости, 2) смерть от одновременного существования в организме двух совершенно противоположных расстройств питания: ослабления и усиления энергии жизненной-живой теплоты; при лечении одного из этих расстройств другое обостряется и влечет за собой гибель организма, 3) смерть вследствие употребления, по непониманию основ врачебной науки, пищи и питья и применения образа жизни, лекарственных веществ и наружных способов лечения, усиливающих энергию жизненной-живой теплоты при расстройстве питания с усилением ее и ослабляющих энергию жизненной-живой теплоты при расстройстве питания с ослаблением ее, 4) смерть от повреждения важных для жизни органов, 5) смерть от неисправимого расстройства восприятия, уподобления, всасывания, усвоения, удаления-очищения-расходования воздуха, 6) смерть от усиления энергии жизненной-живой теплоты выше пределов, переносимых организмом, 7) смерть от ослабления энергии жизненной-живой теплоты ниже пределов, переносимых организмом, 8) смерть от истощения организма при различных обстоятельствах и от различных причин, при которых излечение частицы тканей и органов сделалось невозможным, 9) моментальная смерть вследствие неисправимого расстройства питания физической и умственной сферы, возникшего от неумения пользоваться своими страстями. Восьмая ветвь с двенадцатью листьями изображает 12 осложнений расстройства жизненных процессов. Расстройство восприятия, уподобления, всасывания, усвоения, удаления-очищения-расходования воздуха вызывает расстройство 1) жизненных процессов желчи и 2) слизисто-серозной и млечно-лимфатической системы; расстройство восприятия, уподобления, всасывания, усвоения, удаления-очищения-расходования воздуха после излечения вызывает расстройство, 3) жизненных процессов желчи и 4) слизисто-серозной и млечно-лимфатической системы; расстройство жизненных процессов желчи вызывает расстройство 5) восприятия, уподобления, всасывания, усвоения, удаления-очищения-расходования воздуха и 6) слизисто-серозной и млечно-лимфатической системы; расстройство жизненных процессов желчи после излечения вызывает расстройство 7) восприятия, уподобления, всасывания, усвоения, удаления-очищения-расходования воздуха и 8) слизисто-серозной млечно-лимфатической системы; расстройство слизисто-серозной млечно-лимфатической системы вызывает расстройство 9) восприятия, уподобления, всасывания, усвоения, удаления-очищения-расходования воздуха и 10) жизненных процессов желчи; расстройство слизисто-серозной и млечно-лимфатической системы после излечения вызывает расстройство 11) восприятия, уподобления, всасывания, усвоения, удаления-очищения-расходования воздуха и 12) расстройство жизненных процессов желчи. Девятая ветвь с двумя листьями изображает синтез расстройства питания в организме: 1) расстройство восприятия, уподобления, всасывания, усвоения, удаления-очищения-расходования воздуха и слизисто-серозной и млечно-лимфатической системы вызывает ослабление энергии жизненной-живой теплоты, а 2) расстройство восприятия, уподобления, всасывания, усвоения, удаления-очищения-расходования воздуха и жизненных процессов желчи вызывает усиление энергии жизненной-живой теплоты.

Из второго корня растут три дерева с 8 ветвями, 38 листьями. При помощи этих схематических изображений деревьев возможно вполне ознакомиться с состоянием здорового человека и безошибочно распознать расстройство питания в организме. Первое дерево — исследование организма при посредстве осмотра — имеет 2 ветви и 6 листьев. Первая ветвь — исследование языка — имеет 3 листа: 1) язык при расстройстве восприятия, уподобления, всасывания, усвоения, удаления-очищения-расходования воздуха — красный, сухой, жесткий, 2) при расстройстве жизненных процессов желчи — клейкий, с беловато-желтым толстым налетом, 3) при расстройстве слизисто-серозной и млечно-лимфатической системы — бледный, толстый, мягкий и влажный. Вторая ветвь — исследование урины: 1) при расстройстве восприятия, уподобления, всасывания, усвоения, удаления-очищения-расходования воздуха урина имеет синеватый цвет, при взбалтывании пенится, 2) при расстройстве жизненных процессов желчи урина красновато-желтого цвета, с большим паром и сильным запахом, 3) при расстройстве слизисто-серозной и млечно-лимфатической системы она бледного цвета, с ограниченным паром и запахом.

Второе дерево изображает диагностические приемы ощупывания. Три ветви этого дерева имеют по одному листку. Первая ветвь изображает расстройство восприятия, уподобления, всасывания, усвоения, удаления-очищения-расходования воздуха и лист — признак этого расстройства: пульс толстый на ощупь, при давлении легко спадающий и прерывистый. Вторая ветвь изображает расстройство слизисто-серозной и млечно-лимфатической системы и лист — признак этого расстройства: пульс едва заметный, слабый и медленный. Третья ветвь изображает расстройство жизненных процессов желчи и лист — признак этого расстройства: пульс скорый, ясный, при давлении непрерывающийся, сильный и тонкий.

Третье дерево — диагностические приемы правильных расспросов имеет 3 ветви, 29 листьев. Первая ветвь — первоначальный способ правильных расспросов имеет 3 листа, каждый из них означает определенные пищевые вещества и известный образ жизни, считающийся причинами расстройств трех жизненных процессов: 1) две главные причины, вызывающие расстройство восприятия, уподобления, всасывания, усвоения, удаления-очищения-расходования воздуха: а) пищевые вещества, подобные по своему действию козлятине и чаю, легкие и грубые пищевые вещества, голодание, тяжелая работа, охлаждение под влиянием ветров и низкой температуры, б) легкомысленный и безнравственный образ жизни; 2) две главные причины, вызывающие расстройство жизненных процессов желчи: а) растительные масла, маслянистые и жирные вещества, спиртные напитки, острые и горячительные пищевые вещества и питье, пребывание в жаре и духоте, б) энергичный и возбуждающий образ жизни; 3) две главные причины, расстраивающие слизисто-серозную и млечно-лимфатическую систему: а) пищевые вещества, подобные по своему действию мясу сурка, старая зелень, тяжелые и жирные пищевые вещества и питье, б) пребывание в сырости, изнеживание себя, обтирание и массаж. Вторая ветвь — симптомы расстройства трех жизненных процессов имеет 23 листа. Симптомы расстройства восприятия, уподобления, всасывания, усвоения, удаления-очищения-расходования воздуха: 1) зевота и дрожь, 2) потягивание, 3) ощущение холода, 4) постоянная боль в пояснице, в костях и суставах, 5) колющие боли в разных местах, 6) сухой кашель, 7) ослабление шести чувств, особенно зрения, 8) беспокойное состояние, 9) боль в кишках в голодном состоянии. Симптомы расстройства жизненных процессов желчи: 10) горечь во рту, 11) постоянная боль головы, 12) тело на ощупь горячее обыкновенного, 13) колющие боли в грудной области, 14) постоянная боль после всасывания пищи. Симптомы расстройства слизисто-серозной и млечно-лимфатической системы: 15) постоянное беспокойное состояние, 16) всякая пища вредно действует, так как не переваривается, 17) постоянная рвота, 18) всякая пища вызывает беспокойство в первых путях пищеварения, 19) ощущение внутреннего и наружного холода, 20) общая тяжесть, физическое и нравственное удруче-

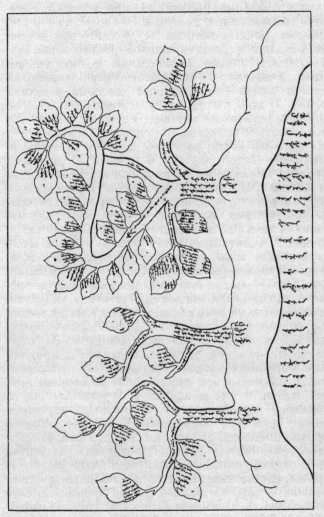

Схематическое изображение диагностических приемов врачебного осмотра (первое дерево слева), ощупывания (второе дерево) и правильных расспросов (третье дерево)

ние, 21) постоянная отрыжка, 22) ощущение расширения желудка, 23) отсутствие вкуса и ощущение клейкости во рту. Третья ветвь изображает диагностические приемы правильных расспросов, при которых улучшаются три жизненные процесса. Она имеет три листа: 1) при расстройстве восприятия, уподобления, всасывания, усвоения, удаления-очищения-расходования воздуха приносят пользу маслянистые и питательные пищевые вещества; 2) при расстройстве жизненных процессов желчи — прохладные пищевые вещества и питье, 3) при расстройстве слизисто-серозной и млечно-лимфатической системы приносит пользу все теплое (пищевые вещества, помещение, одежда).

Из третьего корня растут 4 дерева с 27 ветвями, 98 листьями. Первое дерево с 6 ветвями, 35 листьями изображает пищевые вещества и питье, излечивающие расстройства трех жизненных процессов. Первая ветвь — пищевые вещества, полезные при расстройстве восприятия, уподобления, всасывания, усвоения, удаления-очищения-расходования воздуха с девятью листьями: 1) конина, 2) ослятина, 3) мясо сурка, 4) сушеное мясо, 5) питательное мясо, 6) свежие растительные масла, 7) старые животные масла, 8) чеснок, 9) лук, 10) сахар. Вторая ветвь — питье, полезное при расстройстве восприятия, уподобления, всасывания, усвоения, удаления-очищения-расходования воздуха, с четырьмя листьями: 1) теплое молоко, 2) спирт, получаемый при обработке корней заба и рамни, родственных жен-шеню, 3) спирт тростникового сахара, 4) спирт, получаемый при особенной обработке костей. Третья ветвь — пищевые вещества, полезные при расстройстве жизненных процессов желчи, с семью листами: 1) простокваша из коровьего и козьего молока, 2) масло из коровьего и козьего молока, 3) мясо дичи, 4) кефир из козьего и коровьего молока, 5) каша из свежих зерен, 6) мясо породистого рогатого скота, 7) козлятина. Четвертая ветвь — жидкие пищевые вещества и питье, полезные при расстройстве жизненных процессов желчи, с пятью листьями: 1) соус из листьев цветка хурман, 2) соус из самого цветка, 3) жидкая овсянка, 4) снежная и ключевая вода, 5) отварная вода. Пятая ветвь — пищевые вещества, полезные при расстройстве слизисто-серозной и млечно-лимфатической системы, с шестью листьями: 1) баранина, 2) мясо яка, 3) кашица из зерен, растущих в теплой стране, сухой местности, 4) медь, 5) рыбы,

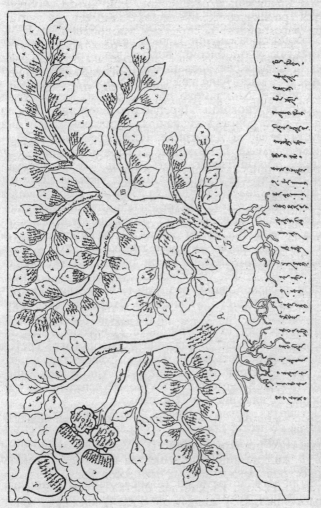

Схематическое изображение человека здорового (дерево слева) и больного (дерево справа).
Надписи по-монгольски

6) мясо хищных птиц и зверей. Шестая ветвь — питье, полезное при расстройстве слизисто-серозной и млечно-лимфатической системы, с тремя листьями: 1) простокваша и кефир из молока буйволицы, 2) крепкие и сладкие вина, 3) кипяченая горячая вода.

Второе дерево с тремя ветвями, шестью листьями изображает образ жизни. Первая ветвь — расстройство восприятия, уподобления, всасывания, усвоения, удаления-очищения-расходования воздуха в организме; она требует (два листа) для излечения: 1) пребывания в жарком климате, спокойного образа жизни, 2) общества лиц добрых и спокойных (вредно противоречие). Вторая ветвь — расстройство жизненных процессов желчи; она требует (два листа) для излечения: 1) пребывания в умеренном климате близ воды, 2) спокойного, но деятельного образа жизни. Третья ветвь — расстройство слизисто-серозной и млечно-лимфатической системы; она требует (два листа) для излечения: 1) пребывания в теплом климате и 2) постоянных прогулок на солнце.

Третье дерево изображает способ лечения и лекарственные вещества, имеет оно пятнадцать ветвей, пятьдесят листьев. Первая ветвь с тремя листьями — вкусовые вещества, полезные при расстройстве восприятия, уподобления, всасывания, усвоения, удаления-очищения-расходования воздуха: 1) вещества приятного вкуса, 2) соленого, 3) кислого. Вторая ветвь — вкусовые вещества, полезные при расстройстве жизненных процессов желчи, имеет три листа: 1) вкусовые вещества приятного вкуса, 2) вяжущего, 3) горького. Третья ветвь с тремя листьями — вкусовые вещества, полезные при расстройстве слизисто-серозной и млечно-лимфатической системы: 1) вкусовые вещества жгучего вкуса, 2) вяжущего и 3) кислого.

Четвертая ветвь с тремя листьями изображает свойства веществ, полезных при расстройстве восприятия, уподобления, всасывания, усвоения, удаления-очищения-расходования воздуха в организме: 1) свойство маслянистое, 2) плотное, 3) мягкое.

Пятая ветвь с тремя листьями — свойства веществ, полезных при расстройстве жизненных процессов желчи: 1) прохлаждающие, 2) успокаивающие, 3) жидкие.

Шестая ветвь с тремя листьями — свойства веществ, полезных при расстройстве слизисто-серозной и млечно-лимфатической системы: 1) острые, 2) легкие (не плотные), 3) грубые.

Седьмая ветвь с тремя листьями — бульоны, способствующие успокоению расстройства восприятия, уподобления, всасывания, усвоения, удаления-очищения-расходования воздуха в организме: 1) бульоны, особенно тщательно приготовленные из костей баранины, 2) бульоны, особенно тщательно приготовленные из черепной кости барана, 3) свежие масла, бульоны, супы, старое вино и особым образом приготовленные бульоны, указанные в 4-й книге «Жуд-Ши».

Восьмая ветвь с пятью листьями изображает маслянистые лекарственные вещества, способствующие успокоению восприятия, уподобления, всасывания, усвоения, удаления-очищения-расходования воздуха в организме. Сюда относятся маслянистые лекарственные вещества, особым образом приготовленные из: 1) чеснока, 2) из трех плодов миробалана, китайского яблока и барура, 3) из пяти корней — рамни, жаба, нише, бабруба и сэмэ, все эти корни родственны женшеню, т. е. содержат много питательных веществ, 4) из мускатного ореха, 5) из корня аконита.

Девятая ветвь с четырьмя листьями изображает отвары, способствующие успокоению расстройства жизненных процессов желчи: 1) отвар из корня ману (radix enulae), 2) отвар из цветка дигдэ blores qentianae, 3) отвар из трех плодов fructus mirobalani, fructus pomi chinensis и барура, 4) отвар из корня ледре.

Десятая ветвь с четырьмя листьями изображает лекарственные вещества в виде порошков, способствующих успокоению расстройства жизненных процессов желчи. Сюда относятся порошки, главным составом которых являются: 1) камфора, 2) шафран, 3) белая глина, 4) кипарис.

Одиннадцатая ветвь с двумя листьями изображает пилюли, способствующие успокоению расстройства слизисто-серозной и млечно-лимфатической системы: 1) Особым образом приготовленные пилюли из шести превосходных: 1) белая глина, 2) шафран, 3) гвоздика, 4) мускатный орех, 5) кардамон и 6) гагула. 11) Пилюли из соли харусы и других солей.

Двенадцатая ветвь с пятью листьями изображает порошки, способствующие успокоению слизисто-серозной и млечно-лимфатической системы. Сюда относятся порошки, главным составом которых являются: 1) гранат, 2) годмаха, 3) жонши, 4) дали, 5) остатки жженных солей.

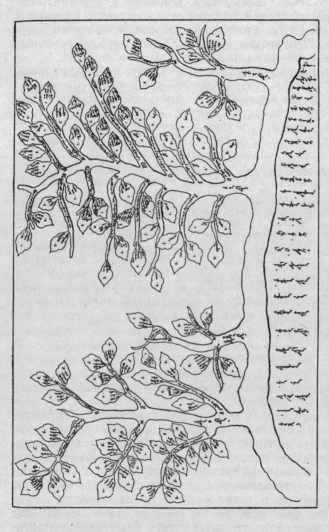

Схематическое изображение пищи и питья (первое дерево слева), образа жизни (второе дерево), лекарственных веществ (третье дерево) и наружных способов лечения, в том числе и хирургических (четвертое дерево)

Тринадцатая ветвь с пятью листьями изображает порошки, способствующие успокоению расстройства восприятия, уподобления, всасывания, усвоения, удаления-очищения-расходования воздуха в организме. Все эти листки изображают употребление питательных клизм, приготовленных особым образом, описанным в 4-й книге «Жуд-Ши».

Четырнадцатая ветвь с четырьмя листьями изображает четыре способа послабляющего метода лечения, специально описанного в 4-й книге «Жуд-Ши». Употребляется это лечение при расстройстве жизненных процессов желчи в организме.

Пятнадцатая ветвь с двумя листьями изображает два способа возбуждающего рвоту лечения при расстройстве слизисто-серозной и млечно-лимфатической системы.

Четвертое дерево — часть наружных способов лечения, к которым относится и хирургия. Имеет оно три ветви, семь листьев.

Первая ветвь с двумя листьями изображает наружные способы лечения при расстройстве восприятия, уподобления, всасывания, усвоения, удаления-очищения-расходования воздуха в организме: 1) разминание, массаж, пассивная и активная гимнастика, натирание маслянистыми и теплыми веществами, согревающие компрессы, 2) теплые ванны, прижигание, искусственное нагревание, вообще все согревающие маслянистые веществами лечения. Вторая ветвь с тремя листьями изображает наружные способы лечения при расстройстве жизненных процессов желчи: 1) кровопускание, 2) употребление охлаждающего лечения, 3) употребление потогонного способа лечения. Третья ветвь с двумя листьями изображает наружные способы лечения при расстройстве слизисто-серозной и млечно-лимфатической системы: 1) способ лечения прижиганием, 2) чередующийся способ лечения — то охлаждающий, то согревающий. Синтез всех способов излечения расстройства питания в организме заключается в том, что все расстройства питания в организме, как мы сообщали выше, сводятся к двум расстройствам питания — усилению и ослаблению энергии жизненно-живой теплоты. При усилении прибегают к четырем охлаждающим способам, а при ослаблении — к четырем согревающим способам лечения. Четырьмя охлаждающим и согревающими способами считаются: 1) пищевые вещества, ослабляющие усиление энергии жизненной-живой теплоты, 2) образ жизни, 3) лекарственные вещества, 4) наружные способы лечения.

ИЗ ВТОРОЙ КНИГИ «ЖУД-ШИ»[1]

I

Ознакомим вкратце с «Повествовательной Основой» в следующем порядке.

1) Необходимо изучить организм; 2) следует знать те средства, при помощи коих возможно излечить расстройства организма; 3) должно сознавать ясно значение врачебной науки для человечества и 4) необходимо ознакомиться со способами распознавания.

В первом случае необходимо изучить здоровый и больной организм; во втором — нужно изучить образ жизни, пищу и питье, лекарственные вещества, наружные врачебные приспособления и хирургию; в третьем случае нужно сознавать, что, следуя постановлениям врачебной науки, изучающий ее получает возможность жить долго и в четвертом — точно следует распознавать расстройства. После этого необходимо знать методы лечения и быть знакомым со всеми средствами, которыми располагает врачебная наука. Таковы краткие сведения о «Повествовательной Основе», которая состоит из одиннадцати частей.

II

Прежде всего при изучении организма нужно ознакомиться с развитием зародыша, с анатомическими и физиологическими сведениями, с состоянием каждого возраста, с темпераментом и с предвестниками разрушения организма.

---

[1] Архиепископ Нил, враждебно настроенный к буддизму, сам пожелал ознакомиться с источниками несомненно с целью уронить значение врачебной науки Тибета, но как ученый понял серьезность изучаемого им предмета и недостаточность своих сведений. И потому дает следующий совет будущим исследователям врачебной науки: «к каким бы источникам ни рассудил обратиться изыскатель, советуем ему не спешить своими умозаключениями».

При развитии зародыша следует обратить внимание: 1) на те условия, при которых происходило зачатие, 2) на процесс постепенного развития зародыша в утробе матери и 3) на время появления зародыша на свет [1].

По «Жуд-Ши», в первую неделю после первого лунного месяца после оплодотворения в смеси spermae и menstruae, благодаря соединению их, происходит брожение, похожее на брожение молока от появления в нем бродильного вещества.

Европейский ученый говорит, что относительно развития зародыша в течение первой недели, в продолжение которой яйцо проходит по яйцеводу и несомненно проделывает здесь весь процесс сегментации, не имеем ни одного достоверного наблюдения. П р о ц е с с с е г м е н т а ц и и европейских ученых, очевидно, соответствует процессу брожения тибетских врачей.

Первые фазы изменений женского яйца, по исследованию ученых европейцев, не были наблюдаемы, и только те перемены его более или менее исследованы, которые совершаются в человеческом зародыше, начиная с 3-й недели развития.

О развитии человеческого яйца в первую неделю беременности европейцы до сих пор знают очень мало определенного, так как точные исследования яиц этого возраста принадлежат к величайшим редкостям.

По «Жуд-Ши», на 2-й неделе плод принимает вид ж и д к о г о, с т у д е н и с т о г о вещества.

Относительно 2-й недели развития у европейцев уже имеются некоторые данные, заслуживающие упоминания, хотя, может быть, ни одно из них не относится к совершенно нормальному плоду. Рейхерт говорит, что внутренность пузырькообразного плода была наполнена волокнисто-перепончатыми образованиями, которые он считает свертками.

Рейхерт [2] исследовал яйцо, возраст которого он определяет в 12—13 дней; оно имело форму маленького прозрачного пузырька в 5 мм в наибольшем размере и лежало в складках отпадающей оболочки. Оно

---

[1] Развитие зародыша описано по «Жуд-Ши», но дополнено из сочинения «Бидурья Онбо»; тут же приведены научные сведения европейских ученых по этому важнейшему, по мнению тибетских врачей, отделу медицины, который был экспериментально изучен врачами, последователями «Жуд-Ши», по крайней мере, за тысячу с лишком лет, прежде чем стали его изучать серьезно представители европейской медицины.

[2] Abhandl. d. Acad. Wiss. zu Berlin. Jahr. 1873, p. I.

было наполнено прозрачным студенистым веществом, в котором нельзя было различить и следов зародышевого образования.

На 3-й неделе человеческий зародыш, по «Жуд-Ши», принимает вид сгустка сероватого цвета, похожего на хорошо прокисшую простоквашу. В это именно время, пока еще не завершился процесс сформирования того или другого пола, желающие иметь детей мужского пола должны прибегать к приемам, которые могли бы заставить беременную сосредоточить все свои мысли на детях того пола, который желательно иметь; для этого должно советовать будущей матери носить при себе, если она желает иметь мальчика, портреты красивых и симпатичных детей мужского пола, постоянно стараться думать о них и вообще быть по возможности постоянно окруженной детьми мужского пола и обратно.

Такой совет имеет за собой точно научное основание, ибо многие жизненные процессы находятся под влиянием шестого чувства — ощущения полной удовлетворенности (физической или умственной), зависящей от индивидуальности и являющейся результатом первых пяти чувств.

Врачебная наука Тибета говорит, что появление того или другого пола зависит, с одной стороны, от количества и качества menstruae и spermae, каковые зависят от трех жизненных процессов, а с другой — от внешних впечатлений, действующих на беременную на 3-ей неделе ее беременности, именно в момент сформирования того или другого пола. Какая из причин должна считаться главной в этом процессе — врачебная наука не говорит; но имея в виду, что количество и качество menstruae и spermae зависят исключительно от здоровья и что здоровые ovula и spermatozoa зависят от здорового состояния питательного для них материала menstruae и семенной жидкости и что развивающийся новый организм воспроизводится при посредстве структуры ovula и spermatozoa, то надо полагать, что здоровые ovula при обилии питательного материала, именно menstruae, склонны содействовать к образованию в зародыше женского индивида, а здоровые spermatozoa, при обилии питательного материала — семенной жидкости, склонны содействовать к образованию в зародыше мужского индивида. Но, тем не менее, внешнее влияние может являться сильнейшей причиной в момент сформирования того или другого пола. При этом надо полагать, что при здоровом состоянии ovula, преобладающем над спермой, конечно, внешние впечатления должны быть особенно поразительного характера, чтобы преодолеть в зародыше стремление к сформированию женского пола. Очень легко произвести все эти опыты над животными и доказать истинность этого взгляда, так как все животные очень восприимчивы к внешним впечатлениям.

Что касается до взгляда, что в первые три дня и на 11-й день менструации нельзя ожидать потомства мужского пола, то этот взгляд вытекает из следующего положения. В первые три дня менструации и на 11-й день ее женщина чувствует себя очень хорошо, а с 4-го по 12-й день чувствует то улучшение, то ухудшение общего состояния, так например: в 4-й день слабость, в 5-й — хорошо, в 6-й — слабость, в 7-й — хорошо, в 8-й — слабость, в 9-й — хорошо, в 10-й — слабость, в 11-й — хорошо, в 12-й — слабость. Хорошее самочувствие менструирующей в первые 3 дня, в 5, 7, 9 и 11 дни указывает, что питание ovula совершается хорошо, и после оплодотворения на 3-ей неделе в зародыше будет преобладать стремление к сформированию индивида женского пола; а в остальные дни (4, 6, 8, 10 и 12), когда женщина при menstruae чувствует слабость, и, следовательно, питание ovula ослаблено, после оплодотворения на 3-ей неделе в зародыше будет преобладать стремление к сформированию индивида мужского пола.

На 3-ей неделе беременности величина яйца около 1,5 см в диаметре, а длина зародыша 4—7 мм. Он может быть хорошо различаем и представляется с т у д е н и с т ы м, б е л о-с е р о в а т о г о цвета, продолговатым и немного согнутым.

Уже давно человеческое остроумие делало попытки открыть причины развития того или другого пола в яйце. Наиболее древний взгляд Гиппократа и Галена, что правый яичник предназначен для мальчиков, а левый — для девочек (по Галену, в первом преобладает тепло, а во втором — холод) был признаваем долгое время. Еще в 1786 году Henke думал, что открыл средство производить по желанию мальчиков или девочек: стоит только, чтобы женщина, желающая зачать мальчика, лежала во время coitus на правом боку; если же желательно иметь девочку — на левом. Этот взгляд был опровергнут наблюдениями над женщинами, у которых один яичник оказывался перерожденным, и опытами Бишофа относительно вылущения одного яичника у морских свинок. В основе гиппократовской идеи лежало предположение, что пол предопределен (переформирован) в яйце еще неоплодтворенном; этот взгляд, впрочем, не соответствовал первоначальному гиппократовскому воззрению. В противоположность указанному мнению, существуют два других воззрения. По одному из них пол определяется в момент оплодотворения семени отца, по другому — зародыш первоначально бывает бесполым, и пол определяется только впоследствии особенными условиями, действующими на развивающийся плод в первое время его развития. Мнение это, по-видимому, находит себе подтверждение в истории развития зародыша, которая показывает, что зародыш, по первоначальному плану органов, обладает возможностью развития в обоих направлениях. Кроме того, различные факты действительно доказывают, что внешние обстоятельства имеют влияние на развитие плода.

По «Жуд-Ши», в продолжении 8-ми месяцев беременности следует избегать coitum, непосильного труда, бессонных ночей, дневного сна, пищи и питья горячительных, острых, тяжелых, вызывающих запоры, слабительных, наружного лечения матки, кровопускания, а также удерживания и насилования жизненных отправлений. В противном случае может произойти смерть плода, выкидыш и бесплодие.

На 4-й неделе зародыш, по «Жуд-Ши», принимает вид плотной, продолговатой студенистой массы и походит по внешнему виду на зародыш рыбы; с этого времени окончательно определяется пол зародыша. В этот период беременности матка тяжелеет, груди прибывают, беременная теряет аппетит, часто подвергается тошноте, рвоте, худеет и ощущает общую слабость, является желание кислой пищи и порождаются различные прихоти. В этом периоде следует по мере возможности удовлетворять прихоти беременной, отвлекая ее с осторожностью от тех желаний, исполнение которых может принести вред матери или ребенку или обоим вместе. Однако нужно иметь в виду, что всяким неосторожным отказом можно вызвать различные нежелательные изменения в зародыше.

Европейский ученый пишет, что на 4-й неделе зародыш по своей форме и внутреннему строению походит на зародыш других млекопитающих; голова и туловище составляют одно целое, на котором выдается более узкий хвостовой конец; жаберные дуги явственны, конечности едва обозначены, пупочный канатик очень короток и толст, с непарною веной и артериями; желчный пузырь и желчный проток еще велики; amnion еще довольно тесно прилегает к зародышу; между ним и ворсинчатым chorion есть еще свободное пространство.

По «Жуд-Ши», на 1-й неделе 2-го месяца, или на 5-й от зачатия (месяц считается здесь равным 30-ти дням, т. е. 4-м неделям и 2-м дням), у зародыша формируется пуповина. На 2-й неделе 2-го месяца, т. е. на 6-й неделе от зачатия, на счет пуповины образуется аорта. На 7-й неделе становится заметной форма глаз. На 8-й неделе формируется передняя часть головы. На 9-й неделе формируется грудная и поясничная область, т. е. передняя и задняя часть туловища.

К концу 2-го месяца беременности — утверждают европейские ученые — длина яйца равняется 5-ти см, а зародыша — около 3-х см; тело его представляется как бы хрящеватым, но легко просвечивает и покрыто весьма тонкой, влажной сосудистой кожицей. Голова его заметнее отделяется от туловища; на ней хорошо видны две черноватые точки, представляющие начала глаз. По сторонам внизу головки обозначаются ушные отверстия; образуется рот в виде широкой щели, и над ним заметно выдается отверстие носа; начинают образовываться нижняя челюсть и ключицы. Верхние конечности представляются короткими, разделенными уже на плечо и предплечье, а нижние — на бедра, голень и стопу. На концах рук и ног видны начала пальчиков. В это время начинают образовываться наружные половые части.

На 1-й неделе 3-го месяца, т. е. на 10-й от зачатия, по «Жуд-Ши», ясно обозначаются конечности и формируются плечи и таз. На 11-й неделе видны формы век, ноздрей, рта, ушей, заднего прохода и мочеполового отверстия. На 12-й неделе заметно образование легких, сердца, печени, селезенки, почек и других железистых органов; на 13-й неделе — образование желудочно-кишечной системы, мочевого пузыря, желчного пузыря, внутренних половых органов и других полостей.

По исследованию европейского ученого, зародыши 3-го месяца характеризуются усовершенствованием конечностей, главным образом ручной кости и стопы, на пальцах которых начинают появляться ногтевые ложи. Голова выпрямляется, и начинает формироваться шея, так что плечо не принадлежит более к нижней челюсти, как в начале этого месяца. На глазах уже в первой половине 3-го месяца смыкаются веки, нос явственно выступает вперед, в ушной раковине образуются ее главные отделы. Грудь и живот выдаются меньше прежнего. Клоачное устье на 9-й и 10-й неделях разделяется на мочеполовое и кишечное отверстие, а во второй половине этого месяца мужские наружные половые органы отличаются от женских, т. е. желобок на нижней стороне мужского члена закрывается, а складки мошонки срастаются. На ворсинчатой оболочке вырабатывается различие между chorion frondosum и chorion laeve. Пупочный канатик делается длиннее, завивается, а кишечные петли из него вытягиваются.

Веки формируются в начале 3-го месяца развития, представляясь сперва в виде двух складок, вырастающих сверху и снизу из наружных покровов, находящихся на лицевых отростках зародыша, ограничивающих глазницы.

Во время 3-го месяца весь хрящевой лабиринт делается объемистее и образует на месте улитки довольно значительную округленную выпуклость, которая теперь выпячивается несколько кверху в соответствующих местах первичного хрящевого черепа.

Ушная раковина начинает развиваться к концу 2-го месяца; потом развитие идет быстро, и под конец 3-го месяца бывают уже сформированы все части ее.

На 3-м месяце носовые отверстия замкнуты студенистой массой.

Вокруг отверстий глазниц на 8-й неделе вырастают веки; в следующие недели они достигают своего полного развития. Таким образом сформирование лица с полостями рта и носа в человеческом зародыше оканчивается исходом 12-й недели.

Около 1-й недели наружные половые органы всех человеческих зародышей имеют преобладающий вид женских, и только на 12-й неделе устанавливаются половые различия.

Во время 3-го месяца на конце полового возвышения появляется пуговкообразное закругление, называемое впоследствии glans penis.

Легкие на 3-м месяце принимают положение, сходное с их обыкновенным положением.

В течение 3-го и 4-го месяца мышечные волокна начинают постепенно уплотняться со стороны наружной стенки желудочков, а со стороны внутренней поверхности сердечной стенки они удерживают свойства губчатого строения.

На 2-м месяце печень быстро разрастается в объеме и уже на 3-м месяце занимает всю переднюю часть брюшной полости, касаясь нижними краями паховых областей.

К концу же 3-го месяца в селезенке развиваются сосуды и волокна соединительной ткани и превращают ее вскоре в орган, обилующий кровью.

Во время 3-го месяца почки состоят из извилистых мочевых канальцев, соответствующих корковому слою почки; одни из канальцев имеют просвет, другие оказываются сплошными; все они ограничены собственной оболочкой — membrama propria, некоторые из них уже находятся в связи с мальпигиевыми тельцами; наружная поверхность почки дольчата.

На 3-м месяце как поворот кишок, так и образование извилин делается более выраженным, и последние оттягиваются из пупочного расширения в брюшную полость.

Только к концу 3-го месяца как верхние, так и нижние конечности принимают свою характеристическую форму и, увеличиваясь, достигают полного развития.

По «Жуд-Ши», на 1-й неделе 4-го месяца, т. е. на 14-й от зачатия, формируются кости плеч, бедер, предплечий и голеней.

На 15-й неделе формируются кости ступней и запястья; на 16-й неделе — кости 20 пальцев. На 17-й неделе формируются наружные и внутренние сосуды. В это время зародыш похож на черепаху, т. е. так испещрен сосудами.

По исследованиям европейских ученых, зародыш 4-го месяца есть усовершенствованный зародыш 3-го месяца.

По «Жуд-Ши», на 1-й неделе 5-го месяца, т. е. на 18-й от зачатия, окончательно формируются мышцы и клетчатка. На 19-й неделе — сухожилия и нервы. На 20-й — ясно обозначаются кости и костный мозг. На 21-й — окончательно формируется наружная кожа.

Кожа зародыша 5-го месяца — говорят европейские ученые — становится богаче жиром и потому более упругой; поверхность ее покрывает vernix caseosa — белая смазка, состоящая из эпидермоидальных чешуек, пушка и кожного сала. Кожа становится менее просвечивающей, появляются волосы на голове и пушок на всем теле. Кожа зародыша 5-ти месяцев обильна жиром и потому напряженнее; вся снабжена тонкими нежными волосиками и особенным беловатым веществом, состоящим из чешуек эпителия, жира, белка и солей; вещество это называется смазкою. Вследствие развития мышечной системы плод производит уже легкие движения членов, которые около 18-й недели беременности до того усиливаются, что делаются уже ощутительными для матери.

По «Жуд-Ши», на 1-й неделе 6-го месяца, т. е. на 22-й от зачатия, девять отверстий; глаза, ноздри, рот, ушные отверстия, anus и органы urogenitalia принимают более совершенную форму. На 23-й неделе наружная кожа покрывается волосками (пушком), и ногти принимают свою настоящую форму. На 24-й неделе окончательно формируются сердце, легкие, печень, селезенка, ногти, желудочно-кишечный канал, organa urogenitalia interna et externa, желчный пузырь и глазное яблоко. В этом периоде беременности женщины испытывают обыкновенно полное спокойствие, а иногда только легкое недомогание. На 25-й неделе ф о р м и р у ю т с я г а з о в ы е п у т и. На 26-й неделе обнаруживаются уже признаки жизни плода.

На 5—6 месяце развития зародыша, по взглядам европейских ученых, наибольшие изменения замечаются в коже. К концу 5-го месяца пробивается пушок (lanugo) сперва на бровях и на лбу, а в конце 6-го месяца им бывает покрыто уже все тело плода. С началом 6-го месяца обнаруживаются первые движения зародыша.

На 6-м месяце начинается отложение жира в подкожной клетчатке, но оно еще очень несовершенно, так что кожа еще сильно морщиниста. Плод, родившийся в это время, делает д ы х а т е л ь н ы е д в и ж е н и я и двигает членами, но всегда умирает очень скоро.

К концу 6-го месяца движение плода бывает сильнее и очень хорошо ощущается матерью. Если шестимесячный плод рождается на свет, то в нем обнаруживаются ясные признаки жизни, но он не способен еще к продолжению ее (boetus vivas, sed non vitalis).

К концу 6-го месяца веки разделены, ресницы и брови выступают яснее, волосы на голове становятся длиннее. Яички приближаются к паховым кольцам. В тонкой кишке находится окрашенное желчью содержимое — первородные экскременты (meconium), которые иногда встречаются уже и в начальной части толстой кишки, где они представляются еще более темными. Родившийся в это время плод движет членами и делает слабые вдыхательные движения, которые, однако, скоро прекращаются.

По «Жуд-Ши», с 1-й недели 7-го месяца, т. е. с 27-й недели до 30-й, развитие плода достигает того совершенства, которое необходимо для внематочного существования.

Европейские ученые пишут, что на 7-м месяце зародыш едва способен к жизни; кожа его красна и покрыта первородной смазкой.

Плод, рожденный на 24—28-й неделе, иногда довольно сильно двигает членами, но кричит слабым голосом и почти без исключения, даже при очень тщательном уходе, умирает в первые часы или дни после рождения.

Родившийся 7-мимесячный плод при благоприятных условиях уже может продолжать существование.

Плод, родившийся живым между 24—28-й неделями, обыкновенно также скоро погибает; исключения необыкновенно редки и к ним следует относиться всегда с величайшей осторожностью.

По «Жуш-Ши», с первой недели 8-го месяца, т. е. с 31-й по 35-ю, плод растет чрезвычайно быстро. В этот период времени соответственно изменению плода изменяется состояние матери.

Европейские ученые говорят, что дети, рожденные на 28-й и 32-й неделе, могут остаться в живых при благоприятных условиях, но очень часто и очень легко умирают.

Жизнь новорожденного 8-ми-месячного младенца может быть сохранена при некоторой заботливости.

При некотором старании плод, родившийся на 8-м месяце, может остаться в живых.

По «Жуд-Ши», с 1-й недели 9-го месяца, т. е. с 36-й от зачатия, мать находится в мрачном настроении и ничему не радуется. На 37-й неделе наступает период родов, но бывают случаи замедления. Например, кровотечение в период беременности замедляет рост плода, чрезвычайное увеличение матки дает возможность расти плоду долее срока; точно также судорожное сокращение шейки матки вследствие расстройства питания, зависящего от восприятия, уподобления, всасывания, усвоения, удаления-очищения-расходования воздуха служит причиной замедления родов.

Дети, рожденные на 32—36-й неделе, по взглядам европейских ученых, хотя и представляют гораздо большую смертность, чем доношенные, однако же при благоприятных условиях они большей частью остаются в живых; при ненадлежащем же уходе они обыкновенно умирают.

9-ти-месячный младенец вполне способен к продолжению жизни. Еще через месяц рождается вполне доношенный младенец.

На 9-м месяце дети, по своим жизненным проявлениям, приближаются к зрелым, но все-таки обнаруживают меньше энергии, большей частью сонливы и при недостаточном уходе обыкновенно погибают.

В последние дни 10-го месяца плод получает все качества зрелого младенца и не может быть уже отличен от последнего.

По «Жуд-Ши», при приближении акта родов ощущается слабость, тяжесть внизу живота, боль в пояснице, в спине, в матке, в половой сфере и диафрагме; является потребность то ходить, то садиться, то вставать; во время открытия зева uteri происходит частое мочеиспускание и колотье в половой сфере; в это время беременная должна быть окружена женщинами, производившими на свет детей, и акушеркою. За роженицей следует ухаживать как за выздоравливающей после тяжелой болезни, а потому нужно держаться упитывающего метода лечения.

VI

Действия, речь и помышления обнаруживают деятельность организма. Деятельность стремится ко всему хорошему или ко всему греховному и худому, поэтому организм вознаграждается сообразно той деятельности, которая совершается человеком под влиянием жизненной деятельности каждого из шести чувств.

Организмы различаются по полу, по возрасту, по темпераменту и по здоровью.

1) По полу бывают: мужчины, женщины и гермафродиты.

2) По возрасту: до 16 лет возраст детский; с этого времени все ткани, все чувства, вид, энергия и сила совершенствуются до семидесятилетнего воз-

раста, и этот возраст считается зрелым возрастом. С 70-летнего возраста начинается возраст старческий.

3) По темпераменту: лица, у которых напряжена деятельность восприятия, уподобления, всасывания, усвоения, удаления-очищения-расходования воздуха, считаются нервными. Они сутуловаты, сухощавы, кожа их синеватого цвета от венозных застоев, они болтливы, не переносят холода, при движениях произносят неясные звуки; какими бы средствами они не обладали, им все кажется недостаточным, недолговечны, легко просыпаются; тело нервных людей малого объема; они любят петь, смеяться, ссориться и веселиться, имеют страсть к пищевым веществам приятного, кислого, горького и жгучего вкусов; стремление их к естественным ощущениям бывают такие же, какие свойственны коршуну, ворону и лисице.

Лица, у которых напряжены жизненные процессы желчи, считаются желчными; у них легко возбуждаются голод и жажда, волосы, наружные покровы обильно окрашены желчью. Они чрезвычайно способны, чрезмерно горды, испарина их отличается особенным запахом, они довольно долго живут; довольствуются теми средствами, которые имеют; тело их среднего объема; из пищевых веществ им более всего нравятся вещества приятного, горького, вяжущего вкусов, они любят прохладу; их стремления к естественным ощущениям бывают такие же, какие свойственны барсу и обезьянам.

Лиц, у которых напряжены жизненные процессы слизисто-серозной и млечно-лимфатической системы, можно считать спокойными. Тело их на ощупь холодное; они полны; кость и суставы у них не выдаются, кожа бела и бледна, они держатся прямо, могут терпеть голод, жажду и жару, выносливы, спокойны, долговечны, сонливы, ленивы, родовиты, сдержанны, приятного нрава, любят пищевые вещества жгучего и вяжущего вкусов и грубого свойства; в лицах спокойного нрава весьма развито чувство полного удовлетворения находящимися в их распоряжении средствами в жизни. Стремления у подобных лиц к естественным ощущениям бывают такие же, какие свойственны льву и самцам домашних животных.

У некоторых лиц может быть напряжена одна деятельность жизненных процессов, у других все три; поэтому нужно обратить внимание на смешение признаков, которые обнаруживают темперамент у подобных субъектов.

4) Люди бывают здоровые и больные. Здоровые благоденствуют и долго живут, а больные подвергаются различного рода лечениям.

VII

Предвестники расстройства организма бывают: отдаленные, ближайшие, сомнительные и достоверные.

Окружающие лица, сновидения, изменения общего вида и характера больного могут служить, по «Жуд-Ши», отдаленными предвестниками.

Больные, окруженные лицами, выдающимися по своим знаниям и уму, людьми религиозными и хорошего характера, имеют возможность выздороветь. В противном случае нельзя надеяться на выздоровление, особенно если больного окружают лица трусливые, легкомысленные, торопливые, нервные, раздражительные, хватающиеся за все, безнравственные, ведущие неприличные и неприятные разговоры.

Если посланный от больного встретит врача сердитого, бранящегося, способного только разрушать, ожидающего только вознаграждения, это предвещает дурной исход.

Неблагополучным считается, если кто отправляется в дорогу четвертого, шестого и девятого числа лунного месяца, во время затмения солнца и луны, в дни, известные худыми предзнаменованиями, и в ночное время. Не предвещает также ничего хорошего, если во время сбора в дорогу приходится видеть и слышать брань, плач, убийство, драку, пожар, или если путнику пересечет дорогу змея, обезьяна, выдра и кошка.

Хорошим считается, когда всего довольно и когда встречаются по дороге в изобилии съестные припасы, сады, монастыри, красивые места, веселые пиры, нравственные люди, домашний скот, дети, родные, приветствующие ласковыми и радостными словами.

Дурными предзнаменованиями считаются, когда приходится выносить из дома всякие яства, без всякой причины тухнет огонь и бьется посуда.

Сновидения также влияют на общее состояние человека и, по «Жуд-Ши», бывают шести родов. Видят во сне то, что видели наяву, то, что слышали, то, что имели, то, что чувствовали, то, что надеялись сделать, или, наконец, бывают сны, которые предвещают серьезное расстройство питания, т. е. заболевания. Сновидения с начала ночи как легко забываемые не имеют последствий. Сновидения под утро, ясно восстанавливаемые памятью, исполняются.

Сновидениями, предвещающими, по «Жуд-Ши», расстройство организма, считаются: если больной видит во сне, что едет на кошке, на обезьяне, на барсе, на лисице, на мертвеце; если он едет на восток верхом без одежды на медведе, на лошади, на свинье, на муле, на верблюде; если он видит, что у него на голове выросло дерево, на котором птица свила гнездо, и из сердца также выросло дерево и цветок, что он падает в канаву, лежит в гробу, что у него оторвалась голова, что он окружен воронами и гадами, питающимися мясом, что у него слезла кожа с ноги или что он вошел в утробу матери, утонул, увяз, съеден рыбами, нашел железо и золото и продал, ссорился, отдавал подати, повинности, женил сына, сидел без одежды, брил усы и бороду, пировал с умершими, сопровождал их и вообще весело проводил с ними время, был одет в красные и пестрые одежды.

Подобного рода бесчисленное множество сновидений указывает, говорится в «Жуд-Ши», что в организме возникают серьезные расстройства питания, действующие на умственную сферу организма. Если эти сновидения беспрерывно продолжаются, то предвещают смерть, а если они случаются у лиц, не имеющих расстройства питания, то скоро исчезают.

Хорошим и счастливым предзнаменованием считается, если приснится: небожитель, известные и знатные по происхождению люди, самцы домашнего скота, пожар; если приснится, что приходится натираться кровью и грязью, одеваться в белую одежду, что находишь различные семена, зонтики и другие предметы роскоши, что поднимаешься на гору, на стену крепости, достаешь плоды с дерева, едешь верхом на льве, на слоне, на лошади, на быке, что переезжаешь через реку и отправляешься на запад и на север, что избег опасности, победил врагов, что молишься, угощаешь отца и мать.

Изменения общего вида и характера больного, предвещающие смерть. Больной начинает сердиться на врача, на лекарство, на духовника, на друзей и на домашних, без причины беспокоится, мысли его омрачаются, и он видит все в дурном свете, теряет энергию, воображает, что разорился, постоянно изменяется в лице и удручен сильным беспокойством.

Вороны избегают есть выброшенные больным съедобные вещества; тотчас после выхода больного из ванны у него в области сердца, на коже высыхает вода; он не отзывается при прикосновении к его пальцам и, несмотря на обильную пищу, силы его не прибавляются; все отделения изменяются, появляется и вдруг исчезает бесчисленное множество паразитов.

Если совсем изменяются характер, привычки и образ жизни; если в зеркале, в воде больной видит свою тень без головы, без рук, без ног — все подобное считается дурными предвестниками.

Б л и ж а й ш и е предвестники смерти: внезапное кровотечение из девяти отверстий без всякого повреждения; сказанное больной тотчас же забывает; чрезмерно отвисает мошонка и изменяется голос, звуки чихания и кашля, теряется обоняние; больной не ощущает, когда трогают его волосы; на макушке являются жировые отделения; волосы и ресницы изменяют свое положение; на лбу и в нижней сфере появляются кровяные пятна, похожие на лунное изображение; без всякой причины у больного изменяются шесть чувств, вид глаз его похож на глаза зарезанного кролика; глаза вдавлены, зрачок теряет свой блеск, ушная раковина плотно прилегает к голове, больной не видит тени своей головы; ноздри раскрыты; посередине языка проходит черная полоса; язык сухой, укорочен, больной не может говорить; нижняя губа повисла, верхняя сократилась; лицо покрыто пылью; дыхание учащенное и холодное; зубы под налетом; энергия жизненной-живой теплоты ослабла, т. е. постепенно понижается температура; тело холодно на ощупь, но больной жалуется на жар: он дрожит от холода, избегает тепла; дрожа от жары, избегает прохлады; какие бы средства не давались, расстройство не излечивается; от неправильного лечения больной как будто поправляется. Все это предвещает дурной исход.

П р е д с м е р т н ы е п р е д в е с т н и к и: постепенное изменение пяти видимых основ организма и исчезновение чувств. Прежде всего нарушаются жизненные процессы в твердых основах организма, вследствие чего происходит растворение их в жидких частях организма. От этого происходит помутнение зрения, затем, под влиянием нарушения энергии жизненно-живой теплоты, вода начинает испаряться и ощущается сухость; под влиянием нарушения восприятия, уподобления всасывания, усвоения, удаления-очищения-расходования воздуха исчезает, постепенно ослабевая, энергия жизненной-живой теплоты. Газы организма стремятся в пространство, и прекращается дыхание. Таким образом последовательно субъект перестает различать предметы вследствие помутнения, затем перестает произносить слова, теряет последовательно слух, обоняние, вкус, и, наконец, у него исчезает общая чувствительность.

Различные расстройства питания сопровождаются многочисленными своеобразными предшественниками. Часто и при существовании дурных предвестников больной поправляется, тогда эти предвестники постепенно исчезают; но если дурные предвестники продолжают существовать и при кажущемся улучшении больного, то нельзя ожидать благоприятного исхода.

Больные, у которых при истощенном виде и угнетенном духе дряблые мышцы не поправляются, пища не приносит пользы и кровообращение не излечивается, близки к смерти. Если страдания больного не прекращаются при всевозможных способах лечения, то возможно ожидать дурного исхода. Предвестники разрушения организма показывают, что жизненные процессы в организме, ткани и отделения изменились и уже вредно действуют друг на друга. И сама вселенная может разрушиться, если произойдет изменение законов природы.

Врач, не изучивший точно предвестников, не способен понимать значение врачебной науки и терапии и не может пользоваться должным доверием и уважением. Предвестники расстройства питания в организме, как то: сновидения, перемена характера и темперамента, отдаленные и сомнительные предвестники расстройства весьма часто исчезают при умении обращаться с больными. Необходимо бороться с ближайшими и верными предвестниками смерти, но самые близкие предвестники ее не исчезают, несмотря на всевозможные способы лечения.

XIII

При изучении отдела врачебной науки при образе жизни, которая способствует излечению расстроенного организма, нужно, по «Жуд-Ши», обращать серьезное внимание на постоянный образ жизни, на образ жизни в разное время года и на специальные постановления по этому вопросу врачебной науки.

Обыкновенный образ жизни. Те, которые желают спокойно провести жизнь и долго жить, должны радеть о высших знаниях медицины, о ее драгоценных лекарствах и поступать по ее разумным постановлениям. Следует постоянно избегать такого рода образа жизни, пищи и питья, которые способствуют расстройству организма.

Необходимо быть правдивым, стоять за правду и не делать никому зла даже мысленно. Не следует много говорить и утруждать все шесть чувств, но и не следует оставлять их в бездействии. Следует быть всегда, везде осторожным. Следует избегать переправ через реки на лодках, прочность которых сомнительна; выезжать на пугливых и плохо выезженных лошадях и в непрочном экипаже, посещать местности, жители которых сурового нрава, избегать мест, где происходят волнения и пожары, избегать поездок по обрывам и по болотам и лазить по деревьям.

С осторожностью следует выбирать место для постоянного жительства, а во время путешествия не менее осторожно ознакомиться с путями и изучать местность.

Если нужда заставит ехать ночью, то не следует пускаться в путь без проводника и оружия.

Не следует проводить бессонных ночей. Если по каким-нибудь обстоятельствам не придется спать ночью, то необходимо заснуть немного на другой день, но непременно натощак. Для лиц, страдающих от употребления спиртных напитков, истощенных, испытавших несчастье, принужденных много говорить, для старцев, для лиц, чрезвычайно трусливых, время равноденствия вредно; ночи для них коротки, поэтому эти субъекты вследствие расстройства восприятия, уподобления, всасывания, усвоения, удаления-очищения-расходования воздуха истощены и нервны; дневной сон для них, как способствующий лени и тяжелый, весьма полезен.

Для здоровых же людей вреден дневной сон. Сон этот способствует усилению жизненных процессов слизисто-серозной и млечно-лимфатической системы в организме, вызывает отеки, головные боли, тяжесть в голове и слабость в организме. Подобные субъекты легко становятся жертвами заразных болезней. При ненормальной усиленной потребности ко сну следует давать рвотные лекарства, заставлять больного немного голодать и вести разумную семейную жизнь.

При бессоннице следует давать кипяченое молоко, кефир, вино, бульон, втирать в макушку головы масло, несколько капель которого сливать также в ухо.

Необходимо избегать кровного родства между желающими вступить в брак, а также браков уродов, лиц с характерами не подходящими, любящих других, больных, изнуренных. Следует избегать при coitus беременных и менструирующих.

Лица, достигшие зрелого возраста, в зимнее время приобретают силу вследствие усиления энергии жизненной-живой теплоты, а потому могут не воздерживаться от известного рода супружеских отношений. Весною и осенью позволительно через два дня; в летнее время и во время равноденствий через полмесяца. Супружеская жизнь вне этих условий ослабляет все шесть чувств, расстраивает восприятие, уподобление, всасывание, усвоение, удаление-очищение-расходование воздуха и нервную систему, вызывает головокружение и преждевременную смерть.

Постоянное натирание тела маслами способствует излечению расстройства восприятия, уподобления, всасывания, усвоения, удаления-очищения-расходования воздуха у старцев, а также у лиц, утомленных физически и умственно. Поэтому следует натирать маслами голову и ноги, вливать масла в уши. Натирание маслами и массаж способствуют укреплению организма, приостанавливают ожирение, укрепляют суставы, усиливают жизненную-живую теплоту и помогают пищеварению.

Усиленная физическая деятельность и труд считаются самым разумным средством для сохранения здоровья, но злоупотребление и ими весьма вредно.

Старики, малолетние, страдающие расстройством восприятия, уподобления, всасывания, усвоения, удаления-очищения-расходования воздуха, расстройством жизненных процессов желчи должны избегать усиленного физического труда.

Лица здоровые, употребляющие жирную пищу, и лица, у которых произошло расстройство жизненных процессов слизисто-серозной и млечно-лимфатической системы, зимой и весной должны прибегать к усиленному физическому труду.

Натирание и разминание, т. е. вообще массаж, излечивают расстройство жизненных процессов слизисто-серозной и млечно-лимфатической системы. При массаже жир легко всасывается, укрепляется кожа, ей придается нормальный цвет, конечности и суставы укрепляются и делаются гибкими.

Ванны и обмывания также укрепляют и усиливают энергию жизненной-живой теплоты, дают силу, долгую жизнь, улучшают вид кожи, уничтожает грязь, потливость, дурной запах, успокаивают утомленных физически и нравственно, утоляют жажду и служат жаропонижающим средством.

Мытье головы горячей водой безусловно вредно, потому что от этого ослабевает зрение и падают волосы.

Ванны и обмывания запрещаются при поносах с высокой температурой, при вздутии живота, кашле, дурном пищеварении, при расстройстве органов обоняния, зрения и особенно вскоре после принятия пищи.

Орган зрения главным образом развивается и совершенствуется под влиянием теплоты и света, поэтому усиление жизненных процессов слизисто-серозной и млечно-лимфатической системы как ослабляющее жизненную-живую теплоту вредно действует на зрение. Нужно обращать внимание на слизи и на отделения зрительного аппарата и пользоваться лекарственными веществами для глаз. При усилении слизи и отделений не мешает еженедельно пускать в глаза капли лекарства, приготовленного особенным образом из желтого дерева.

Следует иметь при себе лекарства от кровотечений, от ушибов, от отравления пищевыми веществами, от простуды и от заразительных болезней.

Необходимо вести однообразную жизнь и одинаково относиться ко всем; при таком положении возможно избегнуть всего того, что причиняет страдания.

Человек в полном смысле этого слова должен знать цену своим словам, выражениям, речам и быть твердым в своих убеждениях и верен в своих обещаниях. Дурные поступки, совершенные им, могут быть искуплены только хорошими поступками, совершенными им хотя бы впоследствии. Всегда следует действовать серьезно обдумавши, всему слышанному нужно давать веру только после тщательного исследования.

Следует говорить обдумав и не поддаваться приятным словам, произносимым женщинами, но следует говорить с ними искренно, твердо. Нужно быть откровенным с лицами, которых уважаешь и любишь; нужно избегать лиц с дурным характером, легко относящихся к дружбе и ко всякого рода поступкам, а враждебных лиц умело делать безвредными.

Для друзей своих следует жертвовать собою и не забывать их услуг; почитать воспитателей, отца, родственников и власть; вести дружбу со всеми, к какой бы национальности они ни принадлежали; заниматься серьезно своим хозяйством и экономно расходовать средства на необходимое.

Не следует приобретать все с жадностью, теряя все свои силы, необходимо знать меру. Разумные люди, при богатстве, умеют подавить свою гордость.

Не следует унижать бедных, несчастных, завидовать счастливым, не следует дружить с людьми дурными и неприязненно относиться к хорошим людям и представителям науки и религии, не следует желать владеть чужим имуществом, жалеть о том, что сделано, и давать власть людям дурного нрава.

Следует иметь точно определенные желания и неторопливо достигать цели. Нужно действовать так, чтобы всякое желание было исполнено в течение одного месяца.

При таких обстоятельствах, если даже будешь действовать один, не будешь подчинен многим. Даже раб, поступая так, сделается господином многих.

Все люди стремятся быть счастливыми, для чего стараются трудиться, иногда даже без высокого нравственного идеала.

Всякое счастье может быть причиной страданий. Человечество должно стремиться к высшим идеалам, думать о добрых делах, избегая всяких худых дел.

Не надо убивать, воровать, лгать, быть грубым, легкомысленным, шпионить, завидовать, ненавидеть, не должно поддаваться страстям, следует избегать дурных мыслей и помогать по силе возможности тяжело больным, бедным и несчастным.

Со всем человечеством и с животными следует поступать так же, как поступал бы с самим собою.

Следует говорить правдиво, ясно, с приятной улыбкой, с достоинством, помогать своим врагам и быть милосердным и любящим. Необходимо укрощать себя во всякое время и, не жалея, делиться с окружающими; о делах чужих радеть как о своих собственных.

XV

Специальные наставления врачебной науки требуют: не терпеть голода и жажды, не задерживать рвоты, отрыжки, зевоты, чихания, дыхания, сна, мокроты, слюны, экскрементов, газов, урины.

Неудовлетворение голода истощает силу, вызывает в организме расстройства, потерю аппетита и головокружение; пищевые вещества, удобоваримые, жирные, теплые, в весьма ограниченном количестве, предупреждают эти расстройства.

Неутоление жажды вызывает сухость языка, головокружение, сердцебиение, расстройство кровообращения, опьянение. Эти расстройства вылечиваются всем тем, что прохлаждает.

Задержка рвоты вызывает отвращение к еде, склонность к заразам, одышку, отеки, рожистые процессы, расстройства кожи, хронические воспаления, абсцессы, расстройства зрения и бронхиты. Эти расстройства предупреждаются воздержанием от пищи до голодания, окуриванием веществами приятного запаха, полосканием рта, желудка и пищевода.

Задержка чихания вызывает притупление шести чувств, головную боль, боли в шейных мышцах, парезис личных мускулов и ослабление нижней челюсти. Все эти расстройства предупреждаются ароматическим курением, лекарствами, вводимыми через нос, смотрением на солнце.

Задержка зевоты вызывает то же самое, что и задержка чихания; при этом расстройства от задержки зевоты предупреждаются средствами, излечивающими расстройства восприятия, уподобления, всасывания, усвоения, удаления-очищения-расходования воздуха в организме.

Задержка дыхания вызывает опухоли, расстройства сердца, кровообращения и опьянение; расстройства от задержки дыхания предупреждаются средствами, излечивающими восприятие, уподобление, всасывание, усвоение, удаление-очищение-расходование воздуха в организме.

Задержка сна вызывает зевоту, слабость, тяжесть в голове, потемнение в глазах, ослабление пищеварительной способности. Все эти расстройства предупреждаются употреблением мяса, бульона, вина, массажем, втиранием маслянистых веществ и сном.

Задержка мокроты вызывает увеличение мокрот на местах их образования, одышку, худобу, расстройство сердца и кровообращения, потерю аппетита. При этих случаях следует прибегать к средствам отхаркивающим.

Задержка слюны вызывает расстройство сердца и центральной нервной системы, течь из носа, головокружение, потерю аппетита. Все эти расстройства предупреждаются умеренным употреблением вина, сном и приятными разговорами.

Задержка газов вызывает сухость в экскрементах, задержку экскрементов; возникают опухоли, появляются колющие боли, делается потемнение в глазах, ослабляется пищеварение и усвоение и происходит расстройство сердечной деятельности.

От задержки экскрементов появляется дурной запах изо рта, боль темени, сведение икр, лихорадка и расстройства от задержания газов.

Задержка урины вызывает каменную болезнь и все те расстройства половой сферы, которые описаны ранее. Все эти расстройства предупреждаются средствами внутренними и наружными, ваннами, втираниями, массажем, компрессами и маслянистыми лекарствами.

Как чрезмерное воздержание от половых сношений, так и злоупотребление ими в зрелом возрасте вызывает сперматорею, боль в члене, задержку урины камнями и импотенцию. Все эти расстройства излечиваются средствами внутренними и наружными, ваннами, правильным супружеским образом жизни, при котором необходимо, чтобы оба субъекта испытывали совершеннейшее ощущение, а также употреблением в пищу растительных масел, молока, мяса, курицы и вина.

Таким образом, насилование и задержание жизненных отправлений в организме вызывают различные расстройства, прежде всего расстройство восприятия, уподобление, всасывания, усвоения, удаления-очищения-расходования воздуха, тотчас же отражающееся на нервной системе. Сообразно с этим следует излечивать все эти расстройства соответствующим образом жизни, пищей, питьем и лекарствами.

Если всевозможные расстройства излечиваются

только голоданием и успокаивающими средствами, то они снова возобновляются; если же эти расстройства вполне излечиваются, то не повторяются. Расстройства, возникшие зимой, следует излечивать весной; расстройства, возникшие в весеннее равнодействие, — летом, а расстройства, возникшие летом, — осенью.

Вполне излеченные расстройства не повторяются.

Никакие расстройства невозможны при правильном образе жизни и при умеренном употреблении пищи и питья.

XVI

Изучая отдел о поддерживающих жизнь пищевых веществах и о питье, исследованных экспериментальным путем, должно знать, что, если пользоваться ими правильно, жизнь действительно будет поддерживаться. Если пищевыми веществами и питьем будут пользоваться в излишестве или в малом количестве, или не вовремя, то произойдет не только расстройство организма, но даже самая жизнь подвергнется опасности. Поэтому следует серьезно изучить приготовление пищевых веществ и питья.

Кроме того, необходимо знать меру и действие пищевых веществ и питья и то, какие из них вредны.

Пищевые вещества делятся на твердые и жидкие.

Твердые пищевые вещества делятся на простые, как то: семена, различные сорта мяса, масла — жиры, зелень, и на сложные, искусственно приготовляемые.

Семена бывают двух родов: с кожицей и шелухой.

Семена с шелухой: рис, пшено, мелкий рис, пшеница, рожь, ячмень, гречиха; все они приятного вкуса, при усвоении сохраняют этот вкус, укрепляют, излечивают расстройство восприятия, уподобления, всасывания, усвоения, удаления-очищения-расходования воздуха, способствуют ожирению и усилению жизненных процессов слизисто-серозной и млечно-лимфатической системы. Из этих семян рис имеет свойства: жирное, мягкое, удобоваримое и прохлаждающее; рис излечивает расстройство трех жизненных процессов, укрепляет и останавливает поносы и рвоту.

Мелкий рис имеет свойство прохлаждающее и удобоваримое, вызывающее аппетит.

Пшено имеет свойство тяжелое, прохлаждающее,

способствующее заживлению и излечиванию расстройства тканей от ушибов.

Пшеница имеет свойства: тяжелое, прохлаждающее, укрепляющее, излечивающее расстройства восприятия, уподобления, всасывания, усвоения, удаления-очищения-расходования воздуха и жизненных процессов желчи.

Ядрица действует тяжело и охлаждающе, способствует упитыванию и увеличению экскрементов.

Ячмень и гречиха имеют также свойства охлаждающие; удобоваримы; излечивают сложные расстройства жизненных процессов желчи, слизисто-серозной и млечно-лимфатической системы.

К семенам с кожицей относятся различные сорта горохов. Они имеют вяжущий приятный вкус, охлаждающее действие; удобоваримы; свойства их упитывающие, они останавливают кровотечение, излечивают острые расстройства слизистых путей, останавливают поносы. Освобожденным от масла горохом натираются при ожирениях и при расстройствах питания крови и жизненных процессов желчи.

Китайский горох способствует излечению местных расстройств жизненных процессов слизисто-серозной и млечно-лимфатической системы и восприятия, уподобления, всасывания, усвоения, удаления-очищения-расходования воздуха, излечивает кашель, одышку, излечивает геморрой, камни, образовавшиеся в семенном пузырьке, и вызывает расстройство питания крови и жизненных процессов желчи.

Манна излечивает расстройство восприятия, уподобления, всасывания, усвоения, удаления-очищения-расходования воздуха, усиливает жизненные процессы слизисто-серозной и млечно-лимфатической системы и желчи и образование spermae.

Мелкий горох вяжущего и приятного вкуса вызывает расстройства всех трех жизненных процессов.

Семена кунжута тяжелы, горячительного и укрепляющего свойства, излечивают расстройство восприятия, уподобления, всасывания, усвоения, удаления-очищения-расходования воздуха.

Все семена в свежем и сыром виде тяжелы; спелые, сушеные, старые легко усваиваются. Таким же образом свежие, вареные и жареные перевариваются и усваиваются легче и легче последовательно в том порядке, в каком они здесь приведены.

325

Мясо бывает восьми видов: мясо животных, обитающих на суше, в воде, на суше и в воде одновременно.

Мясо птиц, которые отыскивают пищу при помощи лап, как, например, ворона, галка и другие; мясо птиц, добывающих пищу клювом, как то: попугаи, голуби, сороки, соловьи, воробьи и другие.

Мясо дикой козы, кабарги, серны, зайца, по «Жуд-Ши», считается мясом малых зверей.

Мясо изюбрей, кабанов, оленей, лосей, яков считается мясом больших зверей.

Тигры, леопарды, медведи, шакалы, волки, рыси, лисицы, дикие кошки считаются хищными зверями.

лев

Орлы, коршуны, ястребы, филины считаются добывающими пищу благодаря зрению.

Буйволы, верблюд, лошадь, мул, рогатый скот, козы, овцы, собаки, свиньи, куры, кошки и другие принадлежат к домашним животным.

Сурки, черепахи, змеи разных видов и прочие считаются живущими в норах.

Гуси, утки, выдры, рыбы считаются пребывающими в воде.

Мясо этих восьми видов приятного вкуса и питательного свойства после усвоения.

Мясо первых, мясо средних, мясо последних, пребывающих одинаково в воде и на суше, имеет прохлаждающие свойства, удобоваримо, хотя грубо; излечивает сложные расстройства жизненных процессов слизисто-серозной и млечно-лимфатической системы и восприятия, уподобления, всасывания, усвоения удаления-очищения-расходования воздуха и понижает температуру.

Мясо животных, живущих в воде, имеет свойства жирного, тяжелого и горячительного; оно излечивает местные расстройства восприятия, уподобления, всасывания, усвоения, удаления-очищения-расходования воздуха в желудке, почках, в поясничной области и поднимает местные понижения температеры в этих органах.

Мясо живущих как в воде, так и на суше, имеет оба эти свойства.

Мясо птиц и животных, питающихся сырым мясом, хищнически добытым, грубо, но удобоваримо, острого свойства; улучшает пищеварительные способности желудка, излечивает расстройство слизисто-серозной и млечно-лимфатической системы, усиливает питание мышц и поднимает температуру.

Баранина жирная, горячительного свойства, укрепляет, способствует упитыванию тканей, излечивает расстройство восприятия, уподобления, всасывания, усвоения, удаления-очищения-расходования воздуха и жизненные процессы слизисто-серозной и млечно-лимфатической системы, вызывает аппетит.

Козлятина тяжела, прохлаждающего свойства, причиняет расстройство трех жизненных процессов, приносит пользу при страданиях сифилисом, оспой и при ожогах.

Мясо рогатого скота имеет свойство прохлаждающее, жирное, излечивает расстройство восприятия, уподобления, всасывания, усвоения, удаления-очищения-расходования воздуха, которое способствует усилению жизненно-живой теплоты.

Конина, мясо осла и мула излечивает абсцессы и нагноения, расстройства лимфы и поднимают местное понижение температуры в почках и поясничной области.

Свинина имеет охлаждающие удобоваримые свойства, излечивает язвы и раны и застарелые хронические катары.

Медвежье мясо укрепляет сон, упитывает мышцы. Мясо буйвола горячительного и жирного свойства, поднимает температуру и причиняет расстройство питания крови и желчи.

Куриное и воробьиное мясо упитывает sperma, приносит пользу при ранах и язвах.

Мясо павлина излечивает расстройство зрения, излечивает слепоту и укрепляет стариков.

Оленина излечивает расстройство местного понижения температуры в печени и желудке, усиливает пищеварительную способность.

Мясо дикой козы легкого и охлаждающего свойства, понижает температуру, поднявшуюся под влиянием двусложных расстройств жизненных процессов.

Мясо кролика грубое, усиливает пищеварительную способность, излечивает поносы.

Мясо сурка свойства жирного, тяжелого и горячительного, весьма полезно при холодных хронических опухолях, поднимает температуру, излечивает расстройство восприятия, уподобления, всасывания, усвоения, удаления-очищения-расходования воздуха, расстройство желудка, почек, поясничной области, расстройство в голове.

Мясо бобра и выдры имеет укрепляющее свойство и поднимает местное понижение температуры в почках и в области поясницы.

Рыба излечивает расстройство желудка, возбуждает аппетит, улучшает зрение, излечивает расстройство жизненных процессов слизисто-серозной и млечно-лимфатической системы, излечивает раны и опухоли.

Мясо грудной, поясничной и средней части у самцов и самок тяжело.

Мясо самок-животных, носящих плод, тяжело. Легко мясо животных самок и самцов птиц.

Мясо головы, грудной области, грудины, позвонков, таза и поясничной области тяжелого свойства.

Семь тканей организма, т. е. хилус, кровь, мышцы, кость, жировая ткань, костный мозг, нервная ткань и sperma, тяжелее одно другого последовательно в том порядке, в каком они приведены здесь.

Свежее мясо прохлаждающего свойства, старое мясо горячительного свойства. Мясо, сохраненное год, особенно хорошо излечивает расстройство восприятия, уподобления, всасывания, усвоения, удаления-очищения-расходования воздуха и улучшает пищеварительные способности. Сырое мясо, замороженное мясо и жареное мясо тяжелого свойства, трудно переваривается. Сушеное и вареное мясо легкого свойства и легко переваривается.

К жировым веществам относятся: масло, растительные масла, костный мозг и жир. Они прохлаждающего свойства, приятного вкуса, тяжелее одно другого последовательно в приведенном порядке.

Под влиянием масла и жиров слизистые оболочки смазываются, успокаиваются, делаются скользкими. Масла, жиры весьма полезны для стариков, детей, слабых, утомленных, малокровных истощенных, изнуренных поносами и для перенесших горе, вообще для всех, у кого расстроено восприятие, уподобление, всасывание, усвоение, удаления-очищения-расходования воздуха.

Свежее масло прохлаждающего и укрепляющего свойства улучшает вид и придает бодрость, излечивает расстройство жизненных процессов желчи и понижает температуру.

Старое масло излечивает душевнобольных — буйных и тихих, обморочных и раны и язвы.

Вареное масло освежает память, улучшает способности, укрепляет и улучшает пищеварение, способствует долголетию. Лучшие масла приносят большую пользу.

Масло, пенка, сыр улучшают аппетит, уничтожают чрезмерную сухость экскрементов и излечивают расстройства жизненных процессов слизисто-серозной и млечно-лимфатической системы.

Масло коровье излечивает расстройства жизненных процессов слизисто-серозной и млечно-лимфатической системы и восприятия, уподобления, всасывания, усвоения, удаления-очищения-расходования воздуха, улучшает пищеварительную способность.

Масло из молока буйволицы и овцы действует точно таким же образом и излечивает расстройства температуры в организме и восприятия, уподобления, всасывания, усвоение, удаления-очищения-расходования воздуха.

Масло из молока коровы и козы и от помеси буйвола и коровы прохлаждающего свойства, способствует понижению температуры, происшедшей под влиянием расстройства восприятия, уподобления, всасывания, усвоения, удаления-очищения-расходования воздуха.

Кунжутное масло горячительного и острого свойства, способствует ожирению сухощавых, а ожирелых излечивает, восстанавливая в них силу и излечивая расстройства жизненных процессов слизисто-серозной и млечно-лимфатической системы и восприятия, уподобления, всасывания, усвоения, удаления-очищения-расходования воздуха.

Льняное масло излечивает расстройство восприятия, уподобления, всасывания, усвоения, удаления-очищения-расходования воздуха, но вызывает расстройства жизненных процессов слизисто-серозной и млечно-лимфатической системы и желчи.

Костный мозг излечивает расстройство восприятия, уподобления, всасывания, усвоения, удаления-очищения-расходования воздуха, упитывает sperma, укрепляет, усиливает жизненные процессы слизисто-серозной и млечно-лимфатической системы.

Жиры излечивают расстройства костной ткани в суставах, ожоги, расстройства восприятия, уподобления, всасывания, усвоения, удаления-очищения-расходования воздуха, слуха, головного мозга и uteri.

Лица, которые употребляют в пищу масла, способствуют этим улучшению пищеварительной способности и освобождению первых путей пищеварения от всяких застоев, упитыванию тканей, улучшению вида и проявлению энергии, вообще улучшению шести чувств. Старики, укрепляясь, могут дожить до ста лет.

Зелень. К зелени относятся: лук обыкновенный, лук репчатый жгучего вкуса, щавель горького вкуса, растущие в сухом и сыром местах. Сушеная, мокрая, вареная и сырая зелень имеет свойства согревающие, легкие или прохлаждающие, тяжелые; она излечивает расстройства питания, ею усиливается жизненная-живая теплота.

Лук репчатый улучшает сон, возбуждает аппетит, излечивает совместные расстройства жизненных процессов слизисто-серозной и млечно-лимфатической системы и восприятия, уподобления, всасывания, усвоения, удаления-очищения-расходования воздуха, простой лук тяжелого и прохлаждающего свойства удаляет глистов и восстанавливает усиление жизненной-живой теплоты под влиянием расстройства восприятия, уподобления, всасывания, усвоения, удаления-очищения-расходования воздуха. Свежая морковь легкого свойства, жгучего вкуса усиливает пищеварительные способности; старая морковь тяжелого, прохлаждающего свойства способствует усилению жизненных процессов слизисто-серозной и млечно-лимфатической системы. Морковь-коротель совершенно такого же свойства, служит часто противоядием при отравлениях. Вообще зелень возбуждает аппетит, но тяжело и трудно переваривается.

Стебель дикого ревеня и листья его излечивают расстройство жизненных процессов слизисто-серозной и млечно-лимфатической системы, возбуждают аппетит. Вообще всякая зелень суживает кровеносные сосуды и задерживает действие лекарств.

Рис и пшено приготовляются в жидком, густом и крутом виде; чем жиже они приготовлены, тем легче перевариваются. Одновременно утоляя жажду и голод, рис и пшено успокаивают и излечивают расстройства жизненных процессов, легко усваиваются, способствуют упитыванию тканей, усиливают жизненную-живую теплоту. Под их влиянием кровеносные сосуды делаются мягкими. Эти вещества в виде густой каши усиливают жизненную-живую теплоту, утоляют голод и жажду, укрепляют утомленных, уничтожают запоры. Крутая каша из пшена останавливает поносы, успокаивает и утоляет жажду.

Поэтому эти пищевые вещества советуется употреблять лицам утомленным и после принятия теплых ванн.

Если пшено варить с лекарствами жгучего вкуса, оно легко всасывается; если варить пшено с говядиной и с бульоном, то оно переваривается с трудом.

Рис, употребляемый в жареном виде, останавливает поносы и способствует сращиванию костей при переломах.

Кашица из пшеницы и ржи увеличивает отделение экскрементов и ослабляет теплоту в первых путях пищеварения; в жареном виде эти продукты легко усваиваются, поддерживают теплоту в первых путях пищеварения и приятны для желудка; жареные и холодные пшеница и рожь укрепляют, но трудно усваиваются.

Жареные пшеница и рожь в вареном виде легко перевариваются и усваиваются. В кислом виде все они ослабляют пищеварительную способность желудка.

Все кашицы и кисели из вышеназванных веществ легко усваиваются и излечивают расстройства жизненных процессов.

Вина из вышеназванных веществ излечивают расстройство восприятия, уподобления, всасывания, усвоения, удаления-очищения-расходования воздуха, поддерживают пищеварение.

В кислом виде эти продукты вызывают аппетит, излечивают расстройства жизненных процессов, уничтожают застои.

Супы и бульоны из различных видов мяса укрепляют, упитывают и поддерживают жизненные процессы восприятия, уподобления, всасывания, усвоения, удаления-очищения-расходования воздуха.

Соусы из разных сортов муки тоже поддерживают восприятие, уподобление, всасывание, усвоение, удаление-очищение-расходование воздуха.

Соус из крапивы поддерживает восприятие, уподобление, всасывание, усвоение, удаление-очищение-расходование воздуха, усиливает теплоту в первых путях пищеварения и вызывает расстройства жизненных процессов желчи и слизисто-серозной и млечно-лимфатической системы.

Соус листьев аконита усиливает теплоту в первых путях пищеварения, останавливает поносы.

Соусы из помидоров (томатов) и баклажанов вредят зрению, уничтожают сухость в экскрементах.

Томаты излечивают расстройства трех жизненных процессов.

Соус из щавеля — охлаждающего свойства и понижает температуру. Соус из листьев имбиря понижает температуру, усиленную под влиянием расстройства жизненных процессов желчи, и излечивает головные боли. Гороховый соус возбуждает аппетит, усиливает расстройства жизненных процессов слизисто-серозной и млечно-лимфатической системы и восприятия, уподобления, всасывания, усвоения, удаления-очищения-расходования воздуха, усиливает выделение кожного жира и уничтожает вредные действия растительного масла.

Соусы из свежей зелени весьма полезны, соусы из старой зелени причиняют расстройства жизненных процессов слизисто-серозной и млечно-лимфатической системы и восприятия, уподобления, всасывания, усвоения, удаления-очищения-расходования воздуха.

Соусы из листьев репы вызывают единовременное расстройство жизненных процессов желчи и слизисто-серозной и млечно-лимфатической системы.

Соусы из корней зава и рамни (род жен-шеня) излечивают расстройства жизненных процессов слизисто-серозной и млечно-лимфатической системы и восприятия, уподобления, всасывания, усвоения, удаления-очищения-расходования воздуха.

Соус из моркови улучшает пищеварение и останавливает понос.

Соус из лука-порея излечивает расстройство восприятия, уподобления, всасывания, усвоения, удаления-очищения-расходования воздуха.

Соль поваренная способствует улучшению вкуса всех пищевых веществ, поддерживает жизненную-живую теплоту желудка, способствует пищеварению, усвоению и удалению экскрементов.

Сода (natrium bicarbonicum) расширяет кровеносные сосуды, способствует расстройству жизненных процессов слизисто-серозной и млечно-лимфатической системы и восприятия, уподобления, всасывания, усвоения, удаления-очищения-расходования воздуха.

Имбирь способствует пищеварению.

Шингун (assa boetida) излечивает расстройство восприятия, уподобления, всасывания, усвоения, удаления-очищения-расходования воздуха.

Яблоко способствует изменению вкуса пищевых веществ.

К питью относятся: молоко, вода, вино и другие напитки.

Правильное употребление питья поддерживает жизненные процессы в организме, а неправильное вызывает различные расстройства питания в нем.

Молоко от большей части животных имеет приятный вкус, жирного и тяжелого свойства; после усвоения этот вкус сохраняется; упитывает ткани, улучшает вид, излечивает расстройства восприятия, уподобления, всасывания, усвоения, удаления-очищения-расходования воздуха и жизненных процессов желчи и укрепляет; вызывает также расстройства жизненных процессов слизисто-серозной и млечно-лимфатической системы вследствие своего охлаждающего и тяжелого свойства.

Молоко коровье полезно при кашлях, при хронических катарах, при хронических расстройствах, вызванных заразами, при мочеиспускании, оживляет и укрепляет.

Козье молоко излечивает одышку.

Овечье молоко излечивает расстройство восприятия, уподобления, всасывания, усвоения, удаления-очищения-расходования воздуха, но вредит сердечной деятельности.

Молоко буйволицы причиняет расстройство жизненных процессов желчи и слизисто-серозной и млечно-лимфатической системы.

Молоко кобылы и ослицы излечивает хронические катары легких и опьяняет.

Сырое молоко тяжелого и прохлаждающего свойства служит причиной возникновения паразитов в организме и расстройства жизненных процессов слизисто-серозной и млечно-лимфатической системы.

Кипяченое молоко свойства легкого и поддерживающего теплоту; перекипяченное молоко тяжелого свойства и трудно переваривается. Парное молоко чрезвычайно полезно, подобно нектару.

Простокваша из гретого молока излечивает застарелый грипп, хронический бронхит, хронический катар легких, хронические поносы.

Всякая простокваша из гретого молока прохлаждающего и жирного свойства, имеет кислый вкус; после усвоения сохраняет свой кислый вкус, уничтожает сухость экскрементов, излечивает расстройство восприятия, уподобления, всасывания, усвоения, удаления-очищения-расходования воздуха в первых путях пищеварения и вызывает аппетит. Молодой кефир вяжущего и кислого вкуса, легкого свойства, удобоварим, усиливает теплоту в первых путях пищеварения, излечивает опухоли, расстройства селезенки, геморрой и способствует всасыванию непереваренных, маслянистых и жирных веществ.

Жидкая простокваша из гретого молока имеет послабляющее действие, разжижает экскременты и расширяет кровеносные сосуды.

Сыворотка излечивает расстройство жизненных процессов слизисто-серозной и млечно-лимфатической системы, не расстраивая восприятия, уподобления, всасывания, усвоения, удаления-очищения-расходования воздуха и жизненных процессов желчи.

Простокваша из вареного молока делает сухими экскременты, излечивает поносы с высокой температурой.

Вообще пищевые вещества из молока овцы и буйволицы поддерживают теплоту в организме, весьма питательны, а из молока коровы и козы прохлаждающего свойства и легко усваиваются.

Пищевые вещества из молока от помеси буйвола и коровы, имеющие смешанные свойства, индифферентны.

Вода бывает дождевая, снежная, речная, ключевая, колодезная, солончаковая и болотная.

Самая лучшая по качеству вода дождевая, снежная, речная, ключевая и т. д. последовательно по качеству хуже.

Дождевая вода не имеет вкуса, легко утоляет жажду; она мягкая и имеет прохладительные и целебные свойства.

Вода, быстро текущая с гор, очень полезна, прохладительного свойства.

Вода, текущая медленно, заражает организм паразитами и служит источником цинготного расстройства и расстройства сердечной деятельности.

Вода, протекающая по чистой местности, доступной солнечным лучам и ветрам, годна для употребления.

Вода, содержащая зелень, протекающая в тени деревьев, по густонаселенной местности, и соленая служит причиной различного рода расстройства питания в организме.

Холодной водой следует лечить обморочных, утомленных, пьяниц, людей, подверженных головокружениям, рвоте, жажде, с повышенной температурой, с расстройством крови, жизненных процессов желчи и с расстройством от отравления.

Кипяченая теплая вода улучшает пищеварение и усвоение, приносит пользу при икоте, препятствует вздутию живота, под влиянием расстройства жизненных процессов слизисто-серозной и млечно-лимфатической системы, уничтожает одышку, кашель и предохраняет от различных зараз.

Кипяченая холодная вода, не усиливая жизненных процессов слизисто-серозной и млечно-лимфатической системы, излечивает расстройство жизненных процессов желчи.

Кипяченая вода, простоявшая сутки, делается вредной и может служить причиной отравлений и развития различных расстройств питания в организме.

Вина бывают приятного кислого и горького вкуса, острого, горячительного, грубого и скоро всасывающегося свойства. Вино немного послабляет, усиливает теплоту в первых путях пищеварения, делает человека находчивым, увеличивает сон и излечивает расстройства жизненных процессов слизисто-серозной и млечно-лимфатической системы и восприятия, уподобления, всасывания, усвоения, удаления-очищения-расходования воздуха.

Вино, выпитое в избытке, изменяет нрав, заставляет терять благоразумие и стыдливость. Действие вина имеет три периода: в первом периоде опьянения теряют благоразумие и стыдливость, стараются сохранять спокойствие и воображают, что говорят правду; во втором периоде делаются похожими на взбесившихся слонов и совершают безнравственные и безрассудные поступки; в третьем периоде теряют сознание, падают, как мертвецы, и решительно ничего не помнят.

Молодое вино тяжелого свойства, старое легче.

Молодое мягкое вино улучшает пищеварительные способности желудка и легко всасывается.

Спиртные напитки, получаемые из пшеницы, риса, ржи, тяжелого свойства; из ячменя, гречихи и из поджаренных семян — легкого свойства. Старые спиртные напитки излечивают расстройства крови, жизненных процессов желчи и слизисто-серозной и млечно-лимфатической системы.

XVII

При употреблении пищи и питья следует избегать: отравленных пищи и питья, пищи и питья, вредящих друг другу, так как они вызывают смерть или всевозможные расстройства в организме.

Отравленная пища имеет особенный цвет, запах и вкус; брошенная в огонь, при сгорании отравленная пища дает дым, похожий на цвет павлиньих перьев, и особенное пламя; горение сопровождается особенными звуками; лебедь и ворон при виде этого пламени издают особенные крики, а павлин чрезвычайно радуется. Такая отравленная пища, данная собаке, вызывает воспаление в желудке и рвоту.

Отрава говядины не уничтожается под влиянием красно-каленого железа, имеет синеватый цвет. Если такой говядиной, положенной в спирт, прикладывать к глазам, ощущается жар.

Лица, положившие отраву в пищевые вещества, страдают сухостью во рту, сильно потеют, волнуются, боятся всего, не могут сидеть на одном месте; они то грустят, то смеются, оглядываются по сторонам. Поэтому не следует принимать пищу при подобного рода обстоятельствах.

Пищевые вещества, вредно действующие при совместном употреблении, производят искусственные отравления; так например, производят острые катары: простокваша, употребляемая совместно с молодым вином; рыба вместе с кашей; мед с растительными маслами, свежее масло, сохранявшееся в продолжение десяти дней в медной посуде. Катар возникает, если после шашлыка, изжаренного на угольях желтого дерева, съесть грибное и гороховое; если после употребления масла человек выпьет холодной воды; если мясо будет пропитано запахом кислых соусов из поджаренных семян; если вареные пищевые вещества семь дней сохраняются в закупоренном виде; если кислое употреблено вместе с молоком; если до переваривания принятой пищи будет снова принята пища; если после принятия неудобоваримой пищи человек будет сердиться или если он употребляет пищевые вещества, к которым не привык.

Лица, занимающиеся физическим трудом, употребляющие жирные вещества, молодые с неиспорченным желудком привыкают ко всевозможным пищевым веществам, и эти вещества не оказывают отравляющего влияния. Поэтому лица, желающие привыкнуть к пищевым веществам вредным, должны приучать себя постепенно. Вообще привыкать и отвыкать следует постоянно, ибо иначе происходят острые отравления. Безусловно благоразумные должны избегать всего того, что вредит.

XVIII

При употреблении пищи следует обращать внимание на количество употребляемой пищи и на то, тяжела или легка пища.

Легкую пищу можно есть досыта, тяжелую умеренно, впроголодь. Необходимо знать меру пищевым веществам, легко перевариваемым. Питание организма в таком случае происходит нормально, жизненная-живая теплота усиливается. Если пища и питье вследствие неведения будут употребляться в малом количестве, ткани не будут упитываться, то произойдет расстройство восприятия, уподобления, всасывания, усвоения, удаления-очищения-расходования воздуха. Если пища и питье будут употребляться в большом количестве, то увеличиваются слизи, которыми преграждаются пути восприятия, уподобления, всасывания, усвоения, удаления-очищения-расходования воздуха, отделения слизистых путей, ослабляется пищеварительная способность желудка и происходит расстройство жизненных процессов. Поэтому пищу и питье следует употреблять сообразно пищеварительной способности желудка.

Половина желудка должна быть наполнена твердой пищей, четверть желудка — жидкой и четверть — газами, т. е. свободна от пищи.

После принятия твердой пищи следует употреблять питье, ибо от этого легче переваривается пища, организм крепнет и упитывается. Вредно действует питье при сипоте, при кашлях, вообще при расстройствах, происходящих выше глотки, и при лихорадке.

Если пищеварительная способность желудка слаба, то при употреблении мясной пищи нужно пить вино; если и после этого пища трудно переваривается и образуются газы, то следует пить кипяченую воду.

Сухощавые должны употреблять после еды вино, а полные воду с медом.

Получившие острый катар, вследствие употребления в пищу простокваши и вина вместе с медом, должны пить холодную воду.

Вообще в начале, в середине и в конце еды следует употреблять какое-нибудь питье; это одинаково полезно как для полных, так и для худощавых.

У тех лиц, которые хорошо знают употребление пищи и питья в меру, жизненные процессы не расстраиваются, пищеварительные способности улучшаются, они чувствуют легкость, аппетит, и все шесть чувств их функционируют идеально хорошо, проявляется сила и энергия; экскременты, урина и газы отделяются нормально, без всякого напряжения.

XXI

Лекарства составляют по вкусу и по их жизненному действию.

К лекарственным веществам, ослабляющим усиление энергии жизненной-живой теплоты, относятся: камфара, кипарис, белая глина, гибам (род охры), шафран, flores gentianae и другие.

К лекарственным веществам, исправляющим расстройства желчи, относятся: flores gentianae, radix aconiti и другие.

К лекарственным веществам, излечивающим расстройства жизненных процессов кровяной ткани, относятся: красный кипарис, rhizoma rubiae tinctorum, китайское яблоко и другие.

К лекарственным веществам, излечивающим расстройство организма, происшедшее под влиянием заразных болезней, относятся: гибам, radix aconiti, гадур и другие.

К лекарственным веществам, излечивающим расстройство, происшедшее под влиянием отравлений, относятся: куркума, radix aconiti, мускус, rosa Radusa.

К лекарственным веществам, излечивающим припадки кашля вследствие расстройства жизненных процессов слизисто-серозной и млечно-лимфатической системы зева, глотки и легких, относятся: белая глина, солодковый корень, виноград, корень руда; гадур, адон-гарбо, срело и другие.

К лекарственным веществам, излечивающим жизненные процессы восприятия, уподобления, всасывания, усвоения, удаления-очищения-расходования воздуха с повышенной температурой, относятся: корень ледре, бузина, кокосовая пальма, руда, росной ладан, лук и другие.

К лекарственным веществам, излечивающим жизненные процессы слизисто-серозной и млечно-лимфатической системы при повышенной температуре, относятся: китайское яблоко, radix enulae, барбарис, род gentianae, гранат, имбирь, яблоко и другие.

К лекарственным веществам, излечивающим совместное расстройство жизненных процессов слизисто-серозной и млечно-лимфатической системы и восприятия, уподобления, всасывания, усвоения, удаления-очищения-расходования воздуха, относятся: калган, имбирь, assa boetida, лук, черемша и другие.

К лекарственным веществам, излечивающим расстройство жизненных процессов слизисто-серозной и млечно-лимфатической системы с понижением температуры, относятся: гранат, перец (piper longum, piper rubrum), имбирь, кардамон, корица, поваренная соль и другие.

К лекарственным веществам, излечивающим расстройство восприятия, уподобления, всасывания, усвоения, удаления-очищения-расходования воздуха, относятся: мускатный орех, тростниковый сахар и кости различных родов.

К лекарственным веществам, излечивающим расстройство жизненных процессов слизисто-серозной и млечно-лимфатической системы, относятся: ладан, семена акации, льняное семя и другие.

К лекарственным веществам, излечивающим расстройство, происшедшее под влиянием паразитов, относятся: мускус, assa boetida, черемша и другие.

К лекарственным веществам, излечивающим расстройство, происшедшее под влиянием поносов, относятся: семена тыквы, мак, растения: тарам, нарам и другие.

К лекарственным веществам, излечивающим расстройство, происшедшее под влиянием остановки урины, относятся: различные соли, сушеный рак, кардамон, листья аконита и другие.

К рвотным лекарственным веществам относятся: яжима, соца, ула, шудэк и другие.

К слабительным лекарственным веществам принадлежат: ревень, миробалан и другие.

По вкусу приготовляется пятьдесят семь разных сортов лекарств.

Лекарств, составляемых из двух веществ, приятного вкуса — пять, четыре — кислого, соленого — три, горького — два, жгучего — одно.

Лекарств, составляемых из трех веществ, приятного вкуса — десять, кислого — шесть, соленого — три, горького — одно.

Лекарств, составляемых из четырех веществ, приятного вкуса — девять, кислого — четыре, соленого — одно.

Лекарств, составляемых из пяти веществ, приятного вкуса — пять, кислого — одно.

Итак, лекарств, составляемых из четырех и из двух веществ — пятнадцать; лекарств, составляемых из пяти составов — шесть; лекарств, составляемых из трех составов — двадцать; лекарств, составляемых из шести составов — одно; лекарств, составляемых из одного вещества — шесть; всего — шестьдесят три.

Вообще можно составлять семьдесят четыре разного сорта лекарств, усиливающих или ослабляющих жизненные процессы.

По жизненному действию лекарства бывают успокаивающие и излечивающие расстройства питания организма.

Имеется семь родов лекарств успокаивающих: декокты, порошки, пилюли, пасты, лекарственные масла, лекарственные соки и вина.

К излечивающим расстройства питания лекарствам относятся слабительные, рвотные лекарства и питательные клизмы.

XXV

Врач, изучивший расстройства организма, не может не знать различных признаков и причин этих расстройств, поэтому он ясно должен определить и сообщить больному и окружающим его как причину расстройства, так и признаки и последствия этого расстройства.

Врачебная наука имеет такие же ясные представления о расстройствах питания человеческого организма, как и наука, изучающая драгоценные металлы и минералы и точно определяющая их достоинство.

Врач может расспросить посланного: на что жалуется больной, чем лечили больного, когда он заболел и какой врач лечил его. На основании этих четырех вопросов знающий врач должен определить состояние больного и происшедшее у него расстройство.

При этом не следует торопиться с выводами; при расспросах необходимо уверить больного, что слова, сказанные врачом, не могут противоречить действиям и поступкам врача.

При окончательном определении болезни необходимо знать не только, какие лекарства принимал больной, но и не делали ли ему кровопусканий и прижиганий.

Все эти данные приведут врача к выводам, которые выяснят, что больной страдает или от усиленной энергии жизненной-живой теплоты или от ослабления ее. Тот врач, который при расспросах не будет держаться указанной наукой системы, может ошибиться, неправильно определить расстройство больного и этим приобретет дурную славу. Поэтому, если врач не в силах справиться с расстройством организма и не может точно уяснить себе этого расстройства, то он должен уклониться от лечения.

Врач, точно узнавший расстройство организма, при первом же расспросе больного имеет возможность не давать последнему распространяться о своей болезни, чтоб не отнимать драгоценного времени, и сам должен рассказать ему в кратких словах о сущности болезни и обо всем том, что сам больной ощущает.

Врачи, определяющие расстройства организма с первого взгляда, пользуются известностью.

Врачи, тщательно осматривающие больного, употребляя для этого приемы диагностики, пользуются репутацией внимательных врачей. Врачи же, не изучившие расстройства организма, не имеющие должного знания по диагностике, предупреждают в общих выражениях больного о том, что расстройство организма произошло от неправильного употребления пищи и питья, неправильного образа жизни, от неумения пользоваться шестью чувствами, и что употребление пищевых веществ в сыром виде, в большом количестве, а также неудобоваримой, испорченной и дурного качества пищи принесет вред. При этом такие врачи назначают индифферентное лекарство или же для приобретения славы дают совсем новое название болезни и никому неизвестное лекарство, так как большинство людей весьма легкомысленно.

XXVI

Расстройство организма легко излечивается, если больной встретит врача, изучившего основания врачебной науки, хорошо воспитанного, высоконравственного, имеющего полную аптеку, деятельного, приятного нрава, знакомого со многими науками, заботящегося об общем спокойствии.

Также легко излечивается расстройство организма, если врач встретит больного доброго, любящего, нравственного, соблюдающего чистоту, умного.

Легко лечить больного молодого, тихого нрава, умеющего принимать всякое лекарство, ясно отвечать на все вопросы, имеющего возможность исполнять благодаря своим средствам все требования врача.

Наконец, легко излечиваются расстройства организма, происшедшие от несложных причин, с ясными признаками, несложные, неизменные и находящиеся в начале. Также легко излечиваются эпидемические болезни без осложнений, задержание урины при нормальных жизненных процессах в организме и застарелые кровяные опухоли. При осложнениях же все эти расстройства требуют продолжительного лечения. Многие застарелые расстройства питания проходят при внимательном к ним отношении, особенно у лиц, лета которых приближаются к жизненному предельному возрасту.

Весьма трудно лечить лиц, деятельность которых исключительно направлена, чтобы делать вред вообще человечеству, особенно из политических целей.

Трудно также лечить тех, кто неприязненно относится к врачебному сословию и не ценит услуг, оказываемых врачами, лиц легкомысленных, неимущих, неподчиняющихся наставлениям, истощенных дурной жизнью, удрученных чрезмерной печалью, потерявших всякую веру.

Совсем не поддается лечению расстройства питания, выразившиеся ясными предвестниками смерти, и те девять расстройств питания, которые ведут человека к безусловно смертельному исходу.

XXIX

Собственно говоря, нужно держаться двух способов лечения: это лечения упитыванием и лечения голоданием.

Упитывать следует лиц нервных, истощенных, предававшихся чрезмерно страстям, беременных, потерявших много крови после родов, чахоточных, стариков, страдающих бессонницей, испытавших сильное горе, переносящих тяжелую трудовую и заботливую жизнь; их следует упитывать особенно в дни равноденствия.

Пищевыми веществами для подобных лиц служат: мясо хищных животных, баранина и вообще все сорта мяса, сладости, масла, молоко, кефир, вина и укрепляющие пищевые вещества.

К лекарственным веществам, способствующим упитыванию, относятся также и маслянистые лекарства. Из наружных средств для таких лиц рекомендуются питательные клизмы, обмывание, массажи, продолжительный спокойный сон, отдых и приятная обстановки жизни.

Злоупотребление всем вышеизложенным ведет за собой ожирение, усиленную энергию жизненных процессов слизисто-серозной и млечно-лимфатической системы, полиурию, образование опухолей и наростов и потерю памяти.

При таких обстоятельствах следует назначить пищевые лекарственные вещества, излечивающие жизненные процессы слизисто-серозной и млечно-лимфатической системы и излечивающие ожирение.

Росной ладан, горная смола и сок из желтого дерева, смешанные с медом, показаны против ожирения.

Также назначаются: брайбу-сум, смешанный с медом, имбирь, ябакчара, жидамга, китайское яблоко, ржаная мука, смешанные с медом, — все это способствует потере жира.

Быть худощавым лучше, чем быть ожирелым; поэтому нужно упитывать с осторожностью.

При помощи голодания следует лечить лиц, у которых ослабло действие пищеварения и усвоения, предающихся еде, страдающих от мочеизнурения, подагриков, ревматиков, лиц, страдающих внутренними доброкачественными и злокачественными опухолями, страдающих болезнью селезенки, зобом, головными болями, болезнью сердца, расстройством желудка и кишек (рвотой и поносом), отсутствием аппетита, запорами, задержанием урины, ожирелых лиц с расстройством слизисто-серозной и млечно-лимфатической системы и желчи.

Сильных, молодых следует лечить голоданием в зимнее время; при этом необходимо обращать особенное внимание на расстройство жизненных процессов и постоянно регулировать эти процессы пищевыми и лекарственными веществами, образом жизни и различными наружными способами лечения.

Лиц утомленных и слабосильных следует заставлять голодать и испытывать жажду, затем понемногу давать малопитательные, но удобоваримые пищевые вещества. Лиц же не особенно утомленных и неслабосильных следует заставлять голодать, улучшая пищеварительную способность декоктами и порошками; лиц физически сильных следует заставлять работать много и до пота и лечить их прижиганием, ваннами, массажем, компрессами и кровопусканием. В некоторых случаях следует давать рвотное, слабительное.

Улучшение от подобного способа лечения выражается тем, что у выздоравливающих все шесть чувств проявляют ясно свою деятельность. Чувствуется легко, аппетит ровный, человек делается энергичным, быстро ощущает голод и жажду, экскременты и газы легко освобождаются.

Если злоупотреблять подобного рода лечением, то можно вызвать ослабление тканей, худобу, головокружение, бессонницу, недомогание, ослабление шести чувств, потерю жажды и аппетита, боль в костях и хвостце, в ребрах, в сердце и голове; такие люди легко подвергаются заражению эпидемическими ядами; у них появляется тошнота и вызывается расстройство восприятия, уподобления, всасывания, усвоения, удаления-очищения-расходования воздуха. В таких случаях их следует подвергнуть упитывающему способу лечения.

Кого следует упитывать, того не следует слишком заставлять голодать, а кого следует заставлять голодать, того не следует упитывать.

При слабительном способе лечения не нужно прибегать к сильному слабительным.

Лиц, у которых усилена деятельность восприятия, уподобления, всасывания, усвоения, удаления-очищения-расходования воздуха и происходящее от него расстройство нервной системы, следует подвергнуть упитывающему способу лечения. Лиц же, у которых ослаблена деятельность восприятия, уподобления, всасывания, усвоения, удаления-очищения-расходования воздуха и усилена деятельность жизненных процессов слизисто-серозной и млечно-лимфатической системы и желчи, следует подвергнуть голодающему способу лечения.

ЭТИКА ТИБЕТСКИХ ВРАЧЕЙ

Слава о врачах, терапевтах и хирургах состоит из шести частей. В первой излагаются традиции врачей; во второй говорится о достоинстве врачей; третья трактует о заслуге врачей; четвертая о знаниях их; пятая знакомит с обязанностями врачей и в шестой говорится о плодах деятельности врачей.

Традиции врачебного сословия требуют от каждого врача шести условий: быть вполне способным для врачебной деятельности; быть гуманным; понимать свои обязанности; быть приятным для больных; не отталкивать их от себя своим обхождением; быть старательным в делах и быть ознакомленным с науками.

Быть вполне способным, — говорится в «Жуд-Ши», — значит: обладать умом, иметь твердый характер и быть вполне восприимчивым. Такие врачи могут изучить обширную литературу по медицине и хирургии, смело и без всякого затруднения пользоваться всем достоянием науки. Из способностей врачей, обладающих не особенно обширными познаниями, наилучшей считается способность критики.

Быть гуманным — значит: иметь хорошие намерения, быть искренним и справедливым; при виде несчастья ближних оказывать возможную помощь, с одинаковой любовью и заботливостью относиться к хорошим и дурным людям. Гуманные врачи должны быть снисходительными: они должны любить людей и приносить одни радости всем без исключения; они должны стремиться к высшим идеалам, насколько последние достижимы для человека; должны быть ласковыми с лицами, которые нуждаются во врачах, и не должны поддаваться похвалам и мстить хулителям. Такие гуманные врачи являются друзьями своих ближних.

Понимающие свои обязанности врачи должны иметь шесть высших достоинств: уметь сохранять лекарство и медицинские инструменты; понимать значение тех и других; уметь относиться к учителям и их преподаванию совершенно так же, как раньше ученики относились к Цожед-шонну и его учению; с родственниками своими должны обходиться как с истинными друзьями, своих больных должны беречь как собственных детей; должны смотреть на гной и кровь без отвращения, так же, как относятся к этому некоторые из животных.

Врачи должны сохранять медицинские инструменты в такой чистоте, как свою мысль и печать; должны помнить, что лекарство — драгоценность, нектар, которым можно излечивать всякого больного. Малейшие частицы лекарств должны быть предметом поклонения врачей. Обладая этими драгоценностями, следует беречь их и аккуратно составлять из них лекарства; помещение же их следует держать в такой чистоте, как чашу для нектара.

«Врачи, говорится в «Жуд-Ши», пусть врачебная наука сделается вашим достоянием, как нектар сделался достоянием небожителей, как высшая драгоценность сделалась достоянием лосов[1] (цари водяных, духов), как сома (амброзия) сделалась достоянием риши-врачей».

«Врачуйте страждущих, исцеляйте бесноватых, успокаивайте мнительных. Приобретя такую премудрость, помните, что вы можете излечивать как самих себя, так и других от страданий, которые могли бы стать причиной смерти. Помните, что счастье ваше заключается в исполнении долга».

Врачи должны быть приятными для больных и не отталкивать их своими поступками, речами и мыслями. Врачам необходима нежная и умелая рука, терапевтам — при осмотрах, а хирургам — при операциях. Приятной речью врачи должны успокаивать больных; обладая умом, они должны быть откровенными и понятными. Врачи, обладающие такими качествами, всегда будут пользоваться расположением и доверием больных.

Врачи должны быть старательными в своих делах. Они должны непрестанно заботиться о своем образовании и о тех результатах, которые составляют цель учения.

Прежде всего нужно уметь понимать прочитанное и излагать свои мысли на бумаге, так как от этого зависит возможность достигнуть многого. Будущие врачи должны выбирать мудрого наставника, обладающего всесторонними знаниями, спокойного, нехитрого, доброго и достойного уважения, для того чтобы, приобретая у него знания, можно было питать к нему бесконечное доверие, заниматься у него на глазах

---

[1] Высшею драгоценностью лосов считается необыкновенной белизны раковина, у которой завиток имеет направление обратное, чем у всех прочих. Такие раковины встречаются, но крайне редко.

и подражать ему во всех поступках. Результатом этого будет быстрое приобретение знания и достижение высшей ученой степени.

Врачи должны старательно изучать науки, с толком расспрашивать учителя, тщательно усваивать знания и с осторожностью рассуждать; в противном случае нельзя ждать успеха. Врачи не должны иметь никаких сомнений, так как в медицине все изучается экспериментально, при помощи шестого чувства и мышления.

Врачи должны быть внимательны к болезням своих больных и не медлить при лечении. Чтобы не упустить момента дать лекарство или прибегнуть к хирургическому вмешательству, они должны постоянно чувствовать себя так же, как чувствовал бы себя человек, которому дали перенести полную чашу масла через высокий забор с угрозой казнить несущего, если он прольет это масло.

Врачи, твердые в своих познаниях, способные увлекать людей своей обходительностью, умеющие серьезными научными доводами убеждать противников своей системы, удовлетворяют всем требованиям своего звания.

Те врачи могут считаться лучшими и полезными для ближних, которые сделались кроткими под влиянием научных истин, с которыми можно легко сходиться и которые могут считаться знатоками медицины и хирургии. Посредственными врачами могут считаться те, которые с любовью относятся к бедным больным и из желания помочь им руководствуются советами лучших врачей. Врачи, удовлетворяющие этим шести условиям традиций врачебного сословия, могут вполне рассчитывать на успех.

Научно-достойными врачами считаются те, которые вполне изучили здоровый и больной организмы.

Заслуженными врачами считаются те, которые приносят пользу больным лекарствами, смелые хирурги, наконец, врачи, любящие человечество, как дети любят родного отца.

Превосходными врачами могут считаться те, которые в совершенстве изучили расстройства прирожденной энергии восприятия, уподобления, всасывания, усвоения, удаления-очищения-расходования воздуха, желчи и слизисто-серозной и млечно-лимфатической системы и могут излечить эти расстройства.

Отличившимися врачами считаются те, которые,

благодаря своему уму, могут помогать больным, а именно, хорошие диагносты, изучившие основы медицины, и опытные хирурги.

Такие врачи — друзья человечества.

Вообще врачи, понимающие свои обязанности, знающие в совершестве основы медицины и хирургии, обладающие обширными терапевтическими познаниями, постоянно пополняющие свои научные сведения, не подверженные страстям, искренно сочувствующие страждущим, заботящиеся о других как о самих себе, не теряющиеся при исполнении своих обязанностей, могут считаться лицами, вполне достойными своего звания.

Такие врачи пользуются полным доверием больных и окружающих, они истинные последователи риши — основателей медицинской науки, наконец, они воплощенцы Поддерживающего жизнь Главы медицины.

Если же врачи не имеют этих достоинств, если они не знают истории медицины, то они похожи на хитреца, воспользовавшегося чужой собственностью, и никто не будет уважать их.

Врачи, которые не знают основ медицинских наук, не могут познать сущности расстройств питания в организме, не могут понять хирургии, похожи на слепца, которому показывают вещи.

Врачи, не изучившие экспериментально своей науки, неопытные, не знающие признаков расстройств питания в организме, не могут умело применять способы терапевтического и хирургического лечения; они похожи на человека, путешествующего по неизвестной стране.

Врачи, не умеющие распознавать различные расстройства в организме, похожи на человека, блуждающего в степи без проводника.

Врачи, не понимающие состояния урины и пульса, не могут понять и объяснить себе расстройства питания, при которых усилена или ослаблена прирожденная энергия жизненной-живой теплоты в организме; они похожи на охотника, не знающего, когда следует спускать ястреба.

Врачи, не умеющие объяснить причины происхождения данного расстройства питания в организме, похожи на оратора, не умеющего произнести речь и делающегося предметом насмешек.

Врачи, не понимающие основы терапевтического

и хирургического лечения, похожи на стрелка, стреляющего в темноте наудачу.

Врачи, не изучившие употребления пищи и питья, не понимающие пользы или вреда приносимых тем или другим образом жизни, будут способствовать нарушению жизненных процессов в организме и развитию в нем различных расстройств питания.

Врачи, не понимающие употребления успокоительного метода лечения, могут вызвать новое расстройство питания в организме употреблением сильных средств или, наоборот, недостатком средств, или давая свои средства совсем некстати. Такие врачи похожи на земледельца, не понимающего земледелия.

Врачи, не понимающие слабительного метода лечения, могут нарушить жизненные процессы в организме и вызвать расстройство питания в нем.

Врачи, не имеющие при себе необходимых инструментов и лекарств, не могут остановить данного расстройства питания в организме; они похожи на богатыря, идущего на врага без кольчуги и без оружия.

Врачи, не понимающие и не знающие способов производства кровопускания и прижиганий, не могут знать, при каких расстройствах питания эти способы следует употреблять; они похожи на вора, идущего воровать в неизвестную местность.

Все такие плохие врачи, понимающие все ложно, будут применять и ложные способы лечения; они — злые гении, носящие образ врачей, они указывают путь на тот свет. С такими врачами не следует иметь дела, они только позорят корпорацию врачей.

Обязанности врачей бывают обыкновенные и особенные. Обыкновенные: устройство аптеки, приобретение необходимых инструментов и забота обо всем, что необходимо для больных.

Что же касается лечения больного, то следует объяснить положение его так ясно, как ясен и чист звук сигнальной раковины, и обещать поправить больного, или же сообщить близким о времени его смерти. Если же трудно определить состояние больного, то необходимо с мудростью змеи сообщить о возможности выздоровления или смерти, уклоняясь в сторону большего вероятия. Если же от врача потребуется категорический ответ относительно судьбы больного, то следует прямо сказать о возможных случайностях. Если же врачом некоторым образом и решен вопрос об участи больного, то и тогда следует упомянуть о возможной случайности. Если больной сам сознает опасность в той мере, как врачом поставлен диагноз, то следует ясно описать весь ход расстройства питания в организме. Если больной заразительный, то, соображаясь с обстоятельствами, временем года, окружающей обстановкой, следует лечить самое расстройство питания, вызванное заразой. Вообще существует множество серьезных и случайных причин выздоровления и смерти, поэтому врачи и не могут ставить безусловного предсказания. Опасному больному всегда следует говорить, что он поправится. Если же расстройство питания в организме не серьезно, то всегда следует советовать больному беречься. Вообще же надо сообразоваться с состоянием современной науки, избегая возможных заблуждений и руководствуясь критическим взглядом.

Особенные обязанности врачей. В научных своих занятиях врачи должны держаться среднего критического взгляда, и з б е г а я безусловно д в у х к р а й н и х и л о ж н ы х в о з з р е н и й. Критическое среднее воззрение есть наилучшее. Врачи должны относиться к человечеству с любовью и состраданием, приносить всем радости, считать всех равными, отказаться от ненависти, злости, мщения, небрежности, лжи, вообще от всех дурных поступков. Напротив того, они должны быть старательными, терпеливыми и благотворительными.

За свою деятельность на земле врачи разумно пользуются жизнью и довольством, благодаря своим познаниям в медицине. Когда врач сделался известным, и вдруг найдутся люди, хулящие его знания, то к последним следует относиться без ненависти. Надо стараться сделать этих людей страведливыми — только в таком случае приобретается настоящая известность. Напоминать о вознаграждении за труды позволительно лишь тогда, когда есть действительная надобность в средствах. Следует только всегда помнить, что, если пройдет много времени после поправления расстроенного здоровья, то больные обыкновенно забывают пользу, принесенную врачом.

Автор «Жуд-Ши» говорит далее, что врачи, не поддающиеся страстям, не избирающие ложных путей, старающиеся помогать больным, будут пребывать на том свете в божественной стране, лучше которой ничего нет.

СОДЕРЖАНИЕ

Гусев Борис Сергеевич

ПЕТР БАДМАЕВ

**Крестник императора,
целитель, дипломат**

Редактор *Г. Кострова*
Технический редактор *В. Кулагина*
Художественный редактор *В. Горин*
Корректоры *Л. Пруткова, В. Белова*

Лицензия ЛР № 070099 от 03.09.96.

Сдано в набор 31.03.00. Подписано в печать 24.05.2000.
Формат 84 × 108¹/₃₂. Гарнитура Таймс. Печать офсетная.
Усл. печ. л. 18,48. Тираж 8000 экз. Изд. № 00—583—ДО. Заказ № 1549.

Издательство «ОЛМА-ПРЕСС»
129075, Москва, Звездный бульвар, 23

Полиграфическая фирма «КРАСНЫЙ ПРОЛЕТАРИЙ»
103473, Москва, Краснопролетарская, 16